Juliana Gray

Die süßen Lügen einer Lady

Roman

Aus dem Amerikanischen
von Ruth Sander

blanvalet

Die Originalausgabe erschien 2012 unter dem Titel
»A Lady Never Lies« bei The Berkley Publishing Group,
published by the Penguin Group, New York.

MIX
Papier aus verantwortungsvollen Quellen
FSC® C014496

Verlagsgruppe Random House FSC® N001967
Das FSC®-zertifizierte Papier *Holmen Book Cream*
für dieses Buch liefert Holmen Paper, Hallstavik, Schweden.

1. Auflage
Deutsche Erstausgabe Dezember 2014
bei Blanvalet Verlag, einem Unternehmen der
Verlagsgruppe Random House GmbH, München

Umschlaggestaltung: © Johannes Wiebel | punchdesign,
unter Verwendung eines Motivs von Chris Cocozza
Redaktion: Sabine Wiermann
LH · Herstellung: cb
Satz: DTP Service Apel, Hannover
Druck und Bindung: GGP Media GmbH, Pößneck
Printed in Germany
ISBN: 978-3-442-38381-8

www.blanvalet.de

JULIANA GRAY

Die süßen Lügen einer Lady

Buch

Die verführerische Lady Alexandra Morley hat sich einiges zu Schulden kommen lassen und beschließt, ihren Gläubigern zu entfliehen und ihre Heimat England zu verlassen. Sie macht sich auf den Weg in die Toskana, wo sie studieren will. In einem Gasthof macht sie unfreiwillig Bekanntschaft mit dem gefährlich attraktiven Phineas Burke, der das gleiche Ziel hat wie die dickköpfige junge Frau. Als klar wird, dass es nur noch ein freies Zimmer gibt, nutzt Alexandra all ihre Verführungskünste – und schon bald lodert die Leidenschaft zwischen den beiden. Und das obwohl Phineas den Reizen der Damen gegenüber bisher eher unzugänglich war. Außerdem hat der brillante Erfinder eine äußerst bewegte Vergangenheit. Werden die beiden zusammen glücklich werden und verstehen, dass die Liebe zwischen ihnen das Einzige ist, was zählt?

Autorin

Juliana Gray liebt dunkle Schokolade, Champagner und Dinnerpartys. Sie begann bereits als Kind mit dem Schreiben, meist, wenn ihre Eltern sie in ihr Zimmer verbannten. In ihren Jugendjahren entdeckte sie dann ihre Leidenschaft für den historischen Liebesroman, leider hat sie jedoch bisher noch keinen echten Duke getroffen.

Ich erhebe mein Glas Rosé-Champagner
auf die unvergleichlichen Damen des »Romance Book Club«:
Alexandra, Liz die Erste, Liz die Zweite und Abigail.
(Emily und Stefanie, ihr seid die Nächsten.)

PROLOG

Der Duke of Wallingford sei nicht zu Hause, sagte der Butler und reckte das Kinn.

»Unsinn«, erwiderte Finn. »Wir wissen doch beide, dass er da ist. Schließlich habe ich ihn letzte Nacht selbst hergebracht, und zwar in einer Verfassung, die es ihm unmöglich gemacht haben dürfte, vor« – er klappte den Deckel seiner abgenutzten goldenen Taschenuhr auf – »acht Uhr morgens das Haus verlassen zu haben. Außer vielleicht in einem Sarg.«

Der Butler räusperte sich. »Der Duke of Wallingford empfängt heute nicht.«

»Ah, schon besser. Das Leben ist so viel angenehmer, wenn man ehrlich zueinander ist, Wallis. Also, wo kann ich den guten Mann finden?« Finn schaute über die Schulter des Butlers in die hohe Eingangshalle mit dem schwarz-weißen Marmorfußboden und der üppigen Stuckverzierung. Genau die Art von Eingangshalle, die das Londoner Stadthaus eines Herzogs haben sollte, dachte Finn, woraufhin er Gott dankte (und das nicht zum ersten Mal), dass er kein Herzogtum erben würde.

»Mr. Burke.« Der Butler richtete sich zu seiner vollen Größe auf, die selbst unter den besten Voraussetzungen nicht beeindruckend war, und schon gar nicht im Vergleich mit dem baumlangen Mr. Phineas Fitzwilliam Burke, R. S. »Ich bedaure, Sir, anscheinend habe ich mich nicht deutlich genug ausgedrückt. Seine Gnaden empfängt heute nicht.«

»Ach Quatsch«, sagte Finn freundlich. »Das gilt doch nicht für *mich*. Außerdem sind wir zum Frühstück verabredet, oder hat man Ihnen das nicht gesagt? Also wenn Sie mich jetzt entschuldigen würden …« Listig machte Finn einen Schritt zur Seite, der aber, obwohl er wirklich schnell gewesen war, nur dazu führte, dass er mit der Brust an Wallis' gut geölte Stirnlocke stieß und mit dem Fuß direkt auf dem ebenso gut geölten Schuh des Butlers landete.

Der vortreffliche Wallis zuckte nicht mit der Wimper. »Ich fürchte, Sie haben mich erneut missverstanden«, sagte er hochmütig, die altersschwache Brust entgegen der natürlichen Krümmung des Rückgrats vorgestreckt. »Seine Gnaden« – schnauf – »der Herzog« – schnauf – *»empfängt heute nicht.«*

»Nun hören Sie mal, mein Lieber«, protestierte Finn und versuchte es mit einem weiteren Ausfallschritt. »Ich weiß ja, dass Verabredungen zum Frühstück in diesem Hause nicht üblich sind, aber ich versichere Ihnen …«

»Herrgott noch mal, Wallis!«, brüllte der Duke of Wallingford die schön geschwungene Treppe hinunter. »Führ den armen Kerl in das dämliche Frühstückszimmer. Ich komme in fünf Minuten.«

Wallis kniff die Augen zusammen und schnaubte leise durch seine spitze Nase. »Wie Sie wünschen, Euer Gnaden«, sagte er und trat beiseite.

Mit einem einzigen entschlossenen Zug streifte Finn sich rechts und links die Handschuhe ab. »Das Problem bei Ihnen ist, dass Sie ein fürchterlicher Snob sind, Wallis. Schließlich können wir nicht alle adlig sein. Dann würde die Wirtschaft zusammenbrechen.«

»Hör auf, meinen Butler zu schikanieren«, rief der Herzog von oben.

Finn warf einen Blick nach oben und sah dann, nicht ohne

Mitgefühl, wieder auf Wallis' zusammengesackte Schultern hinunter. Mit einer beinahe versöhnlichen Geste reichte er dem Butler Hut und Handschuhe. »Ich finde selbst hin, ja?«, sagte er und ging quer durch die Halle zum Frühstückszimmer im hinteren Teil des Hauses.

»Zum Teufel mit diesem rothaarigen Wissenschaftler«, murmelte der Butler gerade laut genug, dass Finn es hören konnte. »Nicht ein Fünkchen Respekt.«

Das Frühstückszimmer des Duke of Wallingford war ein außergewöhnlich hübscher Raum für ein Haus ohne Herrin. Sehr groß, mit einem Südfenster, von dem aus man zwar den von hohen Mauern umgebenen Hintergarten sehen konnte, nicht aber die Nachbarhäuser, sodass man fälschlicherweise den Eindruck gewann, sich auf dem Land zu befinden – oder zumindest in Hampstead. Der einzige Makel des Raumes bestand darin, dass er offensichtlich selten genutzt wurde. Der Herzog und sein Bruder standen selten vor Mittag auf, eine logische Folge des Umstands, dass sie meist nicht vor dem Morgengrauen zu Bett gingen.

Heute jedoch war alles anders, stellte Finn fest, als er über die stattliche Schwelle schritt. Die Kredenz bog sich beinahe unter all den Zutaten, die für ein anständiges englisches Frühstück nötig waren – Nieren, Bacon, Bücklinge, Toast, Eier in allen Variationen –, und auf dem Stuhl am Ende des Tisches hockte die traurige Gestalt von Lord Roland Penhallow, dem jüngeren Bruder der Herzogs.

»Mein Gott, Penhallow«, sagte Finn, während er die mitgebrachte Zeitung auf den nächsten Stuhl warf. »Was verschafft uns die Ehre?«

»Keine Ahnung«, stöhnte Lord Roland. »Mir wurde nur gesagt, ich müsse um Punkt acht hier sein, sonst würde ich meine Ländereien verlieren. Aber wenn ich mich recht erinnere« –

nachdenklich rieb er sich die Stirn –, »habe ich die Hypotheken schon vor Jahren abbezahlt.«

Finn ging zur Kredenz und nahm sich einen Teller. Das Porzellan war so fein, dass man beinahe hindurchsehen konnte. »Wie gemein von deinem Bruder. Trotzdem hast du es dir selbst zuzuschreiben, wenn du dich um den Verstand trinkst. Ich habe euch beiden schon mehrfach erklärt …«

»Ach, halt den Mund, du verfluchter Heiliger«, brummte Lord Roland. »Ihr arbeitswütigen Wissenschaftler habt doch keine Ahnung, was von faulen Aristokraten erwartet wird. Ich schaff das bald nicht mehr.« Damit versteckte er sein hübsches Gesicht hinter einer Tasse mit starkem schwarzem Kaffee und trank in großen Zügen.

»Dann hast du heute Morgen ja großes Glück, mein Lieber, denn ich habe die Lösung für dein Problem.« Finn faltete seinen langen Körper auf einem Hepplewhite-Stuhl zusammen, der in einem Anfall von Modernisierungswut vor einigen Jahrzehnten von der Großmutter des augenblicklichen Herzogs angeschafft worden war, und deutete mit seiner Gabel auf die *Times* vom gestrigen Abend, die auf dem Stuhl neben ihm lag. »Ihre Rettung, M'lord, und die Ihres Bruders.«

Lord Roland spießte seine Nierchen auf. »Und wenn ich lieber zur Hölle fahre?«

»Deine Wünsche interessieren hier niemanden«, blaffte der Herzog von Wallingford, der in einem Morgenanzug aus Tweed mit herrischem Schritt ins Zimmer kam. »Und meine auch nicht, um ehrlich zu sein. Aber hier bin ich, Burke, dein gehorsamer Diener. Ich hoffe, das Frühstück mundet dir?«

»Sehr gut, danke. Ich finde, ein flotter Morgenspaziergang ist genau die richtige Einstimmung auf ein so reichliches Frühstück wie dieses. Deine Küche ist sehr zu empfehlen.«

»Ach, hör auf, Burke«, erwiderte Wallingford und marschierte zur Kredenz. Der Herzog war eine imposante Erscheinung, groß und breitschultrig, mit unmodisch langem Haar und unmodisch glatt rasiertem Kinn. Nur ein Mensch, der ihn sehr gut kannte, hätte die Spuren der gestrigen Ausschweifungen in seinem Gesicht entdecken können: Seine Augenlider waren leicht geschwollen und die Mundwinkel ein wenig schlaff.

»Ein interessanter Vorschlag«, sagte Finn, »und in gewisser Weise nicht ganz unähnlich dem, den ich euch heute Morgen unterbreiten wollte.«

Wallingford häufte sich fast ein Dutzend Bücklinge auf den Teller und ließ die Serviergabel mit einem deutlichen Scheppern wieder in die Schüssel zurückfallen. »Ich kann es kaum erwarten, ihn zu hören.«

»Höre ich aus Euren Worten etwa einen Hauch von Sarkasmus heraus, Euer Gnaden? Dabei wart Ihr gestern Nacht mehr als neugierig darauf. Sogar so neugierig, wie ich leider in Erinnerung rufen muss, dass Ihr dieses morgendliche Treffen anberaumt habt, trotz der erheblichen Unannehmlichkeiten, die es Euch und« – Finn warf einen Blick auf Lord Rolands tief gesenkten Kopf – »Eurem leidenden Bruder bereitet.«

»Letzte Nacht war ich sturzbetrunken.« Wallingford ließ sich auf den Stuhl am Kopfende der Tafel fallen. »Jetzt kann ich wieder richtig denken.«

»Soll ich dann vielleicht zur Sache kommen?«

»Bitte.« Das einzelne Wort schallte laut durch den Raum.

Finn griff nach der Zeitung. »Seid ihr schon mal in Italien gewesen, meine Herren?«

»Italien!« Wallingford lachte rau. »Mein lieber Mann, ich möchte behaupten, dass ich die Hälfte der venezianischen Frauen flachgelegt habe, während du in deiner Werkstatt an diesen blöden Apparaten herumgefummelt hast, die dir deine schäbigen Millionen eingebracht haben. Was ist damit?«

Lord Roland hob den Kopf und hielt die Stirn in die Morgensonne. »Ach ja, damals hattest du diese hübsche kleine Geliebte, die Marquesa Soundso. Reizendes Mädchen, aber furchtbar eifersüchtig. Ich möchte meinen, dass du nicht einmal ein halbes Dutzend echte Kerben in deinen Bettpfosten ritzen konntest, und auch das nur, wenn die Kleine eingesperrt war.«

»Nicht in meinem Zimmer«, warf der Herzog hastig ein.

Lord Roland kniff ein Auge zu und berührte mit den Fingern nacheinander seinen Daumen. Das Sonnenlicht bildete einen höchst unpassenden Heiligenschein um seinen goldbraunen Schopf. »Nein. Nein, du hast recht. Deins kann es nicht gewesen sein. Trotzdem«, fuhr Penhallow an Finn gerichtet fort, »ist er nicht halb so draufgängerisch, wie er tut.«

»Das hoffe ich doch«, sagte Finn. »Gott bewahre uns vor einem Italien, das von kleinen Wallingfords bevölkert wird. Jedenfalls liegt die Gegend, die ich im Sinn habe, weit, wirklich weit ab von dem Italien, das ihr zu kennen scheint.« Er blätterte in der Zeitung, bis er auf die Stelle stieß, die er suchte. »Hier«, sagte er und schob sie Wallingford zu. »Was hältst du davon?«

Der Herzog lüpfte eine dichte schwarze Braue. »Eine meiner ehernsten Regeln ist es, vor dem Mittagessen kein Wort zu lesen, mein Lieber.«

»Ach Quatsch«, meinte Lord Roland, dessen Lebensgeister offenbar wieder erwacht waren, und begann, ein Würstchen kleinzuschneiden. »Lies einfach vor, Burke. Du hast mich tatsächlich neugierig gemacht.«

Finn seufzte tief, dann räusperte er sich. »Es handelt sich um eine Anzeige. *Englische Lords und Ladys sowie Gentlemen mit anspruchsvollem Geschmack* – deswegen hast du es wohl überlesen, Wallingford – *könnten sich für die einmalige Gelegenheit interessie-*

ren, ein überaus prächtiges Schloss samt umliegendem Besitz zu mieten, das in den idyllischen Hügeln der Toskana liegt, dem Land, in dem stets die Sonne scheint.«

»Du lieber Himmel«, sagte der Herzog, »sollte die Erddrehung etwa an den schönen Feldern der Toskana vorbeigehen? Ich bin baff.«

Lord Roland zeigte mit seinem Messer auf die Zeitung. »Nicht viel Gelegenheit für einen guten Schlaf, wenn es nicht wenigstens ein paar Stunden dunkel ist.«

»Dem Land, in dem stets die Sonne scheint«, las Finn mit erhobener Stimme weiter. *»Der Eigentümer, ein Mann tadelloser Herkunft, dessen Ahnen das Schloss seit der Zeit der Medicis gegen alle Angriffe verteidigt haben …«*

»Ach«, sagte Lord Roland, die Stirn nachdenklich gerunzelt, »ich dachte, all diese toskanischen Trutzburgen hätten Stadtstaaten gehört, oder? Ein Schloss ganz allein …«

»Das hier soll verdammt noch mal keine Geschichtsstunde werden«, unterbrach Finn ihn entnervt. »Es ist eine Anzeige. Ach Mist. Jetzt habe ich den Faden verloren. Tadelloser Abstammung … Zeit der Medicis … Ah ja. *Der Eigentümer* et cetera, et cetera, *hat dringende Geschäfte zu erledigen und bietet an, dieses einzigartige Objekt für einen ungewöhnlich günstigen Preis für ein Jahr an anspruchsvolle Reisende zu vermieten.* Keine Angst, Wallingford, ich werde die Verhandlung führen, damit er dich nicht übers Ohr haut, haha. *Interessenten sollten sich an den Londoner Agenten des* … Was ist, Wallingford, geht es dir nicht gut?«

Der Herzog hatte sich an seinem Kaffee verschluckt und kämpfte mit einem heftigen Hustenanfall.

»Ich fürchte, er ist ein wenig erschrocken«, sagte Lord Roland achselzuckend.

»Weswegen?«

»Vielleicht über den Vorschlag, auf seine Rechnung für ein Jahr ein Schloss in Italien zu mieten.«

»Oh nein. So meinte ich das nicht. Ihr habt mich missverstanden. Das sollte doch nur ein Witz sein.« Finn legte die Zeitung beiseite und widmete sich seinen Eiern.

Wallingford, der langsam wieder zu Atem kam, wischte sich die feucht gewordenen Augen. »Ein Witz?«, stieß er hervor und räusperte sich heftig, um den Hals freizubekommen. »Das nennst du einen *Witz*, Burke? Mein Gott, du hast mich fast umgebracht.«

»Wirklich, Wallingford. Ich würde doch niemals auf deine Kosten irgendetwas mieten. Ich habe doch selbst ein paar schäbige Millionen, wie du vorhin so fein bemerkt hast.« Finn warf dem Herzog ein wohlwollendes Lächeln zu und griff nach seinem Toast. »Nein, ich miete das Schloss. Und ihr seid meine Gäste, mehr nicht. Penhallow, wenn du so freundlich wärst, die Marmelade.«

Geistesabwesend reichte Lord Roland ihm die Schale mit der Marmelade.

Das Ganze war sogar noch amüsanter, als er es sich vorgestellt hatte, dachte Finn. Penhallow wirkte völlig verstört, und der langsam rot anlaufende Herzog hielt das zweihundert Jahre alte Silberbesteck so fest umklammert, dass seine Fingerknöchel weiß hervortraten.

Wer wohl als Erster das Wort ergriff?

Natürlich der Herzog. »Sicher habe ich mich nur verhört, mein lieber Freund«, sagte er, wobei er das *lieber Freund* sehr gedehnt aussprach.

»Nein, gewiss nicht.« Finn verteilte die Marmelade fein säuberlich auf seinem Toast. »Ich werde euch mal, sprichwörtlich gesagt, reinen Wein einschenken, meine Lieben. Ich mache mir nämlich seit geraumer Zeit ziemliche Sorgen um euch.«

Wallingfords Gesichtsfarbe wurde noch etwas dunkler. »Ich kann mir nicht vorstellen, warum. Vielleicht weil wir so arm sind? Oder so schlecht bei den Frauen ankommen?«

»Genau das ist es! Das ist euer Problem. Ihr merkt nicht mal mehr, was für ein Lotterleben ihr führt. Ihr habt kein Ziel, nichts, was euch antreibt. Und um das zu vergessen, betrinkt ihr euch Nacht für Nacht ...«

Mit einem deutlichen Klappern legte Lord Roland seine Gabel ab. »Also hör mal. Als ob ich dich nicht bei mehr als einer Gelegenheit auch schwer betrunken gesehen hätte.«

Mit einer schnellen Handbewegung wischte Finn den Einwand vom Tisch. »Ein- oder zweimal vielleicht. Hin und wieder darf man schon mal über die Stränge schlagen. Aber ihr beide habt ja nichts anderes mehr im Kopf als ›Wein, Weib und Gesang‹, wie man so schön sagt.«

»Das muss ich zurückweisen. Gesang hat es nur sehr wenig gegeben«, meinte Lord Roland.

»Noch dazu in ausgesprochen schlechter Qualität«, fügte Wallingford hinzu. »Kaum der Rede wert.«

Finn beugte sich vor und legte die Unterarme rechts und links von seinem Teller ab. »Vor zwei Tagen«, sagte er ruhig, »bin ich einem alten Bekannten begegnet, aus unserer Studienzeit in Cambridge. Callahan. Erinnert ihr euch noch an ihn?«

»An Callahan? Natürlich. Netter Kerl. Nicht besonders helle, aber ein guter Zechkumpan.« Lord Roland zog die Augenbrauen zusammen. »Was ist mit ihm?«

»Er ist tot. An seinem eigenen Erbrochenen erstickt. Im Haus seiner Geliebten in Camden.«

In der darauffolgenden Stille kam es Finn so vor, als könne er das leise Ticken der alten vergoldeten Uhr auf dem Kaminsims hören, die das unaufhörliche Verrinnen der Sekunden anzeigte.

»Mein Gott«, sagte Wallingford schließlich.

»Camden«, murmelte Lord Roland in dem gleichen Tonfall, in dem er wohl auch *Antarktis* gesagt hätte.

Finn nahm die Arme wieder vom Tisch und griff nach Messer und Gabel. »Tja, ich bin zufällig seinem Trauerzug begegnet. In Manchester, in der Nähe der Maschinenfabrik, die ich mir vielleicht kaufe. Sie haben seinen Leichnam zum Stammsitz der Familie zurückgebracht. Er war der einzige Sohn, habt ihr das gewusst? Seine Mutter schien am Boden zerstört zu sein.«

»Siehst du?« Wallingford zog die Schultern hoch. »Unsere Mutter ist schon seit zehn Jahren tot. Du brauchst dir also keine Sorgen zu machen.«

Finn ließ sich nicht unterbrechen. »Mir wurde erzählt, dass der Leichnam nicht mehr wiederzuerkennen war. Seine Geliebte hat ihn morgens entdeckt und sich dann mit dem Küchenmädchen aus dem Staub gemacht. Der arme Kerl wurde erst nach einer Woche gefunden.«

Wallingford lehnte sich auf seinem Stuhl zurück und betrachtete Finn nachdenklich. Dann kreuzte er die kräftigen Arme vor der Brust. »Sehr gut, Burke. Ein Punkt für dich. Ein haltloses Leben nimmt ein schändliches Ende oder so ähnlich. Und Frauen kann man nicht trauen. Aber Gefahr erkannt, Gefahr gebannt. Ich werde mich sofort aufs Land zurückziehen, meinen Verwalter instruieren und versuchen, Alkohol und Frauen zu meiden.«

Mit Gegenwehr hatte Finn natürlich gerechnet. Schließlich konnte man Aristokraten nicht einfach sagen, sie sollten sich bessern, ohne dass sich beim alten Adel die Nackenhaare aufstellten. Deshalb lächelte er freundlich und sagte: »Ich möchte euch einen Vorschlag machen.«

»Das habe ich befürchtet. Und ich befürchte auch, dass er etwas mit Schlössern in Italien zu tun hat.«

»Ich korrespondiere hin und wieder mit einem Mann, der in der Nähe von Rom wohnt und an dem gleichen Projekt arbeitet wie ich, nur mit einer anderen Herangehensweise.«

»Meinst du damit etwa deine blöden pferdelosen Kutschen?«, fragte der Herzog.

»Völlig unnötige Maschinen«, warf Lord Roland ein.

Finn blickte zur Decke empor. »Ihr seid Feinde des Fortschritts, alle beide. Jedenfalls hat mein Kollege aus Rom, Delmonico ist sein Name, mir vor ein paar Wochen einen … nun, ich schätze, man könnte es Wettstreit nennen, also einen Wettbewerb vorgeschlagen, bei dem die besten Selbstfahrer vorgestellt und beurteilt werden sollen. Falls genug funktionierende Maschinen zu der Ausstellung gebracht werden, möchte er sogar ein Rennen veranstalten.«

»Ein Rennen!« Lord Roland prustete los. »Ein Rennen! Wozu um Himmels willen soll das gut sein? Ich wage zu behaupten, dass ich schneller laufen kann als jeder von deinen Apparaten.«

»Die Ausstellung«, fuhr Finn fort, ohne ihn zu beachten, »soll im Sommer stattfinden, vor den Toren von Rom.«

»Ich fange an zu begreifen, was du vorhast, alter Freund«, sagte Wallingford düster.

»Um mich voll auf das Projekt konzentrieren zu können, brauche ich absolute Ruhe. Und deshalb bin ich auf den Gedanken gekommen, dass ein Jahr in einem friedlichen, abgeschiedenen Landstrich, weit weg von den degenerierten Taugenichtsen, mit denen ihr sonst verkehrt, ein Jahr, in dem ihr euch akademisch weiterbildet und auf die Gesellschaft von Frauen verzichtet …«

»Halt. Stopp. Willst du damit sagen«, fragte Lord Roland ungläubig, »was dir für uns vorschwebt, ist ein Jahr … äh …« Er kämpfte mit sich.

»Enthaltsamkeit?«, vollendete der Herzog so entsetzt, als drohe man ihm mit einem grausamen Foltertod.

»Warum nicht? Schließlich gibt es ja praktische Lösungen, um es mal so zu sagen, falls die Triebe zu stark sind. Obwohl ich vermute, dass wir, wie die Mönche, schon sehr bald dankbar für die Ruhe sein werden und unsere körperlichen Bedürfnisse entsprechend abnehmen.«

»Du bist wahnsinnig«, konstatierte der Herzog.

»Ich betrachte es als Herausforderung«, erwiderte Finn. »Und wenn ich es mir vorstellen kann, kannst du es auch. Denn wenn du willst, bist du sehr wohl imstande, dich zu beherrschen. Und was dich angeht, Penhallow, ich kann mich noch sehr gut an eine Zeit erinnern, in der du einen wesentlich tugendhafteren Lebenswandel geführt hast …«

»Das ist lange her«, erwiderte Lord Roland scharf. »Am besten wir reden nicht mehr darüber.«

»Wie auch immer, zu der Zeit hast du es jedenfalls geschafft, dich zurückzuhalten.« Finn legte eine Pause ein und sah zwischen den beiden Männern hin und her, die mit gesenktem Kopf auf ihre Teller starrten und mit der Gabel in den Überresten des opulenten Frühstücks herumstocherten. »Denkt mal darüber nach, Freunde. Denkt doch, was wir in einem Jahr erreichen könnten, wenn wir auf nutzlose Vergnügungen verzichten. Es ist ein zeitlich begrenztes Exil, mehr nicht. Nur ein paar Monate. Beschäftigt euch mit einem neuen Thema, entdeckt eine bisher unbekannte Begabung. Sonnenschein und Oliven und was weiß ich. Vielleicht ein bisschen Landwein; sicher können wir uns gelegentlich ein oder zwei Gläschen genehmigen, je nachdem welche Regeln wir unserer kleinen Gemeinschaft geben.«

Wallingford schaute auf. »Auf keinen Fall. Das ist der absurdeste Vorschlag, den ich je gehört habe.«

»Schon der Gedanke daran ist verrückt«, bestätigte Lord Roland.

Finn schaute zum Fenster hinaus. Der schwere Januarhimmel hatte begonnen, kleine Schneeflocken in die gelbe Luft zu entlassen, obwohl es noch nicht so kalt war, dass sie liegen bleiben würden. London im Winter: Wie er das hasste, alles war braun und traurig und matschig, die Luft so dick vom Qualm der Kohlen, dass die Lunge brannte. »Das Land, in dem stets die Sonne scheint«, sagte er leise und wandte sich wieder an Wallingford. »Denkt doch wenigstens darüber nach.«

»Ausgeschlossen«, erwiderte der Herzog.

»Völlig unmöglich«, betonte sein Bruder.

Finn nahm die Zeitung, faltete sie sorgfältig zusammen und strich sie vorsichtig glatt. »Ein Jahr ohne das Elend in London. Ein Jahr ohne Laster und Pflichten, nur unseren Studien gewidmet, ohne Ablenkung durch das schöne Geschlecht.« Er stand auf, klemmte die Zeitung unter den Arm und lächelte breit.

»Was könnte dabei schon schiefgehen?«

EINS

Dreißig Meilen südöstlich von Florenz
März 1890

Sie hatte immer hohe Ansprüche gehabt. Während andere junge Damen nur davon träumten, den richtigen Mann zu finden, hatte Alexandra nach dem richtigen Herzog gesucht.

Am Ende hatte sie zwar einen Marquis erhört, doch da Lord Morley sowohl sehr reich als auch sehr alt gewesen war, hielt sie ihre Entscheidung immer noch für richtig. »Suche, und du wirst finden« war ihr Motto. (So stand es schließlich schon in der Bibel – glaubte sie zumindest.) Und gib dich nie, niemals mit der zweiten Wahl zufrieden.

Nicht einmal, wenn du auf der Flucht vor deinen Gläubigern bist.

Und dieses Zimmer war ganz sicher zweite Wahl. Nein, nicht einmal das. Es war nicht viel mehr als ein Kasten, kaum größer als der Schrank, in dem sie außerhalb der Saison ihre Sommernachthemden verstaute. Die schmale Liege an der Wand ließ kaum genug Platz für eine Hutschachtel, und die einzige Decke aus grober Wolle schien ein Flohparadies zu sein. Dieses Zimmer war vierte Wahl, wenn nicht sogar fünfte. Das ging einfach nicht.

Alexandra drehte sich zum Wirt um. »Das geht einfach nicht. Tut mir leid. *Non possiblo.* Verstehen Sie? *Comprendo?* Es ist zu klein. *Troppo*, äh, *petito*. Wir sind zu dritt. *Trio*. Und haben noch einen kleinen Jungen dabei.«

Der Wirt runzelte die Stirn. Vielleicht hatte er ihr italienisches Kauderwelsch nicht verstanden. »Der Gasthof iste voll, Mylady. Ich make Betten unten, sehr warm, sehr bequem.«

»Wir sollen im Schankraum schlafen? Drei englische Ladys? Das kann doch nicht Ihr Ernst sein.« Alexandra gab ein Geräusch von sich, das die Absurdität dieser Vorstellung unterstrich.

»Aber Mylady, es regnet, die Brücke iste … unter Wasser. Die Zimmer sinte alle genommen.«

»Von wem?«, fragte Alexandra streng und richtete sich zu beachtlicher Höhe auf.

»Von eine Herzog, Mylady«, erwiderte der Wirt ehrfürchtig. »Eine englische Herzog. Mit eine Bruder und eine Freund.«

»Was Sie nicht sagen! Dann zeigen Sie mir doch bitte die Zimmer der Herren. Äh, *chamberos*. Denn wissen Sie, mein Lieber«, erklärte Alexandra freundlich und scheuchte den Wirt über den engen, knarrenden Gang vor sich her, »in unserem Land haben wir eine sehr hübsche Sitte, die Gentlemen verpflichtet, absolut *verpflichtet*, alle Annehmlichkeiten, die sie genießen, zugunsten einer Dame in Not aufzugeben. So bekommt die Welt eine schöne, kultivierte Ordnung, finden Sie nicht auch, ohne die wir in reine Barbarei zurückfallen würden, wie diese armen alten Römer. Ihr Herzog wird das bestimmt verstehen, da bin ich mir sicher. Oh ja!«

Alexandra blieb auf der Türschwelle stehen und schaute sich in dem Zimmer um. Das war schon viel besser. Groß und geräumig. Mit einem gepolsterten Doppelbett mittig vor der Wand gegenüber, an der Wand daneben ein Schrank und auf der anderen Seite ein Kamin, der gerade von einer pausbäckigen jungen Frau befeuert wurde. Auch sie hatte dieses lockige schwarze Haar, um das man die Italiener in unbedachteren Momenten wider Willen beneidete.

Die Ausstattung war natürlich recht schlicht, denn bei dem Gasthaus handelte es sich um einen entlegenen Außenposten an einer unbedeutenden toskanischen Straße, weit ab von den modernen Errungenschaften in Mailand oder auch Florenz. Doch Alexandra war durchaus gewillt, über die rustikale Einrichtung und die mangelnde Sauberkeit et cetera hinwegzusehen. Immerhin peitschte ein fürchterlicher Regen gegen das kleine Sprossenglasfenster, und im Rauchfang heulte der Wind. Unter diesen Umständen konnte man es sich nicht leisten, allzu wählerisch zu sein.

»Das ist perfekt«, sagte sie an den Wirt gewandt. »Wir nehmen es. Und das Nebenzimmer ebenso.« Sie deutete auf die halb offene Tür neben dem Schrank.

Dem Wirt war deutlich anzusehen, dass er einen langen und regnerischen Winter hinter sich hatte. Dass seine hohlen Wangen noch bleicher werden könnten, schien schlichtweg unmöglich zu sein, und dennoch wich vor Alexandras Augen der letzte Rest Farbe aus seinem Gesicht. »Aber Mylady«, protestierte er schwach, »die Zimmer sinte besetzt! Von die Herzog! Eine sehr große Herzog! Sehr *starke* Herzog! Mit eine Bruder und eine Freund. Alle sehr groß.«

»Ja, ist das nicht seltsam? Mir ist schon öfter aufgefallen, dass große Männer dazu neigen, sich mit anderen großen Männern anzufreunden, und vice versa. Das muss wohl eins dieser interessanten kleinen Naturgesetze sein, von denen man gelegentlich liest. Ehrlich, ich würde zu gern wissen, warum das so ist. Ein großer Herzog, sagten Sie?« Alexandra legte den Kopf schief und drehte sich um, um zur Treppe zurückzukehren. »Das wird doch wohl nicht Wallingford sein? In Italien? Davon weiß ich ja gar nichts.«

»Wallingford! Si!«, rief der Gastwirt, der hinter ihr hertrottete. »Das iste der Name! Er wird sein böse!«

»Ach Unsinn. Wallingford spielt gern den bösen Mann, da gebe ich Ihnen recht, aber in Wahrheit ist er sanft wie ein Lamm. Oder eher … wie ein junger Schafbock.« Auf dem Treppenabsatz zögerte Alexandra kurz, denn die Duftwolke aus Holzrauch, nasser Wolle und Bratenfleisch, die vom geschäftigen Schankraum aufstieg, war beinahe betäubend, dann ging sie entschlossen weiter. »Jedenfalls gut zu lenken. Überlassen Sie ihn nur mir, mein Lieber. Ich regle das schon.«

»Mylady, bitte, iste nicht so schlimm, der Schankraum …«

»Das ist unmöglich, *non possiblo*, haben Sie mich verstanden?«, sagte Alexandra etwas lauter, nur um sicherzugehen, dass der Mann begriffen hatte. »Wir sind Engländerinnen, *anglese*. Wir können doch nicht …« Sie unterbrach sich und blieb ungefähr auf der Mitte der Treppe stehen, um den Blick durch den lauten Raum mit der Holzbalkendecke, den langen Tischen und den gesenkten hungrigen Köpfen wandern zu lassen. Es fiel ihr nicht schwer, den Mann zu entdecken, nach dem sie Ausschau hielt. »Ah! Euer Gnaden!«, rief sie mit einer Stimme, in die sie genau die richtige Mischung aus Überraschung und Dankbarkeit legte.

Der Herzog von Wallingford schien sie erwartet zu haben. Auf seinem schmalen Gesicht lag ein Ausdruck tiefer Resignation, und er flüsterte seinen Begleitern irgendetwas zu, ehe er seine Serviette auf den Tisch warf und sich zu seiner vollen, achtunggebietenden Größe aufrichtete. »Lady Morley. Guten Abend. Ich hoffe, es geht Ihnen gut«, sagte er in einem Tonfall, der sich in Alexandras Ohren wie ein Knurren anhörte.

Sie atmete tief durch und stieg die restlichen Stufen hinunter. »Mein lieber Wallingford, Sie sind genau der Richtige für mich. Anscheinend kann ich diesen Italienern nicht begreiflich machen, dass englische Damen, so robust und liberal sie auch sein mögen, *auf gar keinen Fall* in einem Raum mit lauter Fremden schlafen können. *Männlichen* Fremden. Und noch dazu a*usländischen* männlichen Fremden.« Beim Herzog angelangt, lächelte sie ihr gewinnendes Lächeln, dasjenige, mit dem sie bereits unzählige hochmütige Edelmänner gefügig gemacht hatte. »Stimmen Sie mir da nicht zu, Euer Gnaden?«, fragte sie mit sanfter Stimme und sah ihn von unten her durch die Wimpern an, um ihm den Gnadenstoß zu versetzen.

Doch der Gesichtsausdruck des Herzogs blieb hart. »Gibt es denn oben keine Zimmer mehr, Madam?«

Alexandra zuckte die Schultern. »Nur noch eins, ein winzig kleines. Kaum groß genug, um Lady Somertons Sohn zu beherbergen, geschweige denn uns alle drei.« Sie schaute zu dem Mann, der neben dem Herzog stand. Sie erinnerte sich, dass der Gastwirt erzählt hatte, sein Bruder sei bei ihm, und jeder wusste, wer Wallingfords Bruder war …

»Lord Roland!« Schlagartig wurde Alexandra das Unglaubliche an diesem Zusammentreffen bewusst, und sie dachte an draußen, an den schlammigen Hof, auf dem sie ihre Schwester und ihre Cousine vor nicht einmal einer Viertelstunde zurückgelassen hatte, damit sie das Abladen des Gepäcks überwachten. »Ich hatte ja keine Ahnung. Haben Sie … meine Cousine … Lady Somerton … großer Gott!«

Lord Roland verneigte sich. Gott sei Dank, dachte Alexandra, *Gott sei Dank* war Penhallow charmant und wohlerzogen, ganz anders als sein eiskalter Bruder. In der besseren Gesellschaft galt der Jüngere als der hübschere Spross, obwohl die beiden Männer genauer betrachtet die gleichen regelmäßigen Züge geerbt hatten. Vielleicht lag es an Lord Rolands Farben, die heller waren als bei Wallingford; Penhallow hatte freundliche haselnussbraune Augen, während die seines Bruders in dunklen Höhlen lagen, und sein goldbraunes Haar ließ ihn wie einen verspielten Retriever aussehen. Dennoch fiel seine Begrüßung sehr verhalten und förmlich aus. »Ich hatte die große Ehre, Ihrer Ladyschaft draußen zu begegnen, unter dem … Haustürdach, gerade eben. Und auch ihrem charmanten Sohn.«

Alexandra war sich nicht ganz sicher, ob sie kichern oder stöhnen sollte. Dass Lord Roland und Lilibet sich nach all den Jahren zufällig vor diesem Gasthaus wiedertrafen! Einfach unglaublich!

»Charmant! Oh ja«, brachte sie schließlich heraus. Sie fühlte sich irgendwie überrumpelt, und mehrere männliche Augenpaare weideten sich an ihrer Verwirrung. Es war unerträglich. Sie riss sich zusammen und räusperte sich, um hoffentlich etwas Vernünftigeres herauszubringen, das die peinliche Pause beendete.

Doch ihr fiel nichts ein, und so war sie gezwungen, sich erneut an den Herzog zu wenden. »Hören Sie, Wallingford, ich bin wirklich auf Ihren Großmut angewiesen. Sicher verstehen Sie unsere Notlage. Ihre Zimmer sind sehr viel größer – geradezu luxuriös –, und es sind *zwei*! Sie können doch wirklich nicht guten Gewissens …« Da kam ihr ein Gedanke. Sie drehte sich wieder Lord Roland zu und musterte ihn mit einem beschwörenden Lächeln. »Mein lieber Penhallow. Denken Sie nur an die arme Lilibet, die womöglich auf … einem *Stuhl* schlafen muss. Zusammen mit all diesen Fremden.«

Lord Roland machte ein bestürztes Gesicht. Alexandra klappte bereits den Mund auf, um ihren Vorteil zu nutzen, doch ehe sie etwas sagen konnte, hielt eine Stimme sie davon ab.

»Haben Sie denn nicht daran gedacht, im Vorhinein Zimmer zu reservieren, Lady Morley?«

Einen Moment lang war Alexandra verwundert. Eine so klangvolle Stimme konnte nur aus einer sehr breiten Brust kommen, und der aristokratische Akzent mit dem ungeduldigen Unterton war typisch englisch. Doch Wallingford hatte nichts gesagt und Lord Roland auch nicht.

Oh, natürlich, der dritte Mann.

Alexandra hütete sich, ihm sofort Beachtung zu schenken. Schließlich war sie nicht umsonst die verwitwete Marquise von Morley. Langsam zählte sie die Sekunden, eins … zwei… drei, dann erst drehte sie sich zu der Stimme um.

Wallingfords Freund sah ganz anders aus, als sie es sich vorgestellt hatte.

Wer in Dreiteufelsnamen war das? Der Mann war natürlich groß – außergewöhnlich groß sogar, er überragte selbst den Herzog um fast zehn Zentimeter – und breitschultrig. Das hatte sie schon vorher über Wallingford und seine Entourage gewusst. Doch bei einer so tiefen, samtenen und *gewichtigen* Stimme hatte sie eine düstere Gestalt erwartet, einen Finsterling mit schwarzen Haaren und Augen, wie Wallingford. Dieser Kerl aber hatte rote Haare, grasgrüne Augen und *Sommersprossen*, richtige Sommersprossen, die nicht nur seine Nase sprenkelten, sondern bis über die ausgeprägten Wangenknochen reichten. Er sah aus wie ein irischer Kobold, sofern diese dämlichen Kobolde mit den Schnabelschuhen einen kräftigen Körperbau und einen strengen Blick hatten und fast zwei Meter groß waren.

Sie würde doch wohl mit so einem aufgeblasenen Wicht fertigwerden.

»Doch das habe ich, Mr. …« Alexandra machte eine vernichtende Pause, die schwächere Naturen in die Knie gezwungen hätte. »Es tut mir schrecklich leid, mein Herr, aber ich *fürchte*, ich habe Ihren Namen nicht verstanden.«

Ihr Gegenüber verzog keine Miene, nicht einmal eine spöttische Braue.

»Ich bitte um Entschuldigung, Lady Morley«, mischte der Herzog sich ein. »Wie ungehörig von mir. Ich habe die große Ehre, Ihnen Mr. Phineas Fitzwilliam Burke von der *Royal Society* vorstellen zu dürfen, womöglich sind Sie ja bei Ihren philosophischen Studien gelegentlich auf seinen Namen gestoßen.«

»Ihr Diener, Madam«, sagte Mr. Burke und neigte ganz leicht den Kopf.

Alexandras Hirn brauchte ein oder zwei Sekunden, um diese Information zu verdauen. »Burke«, murmelte sie verwirrt und fuhr dann mit einiger Anstrengung fort: »Phineas Burke. Natürlich. Von der *Royal Society*. Aber ja. Jeder kennt Mr. Burke. Ich habe … in der *Times*, letzten Monat … Ihren Aufsatz über einen elektrischen … einen von diesen neumodischen …« Sie war schon wieder ins Stottern geraten. Dieser dämliche Wallingford. Verflucht sollte er sein dafür, dass er mit einem allseits bewunderten Universalgenie unterwegs war. Wie um alles in der Welt war es ihm gelungen, die Bekanntschaft von Phineas Burke zu machen?

Als Alexandra sich etwas gefangen hatte, versuchte sie, ein freundliches Lächeln aufzusetzen, um ihr hochmütiges Benehmen wiedergutzumachen. »Ich wollte sagen, dass wir selbstverständlich Zimmer reserviert hatten. Wenn ich mich recht erinnere, habe ich schon vor einigen Tagen telegrafiert. Aber wir sind in Mailand aufgehalten worden. Das Kindermädchen des Jungen war krank, und ich nehme an, dass unsere Nachricht den Wirt nicht rechtzeitig erreicht hat.« Sie bedachte den verständnislosen Hausherrn, der einige respektvolle Schritte entfernt stand, mit einem vorwurfsvollen Blick.

»Schluss mit dem Theater«, sagte Lord Roland plötzlich. »Es

würde uns nicht im Traum einfallen, Ihnen und Ihren Freundinnen Unannehmlichkeiten zu bereiten, Madam. Nicht einmal eine Sekunde lang. Ist es nicht so, Wallingford?«

Der Herzog verschränkte die Arme vor der Brust. »Ja leider.«

»Burke?«

Der Wissenschaftler schnaubte zustimmend.

Lord Roland lächelte sein berühmtes Lächeln. »Sehen Sie, Lady Morley? Wir sind völlig einverstanden und froh und so weiter. Ich finde, Burke sollte das kleine Zimmer oben nehmen, denn er ist ein äußerst langweiliger, misanthropischer Zeitgenosse, und mein Bruder und ich machen es uns natürlich gern hier unten gemütlich. Wäre Ihnen das recht?«

Alexandra war sehr erleichtert. Der gute alte Penhallow. Sie hätte ihn küssen können, wenn der Anstand und Lilibet es erlaubt hätten, was beinahe dasselbe war. Stattdessen verschlang sie die Hände zu einem eleganten Ziegenlederknoten. »Sie sind ein Schatz, Penhallow. Ich wusste, dass Sie uns helfen würden. Ich bin Ihnen *furchtbar* dankbar, mein Lieber; Sie können sich gar nicht vorstellen, wie ich mich über Ihr großzügiges Angebot freue«, sagte sie mit überströmender Begeisterung wirklich *ganz* ehrlich, wenngleich ihr unter Mr. Burkes durchdringendem Blick, den sie aus den Augenwinkeln wahrnahm, etwas unbehaglich wurde.

Warum hatte Wallingford bloß einen Wissenschaftler dabei? Wirklich, es war unerträglich, dass der Mann sie musterte, als wäre sie eine Art *Forschungsobjekt*. So als würde er all ihre Geheimnisse kennen.

Alexandra wandte sich an den Wirt und schlug wieder ihren Kommandoton an: »Haben Sie verstanden. *Comprendo*? Sie können das Gepäck des Herzogs von oben herunterholen und unsere Koffer hinaufbringen.«

Der Wirt verbeugte sich missmutig und eilte davon. In dem Moment öffnete sich die massive Haustür, und zwei dick eingemummelte, völlig durchnässte Gestalten kamen herein.

Als Alexandra sich zu ihnen umdrehte, spürte sie, wie ihr Unbehagen von einer schändlichen Vorfreude verdrängt wurde. »Ah! Cousine Lilibet! Da bist du ja endlich. Ist mit dem Gepäck alles in Ordnung?«

Lord Roland reagierte fast augenblicklich. Er drehte sich auf dem Absatz um und war schon ein paar Schritte auf Lilibet zugegangen, ehe er sich besann und wie angewurzelt stehen blieb.

Höchst befriedigend.

Noch befriedigender jedoch war, dass Lilibet sich nicht anmerken ließ, ob sie ihn bemerkt hatte. Ihre Aufmerksamkeit war ganz auf ihren Sohn konzentriert: Sie hatte sich gleich hingekniet und half dem kleinen Philip, ganz fürsorgliche Mutter, den nassen Wollmantel aufzuknöpfen. »Ja, alle Koffer sind abgeladen«, erwiderte sie. »Ein Mann bringt sie hinten rein.« Dann schaute sie, als gäbe es die drei Männer gar nicht, an der Herrenriege vorbei zu ihrer Cousine; kein leichtes Unterfangen, wenn man bedachte, dass die fraglichen Herren allesamt die Statur von Rugby-Spielern hatten.

Geradezu unglaublich, dachte Alexandra, aber wenn man ein Gesicht wie Lilibet hatte, brauchte man keine Tricks. Ihre Cousine war wieder aufgestanden und hatte angefangen, ihren eigenen Mantel aufzuknöpfen, während Lord Roland wie gelähmt dastand und ihr fasziniert dabei zusah.

»Um Himmels willen«, murmelte irgendjemand hinter Alexandra. Dem Tonfall nach wahrscheinlich Wallingford.

»Darf ich davon ausgehen, dass die zwei sich kennen?«, fragte dieser Mr. Burke trocken.

Das war besser als ein Theaterstück.

Doch gerade als Lilibet den letzten Knopf öffnete und Alexandra mit angehaltenem Atem darauf wartete, was als Nächstes passieren würde, kam ihre Schwester durch die Tür gerauscht und ruinierte die Szene. Schade.

Wie ein sorgloser junger Spaniel schüttelte Abigail sich die Tropfen vom Hut und kam auf Alexandra zu. »Alex, Darling«, sagte sie in die gespannte Stille hinein, »du wirst mir nicht glauben, was ich in den Ställen gesehen habe!«

Alexandra seufzte vor Enttäuschung und zog die Nase kraus. »Was hast du denn bloß in den Ställen gemacht, Liebes? Oh bitte, hör auf zu gestikulieren und zieh den Mantel aus. Du machst mich ja ganz nass. Komm. Ich helfe dir bei den Knöpfen.« Geschickt befreite sie ihre Schwester von dem nassen Mantel. »Jetzt geh mit zum Feuer und wärm dich. Auf dem Tisch vor dem Kamin wartet eine schöne, warme Mahlzeit auf uns. Dabei kannst du mir alles erzählen, was du in den Ställen gesehen hast.«

Alexandra legte den Mantel über den rechten Arm, streckte den linken nach Abigail aus, nahm sie bei der Hand und führte sie schnurstracks zu der riesigen Feuerstelle, an der Lilibet sich bereits die Hände wärmte: ein Anblick, der jeden englischen Mann erfreut hätte, und erst recht denjenigen, dessen Herz ihr schon seit so vielen Jahren gehörte.

Alexandra nahm sich vor, Lord Roland Penhallow an diesem Abend gut im Auge zu behalten.

Doch als sie an den Männern vorüberging, taten ihre Augen etwas Ärgerliches und völlig Unerwartetes. Sie achteten weder auf Lord Rolands schmachtende Blicke noch auf Wallingfords düstere Miene.

Stattdessen registrierten sie fasziniert, wie Mr. Phineas Burkes tizianrotes Haar im Schein des Feuers golden aufleuchtete.

ZWEI

Alexandra wusste, dass sie nach dem Essen hätte gehen sollen. Das gehörte sich so. Die Männer hatten erwartet, dass sie sich Lilibet und Abigail anschließen würde, die nach oben gegangen waren, um den gähnenden Jungen ins Bett zu bringen.

Aber an diesem Abend pfiff sie auf die Regeln. Sie hatte sich schon immer danach gesehnt, am Tisch sitzen zu bleiben und über Politik zu diskutieren, schließlich war sie nun eine Witwe, weit weg von den englischen Salons, mit einer Flasche Grappa in Reichweite. Doch noch wichtiger war, dass ihr mitten im Kampf mit ihrer viel zu dicken Scheibe Gänsebraten, als Abigail an sie herangerückt war, um ihr zu sagen, was sie in den Ställen entdeckt hatte, wieder eingefallen war, wofür Mr. Phineas Burke momentan angeblich seinen brillanten Verstand einsetzte. Und sein Kapital natürlich auch.

Für pferdelose Kutschen.

Als ob Gott ihn geschickt hätte in der Stunde der Not.

Deshalb war sie an diesem Abend einfach sitzen geblieben, und als Lilibets Röcke oben hinter dem Treppengeländer verschwunden waren, hatte sie sich Mr. Phineas Burke zugewandt und ihn mit einem provozierenden Lächeln gefragt: »Sagen Sie mal, Mr. Burke, was um alles in der Welt führt Sie in diese einsame Gegend? Ich könnte ja noch verstehen, warum Wallingford und Penhallow etwas so Exzentrisches tun, aber Sie scheinen mir doch ein recht vernünftiger Mann zu sein.«

Daraufhin hatte Mr. Burke sie über den Tisch hinweg mit diesem bohrenden Blick gemustert, unter dem man sich so durchschaut fühlte. »Dasselbe könnte ich Sie fragen, Lady Morley.«

»Oh nein. Das ist etwas anderes. So leid es mir tut, aber Frauen dürfen Geheimnisse haben. Das ist unser Privileg.« Alexandra zwang sich, dem Mann fest in die Augen zu sehen und seinem Blick standzuhalten. »Ihr armen Männer dagegen müsst uns alles verraten, kein Pardon. Also bitte, klären Sie mich auf. Ich kann es kaum erwarten, es zu erfahren. Machen Sie eine Kavalierstour? Suchen Sie ein verloren gegangenes Renaissance-Gemälde? Oder hat Wallingford etwa eine italienische *Comtessa* geschwängert?«

»Es kränkt mich«, unterbrach sie der Herzog, »dass Sie glauben, ich könnte so unvorsichtig sein.«

Erleichtert ließ Alexandra den Blick zu Wallingford schweifen. Die meisten Frauen fühlten sich von diesem großen, mürrischen Kerl eher eingeschüchtert, doch sie verspürte bei seinem Anblick schon lange kein verräterisches Kribbeln mehr. Sobald man wusste, wie ein Mann wirklich war, erschien er einem so normal wie das tägliche Brot – und ebenso interessant.

Also lehnte Alexandra sich auf ihrem Stuhl zurück und streichelte den angelaufenen Zinnfuß ihres Glases, in dem sich die letzten trüben Schlucke des Hausweins befanden. Er schmeckte sehr herb und kratzte am Gaumen, und sie hatte vor, ihn so langsam wie möglich zu trinken. »Man hört so viele Geschichten, dass man gar nicht mehr weiß, welche man glauben soll, Wallingford.«

»Ich kann Ihnen versichern, dass es sich nicht um etwas so Aufregendes handelt. Nur um eine Bildungsreise, Lady Morley.«

Alexandra lachte. »Eine Bildungsreise! Was für ein Unsinn. Mr. Burke würde ich das ja noch glauben, aber *Ihnen* beiden?« Sie sah kurz zu Lord Roland hinüber. »Worin wollen Sie sich denn weiterbilden, Euer Gnaden? Im Kartenspiel? Oder eher im Feiern wie die alten Römer?«

»Keins von beidem.« Wallingford wischte ein Staubkorn vom Ärmel. »Wenn wir eine römische Orgie feiern wollten, hätten wir Sie doch dazu eingeladen, Madam.«

Alexandra spürte, wie ihr die Röte ins Gesicht stieg, und verfluchte sich selbst. Sie hatte gedacht, in ihrem Alter könnte ihr das nicht mehr passieren, schon gar nicht bei einer so gemeinen und ungerechten Bemerkung.

»Um Himmels willen, Wallingford«, murmelte Mr. Burke und setzte sein Weinglas mit einem leisen Knall ab.

»Ziemlich rüde von dir, Bruder«, sagte Lord Roland, der aussah, als wäre er aus einem Traum erwacht.

Der Herzog zuckte die Achseln. »Ich bitte um Entschuldigung.«

Alexandra riss sich zusammen. »Sie können mir doch nicht weismachen, dass Sie irgendwelche akademischen Ziele verfolgen. Wenn ich an die Gerüchte denke, die vor ein paar Wochen kursierten …«

»Die waren bestimmt wahr. Allesamt.«

Alexandra beugte sich vor. »Erwarten Sie ernsthaft, dass ich Ihnen abkaufe, Sie hätten Ihre alten Gewohnheiten abgelegt, um sich philosophischen Studien zu widmen? In Italien?«

»Kaum zu glauben«, sagte Wallingford, »aber wahr.«

Nun mischte sich besonnen und leise der Wissenschaftler ein. »Wir haben einen strengen Plan aufgestellt, nach dem wir, ohne Ablenkung durch das Stadtleben, studieren und arbeiten wollen.«

Alexandra sah zwischen ihm und dem Herzog hin und her.

Wie unterschiedlich die beiden aussahen, der eine so düster und zynisch und der andere so farbenfroh und feinsinnig. »Ich nehme an, es hat etwas mit dieser Maschinenausstellung zu tun, die im Sommer in Rom stattfindet, stimmt's? Auf dem Gebiet betätigen Sie sich doch, Mr. Burke.«

Das schien den Mann endlich aus der Reserve zu locken, denn seine grasgrünen Augen weiteten sich überrascht. »Was um alles in der Welt wissen Sie denn davon?«

Alexandra zuckte die Achseln. »Oh, es interessiert mich bloß. Und Sie, Wallingford? Werden Sie Mr. Burke dabei zur Hand gehen?«

»Um Gottes willen, nein«, sagte der Herzog entsetzt. »Ich werde wohl mehr mein Gehirn anstrengen.«

»Ach wirklich?« Alexandra lächelte freundlich. »Haben Sie vor, sich eins zu kaufen, oder wollen Sie sich nur für die Zeit eins leihen?«

»Sehr witzig, Euer Ladyschaft.«

»Vielleicht möchten Sie ja auch sparen und teilen sich eins mit Penhallow.«

Lord Roland schaute auf und zwinkerte ihr zu. »Gott behüte. Schreckliches kleines Ding, so ein Hirn. Sehen Sie nur, was es mit meinem armen alten Freund Burke angestellt hat.«

Alexandra lachte. »In der Tat. Obwohl er der Beste von Ihnen ist.«

Sobald ihr die Worte entschlüpft waren, wünschte sie, sie hätte sie nie geäußert. Denn alle drei Männer waren mitten in der Bewegung erstarrt und sahen sie an: Mr. Burke mit einem Weinglas an den Lippen und Wallingford mit bis zum Haaransatz hochgezogenen Augenbrauen.

Na großartig. Was zum Teufel hatte sie dazu verleitet, so etwas zu sagen?

Alexandra räusperte sich. »Aber geben Sie die Hoffnung

nicht auf, Penhallow. Vielleicht kann Wallingford dazu überredet werden, Ihnen das Organ jeden zweiten Donnerstag auszuleihen, im Austausch für Ihre Freundlichkeit und Ihre gute Laune, die er noch nötiger hat. Wie lang soll Ihr kleiner Bildungsurlaub denn dauern?«

»Ein Jahr«, blaffte Wallingford.

Ein Jahr.

Alexandra erschrak. »Ein Jahr, sagten Sie?«

»So ist es.«

Sie sah von einem zum anderen und stellte fest, dass alle drei ganz ehrlich dreinschauten. Sie spürte einen kalten Hauch im Nacken und versuchte, ihn zu ignorieren. »Was für eine gelungene Vorstellung«, sagte sie heiter. »Beinahe hätte ich Ihnen geglaubt.«

»Das sollte kein Witz sein. Schließlich habe ich, wie Sie zu bemerken beliebten, gar keinen Humor, meine Teuerste.«

»Ha. Haben Sie sich vielleicht mit Miss Harewood unterhalten? Oder mit Lady Somerton?«

»Ich habe nicht die leiseste Ahnung, worauf Sie hinauswollen«, sagte Wallingford in gelangweiltem Ton.

Alexandras Herz klopfte warnend. Das konnte doch kein Zufall sein. Oder? Hatte irgendjemand Wallingford von ihren Plänen erzählt? Und wenn ja, wer? Wer konnte noch davon wissen?

Sie hatte Mühe, mit ruhiger Stimme zu sprechen. »Ein Jahr, haben Sie gesagt. Ein Jahr voller philosophischer Studien. Wirklich seltsam.«

»Seltsam?«, fragte Lord Roland. »Wieso *seltsam*? Ich gebe ja zu, dass der Plan insgesamt ziemlich verrückt ist. Heller Wahnsinn, meiner Meinung nach; wirklich, ich bin nur dabei, um zu sehen, wie grandios er scheitert. Aber *seltsam*?«

Alexandra nahm einen Löffel und stocherte in ihrer Mascarpone herum. Wie viel sollte sie den Männern erzählen? »Nun, Penhallow, der Grund, warum ich Ihre Reise so *seltsam* finde, ist, dass meine Begleiterinnen und ich zufällig aus einem ähnlichen Grund unterwegs sind. Verzeihung, weiß irgendeiner von Ihnen, was das für ein … Pudding ist?«

»Vergeben Sie mir«, erwiderte der Herzog, »aber ich verstehe nicht ganz.«

»Das hier. Dieses weiße Zeug … Du meine Güte, ich weiß nicht, wie ich es beschreiben soll …«

»Ich spreche nicht von dem verdammten Pudding, sondern von Ihrem Projekt.«

»Oh natürlich. Es ist so«, erklärte Alexandra, indem sie sich vorbeugte und ihn kühl lächelnd musterte, »dass wir – Lady Somerton, Miss Harewood und ich – auch nach Italien gereist sind, um gewissermaßen geistige Einkehr zu halten.«

Wallingford starrte sie ungläubig an, er schien nicht zu wissen, ob sie sich über ihn lustig machte oder ob sie es ernst meinte. »Geistige Einkehr? Worin wollen Sie Ihren Geist denn schulen?«

»Wir haben eine lange Liste von Themen vorbereitet.«

»Zweifellos. Und bestimmt wird bei jedem neuen Thema ein anderes Kleid angezogen.«

Alexandra warf ihm einen mörderischen Blick zu. »Wir nehmen die Sache sehr ernst, mein Lieber.«

»Ach, kommen Sie. Was sagt denn Lord Somerton dazu? Ist er etwa erfreut über die Abwesenheit seiner Gattin? Und Ihre arme Schwester soll sich in Büchern vergraben, statt einen Mann zu suchen?« Wallingford kreuzte die Arme und grinste. »Das ist verrückt.«

Allmählich geriet Alexandra in Wallung. Als ob es nicht gerade ihre Pflichten gegenüber Lilibet und Abigail gewesen wären, die sie hergebracht hatten! »Nicht verrückter als *Ihr* Plan.«

»Ich wette, Sie halten das nicht mal einen Monat aus.«

»Und ich wette, Sie haben schon nach einer Woche Ihre Koffer wieder gepackt, Wallingford. Sie ohne einen Rock, dem Sie nachjagen können? Und Penhallow, der sich an griechischer Philosophie das Hirn verrenkt?« Dann deutete sie mit dem Kopf auf Burke, denn sie traute sich nicht, ihn anzusehen. »Ihr armer Freund wird sich selbst überlassen bleiben, obwohl ich behaupten möchte, dass ihm das sehr gut gefallen wird.«

»Unsinn«, entgegnete Wallingford. »Frauen haben gewisse Vorzüge, und sicher gibt es keinen größeren Bewunderer des schönen Geschlechts als mich, doch die Fähigkeit, fernab von den Verlockungen des Gesellschaftslebens weitergehende philosophische Studien zu betreiben, gehört leider nicht dazu.«

»Ganz im Gegenteil«, erwiderte Alexandra. »Wie Ihr eigener Lebenswandel immer wieder beweist, schaffen Männer es einfach nicht, ihre niederen Instinkte zu beherrschen. Frauen würden wesentlich bessere Studenten sein, wenn man ihnen die Gelegenheit gäbe.«

Wallingford beugte sich über den Tisch. »Gut, dann nennen Sie mir Ihren Einsatz.«

»Meinen Einsatz?«

»Sie wollten doch wetten, Lady Morley.«

»Meinen Sie das ernst?«, fragte Alexandra.

Lord Roland mischte sich ein. »Komm, lass es. Das gehört sich nicht, mit einer Lady zu wetten, alter Mann.«

Alexandra wischte den Einwand beiseite. »Machen Sie sich keine Sorgen, mein Lieber. Wir haben diesen zivilisierten Unsinn doch alle in England zurückgelassen, oder? Nein, ich finde Wallingfords Vorschlag großartig. Es gibt dem Ganzen einen tieferen Sinn.«

»Ganz genau«, sagte Wallingford. »Also, was ist Ihr Einsatz?«

Alexandra strich mit dem Daumen über ihren Löffel. Mit einem Mal hatte sie das höchst irritierende Gefühl, geködert worden zu sein – und zwar sehr gekonnt. »Die Partei, die am längsten studiert, bekommt …«, sie zögerte, »… etwas, das wir später festlegen.«

»Das ist eine weibliche List.« Der Herzog verdrehte die schwarzen Augen. »Den Gewinn erst festzulegen, wenn der Gewinner feststeht. Das Ganze sollte doch einen *tieferen Sinn* bekommen, meine Gute.«

Oh verdammt. Was hatte sie getan? Gewonnene Wetten hatten die fatale Eigenschaft, öffentlich bekannt zu werden, und öffentliche Bekanntheit war das Letzte, was sie im Moment brauchte. Sie hatte sich so große Mühe gegeben, ihre Abreise aus England geheim zu halten, und ihr Ziel ebenso. »Glauben Sie nicht, dass Stolz eine ausreichende Motivation ist?«, fragte sie, um dem Köder vielleicht doch noch zu entgehen. »Muss es denn immer um Geld gehen?«

»Niemand hat etwas von Geld gesagt, Lady Morley«, sagte Mr. Burke sehr leise, aber mit ruhiger Autorität.

Mit klopfendem Herzen sah Alexandra ihn an. »Was soll das heißen, Mr. Burke? Haben Sie vielleicht ein *persönliches* Interesse an dieser Auseinandersetzung? Sind Sie etwa ebenfalls der Ansicht, dass die Männer den Frauen geistig überlegen sind?«

Mr. Burke zuckte die Achseln. »Das scheint mir eine wissenschaftliche Frage zu sein, die auf wissenschaftliche Weise gelöst werden kann. Wir haben drei Probanden aus jedem Geschlecht, die in etwa das Gleiche vorhaben. Ein recht gut angelegtes Experiment, würde ich meinen.«

»Und Sie meinen natürlich auch, dass Ihre Seite gewinnt.«

Mr. Burke machte einen kleinen Diener. »Ich bin Wissenschaftler und als solcher nur daran interessiert, was am Ende herauskommt, Gnädigste. Doch da die Frage bereits aufgeworfen ist: Ich kann nichts Schlimmes daran finden, den Gewinnern eine Art Preis zu versprechen.«

»Und was«, fragte Alexandra, indem sie sich vorbeugte und ihn katzenhaft anlächelte, weil sie seinem herausfordernden Blick einfach nicht widerstehen konnte, »schwebt Ihnen da vor?«

Mr. Burke lehnte sich zurück und griff nach der Schüssel mit Walnüssen am Ende des Tisches. »Ich habe immer geglaubt, dass die Resultate wichtiger wissenschaftlicher Studien von großem Interesse für die Menschheit im Allgemeinen sind«, sagte er, während er eine Walnuss herausnahm und zwischen Daumen und Zeigefinger legte. »Also, warum sollte der Verlierer nicht in der *Times* eine Anzeige von, sagen wir, mindestens einer halben Seite aufgeben, in der er die Überlegenheit der Gewinnerseite anerkennt.«

Dann knackte er die Walnuss einfach mittendurch und holte mit einem geschickten Dreh den Kern aus ihr heraus.

Am Tisch breitete sich eine Stille aus, die nur vom schrägen Gesang eines Betrunkenen unterbrochen wurde, der am Feuer saß und versuchte, das Trinklied aus *Othello* anzustimmen.

»Sie sind sehr von sich überzeugt, mein Herr«, erwiderte Alexandra schließlich. »Und ich freue mich schon darauf, Ihnen zu beweisen, dass Sie unrecht haben.«

Mr. Burke erhob sich und kippte den Rest seines Weines herunter. Er war knallrot angelaufen unter den Sommersprossen. »Wenn Sie mich entschuldigen würden«, sagte er mit funkelnden Augen, dann verließ er den Raum.

Das Problem an italienischen Landgasthöfen, dachte Phineas Burke später, als er durch den Regen zum baufälligen Stall lief, war mitnichten der Mangel an allgemeinen Annehmlichkeiten, der ihm kaum auffiel. Ob er in einem Studentenzimmer in

Cambridge, in einem Lederzelt auf der sibirischen Steppe oder im luxuriösen Stadthaus seines Paten an der Park Lane wohnte, war ihm bei seinen bescheidenen Ansprüchen mehr oder weniger gleichgültig.

Nein, das wahre Problem war der Mangel an Platz. Von Kindheit an hatte er es sich angewöhnt, sich – egal, wo er war – ein Versteck zu suchen: einen unbenutzten Schrank, einen hohlen Baum, einen Schuppen. Irgendeinen Platz, an den er flüchten konnte, wenn ihm die Gesellschaft anderer Menschen zu viel wurde, oder wenn er einen Geistesblitz hatte und an nichts anderes mehr denken konnte.

Und insbesondere wenn eine sehr gesprächige und verdammt anziehende Frau sich selbst zum Abendessen einlud.

Nun, um ehrlich zu sein, hatte sie sich eigentlich nicht selbst eingeladen. Ein genauer Beobachter hätte zugeben müssen, dass Lord Roland, dieser liebeskranke Jungspund, den fatalen Vorschlag gemacht hatte. Und vielleicht wäre es auch nach den Regeln des so genannten guten Benehmens ziemlich rüde gewesen, die englischen Damen zu ignorieren, die in einem Raum voller Ausländer keinen Meter entfernt am Nachbartisch gesessen hatten.

Doch Lady Morley hatte die Einladung viel zu hastig angenommen. Sie hatte ihre Begleiterinnen förmlich an den Tisch der Männer gezerrt, obwohl selbst für Finn – wahrlich kein Frauenkenner – offensichtlich gewesen war, dass zumindest die wunderschöne Lady Somerton nicht den Wunsch hatte, sich ihnen anzuschließen.

Und um alles noch schlimmer zu machen, hatte die Marquise dann mit ihrer melodischen, selbstbewussten Stimme Konversation gemacht und alle anderen praktisch gezwungen, sich miteinander zu unterhalten, indem sie gewagte Themen anschnitt, witzige Bemerkungen einflocht und Fragen stellte, die er für impertinent gehalten hätte, wenn die Dame nicht den irritierenden Trick beherrscht hätte, sie stattdessen klug, vertraulich und raffiniert wirken zu lassen. Selbst Wallingford hatte ein- oder zweimal lachen müssen. Es war unerträglich. Hatten er und seine Freunde England nicht *ausdrücklich* deswegen verlassen, um derartigen Ablenkungen aus dem Wege zu gehen?

Als Lady Somerton und Miss … wie hieß sie noch mal, die Schwester der Marquise … Miss Harewood, genau, als diese beiden Damen den kleinen Jungen nach oben gebracht hatten, hatte er tief aufgeatmet, weil er damit rechnete, dass Lady Morley nun ebenfalls aufstehen und die Männer in Ruhe lassen würde. Aber nein. Sie war geblieben, verdammt noch mal, und nun hatte er ihr nicht nur viel mehr verraten, als er beabsichtigt hatte, sondern noch dazu etwas unglaublich Voreiliges getan.

Er hatte diese Wette unterstützt.

Warum um alles in der Welt hatte er das getan? Er musste verrückt gewesen sein, dachte Finn ärgerlich, während er die Krempe seines Hutes tiefer ins Gesicht zog und seine Schritte beschleunigte. Seit dem Wolkenbruch am Nachmittag hatte der Regen etwas nachgelassen, doch einzelne Tropfen rannen immer noch kalt an seinem ungeschützten Nacken hinab in den Mantelkragen, was seine Laune nicht eben hob. Ohne es zu wollen, sah er sie wieder vor sich: Lady Morley mit ihren leuchtend braunen Augen und der zarten Röte auf den hohen Wangenknochen, wie sie sich so weit vorbeugte, dass ihr hübsch verpackter Busen überaus einladend direkt über ihrem Mascarpone-Nachtisch schwebte. Und wie sie die Augenbrauen hochgezogen hatte, als er diese dämliche Walnuss knackte, so als ob sie geahnt hätte, dass er damit nur seine Nervosität verbergen wollte.

Eine Wette bedeutete, dass sie in Kontakt blieben, ja sogar

bleiben mussten. Und genau das war der Grund für sein Handeln. Er hatte diese Wette schon allein deshalb verloren, weil er darauf eingegangen war.

Schnell schlüpfte Finn durch die Stalltür. »Hallo?«, rief er. Die alten Steine warfen nur ein schwaches Echo zurück. Er hörte, wie die Tiere sich bewegten, und roch die erdige Geruchskombination aus Pferd, Heu und Dung, die in der feuchtkalten Luft hing. Trotz der Anwesenheit von Gott weiß wie viel Tieren war es im Stall nicht viel wärmer als draußen und sicher auch nicht viel heller, denn das einzige Licht kam von zwei düsteren Laternen. Finn blieb still stehen und ließ den Augen Zeit, sich anzupassen, sich so lange an das Dämmerlicht zu gewöhnen, bis die Schatten deutlicher wurden und Gestalt annahmen. Schließlich hatte es keinen Sinn, ziellos herumzustolpern.

Er hatte den Stallknechten am Nachmittag beim Abladen zugesehen und wusste genau, wo seine Maschine stand. Er hatte alles überwacht, bis zum Schluss, als eine schlichte Wolldecke darübergeworfen und an den Ecken festgesteckt worden war. Er hatte keinen Grund, da zu sein, keinen Anlass zur Sorge, es war nur die Fürsorge die ihn hertrieb, ähnlich der eines Vaters, der vor dem Zubettgehen ein letztes Mal das Haupt seines schlafenden Kindes betrachtet, um sicherzustellen, dass es ruhig und gleichmäßig atmet.

Als Finn endlich die Umrisse seiner Umgebung erkennen konnte, ging er auf leisen Sohlen in die entlegene Ecke, zu der er die Stallknechte am Nachmittag dirigiert hatte, vorbei an den neugierigen Köpfen mehrerer Pferde, die auf Leckereien hofften; rostigen landwirtschaftlichen Geräten, die über den Winter im Stall eingelagert waren; und verschiedenen Stapeln von Kisten und Kästen, vermutlich Wein, der auf den Weitertransport wartete.

Bis zum letzten Augenblick war ihm nicht bewusst, dass noch jemand im Raum war. Erst kurz bevor er sein Ziel erreichte, roch er etwas, und ihm wurde heiß.

»Wer ist da?«, blaffte er angespannt.

Aus dem Schatten kam ein leises Rascheln. Finn lauschte einen Moment, ehe er langsam darauf zuging: einen Schritt nach dem anderen, während die Holzdielen bei jeder Gewichtsverlagerung ächzten.

Wieder raschelte es. »Hören Sie«, sagte er etwas freundlicher, »ich weiß, dass Sie da sind. Sie können genauso gut rauskommen.«

Finn hatte den Eindruck, im Dunkeln einen unterdrückten Seufzer zu hören, dann sagte eine sehr leise Stimme: »Entschuldigen Sie, Mr. Burke. Sie haben mich ziemlich erschreckt.«

Lady Morley. Finn sah ihren Schatten aus der dunklen Ecke treten, kerzengerade und majestätisch, und obwohl ihre Gesichtszüge nicht zu erkennen waren, sah er sie im Geiste deutlich vor sich.

»Wer zum *Teufel* ist da?«, fragte er, ohne nachzudenken. »Lady Morley?«

Die Marquise zögerte merklich. »Ja, ich wollte nur … ein bisschen frische Luft …« Sie hielt inne und schien sich zu sammeln. »Sie werden mich natürlich für ziemlich dumm halten. Anscheinend habe ich mich im Dunkeln verlaufen. Ich dachte, ich wäre wieder im Gasthof, und als ich merkte, dass es nicht so war, hatte es wieder angefangen zu regnen. Bitte verzeihen Sie mir, wenn ich Sie erschreckt haben sollte.«

Sie war ihm so nah, dass er ihre Wärme und ihre Nervosität spürte. Wenn er wollte, konnte er sie sogar berühren.

»Ich muss zugeben«, fuhr Alexandra fort, da er nichts erwidert hatte, »dass Sie mir auch einen kleinen Schrecken eingejagt haben! Ich habe gedacht, Sie wären einer von den Stallknechten und wollten mich vergewaltigen.« Sie lachte, ein leichtes, perlendes Lachen, das an vornehme Salons erinnerte und im ländlichen Italien völlig fehl am Platze war.

»Und wenn ich das tatsächlich wollte?«, hörte er sich selbst fragen, mit einer Stimme, die so dunkel war, dass er sie kaum wiedererkannte.

Ein weiteres perlendes Lachen. »Na, dann müsste ich Ihnen natürlich etwas über den Schädel ziehen. Obwohl Sie so schrecklich groß sind, dass es mir sicher einige Schwierigkeiten bereiten würde. Wahrscheinlich müsste ich auf eine Stehleiter steigen, um einen guten Treffer zu landen.«

In der Stille, die auf diese Worte folgte, hörte Finn den Regen heftiger aufs Dach trommeln. Offenbar hatte der Sturm wieder Kraft gesammelt, so als wäre er entschlossen, sie beide im Stall festzuhalten. Hinter ihm schnaubte ein Pferd, ob ermutigend oder missbilligend, konnte er nicht sagen.

»Was zum Teufel machen Sie hier?«, fragte Finn noch einmal.

Lady Morley trat von einem Fuß auf den anderen. »Das habe ich Ihnen doch schon gesagt. Ich bin spazieren gegangen, um einen klaren Kopf zu bekommen, und am Ende bin ich im Stall gelandet.«

Man merkte ihr an, dass das nicht stimmte. Sie log, und er wusste es, und sie wusste, dass er es wusste. Aber was sollte er machen? Er konnte es ihr ja schlecht auf den Kopf zusagen. Das wäre so ähnlich gewesen, als würde er sie des Mordes bezichtigen – nein, schlimmer. So standen sie da, und die Lüge hockte zwischen ihnen wie ein inkontinentes Schoßhündchen, über das man höflich hinwegsah. Als Finn klar wurde, dass er wohl nie erfahren würde, was Alexandra, Lady Morley, dazu bewogen hatte, mitten in der Nacht in einem toskanischen

Stall um die Verkörperung seines Lebenswerks herumzuschleichen, atmete er ganz langsam aus.

»Mr. Burke? Habe ich Sie irgendwie beleidigt?«, fragte die Dame sanft und devot. Offenbar war ihr bewusst, was sie ihm für sein Feingefühl schuldete.

Himmel Herrgott noch mal. Das war zu viel; *sie* war ihm zu viel, zu klug, zu schön und zu temperamentvoll, und dann noch dieser zarte Lilienduft, der ihm zu Kopfe stieg und ihn berauschte. Er hatte sich gegenüber Frauen nie richtig ausdrücken können, sich in ihrer Gesellschaft nie ganz wohl gefühlt; sie waren eine fremde Spezies. Er spürte, dass er ins Stammeln geraten würde, deshalb verkniff er sich eine Antwort.

»Mr. Burke?«, fragte Lady Morley erneut, so nah, dass er glaubte, ihren Atem an seiner Halsgrube zu spüren.

»Nein. Nein, natürlich nicht.«

»Würden Sie dann bitte so freundlich sein, mich zum Gasthaus zurückzubringen?«

Finn zögerte einen Sekundenbruchteil, denn sosehr Lady Morley ihn auch verstörte, er konnte sich einfach nicht dazu durchringen, sich von ihr zu trennen. »Sicher, aber …«

»*Aber*, Mr. Burke?«

Er senkte die Stimme. »Aber nicht bevor Sie meine Neugier in einem bestimmten Punkt befriedigt haben, Madam.«

Die Marquise schnappte leise nach Luft. »Neugierig zu sein gilt als unhöflich, Mr. Burke.«

»Das schert mich nicht.« Irgendetwas an ihrer Antwort, eine kaum merkliche Beklommenheit, hatte ihm Selbstvertrauen gegeben. »Verraten Sie mir den wahren Grund, warum Sie in Italien sind, Lady Morley.«

Die Marquise ließ sich nicht einschüchtern. »Das habe ich Ihnen bereits gesagt, Mr. Burke. Wir möchten uns ein Jahr lang unseren Studien widmen, genau wie Sie.«

»Ein geradezu unglaublicher Zufall.«

»Ja, nicht wahr?«

»Das hätte man Ihnen gar nicht zugetraut. Schließlich sind Sie eine führende Figur der Londoner Gesellschaft.« Er schloss die Augen und sog ihren Duft ein. Ihre warme Haut war ganz nah an seiner, und ohne nach unten zu sehen, wusste er, dass ihre Brustspitzen fast an seinen Wollmantel stießen.

»Sie sind ja gut informiert.«

»Warum sollte eine allseits bewunderte Frau ihr Leben aufgeben, um sich ein Jahr auf dem Land zu verkriechen, frage ich mich?« Finn sprach sehr leise, damit diese Frau so nah bei ihm blieb.

»Vielleicht hat mich das Leben in London gelangweilt«, flüsterte sie zurück. Bildete er sich das nur ein, oder klang sie etwas unsicher? Bestimmt nicht. Doch nicht die Marquise von Morley, nicht einmal dann, wenn sie ganz dicht bei einem Fremden in einem mit Heu ausgestreuten italienischen Stall stand.

Gott, es war kaum auszuhalten.

»Sind Sie das denn? Gelangweilt vom Leben in London?«

»Unter anderem, ja.«

»Also haben Sie nichts zu verbergen? Keine Geheimnisse? Ich kann Ihnen versichern, dass ich überaus diskret bin.«

Irgendetwas lag in der Luft, ein Hauch von Spannung, doch dann war der Moment auch schon wieder vorüber. »Nein, leider keine aufregenden Geheimnisse. Wir sind nur drei langweilige Damen, die sich etwas Langweiliges vorgenommen haben.«

»Ah ja.« Als Finn eine Hand bewegte, streifte er ihre behandschuhten Fingerspitzen. Die flüchtige Berührung versetzte ihm einen erstaunlich kräftigen Schlag. »In dem Fall sollten wir vielleicht zum Gasthof zurückkehren.«

»Ja natürlich«, sagte Lady Morley seufzend.

Sie hängte sich bei ihm ein und legte die Hand ganz leicht auf seinen Unterarm, sodass ihre behandschuhten Finger sein Handgelenk berührten. Unwillkürlich versteifte sich Finn. Dann führte er die Marquise durch den Stall nach draußen, wo der kalte Ansturm des strömenden Regens die letzten Reste der gegenseitigen Faszination fortspülte.

Als Finn unter dem Vordach nach der Türklinke griff, wandte Lady Morley sich ihm zu.

»Mr. Burke, gerade fällt mir ein, dass …« Sie zögerte.

»Ja?«

Die Marquise zog die Hand weg, die immer noch auf seinem Arm gelegen hatte, und ballte sie, halb in den Röcken versteckt, zur Faust. »Tja, wie ich schon gesagt habe, wir haben keine Geheimnisse. Dennoch wäre ich Ihnen sehr dankbar, wenn Sie darauf verzichten könnten, unsere Begegnung hier gegenüber irgendwelchen … gemeinsamen Bekannten in England zu erwähnen.«

Das Gasthaus war dunkel und die Nacht ebenso. Finn versuchte, Lady Morleys Gesicht zu sehen, konnte es aber nur schemenhaft erkennen. »Natürlich nicht, wenn Sie das so möchten.«

»Ich danke Ihnen.« Sie lachte leise und trocken. »Schließlich möchte ich keinesfalls, dass ganz London herbeieilt, um sich uns anzuschließen.«

Statt einer Antwort hielt er ihr nur höflich die Tür auf, damit sie in das Zimmer im ersten Stock gehen konnte, das er für sie geräumt hatte.

Gott sei Dank, dachte Finn, als er sich in seiner kargen Zelle schlafen legte. Gott sei Dank würde er im Morgengrauen zu einem einsamen Schloss aufbrechen, das versteckt in den Hügelketten der Toskana lag.

Gott sei Dank würde er das ganze nächste Jahr weit entfernt sein von dem Ort, an dem die aufregende Lady Alexandra Morley leben wollte, in welchem Winkel der Welt das auch sein mochte.

DREI

Das Gepäck müsse vom Karren herunter, sagte der Kutscher und schüttelte traurig den Kopf. Es gebe keine andere Möglichkeit.

»Was soll das heißen, *es gibt keine andere Möglichkeit*?«, wollte Alexandra wissen. »Das dauert Stunden, ganz zu schweigen davon, dass der Matsch unsere schönen Lederkoffer ruiniert.« Sie ließ den Blick über die Gepäckstücke wandern, die ordentlich aufgereiht auf dem Karren standen und mit einer dicken Plane aus bestem Segeltuch abgedeckt waren, um sie vor der allgegenwärtigen Feuchtigkeit zu schützen.

»Es liegt am Matsch«, sagte Abigail. »Der Kutscher sagt, er sei zu« – auf der Suche nach dem richtigen Wort rieb sie Zeige- und Mittelfinger am Daumen – »klebrig, zu schwer, sodass die Pferde nicht weiterkommen. Es sei denn, das Gewicht wird reduziert.«

»Für den Batzen Geld, den er gefordert hat, hätte er vorsichtiger fahren müssen«, meinte Alexandra. »Auf der anderen Seite ist der Weg völlig trocken. Oder … zumindest nicht ganz so matschig.« Sie wusste, dass sie sich zickig benahm, aber es war ihr egal. Sie hatte in der Nacht zuvor etwas zu viel Wein getrunken, was sie für gewöhnlich nicht tat, und ihr Kopf fühlte sich an, als wäre in den grauen Falten ihres Hirns mehreren Elfen beim Tanzen schlecht geworden.

Schuld daran war natürlich nur dieser Mr. Burke. Er hatte den ganzen Abend in seinem schlichten schwarzen Wolljackett stocksteif dagesessen und sie über den Tisch hinweg mit seinen Löwenaugen stumm beobachtet. Sie hatte sich gefühlt, als ob er ihre Worte abwöge, ihren Gesichtsausdruck interpretierte und ihren Charakter analysierte. Eine Unverschämtheit! Schließlich war er bloß ein Wissenschaftler, so berühmt er auch sein mochte. Ire wahrscheinlich, bei dem Namen, den Farben und diesem übertriebenen Selbstbewusstsein.

Und sie dann noch im Stall dabei zu ertappen, wie sie seine Maschine inspizierte, obwohl sie sich sicher gewesen war, dass im Gasthof Ruhe herrschte. Wie unglaublich dumm von ihr, dorthin zu gehen. Was hatte sie sich nur davon versprochen? Sie fasste sich mit der behandschuhten Hand an die Schläfe und rieb sie so heftig, als könne sie auf diese Weise die Erinnerung daran auslöschen, wie er mit seinen langen, kräftigen Fingern diese Walnuss geknackt hatte.

»Das musste ja so kommen«, sagte Lilibet, während sie sich auf einen großen Stein setzte und Philip auf den Schoß zog. »Die Straßen sind unpassierbar; es war verrückt, überhaupt loszugehen.« Die liebreizende Lady Somerton klang fast ein wenig verstimmt.

»Unsinn«, erwiderte Alexandra schnippisch. »Es wäre verrückt gewesen, noch länger in einem öffentlichen Gasthaus zu bleiben. Nein, wir müssen das Schloss noch heute erreichen, je eher, je besser. Also los, meine Damen.« Sie ging zum Gepäckkarren und zerrte ärgerlich an der dicken Segeltuchplane, die ein Stück über die Ecken und Kanten der Koffer glitt, sich dann aber irgendwo verhakte. »Abigail, geh zur anderen Seite und hilf mir. Wenn wir so weitermachen, sind wir um Mitternacht noch nicht fertig.« Die letzten Worte sagte Alexandra so laut, dass sogar der italienische Kutscher sie verstehen konnte.

»Oh, sieh mal!«, sagte Abigail.

Alexandra drehte sich um. Ihre Schwester stand hoch aufgerichtet, eine Hand über den Augen, obwohl es praktisch kein Sonnenlicht gab, und starrte den holprigen Weg hinunter, auf dem sie gekommen waren. »Sind das nicht die Gentlemen von gestern Abend?«, fragte Abigail gegen den Wind an, die Stimme freudig erhoben.

»Ach, zum Teufel mit ihnen«, murmelte Alexandra leise. »Das war ja zu erwarten, oder?«

Sie stellte sich auf die Zehenspitzen, reckte ihren schönen langen Hals und versuchte, durch die Nebelschwaden zu spähen. Wie vermutet geriet alsbald dieser unverkennbare Rotschopf in ihr Blickfeld, der vor dem Grau von Steinen, Straße und Himmel eher blassgold wirkte und in rhythmischen Abständen immer wieder unter einem schwarzen Hut verschwand. Die Herren waren also zu Pferde, dem unbekannten Gefährt, das ihr Gepäck transportierte, vermutlich weit voraus, was Alexandra noch anschaulicher fluchen ließ. Sie hätten auch reiten sollen, bei diesen Straßenverhältnissen. Wenn der kleine Junge nicht wäre … aber den Gedanken verbot sie sich augenblicklich. Sie hätten Philip doch nicht einfach zurücklassen können.

Einen wahnwitzigen Moment lang erwog Alexandra, sich hinter den Felsen am Wegrand zu verstecken. Oder, etwas romantischer, sich das Segeltuch über den Kopf zu werfen und so zu tun, als wäre sie eine Bäuerin. Dann betrachtete sie nacheinander den Karren, die mageren braunen Pferde, den Kutscher und den Matsch: alles, was sie vor dem Schrecken retten konnte, der immer größer wurde.

»Vorwärts, meine Damen«, sagte sie schließlich, denn sie wollte verdammt sein, wenn sie auf die bevorstehende Demütigung wartete wie ein Untertan auf die Ankunft des Kaisers. »Lasst uns die Koffer abladen, ja?«

Der Kutscher war schon vom Bock geklettert und entfernte

den Rest des Segeltuchs mit den trägen Bewegungen eines Mannes, der keinen Grund sah, sich von den Tücken des Lebens aus der Ruhe bringen zu lassen. Abigail stellte sich neben Alexandra und umfasste einen Griff des Lederkoffers, der ihr einziges Gepäckstück war. Alexandra nahm den anderen Griff und zog.

Der Koffer war schwer. Viel schwerer, als sie erwartet hatte, und fest zwischen den anderen eingeklemmt. »Du meine Güte, was hast du denn da reingepackt, meine Liebe?«, fragte sie atemlos und zog erneut, ohne Erfolg.

»Nur meine Kleider. Und … na ja, vielleicht ein paar Bücher. Nur *ganz* wenige.«

»Bücher! Das hatte ich doch *ausdrücklich* verboten!« Der Vorwurf kam so keuchend heraus, dass er nicht die gewünschte Wirkung hatte.

»Doch nur ein paar, Alex! Nicht mehr als ein Dutzend, ehrlich! Ich gehe davon aus« – Abigail schnaufte und zerrte –, »dass es in deinem Schloss keine *neueren* …«

»Romane! Du hast *Romane* mitgenommen!«, sagte Alexandra anklagend, doch dann, rein zufällig, schafften es die Schwestern, gleichzeitig zu ziehen, sodass der Koffer gegen Alexandras Brust stieß und sie in eine besonders matschige Pfütze stürzen ließ.

Eine *kalte*, matschige Pfütze.

Abigail sank auf die Knie. »Oh, Alex! Es tut mir furchtbar leid! Bist du in Ordnung?«

»Ja, sieht so aus, danke«, stieß Alexandra hervor, »wenn du vielleicht die Güte hättest, diese verdammte *Kiste mit Romanen* von meiner Brust zu nehmen.«

»Oh ja, natürlich.« Abigail zerrte den Koffer von ihrer Schwester herunter in den Schlamm.

Alexandra setzte sich mühsam auf. »Nachdem ich extra angeordnet habe, dass nur akademische Themen behandelt werden sollen …«

»Alex«, sagte ihre Schwester in einem seltsamen Tonfall, »du solltest vielleicht …«

»Oh *bitte*, Abigail. Diese verdammten, nutzlosen *Röcke* …« Alexandra kämpfte darum, in dem glitschigen Matsch Fuß zu fassen.

Lilibet mischte sich ein. »Äh, Alexandra, meine Liebe …«

»Wieso *hilft* mir denn keine von euch? In ein paar Minuten werden diese feinen Herren hier sein …«

»Lady Morley«, sagte eine leise, ruhige Stimme durch den Nebel hindurch.

Alexandras Eingeweide verkrampften sich, und als sie aufschaute, sah sie direkt in das Gesicht von Mr. Phineas Burke, der sich besorgt zu ihr heruntergebeugt hatte und seine schwarz behandschuhte Hand nach ihr ausstreckte. »Kann ich Ihnen behilflich sein?«, fragte er.

Als ob sie das verneinen könnte.

Mit einem leisen Seufzen legte Alexandra ihre Hand in seine.

Seine langen, geschickten, nussknackenden Finger zogen sie aus dem toskanischen Matsch, als ob sie schwerelos wäre, dann stand sie wieder vor ihm, viel zu dicht vor seiner breiten Brust. Sie starrte auf die einfachen Hornknöpfe nur ein paar Zentimeter vor ihrer Nase und erkannte, wie verstörend groß dieser Mann aus der Nähe war. Sie wollte einen Schritt zurückgehen, stellte aber fest, dass sie es nicht konnte.

Gott sei Dank nicht, weil sie es nicht gewollt hätte, sondern weil der Matsch sich bereits um ihre hübschen Schnürstiefel geschlossen hatte und sie festhielt.

»Lady Morley?«, fragte Mr. Burkes tiefe Stimme ganz nah an ihrem Ohr.

»Meine Stiefel«, sagte sie schwach und schaute an sich herunter. »Sieht so aus, als steckte ich fest.«

»Eine seltsame Art von Matsch«, bemerkte Mr. Burke, während er sich locker vorbeugte und sie am Knöchel fasste. »Außerordentlich viskos.« Dann zog er kräftig, befreite einen Fuß, und danach, da sie sonst gezwungen gewesen wäre, sich an ihn zu lehnen, den andern.

Schließlich hob er sie hoch, hob sie einfach hoch – sodass ihre Brüste sich an seine Schulter pressten und sein kräftiger Arm über ihren Schenkeln lag – und setzte sie auf einen Felsen. Alexandra spürte förmlich, wie ihre Begleiterinnen sie entgeistert anstarrten.

»Vielen Dank«, sagte sie geziert und schüttelte die Falten ihres verdreckten Mantels aus.

»Nichts zu danken.« Offenbar hatte Mr. Burke die anderen Männer hinter sich gelassen, denn nun war von links Hufgetrappel zu hören. Wallingford und Penhallow näherten sich, dennoch brachte Alexandra es einige bedeutsame Sekunden nicht fertig, sich von Phineas Burkes grünen Augen loszureißen. Sie wirkten blasser draußen, im kühlen italienischen Morgengrauen, eher moos- als grasgrün, während die Wimpern einige Nuancen dunkler waren als sein Haar; und diese Augen musterten sie völlig leidenschaftslos mit einem nüchternen Interesse, das sie völlig aus der Bahn warf.

Dieser besondere, wissende Blick erinnerte sie an das Zusammentreffen am Abend zuvor im Stall, und ihr Herzschlag begann in den Ohren zu dröhnen. Sicher war seine Neugier geweckt worden; bestimmt hatte er schon entdeckt, was sie zu verbergen versuchte.

Nein, das war unmöglich. Von ihren persönlichen Angelegenheiten konnte er nichts wissen, und daher konnte er auch nicht ahnen, in welche Schwierigkeiten sie geraten war. Alle

Welt ging davon aus, dass Lord Morleys Witwe eine wohlhabende Frau war.

»Hör mal, Burke.« Wallingfords scharfe Stimme beendete die angespannte Situation abrupt. »Du wolltest uns arme Sünder doch auf den Pfad der Tugend zurückführen, stattdessen machst du der ersten willigen Frau, die deinen Weg kreuzt, schöne Augen.«

Mr. Burke riss den Kopf hoch, als ob er mit einem Ochsenziemer geschlagen worden wäre. Dann ging er, immer wieder ausrutschend, ein paar Schritte zurück und drehte sich zu den Brüdern um. »Mein Gott, ich bin ihr doch nur zu Hilfe gekommen.«

Einige Meter von Alexandra entfernt zügelte der Herzog breit grinsend sein Pferd. »Eine missliche Lage, in die Sie sich da gebracht haben, meine Teure. Typisch für Ihren impulsiven Charakter, einen Gepäckkarren losfahren zu lassen, wenn man auf den Straßen knietief im Matsch versinkt.«

»Wir waren in Eile«, entgegnete Alexandra, die sich hochmütig aufrichten wollte, um den Schmähungen des Herzogs zu begegnen. Doch leider musste sie feststellen, dass sie keine Schuhe anhatte. Die baumelten, wie sie erschrocken sah, an den Schnürsenkeln vergessen in Mr. Burkes rechter Hand.

Sie schloss die Augen und räusperte sich.

»Wenn Sie so freundlich wären, mir meine Stiefel zurückzugeben, Mr. Burke.«

Erschrocken sah Finn auf seine Hand hinunter. »Um Himmels willen. Es tut mir schrecklich leid. Bitte … wenn Sie erlauben …« Er machte Anstalten, sie ihr anzuziehen.

»Das schaffe ich schon«, sagte Alexandra hastig und riss sie ihm aus der Hand. Sie spürte, wie sie dunkelrot anlief. »Sparen Sie sich die Mühe.«

Diese Worte schienen Abigail aus ihrer Schockstarre zu reißen. »Oh Alex, lass mich das machen.« Zerknirscht eilte sie ihrer Schwester zu Hilfe und nahm ihr den linken Stiefel ab.

»Sagen Sie, Wallingford«, stieß Alexandra hervor, da sie es nicht über sich bringen konnte, zu Mr. Burkes grasgrünen Augen zu sprechen, »welches traurige Missgeschick führt Sie eigentlich heute Morgen auf dieselbe Straße wie uns? Wollen Sie etwa nach Siena?«

»Nein«, antwortete der Herzog und legte eine Kunstpause ein. »Sie vielleicht?«

»Aber nein.« Endlich glitt Alexandras Ferse in den Stiefel, und sie begann, ihn wieder zuzubinden. »Haben Sie vor, sich das ganze Procedere bis zum Ende anzusehen, Euer Gnaden? Vielleicht weil Sie nicht wissen, wie man einen Damenstiefel richtig schnürt?«

»Ach woher«, erwiderte der Herzog, »damit kenne ich mich aus. Ich hatte nur gehofft, einen Blick auf Euren Strumpf zu erhaschen, aber ich sehe schon, dass solche Privilegien meinem lieben Freund Burke vorbehalten bleiben.«

Alexandra hörte, dass Mr. Burke leise etwas vor sich hin brummte. »Den anderen bitte«, sagte sie zu Abigail, während sie innerlich schäumte vor Wut auf Wallingford, diesen Widerling. Deshalb sagte sie, ohne nachzudenken: »Derartige Privilegien gestattete ich niemandem, am allerwenigsten einem Mr. Burke.«

Es wurde eisig still. Alexandra schaute gerade noch rechtzeitig auf, um zu sehen, dass Mr. Burke sich auf dem Absatz umdrehte und zu seinem Pferd zurückkehrte. Offenbar hatte er die Zügel in seiner Hast dem Kutscher zugeworfen. Nun nahm er sie ihm wieder ab und schwang sich, alles andere als gelehrtenhaft steif, mit einer einzigen flüssigen Bewegung in den Sattel.

»Insbesondere«, fuhr Alexandra hilflos fort, »da wir uns gerade erst kennengelernt haben.«

»Sehr schön«, sagte Wallingford gedehnt. »Denn es hätte mir gar nicht gefallen, wenn Sie Ihre Wette so schnell verlieren. Das macht doch überhaupt keinen Spaß.«

»Ich habe nicht die Absicht, die Wette zu verlieren, mein Lieber«, zischte Alexandra. »Und schon gar nicht auf *diese* Weise.«

Mr. Burkes Pferd tänzelte ungeduldig, die Hufe machten schmatzende Geräusche im tiefen Schlamm der Straße.

Lord Roland räusperte sich. »Was für ein Pech«, sagte er mitfühlend, »das mit Ihrem Wagen. Wie wollen Sie denn jetzt weiterkommen?«

Alexandra stand auf. »Wir waren gerade dabei, das Gepäck abzuladen«, sagte sie würdevoll, »damit wir den Wagen aus dem Matsch schieben können.«

Wallingford stieß einen leisen Pfiff aus. »Ich muss schon sagen, das hätte ich mir zu gern angesehen.«

»Du bist ein Unmensch, Bruder.« Lord Roland stieg von seinem Pferd, band die Zügel am Wagen fest und griff sich einen Koffer.

»Oh, das ist schrecklich nett von Ihnen«, sagte Alexandra dankbar. Sie ging um die schlimmsten Schlammpfützen herum zum Wagen zurück und schloss sich Lord Roland an. »Komm schon, Abigail«, rief sie über die Schulter.

»Ach verdammt«, stöhnte Wallingford und stieg resigniert ab.

Vier Stunden später, als Finn mit einer großen Blase am vierten Zeh seines linken Fußes auf einem schmalen Serpentinenweg in eine Nebelbank stapfte, stellte er fest, dass er Alexandra, Lady Morley, verfluchte.

»Wie weit ist es denn noch bis zu diesem Gasthof, zu dem sie will?«, fragte er Wallingford grummelnd.

»Mein lieber Mann«, seufzte der Herzog, »du glaubst doch wohl nicht, dass es den wirklich *gibt*, oder?«

Finn hielt den Atem an. »Das würde sie nicht wagen!«

»Dabei ist sie mal ein ganz nettes Mädchen gewesen«, sagte Wallingford und trat so lange nach einem Stein, bis er im hohen Bogen über die Felskante flog und in einer Haarnadelkurve weiter unten landete. »Ich glaube, zum ersten Mal bin ich ihr in Lady Pembrokes Ballsaal begegnet, direkt nachdem sie in die Gesellschaft eingeführt worden war. Ein hübsches Mädchen. Runde Wangen, glänzendes Haar, frisch vom Land. Etwas zu klug natürlich, aber alles in allem recht charmant. Wenn ich mich nicht irre, habe ich sie einmal geküsst, auf irgendeiner Terrasse, im Mondlicht und so. Und dann …« Er unterbrach sich, um nach einem anderen Stein zu treten.

»Was dann?«, hakte Finn etwas zu eifrig nach.

»Wie? Oh, ich war wohl mit den Gedanken woanders. Damals war ich hinter Diana her und … oh Gott, ja. Jetzt fällt es mir wieder ein. Diana hat mich dabei überrascht, weißt du, auf der Terrasse, und … tja, Burke, alter Junge, wenn du jemals eine ganz bestimmte Frau ins Bett bekommen willst – was ja wohl selbst *du* hin und wieder möchtest –, kann ich dir nur raten, dich dabei erwischen zu lassen, wie du eine andere küsst.« Der Herzog lachte freudlos und stieß noch einen Stein in den Abgrund. »Mein lieber Schwan, ja. Wir taten es auf dem Tisch in der Bibliothek. Ich habe mir ihr Taschentuch leihen müssen, denn meins war …«

»Also«, unterbrach ihn Finn, »um noch mal auf diesen Gasthof zurückzukommen. Glaubst du wirklich, den gibt es gar nicht?« Er kniff die Augen zusammen, um nach Lady Morley auszuschauen, die ungefähr zwanzig Meter weiter vorn auf dem Rücken seines Pferdes graziös über den Weg schwebte, die schwarzen Röcke geschickt zusammengerafft, damit sie auf den Sattel passten. Im wabernden Nebel verschmolzen die beiden Gestalten zu einer Art weiblichem Zentaur, nur mit mehr Kleidung als üblich.

Wallingford zuckte die Achseln. »Das ist doch egal. Vollkommen egal. Verstehst du denn nicht? Sie hat uns alle in der Hand. Guck dir die drei doch an. Sie sind gut ausgeruht, reiten unsere Pferde, der verdammte Gepäckkarren ist meilenweit hinter uns, und wer weiß, wie lange das noch so weitergeht.« Der Herzog blieb stehen, stemmte die Hände in die Hüften und musterte den felsigen Abhang und das nebelverhangene Tal weiter unten. Dann machte er eine weit ausholende Armbewegung. »Sieh es dir, das Land, in dem stets die Sonne scheint, Burke. Wo ist sie denn, diese *blöde Sonne*. Weißt du«, fuhr er fort und ging weiter, »es kommt nicht darauf an, ob es diesen Gasthof gibt oder ob er, verdammt noch mal, nur in ihrer Fantasie existiert. Wir gehen einfach weiter, bis sie uns befiehlt stehen zu bleiben, mein Freund.«

Finn schaute auf die feuchten fleckigen Felsen am Wegrand und auf das Muster, das seine knirschenden Stiefel auf dem schmalen Weg hinterließen. »Aber die Vernunft sagt uns, dass es irgendwann einfach vorbei sein muss. Unser Schloss kann nur noch ein paar Meilen entfernt sein. Wenn wir den Zufahrtsweg erreicht haben …«

»Ach Burke, du und dein rationales Denken. Kapierst du denn nicht? Selbst wenn wir dein Schloss eher erreichen als ihren erfundenen Gasthof, ist es noch nicht vorbei. Oh nein. Wir werden verpflichtet sein, sie hereinzubitten, ihnen Schutz zu gewähren, bis der Gepäckkarren eintrifft, und dann, mein lieber Freund« – des Herzogs Stimme klang hektisch, beinahe ängstlich –, *»werden wir sie nie mehr los!«*

»Unsinn«, sagte Finn pragmatisch. »Schließlich haben sie eine eigene Unterkunft gemietet. Und dann ist da noch die Wette, die genau genommen jeglichen Kontakt mit dem anderen Geschlecht verbietet …«

Glockenhelles Lachen drang aus dem Nebel vor ihnen, gefolgt von Lord Rolands freundlichem Brummen.

»Das ist die Schwester«, sagte Wallingford düster. »Achte auf meine Worte, Burke. Mit der werden wir den größten Ärger haben.«

Finn klappte den Mund auf, um nach dem Grund für die Behauptung zu fragen, doch ein überraschter Ausruf von Lady Morley hielt ihn davon ab.

»Ah, hier ist es ja!«

Finn wandte sich dem Herzog zu. »Siehst du?«, sagte er triumphierend. »Der Gasthof.«

Lady Morley hatte ihr Pferd nicht weit entfernt zum Halten gebracht und hörte ihn zufällig. »Nein, nein, doch kein Gasthof«, sagte sie und wedelte mit der Karte in ihrer behandschuhten Hand. »Ein Gasthof ist … ach, lassen wir das. Schauen Sie, gleich vor der Kurve da vorn. Da ist unsere Unterkunft! Oder zumindest der Weg dorthin.«

»Der Zufahrtsweg«, wiederholte Finn dumpf.

»Jetzt sind es keine zwei Meilen mehr«, sagte Lady Morley heiter, »dann können wir Sie Ihres Weges ziehen lassen, verbunden mit unseren allerbesten Wünschen. Und wenn Sie dann noch so nett wären, den Kerl zu suchen, der mit unserem Gepäck unterwegs ist, und ihm den Weg zu beschreiben, wären wir Ihnen unglaublich dankbar.«

»Schluss damit, Lady Morley«, brach es aus Finn heraus. »Bis hierher und nicht weiter.«

»Ehrlich, Burke«, sagte Lord Roland, der inzwischen neben Miss Abigail Harewoods Pferd sichtbar geworden war. Oder besser neben seinem, auf dem sie saß. »Du kannst doch nicht ernsthaft vorschlagen, dass wir die Damen hier absetzen und einfach so davontraben. Alles Mögliche könnte passieren. Vielleicht werden sie sogar überfallen.«

Finn sah ihn finster an. »In dieser Gegend hat es seit mindestens einem Jahrhundert keine Räuber mehr gegeben, Penhallow. Und ich möchte meinen, dass derart robuste und eigenständige Damen die Gelegenheit, sich körperlich zu ertüchtigen, gern ergreifen.«

»Aber, aber, Burke«, sagte Wallingford beruhigend. »Es ist sinnlos zu diskutieren, damit verschwenden wir nur wertvolle Energie. Lady Morley wünscht, dass wir sie zu ihrer Unterkunft begleiten, und da sie unsere Pferde hat, sehe ich keine Möglichkeit, ihr den Wunsch abzuschlagen.«

Finn kreuzte die Arme und betrachtete die Marquise nachdenklich. Beim Anblick der mit Wachs überzogenen Karte, die sie in ihren schlanken Fingern hielt, beschlich ihn eine böse Vorahnung. »Würden Sie so freundlich sein, mir Ihre Karte zu zeigen, Lady Morley?«, fragte er.

Misstrauisch sah die Marquise ihn an. »Haben Sie keine eigene Karte, Mr. Burke?«, entgegnete sie kühl.

Ohne sie aus den Augen zu lassen, griff Finn in die Innentasche seines Jacketts. Seine Karte, die ärgerlicherweise nicht imprägniert war, war an seinem schwitzenden Körper feucht geworden. Vorsichtig entfaltete er sie und musterte die wirren Linien von Eisenbahnstrecken und Straßen, bis er den augenblicklichen Standort ungefähr lokalisiert hatte. Erleichtert stieß er den Atem aus. Soweit er das beurteilen konnte, waren sie noch mindestens ein paar Meilen von ihrer Abzweigung von der Hauptstraße entfernt.

Jedenfalls steckte in der Tasche an seiner erhitzten Brust auch der dahinwelkende Bestätigungsbrief des Eigentümers.

Es gab nichts zu befürchten.

»Also gut«, sagte er und wandte sich von Lady Morley ab. »Da wir unsere Pferde bald wiederhaben werden, können wir wohl eine Stunde erübrigen.«

»Das ist überaus freundlich«, erwiderte sie und ließ ihr Pferd den Weg hinauftraben. Finn trottete hinter ihr her. Der Herzog, der neben ihm ging, verdeckte das kleine Schild mit der Aufschrift CASTEL SANT'AGATA 2 KM, das in die Richtung deutete, die Lady Morley eingeschlagen hatte.

»**Sag** mal, meine Liebe«, fragte Lady Somerton, die an Alexandra herangeritten war, »bist du dir auch ganz sicher bei all diesen Sachen?«

Alexandra hob das Kinn und erwiderte forsch: »*Welchen* Sachen, Lilibet? Ernsthaft, es ist etwas spät, solche Fragen zu stellen. Wir haben es doch so beschlossen, oder? Wir wollten England verlassen.«

»Das meine ich nicht«, sagte ihre Cousine. »Ich spreche von der Sache mit dem Herzog. Dieser Wette, und dass du ihn dazu gebracht hast, uns ihre Betten zur Verfügung zu stellen, und jetzt auch noch ihre Pferde.« Wie immer sprach Lilibet mit sanfter, weicher Stimme, als ob nichts auf der Welt sie aus der Fassung bringen könnte. Selbst Wallingfords Pferd ritt sie mit leichter Hand, obwohl sie wahrscheinlich noch nie im Leben im Herrensitz geritten war, und ganz sicher nicht mit einem zappelnden Fünfjährigen vor sich.

»Ich verstehe nicht, was du von mir willst«, meinte Alexandra. »Sie haben ihre Hilfe doch selbst angeboten. Wir hätten ihnen einen schlechten Dienst erwiesen, wenn wir abgelehnt hätten; denk doch an ihre gekränkte Mannesehre. Ich weiß ja nicht, wie es dir geht, Schatz, aber die Schuld hätte ich nicht auf mich laden mögen.«

Plötzlich griff Philip in die Zügel, und das Pferd warf erschrocken den Kopf zurück. Sofort verlagerte Lilibet das Gewicht, und Alexandra erkannte, dass ihre Cousine eine weit bessere Reiterin war, als sie angenommen hatte. »Wie auch immer«, sagte Lilibet, während sie dem Jungen die Zügel entwand und das Pferd wieder zur Ordnung rief, »Wallingford und … die anderen wissen, wo wir uns aufhalten und was wir vorhaben. Sie könnten es gegenüber ihren Freunden erwähnen oder …«

»Das werden sie nicht«, erwiderte Alexandra ein klein wenig herablassend, »das verspreche ich dir. Mit wem könnten sie schon sprechen? Den Vögeln? Oder den Felsen?«

»Mach es mir doch nicht so schwer, Alex. Sie werden Briefe schreiben und Telegramme schicken. Sie schotten sich doch nicht vollständig ab. Schließlich sind sie Männer von Welt.«

»Darum geht es doch gerade. Sie haben die Absicht, sich abzusondern, oder? Geistige Einkehr zu halten.« Alexandras Pferd, das ihre zunehmende Anspannung spürte, begann, unruhig zu werden.

»Aber die Möglichkeit besteht, oder nicht? Zu Hause könnte durchsickern …«

»Und was dann?«, fragte Alexandra ungeduldig. »Hast du Angst, dass dein Mann hinter dir herkommt? Wirklich, Lilibet.«

»Nicht hinter mir«, erwiderte ihre Cousine und schaute auf den Kopf mit dem feinen hellbraunen Haar herunter, der vor ihrem Kinn auf und ab hüpfte.

Alexandra sprach etwas leiser weiter. »Wir werden schon mit Lord Somerton fertig, glaub mir. Wenn nötig, verjage ich ihn mit einem Gewehr.«

»Aber verstehst du denn nicht«, flehte Lilibet, »es wäre viel, viel besser, wenn er es erst gar nicht erfährt.«

»Wenn du es unbedingt wissen willst, ich habe bereits mit Mr. Burke gesprochen«, sagte Alexandra. »Er mag ja ein Flegel sein, aber ich bin sicher, dass er nichts weiterträgt.«

»Hast du, tatsächlich?«, sagte Lilibet in ganz anderem Ton. »Das erklärt ja so einiges.«

»Was um alles in der Welt meinst du damit?«

»Du weißt ganz genau, was ich meine. Die Sache mit den Stiefeln. Ich hatte den Eindruck, dass dir das peinlich war.«

»Wieso sollte mir das peinlich sein?«, widersprach Alexandra. »Mr. Burke hat keine gesellschaftliche Stellung …«

»Keine gesellschaftliche Stellung?« Lilibet lachte glockenhell. »Wirklich, Alex. Gerade hast du dich selbst verraten. Keine gesellschaftliche Stellung, du meine Güte! Selbst *ich* habe schon von ihm gehört. Und diese Rede, die er letzten Herbst vor der *Royal Society* gehalten hat, also, die *Times* hat sie wortwörtlich abgedruckt, mit einer mehr als begeisterten Einleitung. Ich schätze, er hat Millionen gemacht mit seinen Erfindungen.«

»Millionen!«, schnaubte Alexandra. »Höchstens ein oder zwei. Mehr nicht.«

»Oh, na gut, dann eben nur zwei Millionen Pfund.« Wieder lachte Lilibet. »Das ist ja so gut wie gar nichts.«

»*Geld* interessiert mich nicht im Geringsten, Lilibet«, erwiderte Alexandra scharf.

»Sicher wird man ihn in den Adelsstand erheben. Vielleicht darf er den Titel sogar vererben«, redete Lilibet weiter.

»Wie schön für ihn. Obwohl ich nicht verstehe, was das mit uns zu tun hat; schließlich haben wir alldem abgeschworen, und ich habe nicht die Absicht, Wallingford die Befriedigung zu verschaffen zu gewinnen … Oh, schau mal! Kannst du es sehen?« Alexandra nahm beide Zügel in die linke Hand und deutete mit der Reitgerte nach vorn.

Der aufsteigende Nebel hatte die fahlen Silhouetten mittelalterlicher Türme enthüllt, die aus hohen, ungepflegten Zypressen in den niedrigen Himmel aufragten und völlig zugewuchert waren. Sie schienen auf einer Art Felsrücken zu stehen, zumindest wirkte es so, denn dahinter war nichts als dichtes, undurchdringliches Grau zu entdecken.

»Großer Gott.« Lilibet schob ihren Sohn etwas zur Seite und bemühte sich, mehr zu erkennen. »Sieht so aus, als wäre es schon seit Jahren unbewohnt.«

Alexandra trieb ihr Pferd voran. »Unsinn. Das ist nur der italienische Stil. Sehr rustikal, weißt du. Eine sorgfältig geplante Wildnis.«

»Hören Sie mal, Lady Morley!«, rief Mr. Burke scharf von hinten. »Was für ein Spiel soll das sein?«

Alexandra drehte sich im Sattel um und ließ ihr Pferd langsamer gehen, damit er aufholen konnte. Mit langen, ärgerlichen Schritten, das Gesicht so tiefrot, dass die Sommersprossen noch mehr hervorstachen, eilte er auf sie zu.

»Wieso Spiel, Sir? Ich weiß nicht, worauf Sie hinauswollen.«

»Das ist doch das *Castello Sant'Agata*! Das können Sie nicht bestreiten!«

»Ja, richtig«, erwiderte Alexandra und ließ den Daumen um den Knauf ihrer Reitgerte kreisen, ganz langsam, damit die Geste nicht verriet, wie nervös sie war. »Das ist das *Castello Sant'Agata*. Haben Sie etwa davon gehört?«

»Natürlich habe ich das, verdammt noch mal.«

»Ich muss doch sehr bitten, Mr. Burke!«

»Sie wissen doch ganz genau«, fuhr er mit gepresster Stimme fort, als ob er Mühe hätte, sich zu zügeln, »was das *Castello Sant'Agata* für uns ist. Ich kann mir bloß nicht vorstellen, wie Sie es herausgefunden haben. Haben Sie etwa unsere Sachen durchwühlt? Oder unseren Fahrer bestochen?«

»Mäßige dich, Burke!«, blaffte Lord Roland ungewöhnlich scharf.

Ärgerlich drehte Finn sich zu ihm um. »Du hältst das alles für ein furchtbares Missverständnis, nicht wahr, Penhallow?«

Alexandra spürte einen zunehmenden Druck an den Schläfen, Vorbote eines immer stärker werdenden unguten Gefühls. »Ich verstehe kein Wort, Sir. Was ist denn das *Castello Sant'Agata* für Sie?«

Die Arme vor der Brust verschränkt, die funkelnden Augen zu Schlitzen verengt, drehte Finn sich wieder zu ihr um. Sein rotes Haar schien sich zu sträuben wie das eines Hundes, der Gefahr wittert. »Ach, es ist nur unser Zuhause für das kommende Jahr, Lady Morley. Mehr nicht.«

Alexandra lachte vor Erleichterung. »Ihr Zuhause? Sie müssen sich täuschen, Sir. Das *Castello Sant'Agata* ist *unser* Zuhause. Wir haben es für ein Jahr vom Eigentümer gemietet, einem sehr netten Herrn namens … äh, Rossini. Oder Paganini. Oder so ähnlich.«

»Rosseti«, sagte Abigail leise.

»Genau! Rosseti! So hieß er.« Alexandra klopfte auf ihre Manteltasche. »Hier habe ich seinen Brief und seine Wegbeschreibung. Ein sehr netter Mann, wirklich, äußerst zuvorkommend. Obwohl sein Englisch vielleicht nicht ganz so gut ist, wie man es sich wünschen würde.«

Mr. Burke langte in seine Brusttasche. »Ich nehme an«, sagte er grimmig und zog ein zusammengefaltetes Stück Papier hervor, »wir sprechen von demselben Signor Rosseti, der mir diesen Brief geschrieben hat. Darin bestätigt er mir den Erhalt der Jahresmiete für das *Castello Sant'Agata*, im Distrikt Arezzo, in der Provinz Toskana, in Italien.«

Alexandra stockte der Atem. »Nein! Das ist unmöglich! Ich verlange, den Brief zu sehen!«

»Erst will ich Ihren sehen!«

Mit herzoglicher Donnerstimme und kraft einer vierhundert Jahre alten Autorität mischte Wallingford sich ein. »Halt, ihr beiden! Hört sofort auf zu streiten und gebt mir die Briefe.«

Ihm nicht zu gehorchen kam niemandem in den Sinn. Mit verhaltenem Schwung legte Alexandra ihren Brief in seine ausgestreckte Hand, während Burke seinen verächtlich obenauf knallte.

Der Herzog entfaltete beide Schreiben, hielt sie nebeneinander vor sich und studierte sie abwechselnd.

Als spürten sie die Spannung, die in der Luft lag, begannen die Pferde zu tänzeln und an den Zügeln zu reißen, dass das Leder ächzte und das Metall klirrte. Ein kalter Windstoß aus dem Norden fegte über sie hinweg und zerrte an den Papieren in den Händen des Herzogs, dann stürzte er sich auf die Schlossmauern, die nur noch eine Viertelmeile entfernt waren. Alexandra wandte den Kopf und sah, dass die Zypressen sich im Wind bogen. Ihr kam es so vor, als ob die Bäume über sie lachten. Dann schaute sie wieder zu Wallingford, der in dem Moment aufsah und ihrem Blick begegnete.

Zunächst räusperte der Herzog sich feierlich, was nichts Gutes verhieß. »Tja, das ist ziemlich seltsam. Es sieht so aus, als wäre Signor Rosseti entweder ein seniler Narr oder … nun ja, ein Schurke.« In jeder Hand einen Brief, hielt er die Papiere in die Höhe. »Die Schreiben sind beinahe identisch, außer dass die Damen anscheinend für die jährliche Miete einen geringeren Preis ausgehandelt haben, Burke.«

»Mir wurde gesagt«, erwiderte Finn knapp, »dass es keinen Raum für Verhandlungen gäbe.«

Alexandra lachte. »Ach Unsinn, mein Lieber. Das ist reine Taktik, das weiß doch jeder.«

Finn warf ihr einen ärgerlichen Blick zu. »Wir haben ein

Jahr Miete für das Schloss bezahlt und die feste Absicht, dort auch zu wohnen.«

Alexandra schaute ebenso verärgert zurück, dann warf sie einen Blick auf Wallingford, der die Stirn in tiefe Falten gelegt hatte und gerade dabei war, sein bestes strenges Friedensrichtergesicht aufzusetzen und sich für einen langen Kampf um Recht und Gerechtigkeit zu wappnen.

Großer Gott, nein. Alles, nur das nicht.

Nicht nach einer Woche fürchterlichem Sturm im Golf von Biskaya, den langen Tagen, in denen sie in klammen, alten Eisenbahnwaggons durchgerüttelt worden waren, und den Stunden, in denen sie sich über die ungepflegten italienischen Straßen gequält hatten.

Nicht nach all dem Regen, dem Matsch und den Unannehmlichkeiten, der ständigen Angst vor der Entdeckung durch Somerton oder einen seiner Handlanger, und nachdem sie ihr letztes Geld für diese Reise geopfert hatten.

Nicht jetzt, wo das verdammte Schloss, der langersehnte sichere Hafen, endlich in Sichtweite war.

Es gab nur eins. Hastig riss Alexandra ihr Pferd herum – das Burke gehörte, was für eine Ironie des Schicksals – und galoppierte zum Schloss, die erzürnten Schreie der Männer, wie sie zufrieden feststellte, schnell hinter sich lassend.

Handeln war besser als Reden.

VIER

Die Mühe zu klopfen hätte sie sich sparen können. Kostbare Sekunden verstrichen, ohne dass die Tür sich bewegte, nichts regte sich hinter den dicken Mauern.

»Ist jemand da?«, rief Abigail, die ebenso gespannt wie ihre Schwester den Zufahrtsweg heraufgetrabt kam.

Alexandra hörte die Stimmen und Schritte hinter sich lauter werden. »Ich weiß es nicht.« Sie warf Abigail die Zügel zu, lehnte die Schulter an das alte Holz und drückte.

Die Tür öffnete sich mühelos, viel zu mühelos sogar: Wie trunken stolperte Alexandra über die Schwelle und wäre beinahe gestürzt.

»Bist du in Ordnung?«, fragte Abigail. »Wie ist es da drin?«

Alexandra hatte sich wieder gefangen. »Ja, alles in Ordnung«, erwiderte sie, während sie sich unwillkürlich über den Mantel wischte, der immer noch schmutzverkrustet war. Dann sah sie sich verwundert um. Was hatte sie erwartet? Nun, ein Schloss: eine große Eingangshalle mit mittelalterlichen Statuen; eine imposante Treppe, die zur Sängerempore führte; Wandteppiche, auf denen sich Einhörner und dergleichen tummelten. Etwas in der Art.

Doch offensichtlich hatten die Italiener eine andere Vorstellung von Schlössern.

Sie stand in einem eher schmalen Raum mit nackten Wänden, die so kalt und feucht waren, dass sie eine geradezu arktische Kälte verströmten. Vielleicht kam die Kälte aber auch durch das ziemlich bedrohliche Eisengitter ein paar Meter weiter vorn, das ihr den Weg versperrte und zweifellos für das Fehlen eines Schlosses an der Außentür verantwortlich war.

Alexandra ging auf das Gitter zu und legte die Finger um die schmalen Gitterstäbe. »Hallo! *Buon* … äh … *giorno*!«, rief sie und verrenkte sich den Hals, um hindurchsehen zu können. Anscheinend gab es dahinter so etwas wie einen gepflasterten Innenhof mit einem leeren Springbrunnen in der Mitte und einem niedrig hängenden Stück Himmel darüber, doch keinerlei Anzeichen dafür, dass das Schloss bewohnt war, abgesehen von einem Hauch Holzrauch in der Luft.

»Was gibt es da drin?«, hallte Abigails Stimme von den leeren Wänden wider.

»Gar nichts«, erwiderte Alexandra just in dem Moment, in dem das Eisengitter ächzend in den alten Angeln nachgab. »Hallo!«, rief sie erneut. Der Ruf schallte nutzlos über den Hof.

Plötzlich ertönte hinter ihr Mr. Burkes ärgerliche Stimme. »Hören Sie mal, Sie wollen sich den Zutritt zu *unserem* legal gemieteten Haus doch wohl nicht *erschleichen* …«

Alexandra trat einen Schritt vor und sah sich auf dem Hof um. »Selbst wenn es so wäre. Es ist niemand da.«

Sie hörte, wie Mr. Burke näher kam. Seine Stiefelabsätze knallten entschlossen auf die Pflastersteine, während die Stimmen und Schritte der anderen weiter hinten, jenseits des Gitters, miteinander verschwammen. »Was soll das heißen? Es ist niemand da?«

Mit einem kleinen Luftzug, der nach nasser Wolle, regensauberer Haut und Wäschestärke roch, blieb Mr. Burke direkt hinter ihrer linken Schulter stehen. Alexandra kam es fast so vor, als streifte sein warmer Atem ihr Ohr. »Das Schloss ist verlassen«, erklärte sie. Dann ging sie forsch zum Brunnen hinüber, spähte in das leere Becken und inspizierte es eingehend, wie ein Detektiv in einem Theaterstück. »Hier ist Moos drin. Ist wohl seit Jahren nicht mehr benutzt worden.«

Mr. Burke gab keine Antwort.

Alexandra schaute gerade noch rechtzeitig auf, um seinen Blick aufzufangen, ehe er sich mit wallendem Mantel hastig abwandte und die Hofmauern musterte. In dem dämmrigen Licht hatte sein Haar seine Leuchtkraft verloren, nun hatte der schmale Kranz unter dem schweren Hut die Farbe matter Bronze. »Vielleicht ist der Eigentümer ein Einsiedler«, sagte Mr. Burke schließlich.

»Ich schätze, damit kennen Sie sich aus«, erwiderte Alexandra. »Mit dem Leben als Einsiedler, meine ich.« Seltsam, dass sie sich so allein mit ihm fühlte, obwohl die anderen ganz in der Nähe waren, gleich auf der anderen Seite der Mauer. Die kühle, unbewegte Luft im Hof schien sie festzuhalten, einzuhüllen, durch einen unsichtbaren Vorhang vom Rest der Welt abzutrennen.

Mr. Burke begann, die Seiten des Hofs abzuschreiten und die Mauern zu mustern, als suche er nach einem Ausweg. »Sieht so aus, als hätten Sie mich durchschaut.«

»Es stimmt also nicht? Sie sind kein Einsiedler?«, hakte Alexandra nach. Wo blieben die anderen bloß? Wallingford hätte längst hereinstürmen, lauthals nach Erklärungen verlangen und dieser seltsamen, unerträglichen Spannung ein Ende bereiten sollen.

Endlich drehte Mr. Burke sich wieder zu ihr um. »Nein, bin ich nicht. Was meinen Sie, wo ist der Besitzer? Soll ich mal nach ihm suchen?« Er deutete mit dem Kopf auf eine Türöffnung in der Wand gegenüber.

»Oh nein, lassen Sie das«, sagte Alexandra hastig und ging selbst darauf zu. »Ich will nicht, dass Sie zuerst mit ihm reden und ihn für sich einnehmen. Unsere Ansprüche sind genauso berechtigt wie Ihre.«

»Und ich werde Ihnen genauso wenig erlauben ...«

Endlich kam Wallingford durch die Eingangshalle gedonnert. »Was zum Teufel fällt Ihnen ein, Lady Morley? Und dir, Burke. Mein Gott, ihr seid mir ein schönes Pärchen.« Der Herzog blieb stehen, stemmte die Hände in die Hüften und schaute in die Runde. »Also? Wo ist der Besitzer?«

Finn bewegte sich auf die Tür zu. »Ich weiß es nicht, aber ich werde es herausfinden.«

»Ich komme mit«, sagte Alexandra und schickte sich an, ihm zu folgen.

Wallingford warf die Hände in die Luft. »Genauso gut könnte ich mit den Wänden reden! Burke, was verdammt noch mal ist hier los? Und was hat der Agent in London gesagt?«

Die Hand auf dem großen eisernen Ring an der Tür, drehte Finn sich zu den beiden anderen um. »Er hat nichts gesagt. Hat mir nur zusammen mit dem Mietvertrag eine Nachricht übergeben.«

»Und was stand in der Nachricht?«

»Oh, der übliche Quatsch. Vielen Dank und so weiter. Der Besitzer sei hocherfreut und versichere mir, dass ... lass mich nachsehen ... dass das Schloss genau das Richtige für uns sei.«

Alexandra spürte, wie es ihr kalt über den Rücken lief, ein seltsames Gefühl, das sie bislang erst einmal gehabt hatte – als das Testament ihres Gatten verlesen worden war. Dann hörte sie ihre Stimme, die dünn und zittrig fragte: »Waren das seine genauen Worte?«

»Ja, mehr oder weniger.« Finn zögerte. »Geht es Ihnen gut, meine Liebe?«

Alexandra lächelte matt. »Aber ja. Nur, wenn ich mich nicht täusche, hat der Mann zu mir exakt dasselbe gesagt.«

»**Was** für ein großartiges Abenteuer«, sagte Abigail fröhlich, während sie einen stockfleckigen Vorhang beiseiteschob und aus dem Fenster spähte. »Wie viel Schmutz sich hier angesammelt hat. Ich wette, in diesem Schloss ist schon seit Jahren nicht mehr saubergemacht worden. Glaubst du, hier gibt's Geister?«

»Natürlich nicht«, erwiderte ihre Schwester scharf. »Was du immer für Ideen hast.«

»Ich glaube, es gibt jede Menge Geister«, meinte Abigail. »In einem so alten Gemäuer wie diesem. Noch dazu in Italien! Wo immerzu einer den anderen vergiftet. Jedenfalls wäre ich sehr enttäuscht, wenn ich nicht an jeder Ecke einem Gespenst begegne.«

Alexandra seufzte. »Eigentlich ist es ein Wunder, dass du noch keinen Mann gefunden hast.«

»Ich habe nie einen gewollt. Komm, lass uns das Schloss erkunden.« Abigail nahm Philips kleine Hand und eilte, getrieben von undamenhafter Neugier, auf ihren langen Beinen durch die Halle.

»Ich kann nicht so schnell!«, protestierte der Junge lachend.

»Doch, kannst du!« Abigail zog ihn einfach mit, und so ließ der Kleine die stämmigen Beinchen fliegen und verfiel in einen munteren Trab.

»He, wartet!«, rief Lilibet, die den beiden folgen wollte, doch schon nach ein paar Schritten blieb sie abrupt stehen, denn in der Tür gegenüber war eine Gestalt aufgetaucht. »Abigail!«

Abigail schaute auf und blieb stehen. »Oh, hallo!«

Die Gestalt machte einen Schritt vorwärts und entpuppte sich als eine Frau in einem langen Wollkleid mit einer adretten weißen Schürze um die Taille und einem weißen Schal über dem Haar. *»Buon giorno«,* sagte die Frau misstrauisch.

Alexandra trat vor. »*Buon giorno*. Sind Sie die Schlossherrin?«

Die Frau lächelte und schüttelte den Kopf. »*No, no*. Ich bin … wie heißt das? Ich hüte die Haus. Sie sind die englischen Mieter?«

»Ja«, sagte Alexandra. »Ja, das sind wir. Erwarten Sie uns?«

»Oh ja. Wir sind sehr erfreut, Sie zu sehen. Aber ich denke, Sie sind einen Tag zu früh. Wir erwarten Sie morgen. Mögen Sie *il Castello*?« Voller Stolz auf den kargen, langen Raum mit den hohen Fenstern und den Steinbänken in den tiefen Alkoven, in dem es keine so lästigen Hindernisse wie Möbel gab, breitete die Frau die Arme aus.

»Wer könnte schon einem derart einladenden Anblick widerstehen?«, sagte Alexandra. Womit sie sich einen kräftigen Ellbogenstoß von ihrer Cousine Lilibet einhandelte.

Die Frau zuckte die Achseln. »Es ist sehr lange her, dass die Familie hier lebt. Ich hüte die Haus ganz allein.«

»Haben Sie denn keine Hilfe?«, fragte Alexandra erstaunt.

»Oh, die Mädchen wohnen im Dorf. Sie bleiben nicht, wenn kein Herr da ist. Es ist sehr einsam. Nur mit Giacomo, er kümmert sich um den …« Nachdenklich runzelte die Frau die Stirn. »Den Boden?«

»Das Land. Er kümmert sich um die Ländereien. Sehr gut. Und wie heißen Sie, meine Liebe?«, wollte Alexandra wissen.

»Ich bin Signorina Morini.« Die Frau knickste leicht. Sie machte einen guten Eindruck, weder zu schüchtern noch zu dreist, freundlich, aber nicht vertrauensselig. Außerdem war sie hübsch, Anfang vierzig wahrscheinlich, aber gut gealtert, das Gesicht immer noch frisch und rund. Und das, was man unter dem Schal von ihrem Haar sehen konnte, war voll und schwarz, ohne eine einzige graue Strähne.

»Oh, was für ein schöner Name. Ich mag italienische Namen«, schwärmte Abigail. »Ich bin Miss Harewood, und ich finde Ihr Schloss einfach großartig, Signorina. Könnten Sie uns vielleicht herumführen?« Sie deutete auf die Treppe am anderen Ende der Halle. »Sind unsere Zimmer da oben?«

»Oh ja, sie sind oben.« Die Frau schien zu zögern und sah sich um. »Aber … die Herren? Wo sind die Herren?«

»Die Männer? Was ist mit ihnen?«, fragte Alexandra kühl.

»Wollen Sie damit sagen, Sie haben beide Parteien erwartet?«, erkundigte sich Abigail. »Signor Rosseti hat das absichtlich gemacht?«

Signorina Morini hob abwehrend die Hände. »Ich weiß nur, dass kommen drei Ladys und drei Gentlemen. Die Männer sind nicht Ihre Ehemänner?«

»Gott bewahre!« Alexandra stemmte die Hände in die Hüften.

»Ihre Brüder?«

Abigail lachte. »Oh nein. Auch das nicht.«

Signorina Morinis Augenbrauen schnellten in die Höhe.

»Nein, nein«, versicherte Lilibet eilig. »Das alles ist ein großes Missverständnis. Wir waren der Ansicht … wir dachten, wir hätten das Schloss für ein Jahr gemietet, aber anscheinend haben die drei Herren eine ähnliche Vereinbarung getroffen, und … vielleicht könnten Sie Signor Rosseti herholen, damit er uns erklären kann …«

»Ja, ich verstehe.« Signorina Morini legte den Kopf schief und runzelte wieder die Stirn. »Seltsam. Der Herr ist sehr speziell, sehr genau. Ein sehr seltsamer Fehler.« Dann straffte sie die Schultern und klatschte in die Hände. »Aber gut! Sechs Engländer ist sehr gut! Wir werden reden und lachen. Das Schloss wird sich … ändern. *Buon.* Ich bringe Sie zu Ihre Zimmer.«

Erstaunt sah Alexandra, wie die Morini sich plötzlich fröhlich umdrehte und ihnen bedeutete, ihr zu folgen. »Moment, gute Frau! Was ist mit den Dienern? Ist alles für unsere Ankunft vorbereitet? Gibt es bald etwas zu essen?«

Signorina Morini wandte den Kopf und sagte über die Schulter hinweg: »Wir haben Sie erwartet für morgen. Die Diener kommen am Morgen aus dem Dorf.«

»Erst morgen früh? Heißt das, es gibt kein Abendessen? Es wurden keine Vorbereitungen getroffen?«, fragte Alexandra und lief hinter der Frau her, die erstaunlich behände vorauseilte.

»Wo ist Rosseti?«, fragte Abigail.

»Er ist nicht hier. Ich mache das. Kommen Sie, kommen Sie. Es wird spät!«

Ohne sich die Mühe zu machen, sich noch einmal umzusehen und sich zu vergewissern, dass sie mitgingen, stieg die Morini die Treppe hinauf.

Der Mann erschien quasi aus dem Nichts und blockierte den Eingang zu den Stallungen, indem er abweisend die Hände in die Hüften stemmte.

»Oh, wie schön!«, sagte Lord Roland wie immer gut gelaunt. »Endlich ein Lebenszeichen!«

Der Mann ließ einen Schwall Italienisch auf sie los.

»Moment mal«, sagte Finn, »wir sind auf der Suche nach einem Kerl namens Rosseti. Ich denke, das ist dein Herr. Kannst du mir sagen, wo wir ihn finden?«

»Rosseti!« Der Mann spuckte das Wort förmlich aus. »Rosseti! Er macht nix als Ärger! Und jetzt er schickt Engländer!«

Nun reichte es Finn. »Ja, wir sind Engländer. Drei, um genau zu sein …«

»Sechs«, korrigierte Lord Roland.

»… und wir brauchen sofort einen Stall für die Pferde. Auch unser Gepäck sollte bald da sein, wenn es nicht im Matsch stecken geblieben ist, außerdem …«

»*Basta!*« Abwehrend hob der Mann die wettergegerbten Hände. »Ich nicht mache Pferde. Ich mache das Land. Ich nix verstehe von Pferde.«

»Dann hol einen Stalljungen«, sagte Finn, der immer ungeduldiger wurde.

»Nix Stalljunge, *Signore*.«

»Großer Gott«, explodierte Wallingford, »ist denn kein Mensch für uns da? Ich habe nicht übel Lust, mir diesen blöden Rosseti vorzuknöpfen und ihm zu zeigen, wohin er sich seinen dämlichen Sonnenschein stecken kann …«

Auch Finn war kurz davor, seinen Unmut zu äußern, doch Lord Roland machte eine besänftigende Handbewegung. »Hören Sie, mein Lieber«, sagte er freundlich, »wie heißen Sie?«

Der fremde Mann verzog den Mund zu einem säuerlichen Lächeln. »Ich bin Giacomo.«

»Also, Giacomo, habt ihr uns nicht erwartet? Hat niemand euch gesagt, dass wir kommen?«

»Nein, niemand.« Giacomos Augen richteten sich auf das Schloss hinter ihnen und verengten sich zu bösartigen Schlitzen. »Keiner redet mit mir. Sie macht das alles, dann kommen Besucher, und es fängt wieder an …« Er warf die Arme in die Luft und ließ den Blick zu den drei Engländern zurückwandern. »Iste nicht eure Schuld«, sagte er etwas freundlicher.

»Recht vielen Dank«, grummelte Finn.

»Wer ist *sie*?«, fragte Lord Roland.

Giacomo ignorierte ihn. »Und die Frauen«, fuhr er nach einem resignierten Seufzer fort, »sie sind im Schloss?«

»Die Frauen?«, fragte Finn. »Wieso weißt du von ihnen?«

»Sie sind immer dabei.« Giacomo deutete mit dem Kopf auf die Pferde. »Wir haben Heu und Hafer. Kommt, ich zeige euch.« Damit drehte er sich um, duckte sich unter dem Türbalken durch und verschwand in den Stallungen.

»Warte, Augenblick!« Finn stürzte hinter ihm her. »Willst du damit sagen, wir sollen unsere Pferde selber füttern? Und was ist mit dem verdammten Gepäck?«

»Die Jungen aus dem Dorf, sie kommen am Morgen«, rief Giacomos trübsinnige Stimme durch einen Staubschleier. »Das ist immer so.«

»Was zum Teufel meint er damit?«, murmelte Wallingford, als er Finn in den Stall folgte.

Bis Finn mit seinen Freunden müde ins Schloss zurückkehren konnte, war aus dem düsteren Nachmittag Abend geworden, und in der Eingangshalle war kaum noch etwas zu erkennen.

»Hallo!«, rief er, in der Hoffnung, dass wie durch ein Wunder niemand antworten würde und die ganze schreckliche Geschichte mit dieser verfluchten Lady Alexandra Morley und ihren unglaublich dilettantischen Begleiterinnen nur ein besonders lebhafter Traum gewesen war. Denn mittlerweile erschienen ihm die Ereignisse des Tages *wirklich* wie ein Traum. Da Wallingford und Penhallow noch nie im Leben einen Eimer in der Hand gehabt hatten, hatte er bei der Versorgung der Pferde den Großteil der Arbeit geleistet, und kaum waren die drei Tiere für die Nacht sicher untergebracht, waren endlich die Gepäckkarren angekommen, was ein endloses Abladen und Überwachen und das ständige Wiederholen von Anordnungen in seinem schlechten Italienisch erfordert hatte.

Zugunsten der Gebrüder Penhallow musste man sagen, dass sie ohne großes Murren mit angefasst hatten. Wie zwei viel zu gut gekleidete Stallburschen hatten sie Kisten geschleppt und Maschinenteile getragen, jedoch nicht ohne ein paar lockere Flüche und allerlei bissige Bemerkungen über eine breite Themenpalette, angefangen beim wunderschönen italienischen Frühlingswetter bis hin zu den vermutlichen Ahnen des Signor Rosseti.

Jedenfalls waren sie wesentlich gesprächiger gewesen als er, denn jedes Mal, wenn er sich vorgestellt hatte, was sich wohl im Schloss abspielte, während er und seine Freunde in den Stallungen schufteten, war seine Stimmung etwas düsterer geworden – bestimmt hatten die Damen bereits Barrikaden errichtet und die Eingänge blockiert. Zumindest aber würden sie die besten Schlafzimmer belegt haben, sodass die Männer die ganze Nacht frierend auf einer nackten Pritsche in irgendeinem elenden Flur verbringen mussten, bis sie sich geschlagen gaben und auf Nimmerwiedersehen verschwanden.

Denn Weiber waren Hyänen.

»Sieht so aus, als wären sie alle schon im Bett«, meinte Wallingford, der breitbeinig in der düsteren Halle stehen geblieben war und sich umschaute. Das Gepäck lag in einem unordentlichen Haufen am Fuß der Treppe, die einzelnen Teile waren im Dämmerlicht kaum auseinanderzuhalten, und die Aussicht, das alles noch in ihr Quartier schaffen zu müssen, hob Finns Laune auch nicht. Selbst wenn er noch gar nicht wusste, wo dieses Quartier war.

»Glaubt ihr, es gibt was zu essen?«, fragte Lord Roland unverschämt fröhlich. »Ich möchte ja keine falschen Hoffnungen wecken, aber ich glaube, ich habe gerade irgendetwas gerochen. Etwas Essbares«, fügte er schnell hinzu, da die Düfte, die ihnen in den letzten Stunden begegnet waren, eher von der Art gewesen waren, die einem den Appetit verschlug.

Wallingford ging auf die Seite des Raumes zu, die dem Hofeingang gegenüberlag. »Die Küche ist wahrscheinlich im hinteren Teil, auch wenn ich befürchte, dass die Damen sich mittlerweile alles einverleibt haben, was dort zu finden war. Bei

Gott, wahrscheinlich haben sie uns keinen verdammten Krumen übrig gelassen.«

Lord Roland lief hinter seinem Bruder her, aber Finn hielt nach ein paar Schritten inne und schaute zum Gepäck hinüber. »Geht schon mal vor«, rief er. »Ich komme gleich nach.«

»Aber warte nicht zu lange«, rief Wallingford über die Schulter. »Ich hebe dir nichts auf.«

»Du bist ein Mistkerl, alter Knabe ...«, verklang Penhallows liebenswürdige Stimme im Dunkeln.

Kopfschüttelnd wandte Finn sich dem Gepäckhaufen zu. Schon der Gedanke an Essen brachte seinen Magen dazu, sehnsüchtig zu knurren, denn seine letzte Mahlzeit hatte aus einem harten Stück Parmesankäse und einem noch härteren Stück Brot bestanden, die er während des verregneten Marsches über die Berge hastig in sich hineingeschlungen hatte. Aber er hatte die sorglose Art gesehen, mit der die Kutscher die Kisten und Kästen behandelt hatten, und wenn eins seiner Werkzeuge oder Zubehörteile kaputtgegangen war, konnte es sein, dass die Arbeit wochenlang ruhen musste, bis entweder Ersatzteile aus London kamen oder aber vor Ort ein geeigneter Mechaniker gefunden werden konnte.

Nein, er musste sich vor dem Abendessen, vor dem Zubettgehen vergewissern, sonst würde er keinen Schlaf finden.

In der zunehmenden Dunkelheit konnte er die Kisten kaum voneinander unterscheiden; sie waren ohne jede Ordnung zusammengestellt und stanken nach Schimmel und Feuchtigkeit. Vorsichtig stolperte er dazwischen herum, fuhr mit den Händen über so unterschiedliche Texturen wie Leder, Metall und Segeltuch und suchte nach den vertrauten Formen seiner maßgearbeiteten Kisten, die dazu dienen sollten, Beschädigungen durch die Reise, das Wetter oder achtlose ausländische Kutscher zu vermeiden.

Ganz hinten im Haufen entdeckte er sie endlich; sie waren größer und schlichter als die anderen Teile. Das Leder war ein wenig verschrammt von dem ständigen Hin und Her. Und wahrscheinlich hatte auch der Regen seine Spuren hinterlassen, obwohl das Licht zu schwach war, um Genaueres zu erkennen. Finn griff in seine Jackentasche und zog einen kleinen Ring mit Schlüsseln hervor, die er nacheinander betastete, bis er die gesuchte Form gefunden hatte.

Mit einer oft geübten Bewegung steckte er den Schlüssel ins Schloss. Mit einem beruhigenden lauten Klicken, offenbar unbeschädigt von der feuchten Witterung, glitten die Stifte an ihren Platz, und Finn klappte den Deckel der ersten Kiste auf. Der vertraute Geruch von Metall, Leder und Öl stieg ihm in die Nase und begrüßte ihn wie einen alten, treuen Freund. Endlose schöne Erinnerungen an Basteleien und Experimente knüpften sich an diesen sauberen moschusartigen Duft, den er seit seiner Kindheit liebte. Finn ließ die Finger über die Rundungen und Kanten des Inhalts gleiten. Alles in bester Ordnung, die engsitzenden Filzhüllen waren unversehrt, die empfindlichen Maschinenteile und Instrumente endlich heil und sicher angekommen.

Er stieß einen tiefen Seufzer der Erleichterung aus.

»Sind Sie das, Mr. Burke?«

Erschrocken sprang Finn auf und drehte sich um. Dabei stieß er mit dem Knie an die Kiste, und der Inhalt stürzte mit einem fürchterlichen metallischen Klirren zu Boden, dann folgte ein ebenso katastrophaler zweiter Knall, darauf mehrere deutliche Aufschläge und schließlich das einsame Scheppern eines einzelnen Teils, das endlos auf den Steinfliesen kreiste.

»Oje«, sagte Lady Morley matt. »Das tut mir schrecklich leid.«

Normalerweise war Phineas Burke in einer Krise sehr zuverlässig. Behielt die Nerven, reagierte mit kühler Effizienz und fing schon an, alles wieder zu richten, ehe das Unglück ganz vorüber war. Und tatsächlich riet ihm sein Verstand, kaum dass die Kiste auf dem Boden aufgeschlagen war, in die Knie zu gehen und zu versuchen, die verstreuten Teile wieder aufzusammeln und den Schaden zu begutachten.

Doch sein Körper gehorchte ihm nicht. Er blieb stocksteif stehen und starrte die Gestalt an, wie betäubt von dem irritierenden Gefühl, ein Déjà-vu-Erlebnis zu haben, so als würden die Ereignisse der vergangenen Nacht sich in einem endlosen Alptraum wiederholen. Nur dass die Dame diesmal eine Kerze in der Hand hielt, deren flackernder Schein ihrer Haut einen goldenen Schimmer verlieh. »Lady Morley«, sagte er dümmlich, »was zum Teufel machen Sie hier?«

»Ihre … Ihre Sachen …«, sagte sie ebenso verwirrt. »Lassen Sie mich … Ihnen helfen …« Sie sank auf die Knie und stellte die Kerze neben der dunklen Wolke ihrer Röcke ab.

»Nein … ist schon in Ordnung … nicht weiter schlimm«, sagte Finn, während er sich ebenfalls hinkniete und mit den Händen über die kalten Steine strich. »Sie haben schon genug getan.« Die Worte waren ihm entschlüpft, ehe er nachdenken konnte.

Immer noch kniend, richtete Lady Morley sich auf und sagte mit harter Stimme: »Ich bitte um Entschuldigung, Mr. Burke. Ich hätte Sie nicht so überfallen sollen. Ich bin nur gekommen, um Ihnen von unserem Arrangement zu berichten.«

»Aha.«

»Für das …« Lady Morley stand auf und machte eine ausholende Armbewegung. »Für das Leben hier.«

Finn spürte, wie er sich versteifte und für einen Kampf wappnete. Verdammt noch mal, wo war Wallingford? Finn hatte nicht die leiseste Ahnung, wie man mit solchen Frauen umging, solchen herrischen Frauen, die kein Blatt vor den Mund nahmen, ständig beleidigt waren, stets das Eine sagten, aber das Andere meinten, und einen immerzu ansahen, als hätte man etwas falsch gemacht. »Oh ja, natürlich. Und was schlagen Sie vor?«

»Die Haushälterin hat mir gesagt, dass das Schloss ziemlich genau in …«

»Die Haushälterin?«, fragte Finn einfältig, denn soeben war ihm aufgefallen, dass Lady Morley irgendwann in den letzten paar Stunden ihre Jacke ausgezogen hatte und nun in einer schlichten weißen Hemdbluse vor ihm stand, die vorn aufgeknöpft war.

»Ja, eine Frau namens Morini; sie hat sich gezeigt, gleich nachdem Sie zu den Ställen gegangen sind. Sie hat uns herumgeführt, und es sieht so aus, als könnten die beiden Parteien einstweilen, also bis Signor Rosseti ausfindig gemacht werden kann, um die Sache zu klären, in den zwei Flügeln des Schlosses wohnen, sodass wir uns nur sehr selten … Sagen Sie mal, Mr. Burke, hören Sie mir überhaupt zu?«

»Aber ja.«

»Also, wie ich schon sagte, die beiden Parteien brauchen sich nur sehr selten zu sehen. Außer bei den Mahlzeiten, wie ich leider zugeben muss, da es lediglich einen Raum gibt, der sich als Esszimmer eignet.«

Finn bemerkte, dass die Marquise aufgehört hatte zu reden. »Sehr gut. Ich denke, das wird gehen.«

»Wie großzügig von Ihnen«, erwiderte Lady Morley. »Ich schätze, Sie werden ebenso froh sein zu erfahren, dass wir stundenlang wie Dienstmägde geschuftet haben, um Betten herzurichten und Essen zu machen.«

Finn wusste nicht, was er sagen sollte. »Gibt es denn sonst keine Bediensteten?«, fragte er schließlich, während er versuchte, seine Augen nicht weiter nach unten wandern zu lassen, um zu sehen, wie weit die Hemdbluse tatsächlich aufstand.

»Eine unglaublich intelligente Schlussfolgerung, Mr. Burke. Die Herren von der *Royal Society* sind sicher überwältigt von Ihren Geisteskräften.«

Finn öffnete bereits den Mund, um ihr eine passende Antwort zu geben *(Bei der Royal Society habe ich es auch mit einer Ansammlung vernünftiger Männer zu tun und nicht mit einem überempfindlichen Hausdrachen, Lady Morley …)*, doch dann ließen seine Augen sich nicht länger beherrschen und richteten sich verhängnisvollerweise auf ihr Dekolleté.

Es war schlimmer, als er es sich ausgemalt hatte. Die Bluse stand bis zum Busen offen, sodass sich in dem weißen gestärkten Stoff eine gewagte Lücke auftat, in der man im flackernden Kerzenschein ihre wunderschön schimmernde Haut sehen konnte. Schlimmer noch, eine Seite war – wahrscheinlich beim Bettenmachen, Gott helfe ihm – etwas verrutscht und enthüllte die Rundung einer herrlich üppigen Brust, umhüllt von der zarten Spitze eines eng anliegenden Korsetts.

Hastig richtete Finn den Blick wieder auf Lady Morleys Gesicht. »Ich … das heißt …« *Meine liebe Lady Morley, ich würde Sie gern darauf hinweisen, dass Ihre linke Brust fast aus Ihrer Bluse heraushängt …*

»Ah ja«, sagte sie verächtlich. »Schön zu hören.«

… Das heißt, Ihre rechte Brust, denn da sie sich vor meiner linken Hand befindet und wir uns gegenüberstehen …

»Haben Sie denn gar nichts dazu zu sagen, mein Lieber?«

… Vielleicht möchten Sie Ihren prächtigen Busen gern selbst wieder an die richtige Stelle schieben, ansonsten wäre ich mehr als glücklich, Ihnen beim Zurechtrücken behilflich zu sein …

Lady Morley nahm den Kerzenhalter von einer Hand in

die andere, und als das Licht auf ihr Gesicht fiel, sah Finn, wie blass und angespannt sie war und dass sie dunkle Ränder unter den Augen hatte.

»Na gut«, sagte die Marquise, als er stumm blieb. »Da Sie anscheinend kein Wort des Dankes finden können, werde ich Sie nun ins Esszimmer führen, wenn man es so nennen will.« Mit schwingenden Röcken drehte sie sich um. »Ich hoffe sehr, dass ich nicht auf Ihre Sachen trete, mein Lieber. Falls ich unter meinem Fuß etwas knirschen höre, werde ich Ihnen sofort Bescheid geben.«

»Zu freundlich, Lady Morley«, presste Finn hervor und folgte dem Auf und Ab des Kerzenlichts, als wäre es ein Leuchtfeuer. »Darf ich vielleicht vorschlagen«, gestattete er sich zu sagen, als sie die Halle verlassen hatten und sich den erheiternden Geräuschen eines gut besetzten Esstisches näherten, »dass Sie sich … also … Sie haben einen winzig kleinen Fleck am Kragen Ihrer Bluse.«

Falls dieser Rosseti sich jemals die Mühe machen sollte, im Schloss zu erscheinen, würde er ihn umbringen, beschloss Finn.

FÜNF

Alexandra wollte gerade eine Diskussion über Aristophanes anfangen, als eine Ziege ins Zimmer kam.

»Oh, das tut mir furchtbar leid!«, rief Abigail, sprang auf und packte das schmutzige Tier am Lederhalsband. »Nein, nein, meine Süße. Doch nicht den *Vorhang*.«

»Wie unappetitlich«, seufzte Alexandra.

Mit entschuldigender Miene sah Abigail sie an. »Es ist Zeit zum Melken, weißt du? Deshalb hast du mich gesucht, nicht wahr, du kluges Tier? Autsch«, fügte sie hinzu, als der steinharte Kopf der Ziege ihr Kinn traf.

»Abigail, meine Liebe.« Alexandra legte einen Finger ins Buch und klappte es zu. »Ich möchte deine Begeisterung ja nicht dämpfen, aber wir sind *nicht* tausende von Meilen zu dieser … hübschen verfallenen Burg gereist, damit du Ziegen melkst. Wir sind hergekommen, um zu studieren, um uns weiterzubilden.«

»Aber das arme Ding muss gemolken werden. Nicht wahr, Schätzchen? Ja? Oh nein, hör mal, das ist mein *Petticoat* …«

»Es gibt doch sicherlich einige … äh … Ziegenhüter, die diese Aufgabe übernehmen könnten. Oder zumindest einen oder zwei.« Mit gerunzelter Stirn betrachtete Alexandra ihre Schwester, die bei dem Versuch, ihren Petticoat aus dem mürrischen Maul der Ziege zu befreien, einen seltsamen Pas de deux mit dem Tier aufführte.

»Leider nicht, ehrlich. Die Männer sind alle auf den Feldern, um Gemüse zu säen, die arme Morini hat alle Hände voll zu tun mit dem Käsemachen, und Maria und Francesca putzen die Zimmer, weil morgen der Pastor kommt, um den Ostersegen zu spenden …«

Alexandra hob eine Hand. »Das reicht! Trotzdem kann ich nicht verstehen, warum …«

»Außerdem«, fuhr Abigail fort, nachdem es ihr endlich gelungen war, ihren Petticoat zu befreien, und sie das Tier fest am Halsband gefasst hatte, »macht es mir Spaß, Ziegen zu melken.«

»Und was ist mit Aristophanes?«

»Den habe ich schon gelesen. Sogar zweimal«, sagte Abigail über die Schulter, »und zwar im Original.«

Alexandra stand auf und rief ihr hinterher: »In dem Fall solltest du vielleicht diese Diskussion leiten …«

Doch ihre Schwester war bereits fort, durch dasselbe Loch in der Wand verschwunden, durch das die Ziege geschlüpft war. Die frische Brise, die durch das Loch hereinwehte, roch nach feuchtem jungem Gras und bestellter Erde. Seufzend ließ Alexandra sich auf ihren Stuhl zurückfallen. »*Du* bist mir auch keine große Hilfe«, sagte sie an Lady Somerton gewandt, die auf einem Weidenstuhl saß und ihr Buch aufgeschlagen, aber vergessen auf dem Schoß liegen hatte.

»Was ist?«, fragte ihre Cousine erschrocken.

Alexandra verdrehte die Augen. »Genau das meine ich. Wie kommt es eigentlich«, fragte sie ins Blaue hinein, »dass ich von uns dreien die Einzige bin, die dieses Vorhaben ernst nimmt?«

»Entschuldige«, sagte Lilibet und griff nach ihrem Buch. »Ich nehme das alles auch sehr ernst. Wo waren wir stehen geblieben? Nanu, wo ist Abigail?«

»Abigail ist mit ihren blöden Ziegen beschäftigt und mit

dem Käse und was weiß ich, und *du* träumst von Penhallow und …«

»Ich träume? Von Penhallow?«

»… und wir müssen uns mit diesem … diesem heruntergekommenen kleinen Zimmer zufriedengeben, wenn wir miteinander diskutieren wollen …« Empört deutete Alexandra auf die altersschwachen Holzbalken, den gelb angelaufenen bröckelnden Putz und die üppige Glyzinienranke, die durch einen breiten Riss in der Decke wuchs.

»Das ist doch ein sehr hübsches Zimmer«, erwiderte Lilibet. »Es hat den ganzen Tag über Sonne.«

»Weil es *Löcher* im Dach hat!« Alexandra zeigte mit dem Finger auf ein besonders hässliches Beispiel. »Und in den Wänden auch!«

»Aber das macht doch nichts, jetzt, wo das Wetter schön geworden ist.«

»Darum geht es doch gar nicht!«

Lilibet zuckte die cremeweißen Schultern. »Wäre es dir lieber, wir träfen uns in der Halle? Oder im Speisezimmer?«

Alexandra warf ihr Buch auf den kleinen Tisch neben ihrem Stuhl. »Ich sehe nicht ein, dass die Männer die Bibliothek nutzen dürfen. Da haben die Wände keine Löcher.«

»Aber die Bibliothek ist dunkel und geht nach Nordwesten hinaus. Außerdem liegt sie im Männerflügel.« Etwas zu übereifrig schloss Lilibet ihr Buch. »Das war doch deine Idee. Die separaten Flügel.«

»Ich dachte, die Männer wären in zwei Wochen wieder weg.« Alexandra stand auf und trat an das völlig überflüssige Fenster. Der Hügel vor ihr fiel in uralten, terrassenförmig angelegten Feldern, aus denen das eifrige neue Grün der Getreidehalme und Weinreben spross, zu den roten Dächern des Dorfes ab, das sich in das Tal schmiegte. Links von ihr waren die einheimischen Männer in den Gemüsegärten damit beschäftigt, Samen in die frisch umgegrabene Erde zu säen; rechts von ihr ragte der andere Flügel des Schlosses auf, wo Wallingford, Penhallow und Burke, die sich hartnäckig weigerten, sich geschlagen zu geben, ihre Habseligkeiten in die wenigen bewohnbaren Zimmer gequetscht hatten.

»Das war natürlich eine großartige Idee«, sagte Lilibet. »Sehr vernünftig und fair, und sie erspart uns die Unannehmlichkeit, ihnen zu begegnen, außer bei den Mahlzeiten.«

Amüsiert wandte Alexandra sich vom Fenster ab. »Ja, das ist schrecklich unangenehm, nicht? Wirklich schlimm, dass der arme alte Penhallow dich noch genauso heftig liebt wie früher.«

Lilibets feine Porzellanwangen färbten sich rosa. »Das ist nicht wahr. Er spricht doch so gut wie gar nicht mit mir.«

»Gibt es einen besseren Beweis? Na komm schon.« Alexandra verschränkte die Arme vor der Brust und weidete sich an Lilibets Verlegenheit. »Hab dich doch nicht so.«

Das Buch fest umklammert, erhob sich Lilibet. »Solche Dinge solltest du nicht ansprechen. Und solche Vorwürfe solltest du mir auch nicht machen.«

»Vorwürfe?«, fragte Alexandra überrascht. »Welche?«

»Er bedeutet mir nichts. Ich würde doch nie … Ich bin *verheiratet*, Alex!«

»Ach, du meine Güte, Schätzchen! Natürlich wollte ich damit nicht behaupten …« Alexandra ging zu Lilibet und fasste sie an den Schultern. »Ich wollte nur sagen, dass er dich bewundert. Wie könnte es auch anders sein. Du bist wirklich bewundernswert.«

»Bin ich nicht.« Mit ernsten blauen Augen sah Lilibet sie an. »Ich bin nicht bewundernswert. Das wäre ich nur, wenn ich bei meinem Mann geblieben wäre.«

»Aber er ist ein Unmensch, Lilibet. Ein Scheusal.«

»Ja, das ist er«, bestätigte Lady Somerton leise. »Aber er ist auch der Vater meines Kindes.«

Dann trat sie, das Buch immer noch fest umklammert, beiseite und verließ das Zimmer.

Beinahe wäre Alexandra ihr gefolgt, doch irgendeine Kraft schien sie zu lähmen und die Regung zu unterdrücken. Also drehte sie sich wieder zum Fenster um.

Eine Wolke, die vor der Sonne herjagte, tauchte das breite Panorama in Schatten. Die Männer im Garten hatten mit der Arbeit aufgehört und reichten einen großen braunen Krug herum, aus dem sie durstig tranken. Gemächlich beobachtete Alexandra sie – das ungezwungene Miteinander und die nun schon vertraute italienische Gestik – und dachte darüber nach, dass diese Männer sich wahrscheinlich von Kindesbeinen an kannten. Dass sie diese Felder genauso bestellten, wie ihre Väter es getan hatten, und ihre Großväter. Und dass sie ihr ganzes Leben lang mit harter Arbeit bei geringem Lohn aus dieser dramatischen Landschaft das Lebensnotwendige herausholten, ohne etwas von Renditen und Aktien zu wissen oder den bitteren Schock zu erleben, ein Vermögen zu verlieren.

Plötzlich fiel ihr eine Bewegung am anderen Rand ihres Gesichtsfelds auf: Irgendjemand ging mit großen Schritten zielstrebig über die Terrasse mit den Weinstöcken. Natürlich war ihr sofort klar, wer das war, noch bevor die Sonne, die endlich wieder hinter der vorbeijagenden Wolke hervorkam, das unbedeckte Haar kupferrot aufleuchten ließ.

Unwillkürlich beugte sie sich über das Fenstersims und stieß sich die Nase an der schmutzigen Scheibe. Für einen so großen Mann bewegte er sich mit erstaunlicher Eleganz. Die langen Beine schritten weit aus, während die Arme in perfekter Harmonie vor und zurück schwangen, und obwohl sie von ihrem

Standpunkt aus sein Gesicht nicht sehen konnte, wusste sie genau, wie es aussah: die Stirn war nachdenklich gerunzelt und die grasgrünen, zusammengekniffenen Augen waren konzentriert auf den Boden vor ihm gerichtet.

»Molto bello, no?«, sagte eine Stimme an ihrer Schulter.

Erschrocken sprang Alexandra zurück und drehte sich um.

Signorina Morinis dunkle Augen funkelten. »Finden Sie nicht?« Sie deutete mit dem Kopf zum Fenster. »Der junge Engländer. Er ist so groß, so *bellissimo*. Und diese Augen, wie junges Gras, das erste Grün im Frühling.«

»Ich … ich weiß nicht.« Alexandra verschränkte die Arme vor der Brust und schaute nach draußen. »Er redet ja nicht mit mir.«

Signorina Morini zog die Schultern hoch. »Ach, das macht nix. Dieser Gentleman, er sagt nicht viel. Aber er fühlt« – sie drückte eine Hand aufs Herz –, »er fühlt so viel.«

»Woher wollen Sie das wissen?«

»Ich kenne die Männer. Die, die nix sagen, sind sehr romantisch.« Signorina Morini lächelte breit. »Sie haben ihn gern? Den Signor Burke?«

»*Ich*? Ich … ich kenne ihn doch kaum. Er ist Wissenschaftler«, fügte Alexandra hinzu, als ob das alles erklärte.

»Er ist sehr klug, dieser Signor Burke. Er den ganzen Tag arbeitet in diese … wie heißt das? Diese kleine … Haus? Für die Kutschen? Neben dem See, im Tal?«

»Tut er das? Wie schön für ihn.« Alexandra schaute kurz durch das Fenster und dann wieder auf die Haushälterin.

Signorina Morini lächelte immer noch. »Vielleicht möchten Sie, dass ich erkläre, wo ist diese kleine Haus?«

»Das interessiert mich nicht im Geringsten, das kann ich Ihnen versichern.«

Den verlockenden Duft von frisch gebackenem Brot hinter

sich herziehend, ging Signorina Morini an Alexandra vorbei zu dem Loch in der Wand und ließ sich von der Sonne bescheinen. Dann deutete sie mit ihrem drallen Arm den Abhang hinunter ins Tal. »Über die Terrassen, da. Weiter links. Sie sehen die Bäume ganz unten, neben dem See? Da ist die kleine Haus.« Sie wandte sich Alexandra zu. »Es war einmal die Haus von dem – oh, diese englischen Wörter – dem Mann, der aufpasst auf die Kutschen, die Wagen.« Hilflos rieb sie die Finger am Daumen.

»Dem Kutscher?«

»*Si!* Von dem *Kutscher*«, sagte die Morini ganz langsam, so als müsse ihre Zunge sich erst an das Wort gewöhnen.

»Wohnt denn dort niemand?«

Signorina Morini schnipste mit den Fingern. »Es gibt keinen *Kutscher* mehr. Nur Giacomo. Ich bin hier, Ihnen zu sagen, dass heute Morgen die Post ist gekommen aus dem Dorf. Sie haben Briefe und eine Zeitung.« Sie schaute zu dem kleinen Tisch hinüber, auf dem nun neben Aristophanes ein kleiner Stapel Korrespondenz lag.

Alexandra schielte nach dem obersten Brief. »Ich danke Ihnen.«

»Bitte sehr«, sagte die Morini und ging zur Tür. Doch dann schaute sie, ein gutmütiges Lächeln auf dem Gesicht, über die Schulter noch einmal zu Alexandra zurück. »Da ist auch ein Brief für Mr. Burke, glaube ich. Zu schade, dass die Mädchen haben so viel zu tun mit dem Käse und dem Putzen.«

»Wirklich schade. Dann bekommt er den Brief ja erst nach seiner Rückkehr.«

Mit dem Kopf deutete die Morini auf das Loch in der Wand. »Über die Terrassen, dann links. Zu den Bäumen, am See. Niemand geht dahin. Es ist sehr ruhig.«

»Dann ist er ja ungestört. Vielen Dank, Signorina.«

»Bitte, Mylady.« Die Haushälterin zwinkerte Alexandra zu und verschwand durch die Tür, doch der schwache Duft von frisch gebackenem Brot blieb im Zimmer hängen.

Zögernd betrachtete Alexandra den kleinen Stapel von Briefumschlägen auf dem Tischchen. In ihrem früheren Leben, als sie noch verheiratet gewesen war, hatte ihr die Gepflogenheit, zweimal am Tag die neu eingetroffene Post durchzusehen, viel Freude bereitet. Briefe, Einladungen, Zeitschriften; selbst die Rechnungen ihrer Schneiderin und ihrer Hutmacherin hatten ihr eine gewisse Befriedigung verschafft, denn sie waren leicht zu begleichen gewesen und erinnerten sie an den beruhigenden materiellen Überfluss, in dem sie lebte.

Aber die Zeiten waren vorbei.

Reiß dich zusammen, Morley, ermahnte sie sich. Schau einfach nach. Schlechte Nachrichten werden nicht besser, indem man sie ignoriert.

Eine Brise, frisch und duftig, wehte vom Garten herein, und Alexandra ließ sich davon zum Tischchen mit den Briefen tragen. Ganz unten lag eine Zeitung, die *Times*, die Wallingford sich einmal die Woche von seinem Anwalt aus London schicken ließ. Die nahm sie sich zuerst, zog sie unter den Briefen hervor und überflog die Überschriften. Der übliche Unsinn: das Parlament, die Lage in Irland und so weiter und so fort. Die Themen, für die sie sich zu interessieren pflegte, als ihre Welt, ihr persönlicher Kosmos, noch in Ordnung gewesen war. Oh, wie viele Stunden sie damit verbracht hatte, in ihrem hübsch eingerichteten Salon bei Champagner und delikaten Sandwiches, belegt mit hauchdünnen Schinkenscheiben, Brunnenkresse oder Stilton-Käse, auf Silbertabletts gereicht von einer Armada eleganter Diener, mit ihren politischen Freunden über Berufungen ins Kabinett oder Unterhausabstimmungen zu debattieren! Ihr Salon war legendär gewesen und sie die Königin, der gefeierte Mittelpunkt, mit einem sicheren Platz an der Spitze und einer sorglosen Zukunft.

Das war einmal.

Alexandra ließ die Zeitung fallen und griff nach dem obersten Umschlag. Nicht nur das Briefpapier hatte sie sofort erkannt, sondern auch die ordentliche Handschrift, mit der ihr Name und ihre Adresse vermerkt waren. Sie schob einen Finger unter das Siegel, erbrach es und zog das Schreiben heraus.

Ihre Bank entbot ihr einen freundlichen Gruß und verlangte eine weitere Einzahlung, ehe sie ihr mehr Geld anweisen könne. Man verweise höflich auf die Höhe ihrer Überziehungen und verbleibe Myladys gehorsamer Diener.

Mit zitternden Fingern faltete Alexandra den Brief wieder zusammen, steckte ihn in den Umschlag zurück und griff nach dem nächsten.

Dieser war länger und weniger persönlich, adressiert an die Aktionäre der *Maschinenfabrik Manchester GmbH*, und schilderte in traurigen Einzelheiten, warum die Firma in diesem Quartal aufgrund eines unerwarteten Fehlers an einem patentierten Antriebssystem und einem Mangel an Kapitalzuwächsen zu vernünftigen Bedingungen nicht imstande sei, einen funktionierenden Prototypen herzustellen. Die Firma bat ihre Aktionäre um Geduld, da der Vorstand unter seinem Vorsitzenden Mr. William Hartley einer Reihe von Vorschlägen aktiv nachgehe und große Hoffnung hege, dass ein Investor gefunden werden könne, der die weitere Entwicklung sichere.

Die Firma dankte ihr für ihren Glauben an die Zukunft des maschinellen Personentransports und verblieb ihr gehorsamer Diener.

Diesmal steckte Alexandra den Brief wesentlich heftiger in den Umschlag zurück. Ja, zweifellos hegte William Hartley große Hoffnungen. Das hatte er immer getan, dieser Narr, dieser wohlmeinende und völlig unbedarfte Neffe ihres Ehemannes. Wie um Himmels willen war sie bloß darauf gekommen, ihn zum Treuhänder ihrer Morgengabe zu machen? Sie musste verrückt gewesen sein!

Alexandra warf den Umschlag auf den Tisch zurück. Nein, verrückt natürlich nicht. Nur jung und unerfahren und frisch verlobt mit einem reichen Mann, jedoch ohne die geringste Ahnung davon, dass investiertes Geld durchaus verloren gehen kann, wenn man nicht richtig aufpasst. Wenn man Geschäftsbriefen keine Beachtung schenkt und seinem hilfsbereiten angeheirateten Neffen erlaubt, beinahe alles, was ihre Zukunft sichern sollte, in seine neu gegründete Gesellschaft mit beschränkter Haftung zu stecken. Die *Maschinenfabrik Manchester*! Dabei hörte sich das so sicher an, so zuverlässig, wie ein Unternehmen, das praktische Dinge herstellt, zum Beispiel Nähmaschinen und … solche Sachen.

Anstatt pferdelose Kutschen.

Nun hatte sie nichts mehr, oder beinahe nichts. Keinen Salon, kein elegantes Stadthaus und keinen endlosen Strom von Besuchern, die ihr jedes Wort von den Lippen ablasen. Nur noch ihren Titel und die ungefähr zwanzigtausend nutzlosen Aktien der Maschinenfabrik, dazu eine Schwester, die, was Lebensunterhalt und Aussteuer anbelangte, völlig abhängig von ihr war, Schulden und Schande und vielleicht noch fünfzig Jahre vor sich, aber keinen blassen Schimmer, wie sie das durchstehen sollte.

Sie musste ihr altes Leben zurückbekommen. Denn wenn sie nicht Lady Morley war, die Königin der Londoner Gesellschaft, wer zum Teufel war sie dann?

Und wer würde Abigail die Zukunft bieten, die ihr zustand?

Alexandra blickte zum Fenster, auf das helle Stück Himmel,

das über dem Tal und dem von Bäumen umstandenen See unterhalb der Weinstöcke lag. Dann griff sie nach den Umschlägen auf dem Tisch und sah sie durch, bis ihre brennenden, tränenden Augen den Namen Mr. Phineas Fitzwilliam Burke, R. S. erkannten.

Pferdelose Kutschen. Was wusste sie schon davon?

Aber es sah so aus, als müsse sie sich kundig machen.

Sie nahm den Brief, klemmte die Zeitung unter den Arm, schlüpfte durch das Loch in der Wand und ging den Hügel hinunter.

SECHS

Finn lag mit dem Kopf unter der Hinterachse seines Automobils und konnte nicht richtig verstehen, worüber Giacomo sich beschwerte, aber anscheinend hatte es irgendetwas mit Frauen zu tun. Bei Giacomo war das immer so.

Er hörte nur *Käse* … dann etwas Unverständliches … *Gestank* … wieder etwas Unverständliches … *Ställe* … und schließlich … *Teufelin.*

»Sag mal«, rief Finn, »könntest du vielleicht die Lampe in meine Richtung drehen? Das wäre sehr nett.«

Eine Pause entstand. *»Che cosa?«*

»Ach egal«, seufzte Finn. »Red nur weiter.« Dann kroch er unter der Maschine hervor und nahm die Petroleumlampe vom Tisch neben dem Wagen. Das Kutscherhaus war natürlich nicht gerade das, was er gewohnt war – in seiner Werkstatt in England gab es Strom, fließendes Wasser, eine Heizung und ein Telefon –, doch daran hatte er sich schnell gewöhnt. Der traurige Mangel an modernen Annehmlichkeiten im Castel Sant'Agata war sein geringstes Problem.

Giacomos ständige Unterbrechungen zum Beispiel störten ihn wesentlich mehr.

»Es ist unmöglich!« Der Mann warf die Hände in die Luft und schaute gen Himmel, obwohl ihm der Blick zum Allmächtigen im Moment von zahlreichen Spinnweben und Deckenbalken verwehrt wurde, sowie wahrscheinlich auch von einer Schleiereule, obwohl Finn sich dessen nicht ganz sicher war, da er über die nächtlichen Gewohnheiten des Vogels nicht viel wusste. Eigentlich hatte er vorgehabt, eine Probe des Vogelkots mit ins Schloss zu nehmen und in der Bibliothek in einem ornithologischen Buch nachzuschlagen, doch er vergaß es immer wieder.

Und er wusste auch, warum, verflucht noch mal.

»*Was* ist unmöglich?«, erkundigte Finn sich aus reiner Höflichkeit.

»Die Käse in die Ställe zu tun!«

»Welchen Käse?«

»Sie nicht zuhören! Nie! *Nome di Dio*!« Wieder riss Giacomo die Arme hoch und schaute flehentlich zum lieben Gott empor. »Ich sage es noch einmal.«

Finn rückte den Lampenschirm ein letztes Mal zurecht, betrachtete ihn kritisch und stellte die Leuchte auf den Boden. »Oh nein, lieber nicht.«

»Diese Weiber! Den ganzen Tag sie machen Käse, in der … wie sagt man?«

»Küche?«, schlug Finn vor.

»Ja! In der Küche! Und in dem großen, großen *Castello*, sagen sie, es gibt kein Zimmer, nicht ein einziges Zimmer für die Käse, wo er … wie sagt man? Wo er alt werden kann?«

»Ich glaube, das nennt man ›reifen‹.« Finn legte sich wieder auf den Boden und versuchte, sich vorsichtig aus der Affäre zu ziehen.

»Sie warten, Signore! Sie müssen hören! Der Herzog, er interessiert sich nicht, und sein Bruder …« Giacomo verdrehte die Augen und ließ den Zeigefinger an der Schläfe kreisen.

»Ist im Moment total übergeschnappt. Da muss ich dir recht geben. Aber weißt du, mein Lieber …«

»Es ist diese *Frau*!« Giacomo spuckte das Wort förmlich aus. »Dieses Weib, das den Haushalt macht …«

»Ich habe nicht die leiseste Ahnung, wen du meinst. Eins von den Hausmädchen? Ich kann sie nicht auseinanderhalten.« Auf dem Boden liegend und schon wieder halb verschwunden unter der Achse, versuchte Finn, mit den Schultern zu zucken.

»Sie reden mit den Ladys, den englischen! Sie reden über die Käse! Sie wird aufhören, wenn die Ladys es sagen!«

»Hör mal, mein Freund. Du solltest wirklich versuchen, dich klarer auszudrücken.«

»Che cosa?«

»Ich verstehe dich nicht. Kapiert? *No comprendo.*«

Seufzend sank Giacomo in sich zusammen. »Die *Käse*, Signore. Käse, groß wie ein Rad.« Mit den Armen beschrieb er einen Kreis von erstaunlichen Dimensionen. »Sie wollen sie legen in die *Ställe* – zum Reifen!« Er holte tief Luft und wiederholte entrüstet. »In die *Ställe*, Signore!«

Nachdenklich kaute Finn an der Unterlippe. »Und die Pferde haben etwas dagegen?«

»Nicht die *Pferde*, Signore! *Ich!* Ich, Giacomo!« Ein Faustschlag gegen die stämmige Brust unterstrich seine Auflehnung gegen die Tyrannei der käsemachenden Haushälterin. »La Morini, sie hat alle Dachzimmer im *Castello* für ihren *Käse*, aber sie die Käse in die Ställe schicken! Ist eine Beleidigung! Eine Beleidigung für Giacomo!«

»Und es riecht natürlich ziemlich«, sagte Finn nicht ohne Mitgefühl.

»Es riecht! *Si*. Sehen Sie, Sie verstehen!« Giacomos Mund verzog sich zu einem Lächeln. »Sehr gut. Sie reden mit den Ladys. Sehr schön. Dann guten Tag und viel Glück.« Er drehte sich zur Tür um.

»He, Moment mal! Ich *kann* nicht mit den Frauen reden!«

Giacomo blickte über die Schulter zurück. »Wieso?«

»Das geht nicht.« Finn nahm den Schraubenzieher, den er

weggelegt hatte, und deutete damit nachdrücklich auf Giacomos Brust. »Ich habe es geschworen.«

Beeindruckt riss der Verwalter die Augen auf. »Geschworen, Signore? Sie haben geschworen … nicht zu reden mit den Ladys?«

»So in etwa.« Finn räusperte sich. »Also, nicht ganz so. Aber wir Männer haben geschworen, uns nicht mit ihnen zu befassen – eine Art Pakt geschlossen, wenn man so will. Außer bei den Mahlzeiten, bei denen es unumgänglich ist … die Franzosen würden es wohl als *détente* bezeichnen …« Er schluckte. »Tja, es ist etwas heikel, aber so ist es nun mal.«

Giacomo streckte die Arme aus, die Handflächen nach oben gerichtet. »Ah, ich verstehe. Verstehe sehr gut. Das ist sehr weise, Signore, sehr weise. Es gibt nur Probleme, wenn man redet mit die Frauen.«

»Da stimme ich dir gerne zu«, sagte Finn und lächelte erleichtert. »Du siehst also, es ist völlig unmöglich …«

»Ein Schreiben«, unterbrach ihn Giacomo, »ein Schreiben, das ist genug.« Er machte eine kleine Verbeugung. »Ich gehe.«

»Warte mal!«, protestierte Finn, doch Giacomo war bereits durch die Tür und verschwand mit bewundernswerter Schnelligkeit im grellen Morgenlicht.

Blinzelnd sah Finn ihm nach. »Verdammt noch mal«, fluchte er laut, während er das kalte Metall seines Schraubenschlüssels befingerte. Nun, da Licht durch den Türrahmen fiel, trafen die hellen Strahlen der Vormittagssonne genau auf die hintere Hälfte seiner Maschine. Also legte Finn den Schraubenschlüssel beiseite und knipste die überflüssig gewordene Lampe aus.

Was in aller Welt war bloß mit diesen Leuten los? Konnte Giacomo nicht einfach selbst mit dieser verfluchten Haushälterin reden? Wieder nahm Finn seinen Schraubenschlüssel und schob sich unter die Achse. Vielleicht lag es an den örtlichen Benimmregeln. Oder an der Trennung der Geschlechter oder auch an irgendeiner seltsamen Sitte – was bei Menschen, die seit Generationen in demselben abgelegenen Tal lebten, kaum verwunderlich wäre. Schließlich war Finn weit herumgekommen und wusste, wie wichtig und unumstößlich solche Bräuche sein konnten.

Was bedeutete, dass die Aufgabe, die Damen von der Großen Käse-Rebellion zu unterrichten, ihm überlassen blieb.

Er musste ja nicht unbedingt mit Lady Morley sprechen, sagte er sich. Ein kurzes Gespräch mit Lady Somerton würde auch genügen, oder sonst mit der Schwester, wie hieß sie noch gleich, ein sehr nettes Mädchen. Seit ihrer ersten Begegnung hatte er kein Wort mit Lady Morley gewechselt – eine beachtliche Leistung, wenn man bedachte, dass sie sich in den vergangenen drei Wochen jeden Abend beim Essen gegenübergesessen hatten –, denn jedes Mal, wenn er sich einen möglichst lockeren Gesprächsanfang zu überlegen begann, sah er das Bild von ihrer rechten Brust vor sich, dieser großen, prallen Brust, die beinahe aus dem Mieder geplatzt wäre wie eine überreife Feige aus der …

Er tat es schon wieder.

Reiß dich zusammen. Konzentrier dich auf das, was du vorhast. Gerade jetzt brauchte er einen klaren Verstand, scharf und unbeeinträchtigt von lüsternen Gedanken. Aus genau diesem Grunde hatte er die Gesellschaft von Frauen doch meiden wollen. Wegen mehrerer unvorhergesehener Probleme bei der Entwicklung seines elektrischen Apparates hinkte er seinem strengen Zeitplan schon jetzt hinterher, während dieser blöde Delmonico unten in Rom einen Erfolg nach dem anderen meldete, zum Teufel mit ihm. Und Lady Morleys Brüste, so anziehend sie auch sein mochten, hatten mit Apparaten nicht viel zu tun. Es sei denn, vielleicht, in metaphorischem Sinn, was …

Reiß dich zusammen.

Entschlossen schob Finn sich unter seinen blankgewienerten Prototypen und konzentrierte sich auf die Achse direkt vor seinen Augen. Die Kurbelwelle saß immer noch nicht richtig, und es hatte keinen Sinn, sich mit dem Motor zu befassen, ehe das nicht …

»Mr. Burke? Sind Sie das?«

Gar nicht drauf achten. Konzentrier dich.

Wieder hörte er eine Stimme, die so sehr nach Lady Morley klang, dass er die Halluzination fast für echt gehalten hätte. »Mr. Burke? Komme ich vielleicht ungelegen?«

Das bildest du dir nur ein, alter Junge. Denk an die Achse. Die Kurbelwelle.

Irgendetwas berührte sein Haar. »Mr. Burke? Geht es Ihnen gut?«

Verdammt!

Erschrocken zuckte Finn zusammen und stieß mit dem Kopf an die Achse, dass es schepperte. »Verflucht noch mal!«, stöhnte er.

»Haben Sie sich verletzt, mein Lieber?«

Wütend rieb Finn sich die Stirn. »Nicht im Geringsten, Lady Morley. Nicht der Rede wert.« Dann hielt er kurz inne, sammelte sich und schob sich langsam unter der Maschine hervor.

Da stand sie, gerahmt von der Sonne, die Gesichtszüge im Schatten, das Haar und die kurvenreiche Figur vom Licht reizvoll umspielt. »Oh, tut mir schrecklich leid«, sagte sie. »Das hat furchtbar geklungen. War das Ihr Kopf?«

Als Finn sich aufsetzte und das Blut nach unten sackte, machte sich an seiner Schläfe ein deutlicher und heftiger

Schmerz bemerkbar. »Nein. Das war die Achse. Mein Kopf hat das Geräusch bloß verursacht.«

Soweit er sehen konnte, verzog Lady Morleys Mund sich daraufhin zu einem kleinen runden O. »Es tut mir wirklich furchtbar leid.«

»Ach, ist doch nur eine Bagatelle. Vergessen Sie's.« Finn stand auf und klopfte sich die Hose ab. »Ich nehme an, Giacomo hat Sie zu mir geschickt?«

Alexandra schüttelte den Kopf. »Nein, nein. Ich ... ich bin aus eigenem Antrieb gekommen. Ich hoffe« – sie schenkte ihm ein Lächeln –, »ich hoffe, damit breche ich keine Schwüre oder gefährde Wetten oder so etwas. Der Grund meines Besuches ist rein geschäftlicher Natur.«

Finn war fast ein wenig enttäuscht. »Natürlich. Darf ich ...« Er räusperte sich. »Darf ich Ihnen einen Platz anbieten?«

»Oh, das wird nicht nötig sein.« Die Marquise wirkte etwas geistesabwesend, denn sie stand einfach da, die Finger fest um ein kleines rechteckiges Bündel geschlossen, das sie in den Händen hielt, und musterte ihn neugierig. Sie hatte die Stellung ein wenig verändert und den Kopf schiefgelegt, sodass das Sonnenlicht nun schräg auf ihr Gesicht fiel, ihre Wangenlinie betonte und ihre braunen Augen golden glänzen ließ.

Finn verschränkte die Arme vor der Brust.

»Ich möchte ja nicht unhöflich sein, Lady Morley, aber im Augenblick habe ich recht viel zu tun. Könnten Sie bitte zur Sache kommen?«

»Oh, entschuldigen Sie. Ich hatte gewiss nicht vor, Sie von der Arbeit abzuhalten. Ich wollte Ihnen nur Ihre Post bringen.« Sie hielt ihm das Bündel hin.

»Meine Post?«, wiederholte Finn, während er auf ihre Hände starrte.

»Ja, einen Brief und die *Times*. Die eigentlich wohl dem

Herzog gehört, aber ich dachte, ich bringe sie einfach mit, damit Sie als Erster hineinschauen können.« Sie hielt inne und lächelte. »Wollen Sie die Sachen nicht haben?«

»Doch, natürlich.« Vorsichtig, um ihre Finger nicht zu berühren, nahm Finn ihr die Papiere ab und überflog sie mechanisch.

»Auf der Titelseite ist ein Artikel, der Sie interessieren könnte«, verriet die Marquise nach kurzem Zögern. »Über eine öffentliche Automobilpräsentation in Paris.«

Finn schaute auf, er kam sich ziemlich dumm vor. »Wirklich? Das werde ich mir bestimmt durchlesen. Danke.«

Die Marquise deutete mit dem Kopf auf die Zeitung. »Da ist von einem Mann namens De Dion die Rede. Kennen Sie ihn vielleicht?«

»Ja, ja. Ich schätze, er wird im Juli ebenfalls in Rom sein, zusammen mit all den anderen.«

»Seine Ideen scheinen revolutionär zu sein. Was halten Sie davon?«

Finn blinzelte überrascht. »Wie bitte?«

»Was halten Sie davon, den Boiler vorn anzubringen? De Dion scheint damit auf beinahe sechzig Kilometer pro Stunde zu kommen. Hat Ihr Fahrzeug auch eine Dampfmaschine?«

Finn spürte, wie ihm der Kinnladen herunterklappte.

»Ich halte die Dampfkraft für sehr vielversprechend, Sie nicht auch? Obwohl ich glaube, dass Dampfwagen sich eher für Geschwindigkeitsrennen eignen als für den Allgemeingebrauch. Zu unzuverlässig, und dann natürlich die Gefahr einer Explosion«, redete Lady Morley ruhig und klangvoll weiter, als sprächen sie über das Wetter und nicht über einen Pionier der Automobilentwicklung. Dann wischte sie die Gefahr einer katastrophalen Kesselexplosion mit einer lässigen Handbewegung beiseite.

»Ja, natürlich«, murmelte Finn unwillkürlich. »Ich persönlich ziehe allerdings einen elektrischen Antrieb vor.«

»Einen elektrischen Antrieb!« Die Augen der Dame begannen zu leuchten und richteten sich an ihm vorbei sehnsüchtig, ja, geradezu verliebt auf sein Automobil. »Wie überaus klug von Ihnen! Ich selbst bin auch für elektrische Maschinen. Sie sind so viel sauberer und leiser. Doch das Problem ist die Kraft. Wie schnell kann Ihre denn fahren?«

»Ich habe es noch nicht … das heißt …« Finn schöpfte tief Luft, um sich zu beruhigen. »Lady Morley, das alles ist ziemlich überraschend. Ich hatte keine Ahnung, dass Sie sich für motorbetriebene Fahrzeuge interessieren.«

»Ich nehme an, Sie meinen, Frauen wären unfähig, mechanische Zusammenhänge zu verstehen.«

»Nein«, erwiderte Finn, der gerade noch genug Verstand besaß, die richtige Antwort auf diese Frage zu geben. »Frauen sind alles andere als unfähig. Nur dass sie vielleicht …«

»Vielleicht was?«

»Vielleicht … nicht so viel Lust haben, sich näher damit zu beschäftigen.«

Alexandra lächelte breit. »Oh, ich finde Motorwagen absolut faszinierend. Ich bin sicher, dass ihnen die Zukunft gehört.« Forsch ging sie zu dem Automobil und legte eine Hand auf das glatte Metall des Rahmens. »Erzählen Sie mir mehr von Ihrem.«

»Ich habe wirklich keine Zeit dazu, Lady Morley. Ich arbeite an etwas ganz Bestimmtem, und im Moment …«

Mit einem Blick, den man einladend hätte nennen können, sah Lady Morley zu ihm auf. »Oh, Sie können sich ruhig kurz fassen. Wie ich schon gesagt habe, Automobile faszinieren mich. Jede Kleinigkeit interessiert mich.« Dann lehnte sie sich mit ihrer üppigen Figur an das Fahrzeug. Sie trug ein einfaches blassblaues Kleid – die Art von Kleid, die eine Lady für ein Picknick im Sommer anlegen würde –, das an der Taille sehr eng saß, dann jedoch in üppigen Falten über ihre wohlgeformten Hüften fiel. Finn schloss die Augen und gestattete es sich, sich für einen winzigen Augenblick vorzustellen, dass seine Hände auf diesen Hüften lägen und das warme Fleisch unter den vielen Falten spüren könnten.

»Ein elektrischer Motor«, sagte er heiser, während er die Augen wieder aufschlug, »hat sehr viele Vorteile gegenüber einem Dampf- oder Verbrennungsmotor. Ich bin überzeugt, dass ich die Probleme bei der Schnelligkeit und Zuverlässigkeit lösen kann. Ich habe eine recht neue Idee für die Batterie …«

»Wirklich?«, drängte Alexandra, als er verstummte. »Was für eine Idee?«

»Hören Sie, im Moment habe ich nicht die Zeit, Ihnen das zu erklären. Vielleicht können wir beim Abendessen darüber reden.«

»Oh. Aber beim Abendessen sagen Sie doch nie etwas. Nicht ein Sterbenswörtchen«, erwiderte Lady Morley und schaute ihm direkt auf den Mund.

»Weil ich meist mit den Gedanken woanders bin.« Finn gab sich die allergrößte Mühe, den Blick nicht auf dieses »Woanders« zu richten, nämlich auf Lady Morleys rechte Brust, die augenblicklich leider von einer respektablen Menge blauen Leinens bedeckt war.

»Das kann man wohl sagen. Oder glauben Sie etwa, dass es keinen Sinn hat, sich mit mir zu unterhalten? Weil ich nur eine oberflächliche Aristokratin bin. Dumm und eitel und so weiter. Womit Sie natürlich ganz recht haben.« Lady Morley drehte sich zum Motorwagen um und fuhr mit der Hand über die Karosserie. »Eine wunderschöne Maschine! Sie sind sicher sehr stolz auf sie. Und auf sich.« Ihre langen, gelenkigen Finger mit den kurz gehaltenen Nägeln verharrten auf der Naht am Türrahmen. Dann setzte sie leise hinzu: »Ich habe mich immer gefragt, wie es wohl ist, einen Verstand wie Ihren zu haben, so erfinderisch und analytisch. So … ach, ich weiß nicht. So überlegen, schätze ich.«

Doch Finns überlegener Verstand war offenbar unfähig, irgendetwas zu produzieren, das sich als Antwort eignete. Er fühlte sich, als stünde er neben sich und beobachte sich dabei, wie er diese Frau beobachtete: einen riesigen, ölverschmierten Mann, der völlig fasziniert das Spiel des Sonnenlichts in ihrem haselnussbraunen Haar verfolgte und gebannt zusah, wie es sich in den rotbraunen Strähnen verfing, die sich aus ihrem Chignon gelöst hatten und sich an die weiche Haut ihres Nackens schmiegten. Der Anblick dieses liebeskranken Trottels erfüllte ihn mit mitleidiger Verachtung. *Da siehst du, was man davon hat, wenn man sich von den Frauen fernhält*, ermahnte er den armen, sprachlosen Kerl kopfschüttelnd. *Am Ende verzehrt man sich nach der Erstbesten, die einem über den Weg läuft.*

»Wer hat Ihnen denn geschrieben?«, fragte Lady Morley, die immer noch den Motor beäugte.

»Wie bitte?«

»Der Brief.« Endlich drehte sie sich wieder zu ihm um. »Es war nicht zu übersehen, dass die Handschrift sehr feminin ist. Sicher eine ihrer zahlreichen Verehrerinnen.«

Finn schaute auf seine Hände hinunter, die Zeitung und Brief fest umklammert hielten. Hastig löste er den Griff und strich den Umschlag wieder glatt. »Er ist von meiner Mutter«, sagte er und fuhr mit dem Daumen über die feine schwarze Tinte.

»Ah! Von Ihrer Mutter!« Lady Morley unterdrückte ein Lachen. Sie trat einen Schritt vor und schielte nach dem Brief. »Also doch nicht so aufregend. Wo lebt Ihre Mutter denn?«

»In Richmond.«

»Wie schön. Besuchen Sie sie häufig?«

»Sooft ich kann.« Finn warf den Brief und die Zeitung auf den Tisch und kreuzte die Arme, denn er wusste nicht, was er machen sollte vor lauter Angst, dass sie ihn durchschaute und sein Verlangen bemerkte. Denn Lady Morley gehörte zu der Sorte von Frauen, die viel zu intelligent und scharfsinnig waren.

Wieder lachte die Marquise ihr kehliges Lachen. »Tja, ich sehe schon, dass ich länger geblieben bin, als Ihnen lieb ist.«

»Ganz und gar nicht.«

»Oh ja. Ich kenne die Anzeichen. Sie können es kaum erwarten, dass diese oberflächliche Person aus Ihrer Werkstatt verschwindet.« Lady Morley trat nah an Finn heran, legte eine Hand auf seinen Arm und sah ihm tief in die Augen. Der schwache Lilienduft, der sie umgab, betörte ihn. Dann sagte sie mit leiser Stimme: »Wenngleich ich sehr gerne geblieben wäre, um Ihnen zuzusehen, denn ich bin schrecklich neugierig darauf, wie … oh!«

Erstaunt drehte sie sich zur Tür um, noch ehe Finn in seiner Betäubung begriff, was sie dazu veranlasst hatte.

»Burke! He, Burke! Wo bist du? Verflucht sollst du sein, dass du uns in dieses gottverlassene …« Entsetzt brach die Stimme ab. »Großer Gott!«

Im Türrahmen stand der Herzog von Wallingford, stocksteif, mit finsterer Miene und von Kopf bis Fuß mit Gänsedaunen bedeckt.

SIEBEN

Verwundert betrachtete Alexandra den Herzog, der nach Luft schnappte wie eine empörte Matrone.

»Lady *Morley*!«, stieß Wallingford hervor und schaute zwischen ihr und Mr. Burke hin und her, wobei sich einige Gänsefedern aus seinem Haar lösten und im Sonnenlicht tanzten, das durch den Türrahmen fiel.

»Ach, du liebe Zeit.« In dem Bemühen, sich zusammenzunehmen, konzentrierte Alexandra sich auf das Gaukeln einer besonders ziellosen weißen Feder. »Hat die Gans etwa gewonnen?«

Wallingford richtete seinen Zeigefinger auf Mr. Burkes ölverschmierten Brustkorb. »Ausgerechnet du! Von Penhallow hätte ich es ja vielleicht erwartet, aber von *dir*?«

»Beruhige dich, Wallingford«, sagte Mr. Burke mit angenehm fester und tiefer Stimme, die die Luft im Raum zum Vibrieren brachte. »Lady Morley hat mir nur die Post gebracht. Einen Brief von meiner Mutter.« Er nahm den Umschlag vom Tisch und hielt ihn in die Höhe.

»Nur die Post gebracht, ja?« Wallingfords schwarze, furchteinflößende Augen richteten sich wieder auf Alexandra. »Sie waren schon immer eine besonders skrupellose Intrigantin, Teuerste. Aber dem armen Kerl am helllichten Tag Avancen zu machen!« Nachdrücklich deutete er auf den hellen Sonnenschein draußen.

»Was erlauben Sie sich«, erwiderte Alexandra indigniert und

legte eine Hand auf den Nacken, um ihren wild pochenden Puls zu verdecken. »Sie und Ihre schmutzige Fantasie, Wallingford. Die Mädchen sind alle mit dem Käse und was weiß ich noch beschäftigt …«

»Was diesen Käse angeht …«, begann Mr. Burke.

»… und deshalb habe ich es auf mich genommen, den Brief selbst abzuliefern. Ich dachte, es wäre eine freundliche Geste.« Mit einiger Mühe gelang es Alexandra, ihrem Tonfall die richtige Mischung aus Selbstvertrauen und Kränkung zu verleihen. Doch in Wahrheit war sie schwer aus dem Konzept gebracht, denn sie hatte das Treffen mit Burke beim Abstieg durch die Rebstöcke sorgfältig geplant. Sie würde sich ganz natürlich geben und ein klein wenig kokett. Das dürfte wohl zu weiteren Besuchen führen, bei denen sie selbstverständlich nichts Unehrenhaftes vorhatte. Sie wollte den Mann weder beschwindeln noch verführen, sie wollte nur die Informationen, die sie ihm entlocken konnte.

Und dann hatte Mr. Burke sie von oben herab angesehen, die Arme über dem öligen Arbeitskittel gekreuzt, und sie mit seinen grünen Augen so gemustert, dass sie weiche Knie bekommen hatte und sich an das Automobil lehnen musste. Sie hatte sich schmutzig gefühlt und korrupt und voller Sehnsucht nach etwas Namenlosem und Quälendem, das sie nicht zu benennen wusste. Und diese schmerzliche Sehnsucht, die sie immer noch spürte, hatte ihr förmlich den Hals zugeschnürt.

Mit großer Würde entfernte der Herzog eine Feder von seiner Zunge. »Na schön. Sie haben Ihre blöde Post abgeliefert. Dann können Sie ja jetzt gehen.«

»Hör mal, Wallingford«, sagte Finn scharf. »Das reicht jetzt. Lady Morleys Absichten waren völlig ehrenhaft.«

»Und *deine*, mein Lieber?« Wallingford sah so entrüstet aus, wie ein Mann in Gänsefedern nur aussehen konnte.

Alexandra sah, wie Mr. Burkes Mund sich zu einem Lächeln verzog, das sein ganzes Gesicht erhellte; das verdrängte irgendwie ihren Schmerz, und das aufsteigende Lachen beendete ihre Verwirrung.

»So wie es aussieht, mein alter Freund, waren meine Absichten wesentlich ehrenvoller als deine«, sagte Mr. Burke. »Die arme Gans. Ich hoffe, du hast ihr nicht wehgetan.«

Der Herzog in seinem Federkleid lief puterrot an, ein Anblick, der Alexandra mit großer Genugtuung erfüllte. »Oh ja, Durchlaucht. Erzählen Sie uns von der Gans. Es sei denn, die Geschichte wäre zu pikant für weibliche Ohren. In dem Fall werde ich gern von draußen an der Tür horchen.«

»Eine Gans war gar nicht dabei, Madam«, grummelte Wallingford. Dann fuhr er sich mit der Hand durchs Haar, um die Federn loszuwerden, und registrierte betroffen, wie viele Gänsedaunen er dabei aufwirbelte. Hastig richtete er den Blick wieder auf Alexandra. »Das war Ihre verdammte Schwester! Wieder einmal!«

»Wie bitte? Sie haben sich mit meiner *Schwester* getroffen?«

»Und noch dazu *mehrfach*?«, schaltete Mr. Burke sich ein. »Also wirklich, Wallingford, so haben wir nicht gewettet.«

Der Herzog klappte den Mund auf und zu. »Ach, fahrt doch zur Hölle, alle beide!«, rief er und machte auf dem Absatz kehrt.

»Warten Sie!«, rief Alexandra lachend und lief ihm hinterher nach draußen. »Moment! Das muss ich genauer wissen!«

»Das geht Sie nichts an, verflucht!«

»Ich muss doch sehr bitten, Durchlaucht!«

Der Herzog blieb stehen, drehte sich zu Alexandra um und deutete mit dem Finger auf sie. »Ihre Schwester ist nicht besser als eine gemeine Dirne, ein hinterhältiges …« Er suchte nach einem passenden Wort.

»Frauenzimmer? Weibsbild?«, schlug Alexandra vor.

»Luder?«, bot Mr. Burke an.

»Biest!« Der Herzog spuckte das Wort zusammen mit einem feinen Regen widerspenstiger Gänsedaunen aus. Sein Mund arbeitete heftig, um einen weiteren Schimpfnamen zu produzieren, jedoch ohne Erfolg.

»Soll ich lieber Abigail fragen, was passiert ist?«, fragte Alexandra freundlich.

Wallingford machte ein verkniffenes Gesicht. »Ja bitte, tun Sie das«, sagte er, drehte sich um und stapfte durch den Olivenhain, weg von den Weinreben und dem Schloss auf den verlockend funkelnden See zu.

»Ich nehme an, er möchte ein Bad nehmen«, bemerkte Finn, der so nahe an Alexandra herangetreten war, dass er ihren Ellbogen hätte berühren können.

»Das hoffe ich.« Sie sah an ihm hoch. Er lächelte immer noch, und es war erstaunlich, wie dieses Lächeln ihn veränderte; es brachte nicht nur sein Gesicht, sondern sogar seine Umgebung zum Strahlen. Wenn in diesem Augenblick ein Flaschengeist aufgetaucht wäre und ihr einen Wunsch gestattet hätte, fantasierte Alexandra, hätte sie sich gewünscht, dass dieses Lächeln für immer auf seinen Lippen bliebe.

Aber kein Flaschengeist zeigte sich, und als Mr. Burke sich wieder ihr zuwandte, verblasste sein Lächeln merklich. »Ich nehme an, wir werden die Geschichte beim Abendessen zu hören bekommen«, sagte er.

»Ich werde sie schon aus Abigail herauskriegen. Darin bin ich unschlagbar.«

»Ja, das glaube ich Ihnen.« Finn hob den Arm, und einen verwegenen Augenblick lang dachte Alexandra, er würde seine Hand an ihre Wange legen und ihr einen Kuss geben. Doch er wischte ihr nur eine verirrte weiße Feder von der Schulter, dann trat er zurück und stellte den gebotenen Abstand wieder her. Das Sonnenlicht, das durch die Bäume fiel, färbte sein Haar feuerrot.

»Mr. Burke«, sagte Alexandra. »Ich habe das, was ich vorhin in Ihrer Werkstatt gesagt habe, völlig ernst gemeint. Ich bin sehr interessiert an Maschinen wie Ihrer. Ich hoffe … ich möchte nicht lästig fallen … aber ich dachte, ich könnte vielleicht gelegentlich vorbeikommen und Ihnen bei der Arbeit helfen.«

Finn zog die Augenbrauen zusammen. »Mir helfen?«

»Sie brauchen doch sicher hin und wieder jemanden, der Ihnen zur Hand geht.« Alexandra schluckte heftig und wartete auf seine Antwort.

»Ich schätze, in dem Fall könnte ich Giacomo rufen. Sie brauchen sich keine Mühe zu machen.«

»Es macht mir keine Mühe, ehrlich. Aber womöglich« – herausfordernd zog Alexandra eine Augenbraue in die Höhe –, »womöglich fürchten Sie um Ihre Wette und alles, was damit zusammenhängt. Aber ich kann Ihnen versichern, dass ich es nicht als Bruch der Vereinbarung werten würde. In solchen Dingen bin ich sehr fair. Sie können mich als Kollegin betrachten. Als eine Art weiblichen Eunuchen.«

Mr. Burke lächelte, doch nicht so wie zuvor – eher steif, beinahe bitter. »Oh, ich verstehe. Mit einem weiblichen Eunuchen kann es natürlich keine Probleme geben.«

»Sie können sich Ihren Sarkasmus sparen. Ich wollte Ihnen nur behilflich sein.«

»Es spielt keine Rolle, ob Sie sich als Kollegin oder als weiblichen Eunuchen bezeichnen. Unsere Freunde werden etwas anderes denken, sodass ich gezwungen sein werde, meine Wettniederlage öffentlich einzugestehen. Ziemlich beschämend, wissen Sie, insbesondere da ich derjenige war, der dieses Inserat vorgeschlagen hat.« Sein Lächeln schien etwas reuiger zu werden, und unwillkürlich lächelte Alexandra zurück.

»Ich werde sehr diskret sein«, erwiderte sie. »Und falls irgendjemand mich entdecken sollte, nehme ich alle Schuld auf mich und sage, dass Sie mich unwiderstehlich angezogen haben und zu höflich waren, um mich fortzuschicken.«

Mr. Burke betrachtete sie stumm mit diesem reuigen Lächeln, nur das Zwitschern der Vögel in den silbergrünen Blättern der Olivenbäume füllte die Stille. Alexandra spürte, wie ihr warm wurde, wusste aber nicht, ob es an der Mittagssonne oder an Mr. Burkes starrer Miene lag. Als er schließlich etwas erwiderte, war seine Stimme kühl und distanziert, und er wandte sich schon ab, um zum Kutscherhaus zurückzugehen. »Das glauben Ihnen die andern doch nie«, warf er ihr über die Schulter zu.

»Heißt das, Sie lassen mich helfen?«, rief Alexandra ihm nach.

»Ich fürchte, Sie werden sich nicht aufhalten lassen«, rief er zurück.

Sie fand Abigail in der Küche. Ihre Schwester saß neben Signorina Morini am Tisch, vor einem riesigen Berg aus kleinen hellen Bohnen.

»Was um Himmels willen hast du bloß mit dem armen Wallingford gemacht?«, fragte Alexandra und ließ sich ihr gegenüber auf einen Stuhl fallen.

»Kommst du, um uns bei den Bohnen zu helfen? Das wäre furchtbar nett. Die schlechten gehören auf diesen Stapel.« Abigail deutete auf ein Häufchen aussortierter Exemplare, die klein und fleckig waren und sich neben ihren wohlgerundeten weißen Verwandten ziemlich schäbig ausnahmen.

Alexandra schlug die Arme übereinander. »Abigail, Liebes,

ich habe den Mann *gesehen*, und auch wenn es mich nicht sonderlich interessiert, *wie* du es angestellt hast, ihn zu federn, wüsste ich zu gern, wie er sich wohl revanchieren will.«

Signorina Morini, die flink und gekonnt die Bohnen sortierte, hob den weisen Blick. »Sagen Sie, *Signorina*, wo waren Sie, als Sie gesehen den *Duke* mit den feinen Federn?«

»Ich war kurz im …« Misstrauisch sah Alexandra die Haushälterin an und nahm eine Bohne vom Stapel auf dem Tisch. »In Mr. Burkes Werkstatt, um ihm die Post zu bringen.«

Überrascht schlug Abigail die Hand vor den Mund. »Du warst bei Mr. Burke?«

»Nur um ihm einen Brief zu bringen.« Mit einem Finger rollte Alexandra die Bohne auf der dunklen Tischplatte hin und her.

Rasch schaute Abigail wieder auf ihre Hände hinunter, doch Alexandra war nicht entgangen, dass der Mund ihrer Schwester sich zu einem zufriedenen Lächeln verzogen hatte. »Und seit wann spielst du schon für Mr. Burke die Postbotin?«

»Erst seit heute.« Alexandra warf die Bohne wieder auf den Haufen. »Du weißt doch, dass ich mich für seine Arbeit interessiere. Ich wollte sie mir mal ansehen.«

»Oh, natürlich, seine Arbeit.«

»Hör mal«, sagte Alexandra schnippisch, »ich kann mir beim besten Willen nicht erklären, warum alle Welt denkt, ein Mann und eine Frau könnten nicht vernünftig zusammenarbeiten, ohne dass sexuelles Interesse ins Spiel käme. Das ist … einfach barbarisch. Wir sind doch zivilisierte Menschen und sollten durchaus imstande sein, auf rein intellektueller Ebene miteinander zu kommunizieren …«

Signorina Morini begann, leicht lächelnd vor sich hin zu summen.

»Wie dem auch sei«, fuhr Alexandra fort, »wir sprachen gerade über Wallingford und die Gänsefedern. Zumindest habe ich angenommen, es seien Gänsefedern.«

»Oh, das ist schon richtig.« Abigail wandte sich der Haushälterin zu und sagte etwas auf Italienisch, das wie eine Frage klang. Die Morini zuckte mit den Schultern und antwortete in einem solchen Tempo, dass Alexandra kaum etwas verstand.

»Hört sofort damit auf«, beschwerte sie sich. »Wovon redet ihr denn?«

Als Abigail sich ihrer Schwester zuwandte, wirkte ihr zartes Gesicht leicht belustigt. »Ach, vergiss es. Nur von Gänsefedern. Hör mal, ich würde dir ja gern von meinem abenteuerlichen Morgen erzählen, aber die Geschichte ist wesentlich langweiliger, als du denkst.«

»Tu mir doch den Gefallen.«

Abigail seufzte. »Es hat ein Missverständnis gegeben, als ich den Mädchen bei den Zimmern geholfen habe. Einen Streit. Ich nehme an, alles hat mit dem Käse begonnen …«

»Wieder dieser Käse!«

»Wie ich schon sagte«, fuhr Abigail hastig fort und erhob sich, »das Ganze ist äußerst langweilig. Und nun entschuldigt mich bitte, ihr zwei. Ich habe noch viel zu tun heute Nachmittag. Ziemlich … wichtige Dinge.« Sie eilte zur Tür.

»Warte einen Moment! Abigail!« Doch ihre Schwester war bereits mit fliegenden Röcken durch die Tür verschwunden. Alexandra starrte noch einen Moment auf den leeren Rahmen und auf die einfachen, weiß verputzten Wände der Diele, auf denen nicht einmal mehr ihr Schatten zu sehen war. »Was in aller Welt soll man denn davon halten?«, fragte sie.

Wieder zuckte Signorina Morini mit den stämmigen Schultern und fuhr mit dem Bohnensortieren fort, als sei nichts geschehen. »Ist sicher ein Geheimnis. Junge Mädchen haben viele Geheimnisse.«

»So jung ist sie nun auch nicht mehr«, sagte Alexandra düster. »Dreiundzwanzig. Fast schon eine alte Jungfer. Da müsste sie sich eigentlich anders benehmen. Ich vermute, das liegt daran, dass Mama gestorben ist, ehe Abigail in die Gesellschaft eingeführt werden konnte. Was ich natürlich für sie arrangiert habe, aber das ist nicht ganz dasselbe. Schließlich musste ich mich auch noch um mich kümmern, und um meinen Mann und den Haushalt.« Sie schaute Signorina Morini an, die sich ruhig weiter mit den Bohnen befasste und dabei mitfühlend nickte. »Ich habe es versucht«, beharrte Alexandra. »Wirklich. Aber ich bin nicht ihre Mutter – ich bin überhaupt nicht sehr mütterlich, und bei meiner Schwester schon gar nicht.«

Wieder nickte Signorina Morini. »Vielleicht möchten Sie mir ein wenig helfen mit die Bohnen?«

Alexandra streckte die Hand nach dem großen Berg Bohnen aus und begann, sie zu sortieren und die schlechten auf den Abfallhaufen zu legen.

»Natürlich Sie haben es versucht«, sagte die Haushälterin, deren leuchtend rot gemustertes Kopftuch sich deutlich von der weißen Küchenwand abhob, zu den Bohnen auf dem Tisch. »Es ist sehr schwer, eine junge Mädchen zu lehren, eine Frau zu sein. Extra schwer, wenn man selbst ist jung.«

»Ich hätte vernünftiger sein sollen, als ich die Chance dazu hatte. Und die Mittel.« Alexandra bemerkte, dass die Bohnen vor ihren Augen zu verschwimmen begannen. Trotzdem ging die Arbeit ihr erstaunlich schnell von der Hand. Der Berg unsortierter Bohnen begann merklich zu schrumpfen, und die guten und schlechten Bohnen waren zu respektablen Hügeln aufgetürmt. Wie beruhigend es war, den beständigen Fortschritt auf der abgenutzten Tischplatte zu beobachten, während die Bohnen richtig verteilt wurden. Nach und nach stellte sich bei Alexandra ein seltsames Gefühl der Befriedigung ein, so wie damals in London, wenn der Stapel ungeschriebener Dankesbriefe auf ihrem Schreibtisch sich nach und nach in einen Stapel ordentlich versiegelter Briefumschläge verwandelte, fertig zum Frankieren und Expedieren.

Nur dass das Bohnensortieren einem nützlichen Zweck diente.

»Ich hätte besser auf sie aufpassen sollen«, fuhr sie fort. »Aber Abigail ist von Anfang an ein sehr unabhängiges kleines Ding gewesen, wissbegierig und wagemutig und so weiter. Sie schien keinen Mann haben zu wollen. Deshalb … habe ich mir nicht so viel Mühe gegeben, wie ich sollte. Und das hat man nun davon.«

»Lady Abigail ist *bellissima*«, sagte Signorina Morini. »Eine liebe Mädchen und sehr klug. Sie können stolz sein auf Ihre Schwester.«

»Aber natürlich, sie ist großartig. Und viel hübscher als ich, wenn man richtig hinsieht. Aber sie ist kein Mädchen mehr, oder? Das ist das Problem. So kann es nicht weitergehen mit ihr.«

Alexandra wunderte sich über sich selbst. Was hatte sie da gerade gesagt? Sie hatte mit einer Bediensteten gesprochen, als wäre sie eine liebe Verwandte! So wohl und geborgen fühlte sie sich an diesem Tisch mit der rundlichen Haushälterin, deren schwarzes Haar unter dem roten Kopftuch hervorlugte, und umgeben von all den köstlichen Küchendüften: Im Ofen buk ein Brot, auf dem Herd köchelte ein Eintopf, und von irgendwoher wehte der schwache Geruch von reifendem Käse herüber.

Aber sicher verstand die Frau nur die Hälfte.

»Warum nicht?«, fragte Signorina Morini und deutete auf das Fenster mit dem Blick auf den Küchengarten und den vom hellen Grün des Vorfrühlings überzogenen Berghang dahinter.

»Sie ist glücklich hier, *no*? Es gibt viel zu tun. Wenn sie Liebe will, sie wird Liebe finden.«

»Um Liebe geht es dabei weniger«, erwiderte Alexandra. »Sie hat keine Mitgift. Also braucht sie einen Mann, ehe sie noch älter wird. Ich hätte sie nicht herbringen sollen. So haben wir ein weiteres Jahr vergeudet.«

Wieder zuckte Signorina Morini die Achseln. »Wenn sie einen Mann will, sie kann heiraten den *Duke*.«

Alexandra lachte. »Doch nicht den *Duke*! Es tut mir leid, Sie enttäuschen zu müssen, aber das ist völlig unmöglich. Zum einen, weil er nicht auf Brautschau ist. Und zum andern, weil sie ihm gerade einen großen Haufen Gänsefedern über den Kopf gekippt hat.«

Die Signorina lächelte ihr weises Lächeln. »Ist *perfetto*. Der *Duke* steht so hoch, keine Frau hat ihm gegeben Federn.«

»Wohl kaum«, bestätigte Alexandra kichernd, was sie sonst niemals tat. »Da bin ich mir ziemlich sicher.«

»Er sich in sie verlieben«, prophezeite Signorina Morini mit einem souveränen Kopfnicken. »Ich bin sicher.«

Alexandra, die anderer Ansicht war, widersprach nicht, sondern legte flink die letzten Bohnen auf den richtigen Haufen. »So. Fertig.«

»*Grazie, Signorina*«, sagte die Morini und stand auf. »Sie sind eine große Hilfe. Die Bohnen, sie werden sein fertig heute Abend zum Essen.«

»Ah, zum Abendessen«, wiederholte Alexandra.

Erstaunt stellte sie fest, dass sie sich darauf freute.

ACHT

Wallingford haute mit der Faust auf den Tisch, dass die Teller ordentlich klapperten.

»Sag mal, Burke. Bekommst du eigentlich gar nichts mehr mit?«

Finn schaute auf seinen Teller und rückte ihn wieder gerade. »Nein, leider nicht. Ich muss das Problem mit der Batterie lösen, und dein Getobe hilft mir kein bisschen. Penhallow, mein Lieber, könntest du mir bitte die Oliven reichen?«

»Äh, was?« Verständnislos sah Lord Roland ihn an. »Was möchtest du?«

»Die Oliven. Zu Ihrer Linken, Sir. Ja, genau die. Guter Junge.«

Wieder schlug Wallingford mit der Faust auf den Tisch. »Burke, du unerträglicher Mistkerl …«

»Also wirklich, Durchlaucht!«, rief Lady Somerton.

»… Entschuldigen Sie, Mylady, aber der Mann hat es nicht besser verdient. Ich versuche doch nur, seine erbärmliche Haut zu retten.« Der Herzog griff nach seinem Weinglas und stürzte einen beachtlichen Schluck Chianti hinunter, jedoch nicht ohne Finn vorher einen wutentbrannten Blick zuzuwerfen.

»Mir droht keine Gefahr, das kannst du mir glauben«, erwiderte Finn.

»Der Herzog glaubt«, erklärte Lady Morley, während sie ihr Besteck auf den leeren Teller legte, »ich wollte Sie verführen, um diese dumme Wette zu gewinnen.«

Abigail mischte sich ein. »Aber das ist doch absurd. Wenn du Mr. Burke verführen würdest, mit Erfolg meine ich, wäre der Ausgang praktisch unentschieden, oder?«

Alle Köpfe drehten sich Miss Harewood zu, die die allgemeine Aufmerksamkeit mit bewundernswerter Gelassenheit hinnahm und gespannt von einem zum anderen sah, in Erwartung einer vernünftigen Antwort auf ihre völlig vernünftige Frage.

»Ja«, sagte Finn schließlich mit ernster Stimme. »Ja, ich glaube schon.«

Abigail wandte sich an den Herzog. »Sehen Sie? Also brauchen Sie sich über das Thema ›Verführung‹ keine Gedanken zu machen, Durchlaucht. Kein klar denkender Mensch würde auf so eine Idee kommen. Zwei Anzeigen in der *Times*! Wer will das schon.«

Wallingfords Gesicht lief dunkelrot an.

»Um Himmels willen, Wallingford«, sagte Lady Morley. »Sie müssen wirklich versuchen, sich zu mäßigen. Sonst trifft Sie am Ende noch der Schlag. Haben Sie vielleicht auch medizinische Kenntnisse, Mr. Burke?«

»Allenfalls rudimentäre, fürchte ich«, antwortete Finn und schob sich eine Olive in den Mund. »Kaum genug, um seine Krawatte zu lösen.«

»Es freut mich«, sagte Wallingford eisig, »dass ich allerseits für so viel Erheiterung sorge. Aber du« – er wandte sich an Finn und zeigte mit seinem kräftigen Finger auf ihn – »und du« – wieder zeigte er mit dem Finger, diesmal auf Lord Roland –, »ihr beide habt doch keine Ahnung, was diese Frauen vorhaben. Vom Augenblick unserer Ankunft an haben sie uns belauert und bedrängt, um uns das Leben zur Hölle zu machen und uns von hier zu vertreiben, damit sie das Schloss für sich haben. Und beleidigen Sie mich nicht, indem Sie das abstreiten, Lady Morley.«

Alexandra zuckte mit ihren eleganten Schultern. »Ich wäre sehr froh, Sie los zu sein, Wallingford. Daraus mache ich gar keinen Hehl.«

Aber sie wollte nur ihn los sein. Finn steckte sich eine weitere Olive in den Mund und genoss den herb-salzigen Geschmack. Entweder Lady Morley versuchte aus Gründen, die nur ihr bekannt waren, den Herzog eifersüchtig zu machen, oder … Doch seine Gedanken schweiften ab. Falls Lady Morley tatsächlich vorhatte, sich einen der anwesenden Männer zu angeln, dann hatte sie es zweifellos auf den Herzog von Wallingford abgesehen. Alles andere wäre ein gesellschaftlicher Abstieg und somit für Alexandra, Lady Morley, schlichtweg undenkbar.

Wallingford kniff die Augen zusammen. »Sehr schön, meine Gute. Dann würde ich unsere Wette gern etwas erweitern. Sozusagen den Einsatz erhöhen.«

»Ach, du meine Güte«, meinte Finn. »Hast du nichts Besseres zu tun, Wallingford? Vielleicht ein paar Bücher aus dieser riesigen Sammlung in der Bibliothek zu lesen? Deswegen sind wir doch schließlich gekommen.«

»Er kann gern an unseren literarischen Debatten im Salon teilnehmen«, bemerkte Lady Morley. »Es würde uns freuen, die Werke aus einem neuen Blickwinkel zu betrachten, auch wenn ich empfehlen würde, einen Schirm mitzubringen, falls das Wetter sich verschlechtert.«

»Nein, verdammt noch mal! Entschuldigen Sie, Lady Somerton.«

»Ungern, Durchlaucht.«

Wallingford beugte sich vor und bohrte seinen rechten Zeigefinger in die vergilbte Leinentischdecke. »Also, ich schlage Folgendes vor: dass der Verlierer der Wette, zusätzlich zu Burkes exzellentem Vorschlag, eine Anzeige in der *Times* aufzugeben, zusammen mit seiner lästigen Entourage sofort aus diesem Schloss verschwindet.« Dann lehnte er sich mit dem Ausdruck tiefster Zufriedenheit auf seinem Stuhl zurück.

Lord Roland stieß einen leisen Pfiff aus. »Das sind aber harte Bedingungen, mein Lieber. Bist du dir auch ganz sicher? Was ist denn, wenn am Ende *wir* es sind, die auf der Straße stehen?«

»Du bist zugegebenermaßen das schwächste Glied in der Kette«, erwiderte der Herzog trocken, »aber ich glaube, dass ich mich, wenn schon nicht auf deine, so doch auf Lady Somertons Tugendhaftigkeit verlassen kann.«

»Ich muss schon sagen, Durchlaucht«, wisperte Lady Somerton. Ihr Gesicht hatte alle Farbe verloren und sah selbst im warmen Licht der knapp ein Dutzend Kerzen in den glänzenden Messinghaltern bleich und betroffen aus.

Hastig ging Lady Morley dazwischen. »All dieses Gerede über Verschwörungen und so weiter ist mehr als absurd, Wallingford. Ich versichere Ihnen, dass ich keinerlei Interesse daran habe, den armen Burke zu verführen, und ich wage zu behaupten, dass er seinerseits kein Interesse daran hat, verführt zu werden. Sie tun das alles doch nur wegen dieser Geschichte mit den Federn heute Morgen, oder? Sie wollen sich bloß an uns rächen …«

»Wenn ich falschläge, Verehrteste, hätten Sie überhaupt keinen Grund, sich gegen eine Erhöhung des Wetteinsatzes zu sträuben.« Wallingford griff nach der Chianti-Flasche und schenkte sich in aller Ruhe nach. »Ist es nicht so?«

Lady Morley sah mit zusammengezogenen Brauen zu ihrer Cousine hinüber. War das nun ein fragender Blick oder ein entschuldigender? Finn rieb den Daumen am Stiel seines Weinglases und sah unschlüssig zwischen den beiden Frauen hin und her.

»Selbstverständlich habe ich nichts dagegen«, erwiderte Lady Morley schließlich. »Nur dass es mir … völlig absurd vorkommt.«

Finn riss sich von dem erschrockenen Ausdruck auf Lady Somertons Gesicht los und räusperte sich. »Wirklich, Wallingford. Das ist doch nicht nötig. Ich sehe keinen Grund, warum wir nicht so weiterwursteln können wie bisher. Ein Büschel Gänsefedern hier und da hat doch nicht viel zu bedeuten. Und ich bin ziemlich sicher, dass ich Lady Morleys Charme widerstehen kann, so entschlossen ihre Angriffe auf meine Tugend auch sein werden.« Mit großer Selbstbeherrschung gelang es Finn, nicht danach zu schauen, wie die Marquise reagierte.

Der Herzog lehnte sich zurück und ließ den Blick über die Tafel schweifen. Er hatte sich wieder gefasst und wirkte wie der Inbegriff des selbstzufriedenen englischen Aristokraten. »Also hat keine von Ihnen, nicht eine, den Mumm, mein Angebot anzunehmen? Lady Morley? Was ist aus Ihrem Ehrgeiz geworden?«

Alexandra schüttelte den Kopf. »Sie waren immer schon ein Ekel, Durchlaucht«, sagte sie sehr leise, die vollen Lippen zu einem leichten Lächeln verzogen. Doch ihr Blick war hart und berechnend, und Finn hatte das ungute Gefühl, dass sie Zeit herausschinden wollte, weil sie in Gedanken sehr viele Dinge abwägen musste.

»Warum nicht?«

Überrascht wandte Finn sich Miss Harewood zu. Sie saß hinter ihrem leeren Teller, das Besteck korrekt auf dem weißen Porzellan ausgerichtet, und wirkte so ungezwungen wie immer. Genau besehen war sie wirklich ein hübsches Mädchen. In ihrer Zartheit mochte sie zwar von der markanten Schönheit ihrer Schwester überstrahlt werden, doch sie hatte eine gewisse Grazie, einen seltenen Charme und ein ebenmäßiges Gesicht. Besonders jetzt, da ihr Haar zurückgebunden war und das Kerzenlicht ihre Wangenknochen betonte: Sie war das aparte Gegenstück zu ihrer beeindruckenden Schwester. »Warum nicht?«, wiederholte sie und sah Wallingford direkt in die Augen. »Ich kann natürlich nicht für Ihre Seite sprechen, Durchlaucht, aber wir drei tun nur das, was wir uns vorgenommen haben, wir studieren und bilden uns weiter, so wie es geplant war. Wenn Sie Spaß daran finden, ein Spiel daraus zu machen und den Einsatz noch zu erhöhen, betrachten Sie die Wette als angenommen.« Sie zuckte die Achseln und sah ihre Schwester an. »Uns ist das völlig egal. Nicht wahr, Alex?«

»Ja, stimmt. Natürlich«, erwiderte Lady Morley. »Also gut. Wir akzeptieren Ihren Vorschlag, Wallingford. Obwohl das kaum etwas ausmacht, da Ihre Verdächtigungen völlig falsch sind. Tatsächlich scheinen Sie *insgesamt* im Moment völlig falsch zu ticken, und ich schlage vor, dass Sie Ihre wilden Spekulationen beenden und Ihren Verstand lieber auf die Dinge konzentrieren, die Sie von Anfang an tun wollten. Wir sind gerade bei Aristophanes, den die liebe Abigail bereits zweimal im Original gelesen hat. Sicher hätte sie einige nützliche Anregungen für Sie. Vielleicht kann sie Ihnen ja sogar bei Ihrem Griechisch behilflich sein.«

Bei Gott, sie ist ein Vollblutweib, dachte Finn, während er ihr edles Profil, den langen, schlanken Hals und das feurige Blitzen ihrer tiefbraunen Augen bewunderte. Sie hatte das Haar wie ihre Schwester im Nacken zusammengefasst, wo die glänzende haselnussbraune Fülle mit mehr als einem Dutzend Haarnadeln festgesteckt war. Er stellte sich vor, wie er diese Haarnadeln eine nach der anderen langsam herauszog, bis die ganze Pracht ihr lose über die Schultern fiel. Wie er seine Finger in diese Locken schob und sein Gesicht darin vergrub.

Er musste sich mit beiden Händen an seinem Weinglas festhalten.

»Mit meinem Griechisch ist alles in Ordnung, das können Sie mir glauben, Lady Morley.« Wallingford klang sehr zufrieden mit sich selbst. »Und nun, meine Damen, wenn Sie mir das Unverzeihliche verzeihen würden.« Beschwingt tupfte er sich den Mund, faltete seine Serviette und legte sie neben den Teller. Dann stand er auf und verbeugte sich höflich. »Ich muss mich leider entschuldigen und Sie der weit angenehmeren Gesellschaft meiner Mitreisenden überlassen.«

Damit eilte er aus dem Zimmer und schloss die Tür so nachdrücklich hinter sich, dass es unüberhörbar war.

»Wieso kann ich mich des Gefühls nicht erwehren, dass er uns alle düpiert hat?«, fragte Alexandra leise.

Um Punkt zehn Uhr am nächsten Morgen erschien Lady Morley in seiner Werkstatt, just in dem Moment, in dem Finn hinten hinausgegangen war, um sich an einem Olivenbaum zu erleichtern.

Ihre Stimme drang durch die offene Hintertür des Kutscherhauses. »Mr. Burke! Sind Sie da?« Es krachte und schepperte. »Ach, du meine Güte.«

Verdammt und zugenäht. Hastig stopfte Finn sein bestes Stück wieder in die Hose und nestelte an den Knöpfen herum. »Nicht bewegen!«, rief er, während ihm eine ganze Reihe von Möglichkeiten durch den Kopf jagte, was ihn beinahe von der Mischung aus Angst und Vorfreude befreite, die ihn in Erwartung ihres möglichen Kommens den ganzen Morgen beherrscht hatte.

»Versprochen«, erwiderte sie kleinlaut, und als Finn geduckt durch den Türrahmen trat, sah er sie stocksteif neben dem aufgebockten Automobil stehen. Sie trug dasselbe blaue Kleid wie am Tag zuvor, nur dass sie sich sinnloserweise eine kleine weiße Schürze umgebunden hatte. Vor ihr auf dem Boden lag ein Sortiment Schraubenschlüssel.

Erleichtert seufzte Finn auf. Sie hatte nur einen Werkzeugkasten umgestoßen.

»Es ist nichts passiert, Lady Morley. Das sind nur ein paar Utensilien.« Finn bückte sich und begann, die Schraubenschlüssel aufzusammeln.

»Es tut mir schrecklich leid«, sagte Alexandra und bückte sich ebenfalls nach den Schlüsseln. »In Ihrer Gegenwart scheine ich andauernd irgendetwas falsch zu machen. Wenn ich nicht so unglaublich selbstsüchtig wäre, würde ich mich auf dem Absatz umdrehen und Sie in Ruhe lassen.« Sie warf einen Schraubenschlüssel in den Werkzeugkasten und griff gleichzeitig mit Finn nach einem andern. Nur einen Moment lang schlossen ihre schlanken Finger sich fest um seine, dennoch lief ein Kribbeln seinen Arm hinauf. »Oh! Ich … entschuldigen Sie …« Alexandra zog ihre Hand so hastig zurück, dass sie beinahe hintenübergefallen wäre.

»Das macht doch nichts.« Sogar seine Knöchel kribbelten. Finn warf den letzten Schraubenschlüssel in den Werkzeugkasten und richtete sich auf. »Sie sind also gekommen«, bemerkte er unnötigerweise.

»Ja, das bin ich.« Alexandras Blick wanderte abwärts und blieb einen Moment an seinem Hosenstall hängen.

Finn spürte, wie er rot anlief. Wahrscheinlich hatte er einen Knopf offen gelassen, oder ein Hemdzipfel lugte aus dem Schlitz.

Wenn nicht Schlimmeres.

Hastig drehte er sich zum Arbeitstisch um. Auf der blankgescheuerten Tischplatte lag sein Arbeitskittel. Ohne einen Blick nach unten zu riskieren, um festzustellen, was genau Lady

Morleys Aufmerksamkeit erregt hatte, streifte er ihn eilig über. Phineas Burke, ermahnte er sich, störte sich nicht an solchen Kleinigkeiten. Phineas Burke hatte an wesentlich Wichtigeres, Bedeutenderes und *Sinnvolleres* zu denken als an den korrekten – oder unkorrekten – Sitz seiner Garderobe. Bewusst langsam verknüpfte er die Bänder des Kittels, genoss es, den strapazierfähigen, robusten Stoff in den Fingern zu halten, und suchte in Gedanken die Sätze zusammen, die er sich in der Nacht zuvor zurechtgelegt hatte. Nur für den Fall, hatte er sich gesagt, dass die Marquise die Kühnheit besaß, tatsächlich am nächsten Tag im Kutscherhaus aufzutauchen.

»Ich hoffe doch, Sie verstehen, dass Sie hier nicht in einem feinen Salon sind, Lady Morley.« Den Kittel fest zusammengezurrt zu einem ölverschmierten Panzer zum Schutz vor ihrer erdrückenden Weiblichkeit, drehte Finn sich schließlich wieder um. »Dies ist eine Werkstatt.«

Alexandra schaute artig zu Boden. »Oh ja, ich verstehe.«

»Darüber hinaus ist es *meine* Werkstatt. Ich habe eine Menge Arbeit vor mir und kann mich nicht damit aufhalten, Rücksicht auf weibliches Zartgefühl zu nehmen.«

»Natürlich nicht.«

»Meine Ausdrucksweise wird gelegentlich nicht salonfähig sein.«

Alexandra machte eine wegwerfende Handbewegung. »Sie können fluchen, so viel Sie wollen.«

»Ich werde Anweisungen geben und erwarte, dass sie befolgt werden.«

»Ich gelobe Gehorsam.«

»Es gibt viel Schmutz und Öl.«

»Deswegen habe ich eine Schürze mitgebracht.« Alexandra deutete auf das spitzengesäumte Kleidungsstück um ihre Taille.

Finn verschränkte die Arme. »Aber leider kein fließendes Wasser.«

»Daran bin ich gewöhnt.« Die Marquise hob den Kopf und sah ihn unbeirrt an, die Augen dunkel und ruhig im flimmernden Morgenlicht. Jede Linie ihres Gesichts drückte feste Entschlossenheit aus.

Finn trat einen Schritt näher und begegnete ihrem Blick mit ebenso fester Entschlossenheit. »Und zu guter Letzt: Sie sind hergekommen, um etwas zu lernen, sonst nichts. Etwas anderes werde ich nicht dulden.«

Alexandra hob eine Braue. Sie hatte sehr hübsche Augenbrauen, schön geschwungen und nicht allzu fein, die symmetrisch in leichtem Bogen aufstiegen und sich am Ende keck nach unten neigten. Wenn sie eine davon so gekonnt hochzog, wie sie es in diesem Augenblick tat, war das eine unmissverständliche Herausforderung. »Ich bin mir nicht ganz sicher, ob ich Sie richtig verstehe, Mr. Burke. Hatten Sie denn an etwas anderes gedacht?«

»Ganz sicher nicht. Aber vergeben Sie mir, wenn ich Ihren Motiven nicht so ganz traue.«

Alexandra lächelte. »Wirklich, Mr. Burke. Sie sind nicht halb so unwiderstehlich, wie Sie glauben.«

Die leicht hingesagten Worte gingen mühelos durch seinen Panzer hindurch. »Meine liebe Lady Morley, ich würde Ihnen zwar niemals vorwerfen, dass Sie in Ihrem berechnenden Herzen zarte Gefühle hegen«, erwiderte Finn beinahe knurrend, »aber ich kann mir sehr gut vorstellen, dass Sie nach ein, zwei Stunden in meiner Gesellschaft zu Ihrem Freund Wallingford laufen und behaupten, Sie hätten die Wette gewonnen, auf die Sie sich so stillvergnügt eingelassen haben. Was natürlich damit enden würde, dass wir das Schloss verlassen müssten.«

Alexandra würdigte ihn keiner Antwort. In der Stille, die sich daraufhin zwischen ihnen ausbreitete, hätte Finn beinahe das Echo seiner harten, kalten Worte hören können, doch dann unterbrach das Keckern eines kleinen Tieres das eisige Schweigen im Raum. So wie es sich anhörte, befanden sich draußen vor der Tür sogar zwei kleine Tiere: Eichhörnchen, die sich vielleicht um eine gerade ausgegrabene Nuss stritten oder sich gegenseitig Mut machten, um in das Kutscherhaus zu schleichen und dem verlockenden Duft seines Schinkenbrots zu folgen, das in Papier eingewickelt in der Tasche seines Kittels steckte.

»Ich verstehe«, sagte Alexandra endlich. Ihre Stimme klang sanft und kleinlaut, völlig anders als sonst; aber ansonsten wahrte sie die Contenance und ließ sich keine Gefühlsregung anmerken. »Da hätten wir es mal wieder. Ich bin korrupt, kleinlich und eitel und natürlich völlig verdorben von einem nutzlosen Leben im Müßiggang. Ja, Sie haben recht. Keiner meiner Freunde würde Ihnen widersprechen.«

»Ich bitte um Entschuldigung«, sagte Finn. »Ich habe gesprochen, ohne …«

Alexandra hob eine Hand und fuhr ein wenig lauter fort: »Doch trotz all meiner Unzulänglichkeiten habe ich einen Charakterzug, auf den ich sehr stolz bin, Mr. Burke. Ich bin meinen Freunden gegenüber absolut loyal. Das ist vermutlich nicht allzu viel wert, aber es ist meine einzige Tugend, und ich pflege sie mit allergrößter Sorgfalt.«

Finn ließ diese Worte zwischen ihnen stehen, und mit jeder Sekunde, die verrann, bekamen sie mehr Gewicht, bis sie fast wie ein Schwur wirkten. Lady Morleys Augen bohrten sich so fest in seine, als wollten sie ihn zwingen, ihr zu glauben.

»Also gut.« Finn griff in den Werkzeugkasten und reichte ihr einen Schraubenschlüssel. »Aber machen Sie die Tür zu, ehe wir anfangen. So werden wir wenigstens kurz vorher gewarnt, falls wir unerwartet Besuch bekommen sollten.«

Noch weit vor Mittag, als eine starke Sonne durch das alte Glasfenster schien und ihre Finger zitterten von der Anstrengung, zwei Drähte ganze – sie schielte auf Mr. Burkes Taschenuhr, die neben ihm auf dem Arbeitstisch lag – achtunddreißig Minuten festzuhalten, begann Alexandra zu denken, dass sie einen schrecklichen Fehler gemacht hatte.

»Sagen Sie mal«, bemerkte sie und stellte überrascht fest, dass ihre Stimme kehlig und irgendwie aufreizend klang. Schnell räusperte sie sich, schluckte sorgfältig und versuchte es noch einmal. »Sagen Sie mal, Mr. Burke, wozu braucht man diese Vorrichtung eigentlich? Und was genau machen wir da?«

»Schsch«, bekam sie zur Antwort, zwischen den Zähnen hervorgestoßen, als wolle er ein lästiges Insekt vertreiben. Mr. Burke saß, ein Vergrößerungsmonokel vor ein Auge geklemmt, über ein rechteckiges glänzendes Metallteil gebeugt und arbeitete mit äußerster Sorgfalt an dem Wirrwarr aus feinen Drähten, das sich auf der Oberfläche befand.

Alexandra, die noch nie im Leben mit einem »Schsch« abgespeist worden war, konnte sich nur mit großer Mühe davon abhalten, ihm die Enden ihrer Drähte in die Ohren zu stecken.

Das war auch gut so, denn er hatte sehr hübsche Ohren. Viel zu hübsch für einen Mann eigentlich. Eine so niedliche, perfekte Ohrmuschel in einem so wunderschönen Pfirsichrosa sollte einer Frau beschert worden sein, die Schmuck viel nötiger hatte als der stämmige Phineas Burke. Irgendwo, dachte sie, lebte sicher eine bemitleidenswerte Dame mit monströs großen Ohren, die von ihrem Kopf abstanden wie deformierte Segel, während Mr. Burke mit seinen Drähten, seinem Monokel und seiner Pinzette die Schönheit seiner Ohren völlig gleichgültig war. Alexandras Augen folgten der Rundung der Muschel bis zu der Stelle, an der sein zartes Ohrläppchen in den Hals überging. Auch sein Hals war sehr schön, dick und kräftig, und die saubere hellgoldene Haut schien nur darauf zu warten …

»Lady Morley!«

Alexandra zuckte zusammen. »Was ist?«

»Sie können Ihre Hände wegnehmen. Ich bin fertig.«

»Gott sei Dank.« Alexandra ließ die Drähte los und rieb sich ungeniert die Handgelenke. »Was haben Sie da eigentlich gemacht?«

»Die Verdrahtung«, erwiderte Mr. Burke, während er mit gerunzelter Stirn seine Arbeit betrachtete. Dann nahm er das Monokel aus dem Auge.

»Aber *natürlich*, die Verdrahtung. Und wofür?«

Endlich schaute er sie an, und Alexandra bemerkte den Ausdruck in seinen Augen, die Intensität seiner Konzentration.

Diese Drähte sind wirklich beneidenswert, dachte sie.

»Für die *Batterie* natürlich.« Sein Tonfall verriet ein gewisses Maß an Erstaunen über ihre Ignoranz.

»Also, wenn Sie mir *das* gesagt hätten …«, interessiert setzte Alexandra sich gerader hin und vergaß seine Ohren, seinen Hals und seine Augen, »… anstatt immer nur *tun Sie dies* oder *tun Sie das,* mit etwas Glück vielleicht noch gefolgt von einem *bitte, Lady Morley* …«

Der Mann besaß die Unverfrorenheit zu grinsen. »Ich hatte Sie doch gewarnt.«

»Ich dachte, Sie hätten übertrieben. Ich habe nicht damit gerechnet, dass Sie so tyrannisch sein könnten.«

Das Grinsen wurde zu einem breiten Lächeln. »Oh, in meiner Werkstatt benehme ich mich tatsächlich wie ein richtiger alter Tyrann. Ich bin der Letzte, der das bestreiten würde. Wie wäre es mit einer Tasse Tee? Ich bin am Verdursten.«

»Tee? Sie haben Tee hier?«

»Oh ja. Ohne könnte ich es nicht aushalten.« Finn stand auf, streckte seinen langen Körper so unglaublich hoch, dass seine Hände beinahe die Dachsparren berührten, und dehnte die kräftigen Muskeln, die sich unter der dicken Baumwolle seines Arbeitskittels abzeichneten. »Ah, so ist es besser. Nach ein oder zwei Stunden fängt man meist an, sich furchtbar zu verkrampfen.«

»Oh ja«, erwiderte Alexandra leise und sah zu, wie er zu einem riesigen Schrank ging, der an der gegenüberliegenden Wand stand.

»Wie bitte?« Finn öffnete die Schranktüren und nahm eine große Blechdose und zwei angeschlagene Porzellantassen heraus.

»Ach nichts. Kann ich Ihnen irgendwie helfen?«, fragte Alexandra lauter und erhob sich.

»Nein, nein. Nicht nötig. Allerdings ist das alles eher schlecht als recht für eine vornehme Lady.« Finn stellte die Becher und die Dose ab und wandte sich einem hohen, schmalen Tisch neben dem Schrank zu, auf dem ein Sammelsurium wissenschaftlicher und handwerklicher Geräte lag. Leise vor sich hin murmelnd, durchsuchte er das Durcheinander, bis er einen großen Glasbecher gefunden hatte.

Alexandra ließ sich langsam wieder auf ihren Stuhl zurücksinken und verfolgte sein Tun misstrauisch.

»Das macht Sie nervös, nicht wahr?« Kichernd griff Finn nach einem Krug und füllte den Becher fast randvoll mit Wasser. »Machen Sie sich keine Sorgen, Lady Morley. Im Laufe der Jahre habe ich auf diese Weise unzählige Tassen Tee zubereitet, zu jeder nur denkbaren Stunde. Tatsächlich halte ich mich darin für so etwas wie einen Experten.« Er stellte den Becher auf einen Gaskocher und hielt ein brennendes Streichholz unter einen Ring, bis eine kreisrunde blaue Flamme aufloderte.

»Haben Sie hier etwa einen Gasanschluss?«, fragte Alexandra erstaunt.

»Nein, nein. Ich habe mir welches mitgebracht«, erwiderte Finn und stieß mit der Schuhspitze an eine Gasflasche unter dem Tisch. Dann ging er wieder zum Schrank und nahm eine Teekanne heraus.

»Großer Gott.«

Grinsend drehte Finn sich zu Alexandra um. »Eher schlecht als recht, wie ich schon gesagt habe. Mögen Sie Ceylon-Tee?«

»Ja, sehr gern.«

»Großartig. Ich habe da eine bestimmte Mischung, die mir am besten gefällt. Ein bisschen stark, aber ich glaube, dass Sie das mögen, nicht wahr?«

Alexandra war verwundert. »Ja … ja. Woher wissen Sie das?«

Finn nahm den Deckel von der Kanne und löffelte die Teeblätter aus der Dose hinein. »Ich muss zugeben, dass ich kein Frauenkenner bin, aber ich kann Ihnen ganz genau sagen, welche Frau lieber starken Tee trinkt und welche schwachen bevorzugt.«

Völlig hingerissen von seinem Stimmungswandel und seiner lockeren, vertrauten Art, begann Alexandra zu lachen. »Ich könnte mir denken, dass Sie von Frauen viel mehr verstehen, als Sie sich anmerken lassen.«

Eine leichte Röte kroch unter Mr. Burkes Kragen hervor den Hals hoch und überzog seine Wangen. »Und ich könnte mir denken, dass Sie sich wundern würden«, erwiderte er. Dank der unglaublichen Effizienz, mit der sein Labor-Gasbrenner arbeitete, hatte das Wasser im Becher bereits zu köcheln begonnen, daher nahm er das Gefäß mit einer Metallzange von der Flamme und goss das Wasser in die Teekanne.

»Höchst interessant«, sagte Alexandra. »Ich frage mich, was Sie wohl damit meinen.«

Mr. Burke legte den Deckel zurück auf die Kanne. »Ich habe keine Sahne und leider auch keinen Zucker. Ich selbst nehme gern etwas Honig.« Er war immer noch sehr rot.

»Honig? Wie ungewöhnlich.«

Finn drehte sich zu Alexandra um und lehnte sich mit seinem langen Körper an den Tisch, solange der Tee hinter ihm zog. »Das hat mir ein Mann in Indien geraten. Er isst jeden Tag einen oder zwei Löffel Honig und behauptet, nie erkältet zu sein. Das Zeug hat eine erstaunliche Wirkung auf Keime.«

»Sie reisen also durch die ganze Welt?« Alexandra fuhr mit dem Finger über die Maserung auf dem Holztisch und sah zu, wie die Röte aus Mr. Burkes Wangen wich und unter den vielen Sommersprossen nur einen rosafarbenen Hauch zurückließ.

»Von Zeit zu Zeit. Aus reiner Neugier.« Er wandte sich wieder der Teekanne zu und wühlte erneut in dem Durcheinander auf dem Tisch, bis er ein rechteckiges Stück feinen Maschendraht zutage gefördert hatte, das er auf die erste Tasse legte, um die Teeblätter aufzufangen.

»In welchen Ländern waren Sie denn?« Alexandra sah zu, wie der Tee in einem schönen bernsteinfarbenen Strom von der Kanne in den Becher floss. Doch das Stück Draht beunruhigte sie. Wieso lag es bei der wissenschaftlichen Ausrüstung? Wurde es vielleicht für Experimente mit leicht löslichen Chemikalien verwendet?

Und war es danach gesäubert geworden?

»Also in Indien, wie ich schon gesagt habe. In Sibirien, im Kaukasus und in Mesopotamien. Dann natürlich auf dem Kontinent, allerdings nicht in Athen, leider. Letztes Jahr war ich kurz davor, von Brindisi aus überzusetzen, aber dann kam ein sehr starker Sturm auf. Furchtbar lästig. So, das wär's.« Mr. Burke brachte die Becher zum Arbeitstisch und ging zurück zum Schrank. »Wie war das noch? Wollten Sie auch etwas Honig?«

»Ja bitte«, sagte Alexandra. Mit seinen langen Beinen brachte Mr. Burke den Weg vom Tisch zum Schrank und wieder zurück mit ein paar Schritten hinter sich. In seiner großen Hand wirkte der Honigtopf, als gehörte er in eine Puppenstube. »Solche Reisen hätte ich auch gern unternommen«, fuhr sie fort und rührte den Honig in den Tee, »aber Lord Morleys Gicht hat solche Dinge unmöglich gemacht.«

»Haben Sie denn niemals daran gedacht, ohne ihn zu verreisen?« Mr. Burke setzte sich neben sie und tauchte seinen Löffel in den Honigtopf.

Wegen der Verdrahtung der Batterie standen die Stühle noch dicht beieinander, und Alexandra konnte die Wärme seines Körpers und seine ansteckende Lebenskraft spüren. »Nein, nie«, erwiderte sie. Dann beugte sie sich über ihre Teetasse und hielt die Nase in den aufsteigenden Dampf; er roch warm und würzig und ein bisschen süß, vom Honig. »Wie ich Ihnen schon gesagt habe, Mr. Burke, bin ich meinen Freunden gegenüber loyal. Und mein Ehemann war mein Freund.«

Vielleicht hatte Mr. Burke die bedenkliche Nähe zwischen ihnen ebenfalls bemerkt, denn sein Stuhl schrammte kurz über den Holzboden, und danach drang seine Stimme aus etwas größerer Entfernung an ihr Ohr. »Hat Sie das nicht traurig gemacht? So gebunden zu sein?«

Niemand hatte ihr jemals derartige Fragen gestellt, nicht einmal ihre engsten Vertrauten. Niemand hatte jemals darüber nachgedacht, wie sie sich wohl dabei gefühlt hatte, mit ihrem alternden, gichtgeplagten Mann in England bleiben zu müssen, eine rauschende, langweilige Ballsaison nach der anderen. »Natürlich nicht. Ich habe ein höchst angenehmes Leben geführt. Ich …«

Plötzlich klopfte es an der Tür.

»Burke! Bist du da?« Der Türgriff klapperte heftig. »Mach auf, du Mistkerl!«

Alexandra erstarrte, und Mr. Burke sah sie mit großen Augen bedauernd an.

»Wallingford!«, zischte sie.

NEUN

Aber es war gar nicht Wallingford.

»Was für eine erbärmliche Hütte ist das denn?«, fragte Lord Roland Penhallow, als er schnellen Schrittes die Werkstatt betrat. Oder zumindest hörte es sich an wie schnelle Schritte, dachte Alexandra in ihrem Versteck unter der Karosserie von Mr. Burkes Automobil, das nur einen beschränkten Ausblick bot. »Und warum hast du dich hier eingeschlossen?«

»Aus Sicherheitsgründen«, erwiderte Finn. »Unter uns Motorsport-Enthusiasten ist die Konkurrenz ziemlich groß.«

»Haha. Und es ist auch recht nützlich, wenn man sich eine verführerische Marquise vom Leib halten möchte, was?« In der Mitte der Werkstatt blieb Lord Roland stehen. Am Rande ihres Gesichtsfelds konnte Alexandra gerade eben seine hochglanzpolierten Schuhe sehen.

»Das natürlich auch«, erwiderte Finn, ein wenig zu eilfertig.

»Sag mal, was war denn gestern Abend mit Wallingford los? Der Mann war ja kaum wiederzuerkennen. Und dann dieses ganze Gerede über Gänsefedern.«

»Ich vermute, dass dein Bruder im Hinblick auf Frauen selber Probleme hat, mein Lieber«, meinte Finn.

Lord Roland stieß einen leisen Pfiff aus. »Was du nicht sagst! Wallingford und Lady Morley? Aber das ist ja wohl ganz natürlich, schließlich sind sie beide sehr temperamentvoll und geborene Anführer und so weiter. Und es erklärt, was er gestern Abend gesagt hat, all diese Vorwürfe, weil sie dir angeblich nachstellt. Eifersucht, bei meinem Bruder! Haha. Sehr gut.«

»Lady Morley habe ich nicht gemeint«, erwiderte Finn knapp.

»Wie bitte? Aber wer – großer Gott, du meinst doch sicher nicht Lilib… doch nicht Lady Somerton! Wag es nicht, schlecht über …«

»Beruhige dich, Mann!« Finn kicherte. »Ihre Ladyschaft habe ich auch nicht gemeint. Gott behüte.«

»Aber wen dann? Doch wohl nicht Miss Harewood?« Lord Roland war wie vom Donner gerührt. »Das kann nicht dein Ernst sein.«

»Es ist nur eine Vermutung.«

Alexandra verrenkte sich den Hals, um etwas mehr sehen zu können. Oder, falls das nichts fruchtete, um wenigstens etwas mehr Luft zu bekommen. Die Karosserie war nicht sehr hoch aufgebockt, sodass die ölverschmierte Achse nur ein paar Zentimeter von ihrer Nase entfernt war, was ihr Versteck zwar gut, aber auch ziemlich furchteinflößend machte. Sie versuchte, sich nicht vorzustellen, wie die ganze Chose auf sie herabfiel, und konzentrierte sich stattdessen auf die vier Männerfüße. Lord Roland stand mit dem Rücken zu ihr, die Absätze seiner Schuhe befanden sich direkt vor ihren Augen, und Mr. Burke schien am Arbeitstisch zu lehnen, ganz locker, einen Fuß über dem andern. Zweifellos um Penhallow von dem Motorwagen abzulenken.

Alexandra wurde ganz warm ums Herz. Das tat er natürlich nur, um seine eigene Haut zu retten, doch es war nett (*nett*, ermahnte sie sich, und nicht mehr), sich vorzustellen, dass er es ihretwegen tat. Dass er sich an den Arbeitstisch gelehnt hatte, damit *sie* nicht in Verruf kam.

»Hmm. Miss Harewood. In der Not ist jedes Mittel recht,

nehme ich an«, sagte Lord Roland. »Aber was hat das alles mit Gänsefedern zu tun?«

Ungeduldig erwiderte Finn: »Ich habe nicht die geringste Ahnung. Hör mal, hast du irgendeinen besonderen Grund für deinen Besuch, oder bist du nur gekommen, um mir die Zeit zu stehlen? Ich habe nämlich ziemlich viel zu tun.«

Alexandras Ohr, das gegen den harten Holzfußboden gepresst war, begann zu schmerzen, während der Geruch von Öl, Staub und Metall ihr zu Kopf stieg, und ihre Schulterblätter fühlten sich an, als würden sie sich gleich durch die Haut drücken. Wie zum Teufel hielt Mr. Burke das bloß stundenlang aus?

»Jaja, natürlich.« Zögernd trat Lord Roland von einem Fuß auf den andern und drehte sich dann nach rechts. »So sieht sie also aus. Die Werkstatt eines Genies, die Sterbliche nicht zu betreten wagen. Alle möglichen … Sachen … und … was ist denn *das*?«

Alexandra zuckte zusammen und stieß mit der Nase an die Achse.

»Nur ein paar Ersatzteile. Hör mal, Penhallow …«

Lord Roland drehte sich so, dass seine Füße in Alexandras Richtung zeigten. Erschrocken wich sie etwas zurück und versuchte, mit dem Boden zu verschmelzen. »Und dann das! Die Maschine selbst!« Er trat ein paar Schritte zurück, offensichtlich um das Automobil zu betrachten. »Einfach großartig! Wirklich, mein Lieber. Ich bin platt. Äh … ist das der Motor?«

»Ja, ich glaube schon.«

»Haha. Immer einen Scherz auf den Lippen, was, alter Freund?« Lord Roland unterbrach sich und schnüffelte hörbar. »Riecht es hier nicht nach Lilien?«

»Um Himmels willen! Lass mich in Ruhe, Penhallow. Spar dir das alles fürs Abendessen auf.«

»Wie unhöflich, Burke. Ich komme, um dir einen freundlichen Besuch abzustatten, dich etwas aufzuheitern …«

In dem Augenblick fand unversehens ein Staubkorn den Weg in Alexandras Hals.

Finns Antwort war unmissverständlich. »Ich brauche nicht aufgeheitert zu werden. Hinaus.«

Lord Roland rührte sich nicht vom Fleck, seine Unentschlossenheit war beinahe greifbar. Und dann brach es aus ihm heraus. »Ach verdammt, Burke. Alles ist so verworren. Gestern Abend … dieses blöde Gerede über die Erhöhung des Einsatzes … du weißt doch bestimmt, dass ich unsterblich in sie verliebt bin.«

»Ach, du lieber Gott«, stöhnte Finn.

Zielsicher setzte das Staubkorn sich hinten in Alexandras Rachen fest.

»Ich weiß, dass du als nüchterner Forscher mich nicht verstehen kannst, aber … verdammt noch mal, irgendjemandem muss ich mich anvertrauen! Und du bist so ein lieber Kerl, mein Freund. Du würdest mich nie an meinen Bruder verraten – oder an die Damen. Bei dir ist mein Geheimnis vollkommen sicher.«

»Völlig richtig. Aber wenn es dir nichts ausmachen würde …«

Ganz vorsichtig, um nur ja kein Geräusch zu machen, schluckte Alexandra.

»Dieser verfluchte Ehemann. Es ist doch allseits bekannt, dass er sie nicht gut behandelt, deshalb haben ihre Freundinnen sie ja hergebracht. Aber die gute Seele ist so loyal und tugendhaft …«

»Ein andermal vielleicht, Penhallow. Ich bin wirklich ziemlich beschäftigt.«

»Und nachdem Wallingford überall Gespenster sieht, kann

alles, was ich sage oder tue, dazu führen, dass sie auf die Straße gesetzt wird. Dass dieser Drache …«

Alexandra konnte die Tränen nicht mehr zurückhalten, sie liefen ihr an den Wangen herab in die Ohren.

»… diese schreckliche Lady Morley sich gleich auf Wallingfords Vorschlag eingelassen hat! Ich hätte sie aufhalten sollen. Ich war auch kurz davor, aber Lilibet … Lady Somerton hat mich *so* böse angesehen.«

»Lady Morley ist kein Drachen«, entgegnete Finn scharf.

»Nun, das ist sehr anständig von dir, mein Lieber, wenn man bedenkt, dass sie ihr Bestes getan hat, um dich zu becircen, haha. Natürlich ist sie sehr hübsch, trotzdem kann man sich nicht vorstellen, ihr beim Frühstück gegenüberzusitzen.« Lord Roland lachte in sich hinein.

»Penhallow«, sagte Finn, offenbar durch die Zähne, »es tut mir sehr leid, dass du Probleme hast, aber wir müssen allen Ernstes ein andermal darüber reden. Die Batterie …«

An diesem Punkt konnte Alexandra sich ein ersticktes Hüsteln nicht länger verkneifen.

»Was war das?«, fragte Lord Roland und drehte sich auf dem Absatz um.

»Nichts. Nur die Hydraulik. Wie ich schon gesagt habe …«

Alexandra brachte es fertig, das nächste Hüsteln zu unterdrücken, doch das dritte kam zu überraschend.

»Da war es wieder! Was ist denn das für eine komische Hydraulik? Das hört sich aber gar nicht gut an.«

Finn räusperte sich. »Es ist nur … einfach … das Bremssystem. Eine Neuentwicklung, die ich gerade teste. Eine ziemlich schwierige Aufgabe, die höchste Konzentration erfordert, und außerdem recht gefährlich. Ich muss dich wirklich bitten zu gehen.« Seine Beine bewegten sich auf die Tür zu.

»Hör mal, Burke. Genau deswegen wollte ich ja mit dir sprechen. Ich habe gedacht …« Lord Roland zögerte. »Ich habe gedacht, dass du mich vielleicht als Assistenten brauchen könntest. Damit ich beschäftigt bin und ihr nicht dauernd begegne, weißt du? Das wäre das Beste.«

»Du als mein Assistent?«

»Ja. Brauchst du nicht noch ein Paar Hände, die … nun ja, die dir dabei helfen … all das …all das Zeug, das es hier gibt, zu ordnen?«

Finn seufzte so laut, dass Alexandra es hören konnte. »Penhallow, mein Freund. Hast du auch nur die leiseste Ahnung, wie eine Batterie funktioniert?«

»Leider nicht. Das heißt, ich stelle es mir so vor, dass … die Funken vielleicht … tja … also nein. Nein, habe ich nicht«, gestand Lord Roland.

»Kannst du überhaupt unterscheiden, wo bei diesem Motorwagen vorn und hinten ist?«

Alexandra sah, wie die hochglanzpolierten Schuhe Seiner Lordschaft sich in ihre Richtung drehten, und zog sich so weit wie möglich unter die Karosserie zurück.

»Nun ja … ich würde sagen … also, wenn ich raten sollte …«

»Genau das meine ich«, sagte Finn. »Wenn du nun also so freundlich sein würdest, in die Bibliothek zurückzukehren und dich weiter dem Streben nach Wissen zu widmen. Wieso verfasst du nicht ein kleines Gedicht, das von den Qualen unerfüllter Liebe kündet? Und wenn die Freude an dieser Beschäftigung schwindet, könntest du dich praktisch betätigen und vielleicht mit Giacomo über den Käse in den Ställen reden.«

»Welchen Käse?«

»Er wird es dir schon erzählen. Aber um Himmels willen, Penhallow, was du auch tust, *lass … mich … allein*!« Die Tür wurde so heftig aufgestoßen, dass sie gegen den Türpfosten knallte.

»Ich muss schon sagen, Burke, das ist nicht sehr nett.«

»Wirklich? Wie bedauerlich.«

»Vor allem da es doch gerade der gute Giacomo war, der mich hierhergeschickt hat. Angeblich weil du Hilfe brauchst. Das hat mich ja erst auf die Idee gebracht.«

»Hat er das, dieser Mistkerl?« Finn klang verärgert, beinahe wütend. »Also, *das* ist wirklich nicht nett.«

»Na gut, ich habe verstanden«, ließ sich Lord Roland vernehmen. Dann marschierten seine Füße zur Tür und verschwanden aus Alexandras Blickfeld. »Aber denk mal darüber nach, mein Freund ... Oh, hallo, Wallingford! Machst du einen Spaziergang?«

Nein. Nicht Wallingford. Gütiger Gott!

Alexandra unterdrückte ein Stöhnen und versuchte, es sich auf dem harten Boden etwas bequemer zu machen. Die Antwort des Herzogs konnte sie nicht hören, denn er befand sich noch draußen.

»Was für ein Zufall!«, rief Lord Roland. »Mir hat er auch gesagt, dass Burke in seiner Werkstatt Hilfe braucht, da dachte ich mir, Penhallow, mein Lieber, das ist genau das Richtige für dich ...«

»Ich weiß nicht, was Giacomo sich dabei denkt«, erwiderte Finn schroff. »Ich brauche keine Hilfe. Ganz im Gegenteil.«

»Schon gut. Das hast du mir ja soeben deutlich zu verstehen gegeben. Ich gehe jetzt, und meinem lieben Bruder möchte ich raten, genau dasselbe zu tun.« Lord Rolands Stimme wurde immer leiser und unverständlicher.

»Und was ist mit dir, Wallingford?«, fragte Finn. »Möchtest du nicht Penhallows großartigem Ratschlag folgen?«

»Nein«, entgegnete Wallingford knapp.

Alexandra, die verzweifelt auf die dunkelglänzende Achse direkt vor ihrer Nase starrte, wäre am liebsten im Boden versunken.

Wallingfords Stiefelabsätze knallten so fest auf den Holzfußboden, dass ihr Kopf wackelte. »Mir ist nämlich der Gedanke gekommen, dass der Vorschlag unseres Freundes Giacomo all unsere Probleme mit einem Schlag lösen könnte.«

»Welche Probleme?«, seufzte Finn.

»Zunächst einmal das Problem, Lady Morley von meinem unbedarften Freund fernzuhalten«, meinte Wallingford, »zum anderen das Problem, dieser unberechenbaren Miss Harewood aus dem Weg zu gehen.«

Indigniert verkniff Alexandra den Mund.

»Das sind *deine* Probleme, Wallingford, nicht meine«, erwiderte Finn.

Alexandra verdrehte den Kopf, um die Füße der Herren zu sehen, und stellte fest, dass Mr. Burke seine lässige Position am Arbeitstisch wieder eingenommen hatte.

Wallingford drehte sich zu ihm um. »Das Problem mit Lady Morley ist ganz allein deins.«

»Nein, Wallingford. Das Problem mit Lady Morley existiert nur in deiner Fantasie«, erwiderte Finn ungerührt. »Als Wissenschaftler ohne besonderen Charme und als irischer Bastard ohne Titel oder gesellschaftliche Stellung wage ich zu behaupten, dass die untadelige Lady Morley sich eher ihren rechten Arm abhacken würde, als in mein Bett zu steigen.«

Er hatte so klar und deutlich gesprochen, dass jedes Wort sich ihr fest einprägte. *Gesellschaftliche Stellung. Die untadelige Lady Morley. In mein Bett zu steigen.*

Bastard. Das war ihr neu.

»Du verkaufst dich weit unter Wert, mein Freund«, sagte Wallingford leise, dann fuhr er etwas lauter fort: »Schließlich bist du ein Bastard mit guter Abstammung. Und auf jeden Fall ein lohnendes Opfer. Diese Frau würde alles tun, um uns aus dem Schloss zu bekommen.«

Finn stellte sich wieder auf seine langen Beine und machte eine Armbewegung, die Alexandra nicht sehen konnte. »Um Himmels willen, Mann, siehst du sie etwa hier?«

»Ich habe keinerlei Zweifel, dass sie in genau diesem Augenblick dabei ist, ihre Pläne zu schmieden. Deshalb wollte ich dir zu Hilfe kommen. Nein, du brauchst mir nicht zu danken.« Fünf unerträgliche Schritte entfernt von Alexandras Nase hatte Wallingford sich mit seinen Stiefeln aufgepflanzt. »Weißt du, ich halte es für meine Pflicht, dich vor so hinterlistigen Weibern zu bewahren. Du hast ja keine Ahnung, wozu sie fähig sind. Lady Morley würde doch Hackfleisch aus dir machen.«

»Schon möglich«, erwiderte Finn gedehnt, »aber im Moment bin ich ausschließlich mit der Verbesserung meiner Batterie beschäftigt. Selbst wenn Lady Morley direkt neben mir stünde und mir die Drähte hielte, würde ich sie nicht bemerken.«

»Dir die Drähte hielte?«

»Ja leider, stundenlang. Eine sehr ermüdende Arbeit. Ich wäre dir schrecklich dankbar, wenn du sie übernehmen könntest. Ich glaube, irgendwo habe ich noch einen alten Arbeitskittel, obwohl er vielleicht ein paar Ölflecken hat. Und dann wäre da noch die Säure …«

Wallingford wich einen Schritt zurück. »Säure?«

»Ja, natürlich. Was glaubst du, woher eine Batterie ihre Energie bezieht? Aus unverdünnter Schwefelsäure. Ganz schön gefährlich. Wenn man nicht aufpasst, kann man davon blind werden. Ich persönlich trage immer eine patentierte Schutzbrille.« Finns Beine liefen zum Tisch an der Wand, auf dem er den

Tee gemacht hatte. »Schau, hier ist das Zeug. Möchtest du es mal sehen?«

Hastig trat Wallingford einen weiteren Schritt zurück und stieß an das Automobil. Mit einem leisen, protestierenden Knarren gab es ein wenig nach, sodass die Achse Alexandras Nasenspitze streifte.

Finn eilte zu der Maschine und schrie: »Großer Gott! Sei vorsichtig, Mann! Geh zurück!«

Alexandra hielt den Atem an, kniff die Augen zu und legte die Arme vors Gesicht, denn, bei Gott, sie wollte auf keinen Fall, dass ihre Leiche nicht präsentabel war, so wie bei der armen Lady Banbury, die im vorigen Juni bei einem albernen Kostümfest unter dem Motto »Reiten« vom Dach ihres Geliebten durch ein Fenster gestürzt war.

Doch die Maschine schien sich schon wieder gefangen zu haben. Sie machte die Augen einen Spalt weit auf und musterte das Metallgestänge mit den vielen Schrauben und Muttern, um sicherzugehen, dass sich nichts mehr rührte. Irgendwie fühlte sie durch die Maschine hindurch, wie Mr. Burke mit seinen starken, geschickten Fingern die schwankende Masse beruhigte und wieder ins Gleichgewicht brachte.

»Alles in Ordnung! Wie gut, dass du nicht gerade drunterliegst. Um mir zu helfen, meine ich«, sagte Finn zwischen zwei hastigen Atemzügen.

»Weißt du«, bemerkte Wallingford, »vielleicht sollte ich ein anderes Mal wiederkommen. Wenn du am … Steuersystem arbeitest. Oder an den Rädern.«

»Meinst du nicht, dass du schon genug angerichtet hast, Mann?«

»Herrgott, Burke. Es ist doch nur zu deinem eigenen Besten.«

»Wieso?«, fragte Finn. Er klang ärgerlich. »Wieso glauben eigentlich alle, ich sei unfähig, mich zu beherrschen, obwohl ich mein Leben lang das Gegenteil bewiesen habe?«

Wallingford lachte so kurz und bitter, wie es seine Art war. »Du meine Güte, alter Freund. Hast du nicht bemerkt, was du für ein Gesicht machst, wenn Lady Morley in der Nähe ist?«

»Da ich in der Regel nicht mit einem Spiegel in der Hand herumlaufe, ist das wohl kaum anzunehmen. Wenn du mich jetzt entschuldigen würdest, ich habe heute Morgen schon so viel Hilfe von der Familie Penhallow bekommen, dass es mich um eine Woche zurückgeworfen hat, wenn nicht mehr.«

In mein Bett zu steigen.

Immerzu hallten die Worte in Alexandras Kopf wider.

In mein Bett zu steigen. In sein Bett zu steigen, Mr. Burkes Bett, Phineas Burkes Bett, und sich zu erfreuen an der Wärme seines Körpers, dem wunderbaren Duft von Öl, Leder und Männerhaut, seinen kräftigen Gliedern, dem rotgoldenen Haar, den grasgrünen Augen und diesem seltenen, strahlenden Lächeln. Verträumt schloss Alexandra die Augen. Und während sie so dalag, über sich ein schlecht gesichertes, etwa eine halbe Tonne schweres Automobil, spürte sie ein immer stärker werdendes Begehren. Dabei stellte sie fest, dass sie dieses ungewohnte heiße Verlangen genoss.

»… für deine guten Absichten«, sagte Finn gerade. »Aber, wie du sehr wohl weißt, wärst du als Assistent völlig nutzlos.«

Wallingford grunzte. »Also gut. Ich gehe. Aber sei vorsichtig, Mann. Sie mag zwar eine scharfe Zunge haben, aber, bei Gott, sie küsst wie eine französische Tänzerin.«

Eine kaum merkliche Pause entstand. »Ich werde das berücksichtigen, danke.«

Endlich begannen die Stiefel des Herzogs sich auf die Tür zuzubewegen, das Knarzen, das die Holzdielen dabei von sich gaben, war die schönste Musik, die Alexandra je gehört hatte. »Also gut. Ich bin weg«, sagte er. »Wir sehen uns dann beim …«

Abrupt brach Wallingford ab, und der Satz blieb in der übernatürlichen Stille hängen wie eine Bombe kurz vor der Detonation.

»Was ist?«, fragte Finn.

»Sag mal, Burke«, erwiderte der Herzog gefährlich ruhig, »wieso stehen auf dem Tisch hinter dir eigentlich *zwei* Tassen Tee?«

ZEHN

Wie wichtig es ist, in einer Krise die Ruhe zu bewahren, hatte Phineas Burke bereits im zarten Alter von sechs Jahren gelernt, als er in der Londoner Villa seines Patenonkels ein Krötenrennen veranstalten wollte und mehrere honorige Kabinettsminister just in dem Augenblick aus dem Herrenzimmer kamen, in dem er die Tiere im Treppenhaus aussetzte. Doch anstatt bei der anschließenden Befragung zusammenzubrechen, hatte er die Situation ganz sachlich erklärt:

»Um die Geschwindigkeit der einzelnen Kröten genau bestimmen zu können, Euer Gnaden« – Finn gehörte zur Sorte der schrecklich frühreifen Kinder und hatte bis kurz nach seinem vierten Geburtstag kein Wort gesprochen, um dann plötzlich den Mund aufzumachen und vollständige sowie grammatisch korrekte Sätzen zu produzieren –, »habe ich eine lange, gerade Strecke benötigt, und das überraschende Erscheinen Ihrer Freunde auf der Rennbahn war eine Variable, die einzukalkulieren man vernünftigerweise nicht von mir erwarten konnte.« Am Ende dieser kleinen Rede hatte sein Patenonkel zu schwer damit zu kämpfen, das Lachen zu unterdrücken, um noch irgendeine Form von körperlicher Strafe anordnen zu können.

Doch konfrontiert mit der donnernden Anklage des Herzogs von Wallingford, geriet Finns sonst so flinker Verstand ins Stocken und setzte aus. »*Zwei* Tassen Tee? Wie ungewöhnlich. Ich nehme an … dass ich noch eine wollte.«

Wallingford inspizierte die Tassen. »Sie sind halb voll, alle beide.« Mit funkelnden Augen drehte er sich wieder zu seinem Freund um. »Warum hast du nicht einfach die erste wieder aufgefüllt?«

»Um Himmels willen, alter Junge. Du führst dich auf wie ein Detektiv aus diesen blöden Sensationsromanen.« Finn holte tief Luft, kreuzte die Arme vor der Brust und nahm einen sicheren Stand ein. »Vermutlich habe ich die erste Tasse schlicht vergessen. Wenn man sich den ganzen Morgen mit Maschinen beschäftigt, neigt man dazu, etwas geistesabwesend zu sein.«

Der Herzog ging auf den Schrank zu.

»Warte mal!«, rief Finn, doch Wallingford hatte die Tür schon mit einem lauten *Aha!* aufgerissen.

»Siehst du«, sagte Finn triumphierend. »Da ist nichts.«

»Oh, ich bin sicher, dass sie hier ist. Ich weiß es. Ich spüre, wie sie sich über uns amüsiert.« Wallingford stapfte durch die Werkstatt und lugte hinter mehrere Stapel Kisten voller Ersatzteile und hinter den Packen mit den neuen, hochmodernen pneumatischen Reifen. Dann schaute er zu den Dachbalken empor, als könnte die Marquise an einem Schwanz herunterbaumeln.

»Wallingford«, sagte Finn so ruhig wie möglich, »langsam wird es etwas langweilig. Kannst du nicht irgendwie lernen, diese … klinische Paranoia zu kontrollieren? Such dir doch eine andere sinnlose Beschäftigung. Nimm dein Gänsefeder-Techtelmechtel mit dieser jungen Wie-heißt-sie-noch wieder auf. Also *wirklich*. Die Marquise ist ganz sicher nicht in dem alten *Waschbecken*!«

Mit bebenden Nasenflügeln fuhr Wallingford herum. Dabei fiel sein Blick auf das aufgebockte Automobil. »Ja«, murmelte er, »ja natürlich.«

»Du bist wahnsinnig.«

Wallingford würdigte Finn keiner Antwort. Mit zwei langen Schritten überwand er die Entfernung zu dem Automobil, das ganz unschuldig mitten im Raum stand, ohne Reifen und Sitze, eine leere Hülle aus Stahlblech. Finn hatte es vor ein paar Monaten nach eigenen Entwürfen fertigen lassen und es unter einer gesäumten Flanelldecke, die es vor Kälte und Feuchtigkeit schützen sollte, mit beinahe mütterlicher Fürsorge auf einem speziell dafür ausgebauten Eisenbahnwagen über die belgische Tiefebene und die Schweizer Alpenpässe transportiert. Und selbst im augenblicklichen Zustand, unfertig und unausgereift, stockte ihm der Atem angesichts seiner Schönheit, so elegant und schnittig war es, völlig anders als alles, was es bisher gab. Er konnte die Luft, die an Dach und Seiten vorbeistrich, förmlich sehen, den Rausch der Geschwindigkeit beinahe spüren. Einer rasanten Geschwindigkeit, unerreicht.

Dieses Automobil war sein Ein und Alles.

Wallingford legte seine großen Hände auf den Türrahmen, genau da, wo Lady Morley es vor noch nicht einmal vierundzwanzig Stunden gestreichelt hatte, und schaute in den Innenraum. Die Spitzen seiner Stiefel, die unter die Karosserie ragten, waren vermutlich nicht viel mehr als dreißig Zentimeter vom eleganten Ohr der Marquise entfernt, schätzte Finn. Draußen vor der offenen Tür keckerten, unbeeindruckt von der angespannten Stille im Haus, wieder einmal die Eichhörnchen.

Eine Art Knurren drang aus Wallingfords Kehle. »Es ist leer.« Die Augen zu schmalen Schlitzen verengt, wandte er sich seinem Freund zu. »Also, wo ist sie?«

Treuherzig streckte Finn die Arme aus und versuchte verzweifelt, nicht zu grinsen. »Keinen blassen Schimmer. Vielleicht im Schloss?«

Der Herzogs Blick glitt zu dem alten Kutschentor weiter

hinten, das geschlossen war und völlig harmlos wirkte. »Sie ist da raus, nicht wahr? Als Penhallow aufgetaucht ist.« Er marschierte zum Tor und stieß einen Flügel auf, sodass ein heller Strahl Mittagssonne in den Raum fiel und den hochglanzpolierten Stahlrahmen des Automobils aufleuchten ließ. »Die Frage ist«, fuhr der Herzog fort, während er von einer Seite zur anderen schaute, »ob sie ins Schloss zurückgekehrt ist, oder ob sie noch hier herumlungert und darauf wartet, dass ich wieder gehe.«

Finn zuckte die Achseln. »Sieh doch nach.«

»Ich vermute, dass sie sich immer noch hier herumtreibt. Schließlich ist sie sehr hartnäckig. Geradezu stur.« Wallingford schaute zu Finn zurück. »Na, komm. Ich möchte dich im Auge behalten.«

Finn seufzte. »Ihr blöden Aristokraten. Ihr habt doch nicht die leiseste Ahnung, wie es ist, richtig zu arbeiten. Dass man sich dabei beispielsweise stundenlang ununterbrochen konzentrieren muss …«

»Nun komm schon.«

Entnervt riss Finn die Arme hoch. »Mein Gott, Wallingford.« Dann folgte er dem Herzog in die warme Frühlingsluft, die seidenweich über seine Wangen strich und vom Obstgarten weiter oben den köstlichen Duft von Apfelblüten mitbrachte. Neben dem Olivenbaum blieb er stehen, verschränkte die Arme und sagte: »Ich warte hier.«

Mit äußerster Sorgfalt suchte der Herzog die gesamte Umgegend ab, als wäre er auf seinem schottischen Landsitz im Herbstnebel hinter einem besonders cleveren Hirschbock her. An jedem Baum schaute er hinauf und spähte ins Geäst, drehte den Kopf hierhin und dorthin, fast so, als ob er schnüffelte.

Nein, es war so, stellte Finn überrascht fest: Er schnüffelte tatsächlich, der Kerl. Vielleicht um einen verräterischen

Hauch dieses Liliendufts aufzufangen? Unwillkürlich ballten sich Finns Hände an seinem Brustkorb zu Fäusten. Irgendwie nahm er Anstoß daran, dass Wallingford Lady Morleys Parfum kannte.

»Da, siehst du?«, rief er seinem Freund zu. »Sie ist nicht hier. Also wärst du jetzt so gut, dich vom Acker zu machen?«

Der Herzog suchte methodisch weiter, bis er wieder an der Hintertür angekommen war. Dann warf er Finn einen Blick über die Schulter zu. »Sehr schön, Burke. Das hast du gut hingekriegt. Aber nächstes Mal komme ich dir auf die Schliche, das verspreche ich dir.«

»Auf welcher Seite bist du eigentlich, Mann?«

»Auf deiner, auch wenn du es nicht glauben willst.« Wallingford legte eine Hand auf den Griff des Tores.

Finn wurde heiß vor Schreck: Was, wenn Alexandra gedacht hatte, die Gefahr sei vorüber, und aus ihrem Versteck gekommen war? »Was soll das, Mann? Das verdammte Kutscherhaus hast du doch schon durchsucht!«

»Um Himmels willen, ich will doch nur meinen Hut holen«, erwiderte Wallingford und verschwand durch die Tür.

Finn rannte hinter ihm her. »Warte, ich hole ihn dir!«

Aber es war zu spät; der Herzog war schon drinnen. Während Finn diskret die Tür hinter sich schloss, sah er sich in der Werkstatt um. Keine Spur von Alexandra, Gott sei Dank. Sie hatte die Ruhe bewahrt und war in ihrem Versteck geblieben, bis er wiederkam, um Entwarnung zu geben.

»Keine Aufregung«, sagte Wallingford ungeduldig, dann drehte er sich um und sah Finns Gesichtsausdruck.

»Aha«, redete er leise weiter. »Sie ist doch hier, oder?«

»Sie ist niemals hier gewesen. Du und deine blöden Zwangsvorstellungen.«

Wallingford achtete nicht auf seinen Freund, sondern drehte

sich langsam um die eigene Achse und ließ den Blick über die groben Steinwände wandern. »Also«, sagte er im Konversationston, »wenn ich eine Dame wäre, die in flagranti erwischt wird …«

»In flagranti, so ein Quatsch.«

»… wohin würde ich mich verkriechen, um meine Schande zu verbergen? Immerhin reden wir von einer schlanken Dame. Und einer mit einer Menge Mumm. Denn bange ist Lady Morley nicht, das muss man ihr lassen.«

Sein Blick fiel wieder auf das Automobil und von dort auf den Boden. »Bei Gott«, sagte er. »Das ist verdammt clever.«

»Du bist verrückt, Wallingford.«

»Weißt du was, Burke«, erwiderte der Herzog, während er so genüsslich langsam zum Automobil schlenderte, als wolle er jeden Augenblick auskosten, »ich hege fast so etwas wie Bewunderung für deine liebe Marquise. Man braucht ein gerüttelt Maß an Nervenstärke, um nicht zu sagen Kaltschnäuzigkeit, um sich so lange Zeit unter ein Automobil zu legen. Ich frage mich wirklich, ob sie am Ende nicht doch ernsthaft in dich verliebt ist.« Kurz vor dem Automobil blieb er stehen und frage leise: »Sind Sie das, Lady Morley? Sind Sie in meinen Freund verliebt?«

Finn stand stockstill und zwang sich zur Ruhe, um erst im letzten Moment einzugreifen, dann wollte er … was? Ihr zu Hilfe kommen? Sie ganz schnell wegbringen? Was verlangte die Etikette in solchen Fällen eigentlich?

Der Herzog ging in die Hocke. »Obwohl ich glaube«, fuhr er fort, während er eine Hand auf dem Boden abstützte, »dass diese Dame das Gefühl nicht erkennen würde, selbst wenn man es ihr unter ihre hübsche kleine Nase …« Er brach ab. »Verdammte Scheiße«, fauchte er und schlug mit der Faust auf den Boden. »Sie ist weg!«

Finn musste seine gesamte Selbstbeherrschung aufbieten, um dem Drang zu widerstehen, selbst nachzusehen. »Ich sage es noch einmal: Sie ist nie hier gewesen.«

Endlich richtete Wallingford sich wieder auf und drehte sich zu seinem Freund um. Sein misstrauisch verkniffenes Gesicht wurde nach und nach zu einer eher betretenen Miene.

Finn erlaubte sich ein kleines Lächeln. »Kann ein Mann sich am Ende keine zweite Tasse Tee machen, ohne dass seine Werkstatt auf den Kopf gestellt wird?«

»Anscheinend nicht.« Wallingford lächelte zurück, wenn auch widerwillig. »Also gut, mein Lieber. Ich entschuldige mich. Ich brauche nur noch meinen Hut, dann bin ich weg.« Er wandte sich um, nahm die Schirmmütze vom Arbeitstisch, die er neben die weißen Steinguttassen mit dem verräterischen Tee gelegt hatte, und setzte sie schwungvoll auf. »Aber du denkst an das, was ich dir gesagt habe, ja?«

»Ich versprech's.«

»Und falls du dich in einer ernsten Notlage befinden solltest, denk dran, dass es immer eine *praktische* Lösung gibt, wie du selbst so schön bemerkt hast. Die ich notgedrungen in letzter Zeit selbst mehr als einmal anwenden musste, haha!«

»Freut mich zu hören«, murmelte Finn, während er sich fragte, wo Alexandra sich versteckt haben mochte.

»Ich schätze, darin bist du ein echter Experte, nach all deinem tugendhaften Gerede über eine schnelle …«

»*Raus*, Wallingford.«

»Dann bis zum Abendessen!« Endlich marschierte der Herzog durch die Vordertür und zog sie fest hinter sich zu.

Finn schloss die Augen und begann, so langsam wie möglich die Sekunden zu zählen. Bei zwanzig angelangt, rief er leise mit immer noch geschlossenen Augen: »Lady Morley?«

Links von ihm ging eine Tür auf. Er drehte sich um, öffnete

die Augen und sah, wie die Marquise mit schmutzigem Gesicht und zerknautschtem Kleid aus dem Schrank stieg.

»Ist die Luft rein?«, fragte sie mit einem kaum merklichen kleinlauten Lächeln.

»Oh ja. Geht es Ihnen gut?«

»Ja.« Zögernd stand sie vor ihm, strich sich mit langen, mechanischen Bewegungen das Kleid glatt und fasste sich anschließend an das Haar, das in unordentlichen Strähnen aus ihrem Chignon hing.

Finn merkte, dass er vor Erleichterung zitterte. »Kann ich … der Tee ist bestimmt kalt geworden …«

»Ach, dieser blöde Tee …« Lady Morley wischte sich eine Locke von der Wange.

»Setzen Sie sich doch«, sagte Finn etwas gefasster. »Sie müssen erschöpft sein. Ich mache noch etwas Tee.«

»Warum?«, fragte die Marquise und schüttelte den Kopf. »Warum haben Sie das getan?«

»Was?«

»Mich versteckt. Für Sie wäre es doch viel einfacher, wenn Ihnen an meiner statt Penhallow oder Wallingford zur Hand gingen. Warum haben Sie die beiden vertrieben?« Ihre Augen glänzten auffällig und musterten ihn seltsam forschend.

»Nun, weil es der Anstand gebietet.« Finn hatte vor, die Achseln zu zucken, so zu tun, als nähme er das alles ganz lässig, doch seine Schultern wollten ihm nicht gehorchen. »Schließlich habe ich Sie herkommen lassen. Sie standen unter meinem Schutz, und somit konnten Sie es von mir erwarten.«

Endlich senkte die Marquise den Blick und starrte auf seine Zehenspitzen. »Vielen Dank.«

Dann folgte eine Pause, eine lange, gewichtige, gespannte Pause. Die Sonne, die sich weiterbewegt hatte und nun durch das Südfenster fiel, wärmte den Raum, ließ einen heißen Strahl auf Finns Nacken ruhen und verlieh Lady Morleys Gesicht einen goldenen Schimmer. Finn drehte sich um und ging zu dem langen Tisch an der Wand, auf dem er vor nicht einmal einer Stunde, in einem anderen Leben, den Tee zubereitet hatte. Dann fingen seine Hände an, die Sachen darauf zu befingern, sie neu zu sortieren, und ohne jede Erinnerung daran, dass er gerade noch eine Tasse Tee angeboten hatte, die dazu nötigen Utensilien wieder in den Schrank zu räumen.

Alexandra räusperte sich. »Es ist recht interessant, den Männern zuzuhören. Anscheinend reden Sie ziemlich offen miteinander.«

»Nur das übliche dumme Zeug.«

»Und natürlich konnte ich es mir nicht verkneifen, mich zu fragen, was Sie eigentlich damit gemeint haben.«

Gott möge dich und deine Nachkommenschaft in die tiefsten Tiefen der Hölle verbannen, Wallingford.

»Oh. Ja. Das. Mit der *praktischen* Lösung … und so. Keine Ahnung, ehrlich. Da müsste ich genauso raten wie Sie.«

»Nein, das meine ich nicht. Sondern das davor. Was davon war dummes Zeug, wie Sie es nennen, und was war ernst gemeint«, fragte Lady Morley schlicht und einfach mit völlig anderer Stimme, so als ob sie es aufgegeben hätte, ihm etwas vorzuspielen.

»Oh, ich glaube … äh, ich weiß nicht mehr so genau, worüber wir geredet haben.« Finn schaute auf seine Finger hinunter und stellte fest, dass sie bebten. Schnell drückte er sie fest auf die Tischplatte.

»Wallingford hat davon gesprochen …« Alexandra zögerte, fuhr dann aber fort. »Ich nehme an, Sie haben sich gefragt, was Wallingford gemeint hat, als er über …«

»Ja?«

»Über … unseren Kuss gesprochen hat.«

Finn kniff die Augen zu. Diese Stimme in dieser warmen, ruhigen Umgebung zu hören war beinahe unerträglich. »Oh. Das. Ich glaube, das hatte er schon mal erwähnt.«

»Ich möchte Ihnen etwas sagen … ich möchte, dass Sie wissen, dass es nur einmal passiert ist. Und zwar vor sehr langer Zeit«, sagte Lady Morley sanft und leise. »Wissen Sie, ich war noch so jung. Ich war gerade erst in die Gesellschaft eingeführt worden. Ich dachte« – ein kleines Schlucken –, »ich hatte all diese romantischen Vorstellungen, wie es bei Mädchen so ist. Ich dachte, ich müsste mich nur in den ranghöchsten Mann verlieben, dann würde er mich ebenfalls lieben, und alles wäre eitel Sonnenschein und … Nun ja, wie auch immer, jedenfalls hat er mich geküsst, auf der Terrasse, bei Lady Pembrokes Ball, und es war wunderbar, traumhaft, genauso wie ich es mir ausgemalt hatte. So *leidenschaftlich*. Sie können sich nicht vorstellen, was ein neunzehnjähriges Mädchen … ich war so dumm. Ich habe geglaubt, das hieße, dass er mich liebt. Die Art, wie er mich angesehen hat …« Sie verstummte.

Am liebsten wäre Finn zu ihr gegangen, hätte sie in die Arme genommen und ihr gesagt … tja, was? Er hatte keinen Titel, keinen Stammbaum, keinen Platz in der Gesellschaft, absolut nichts von dem, was Lady Morley suchte. Seine Mutter war eine gefallene Frau, die in einem Haus in Richmond wohnte, das ein Mann, der nicht ihr Ehemann war, für sie erstanden hatte.

»Sogar sehr dumm«, sagte Alexandra etwas brüsker. »Denn wissen Sie, ich bin ihm nachgegangen, und in der Bibliothek habe ich ihn schließlich gefunden …«

Scharf sog Finn die Luft ein.

»Aha! Sie kennen die Geschichte schon. Ich stand also da – oh, das ist alles so dramatisch und pathetisch, sein Kuss brannte noch auf meinen Lippen und so weiter –, und dort stand *er*, heftig keuchend, die Hose hing ihm um die Knöchel, und vor ihm auf dem Tisch lag bäuchlings eine Frau. Auf diese Weise wird man schlagartig von seinen Kleinmädchenträumen kuriert, möchte ich behaupten. Ungefähr eine Woche später nahm ich Lord Morleys Heiratsantrag an, und seither lache ich über den Begriff *Liebe*.«

»Das tut mir sehr leid«, sagte Finn leise.

Alexandra antwortete nicht, doch er spürte, dass sie immer noch hinter ihm stand, und konnte in der nun folgenden Stille sogar ihr gleichmäßiges Atmen hören.

»Ja«, sagte sie dann. »Das dachte ich mir.«

Finn strich über die untere Seite des Ringes an seinem Gasbrenner. »Verlieren Sie nur nicht die Hoffnung, meine Liebe. Sie sind jung und schön, und ich kann Ihnen versichern, dass es auf der Welt auch ein paar anständige Männer gibt.«

»Schön? Nein, wenn man es genau nimmt, stimmt das nicht. Wahrscheinlich bin ich ganz gut darin, den Eindruck zu erwecken, aber das ist nicht dasselbe.«

»Unsinn. Sie sind wunderschön.«

Lady Morley zögerte. »Nun, das ist sehr nett von Ihnen, und ich wünschte …«

»Was?« Finns Finger schlossen sich um den Metallring.

»Ich wünschte …« Sie schien einen zögerlichen Schritt nach vorn zu machen. »Na ja, ich wollte Ihnen sagen … wie wunderschön *Sie* sind.«

Finns Herzschlag dröhnte in seinen Ohren. »Das ist absurd.«

»Nein, ist es nicht«, erwiderte Lady Morley hastig. »Ihr brillanter Verstand, Ihr Gesicht, Ihre Augen. Und Ihre Hände – wie ich sie liebe, diese kräftigen und geschickten Hände, die Walnüsse knacken und Drähte verlöten …«

Endlich drehte Finn sich um und betrachtete sie. Sie stand

mitten in seiner Werkstatt, golden angehaucht von der Sonne, das Gesicht offen und verletzlich und unglaublich schön. Da zerbrach irgendetwas in ihm, mit einem kurzen, beinahe hörbaren Knacken, und mit zwei Schritten überbrückte er die Entfernung zwischen ihnen. Lady Morleys rosige Lippen öffneten sich und entließen einen Laut des Erstaunens oder vielleicht sogar der Vorfreude, dann nahm er ihr Gesicht in beide Hände und küsste sie.

Als sie acht Jahre alt gewesen war, war Alexandra im Spätherbst in der Speisekammer zufällig auf die Köchin gestoßen, die vor einem großen eisenberingten Eichenfass stand und die darin enthaltene Flüssigkeit in Glasflaschen umfüllte, die sie dann eine nach der anderen mit Kork und Wachs fest versiegelte. Sie hatte die Köchin gefragt, was sie da tue, und die Köchin hatte ihr geantwortet, dass sie die Ausbeute des letztjährigen Apfelbrandes abfülle – das Harewood'sche Anwesen war zwar recht ansehnlich, aber keineswegs feudal –, damit der Herr und die Herrin im Winter genug Branntwein hätten. Alexandra, die Äpfel liebte, hielt das für eine großartige Idee, deshalb schlich sie sich am folgenden Nachmittag, als sie Durst bekam, in die Speisekammer, öffnete eine Flasche Apfelbranntwein und berauschte sich daran.

Phineas Burke zu küssen hatte in etwa die gleiche Wirkung.

Trotz der Plötzlichkeit seiner Annäherung und trotz der Entschlossenheit, mit der er ihr Gesicht mit beiden Händen festhielt, küsste er sie ganz sanft und vorsichtig, so als wolle er den Moment auskosten, was die schwankenden Reste ihrer Selbstbeherrschung endgültig zum Einsturz brachte. Er schmeckte nach Tee und Honig und sich selbst, süß und exotisch und so überaus köstlich, dass sie den Mund weiter aufmachte, um mehr von ihm zu bekommen, seinen ureigenen Geschmack mit jeder Pore ihres Körpers in sich aufzunehmen. »Lady Morley«, flüsterte er, »Alexandra«, und sie hatte nie etwas Bewegenderes oder Schöneres erlebt, als ihren Namen aus seinem Mund an ihren Lippen zu hören.

»Phineas«, hauchte sie zurück – was für ein Luxus, endlich seinen Namen zu sagen –, während seine Hände sich in ihr Haar schoben und der Rest ihrer Haarnadeln herausfiel, weil er ihr immer wieder über den Hinterkopf strich. »Phineas«, wiederholte sie verträumt.

Da hielt er inne, zog sich etwas zurück, sodass sie seinen warmen Atem auf der Haut spüren konnte, und sagte: »Finn.«

Dabei sah er ihr so tief und ernst in die Augen, dass es einen Augenblick dauerte, bis das Wort in ihr Bewusstsein drang.

»Finn?«, fragte sie atemlos.

»Sag Finn, nicht Phineas. So nennt mich nur meine Mutter.«

Unwillkürlich lächelte Alexandra. »Finn«, sagte sie prüfend und hob die Arme, um sie um seinen kräftigen Hals zu legen. Die Haare in seinem Nacken waren weich wie Daunen. »Finn. Mein lieber, großartiger Finn. Sag meinen Namen noch einmal. Bitte.«

»Alexandra.« Dann zog er sie an sich und küsste sie wieder, etwas kühner diesmal, streichelte sie mit seiner seidigen Zunge, während seine Hände abwärts glitten und sich um ihre Taille legten. Und sie drängte sich an ihn, wollte jeden Zentimeter seines Körpers spüren, eins mit ihm werden und in ihm aufgehen, sodass sie nicht mehr denken, planen, handeln und heucheln musste: Sie wollte einfach nur leben.

Endlich sie selbst sein.

Dabei hatte sie gar nicht vorgehabt, Phineas Burke zu verführen. Fast bis zum Schluss hatte sie sich sehr gut beherrscht, sich gesagt, dass die verwitwete Marquise von Morley jederzeit untadelige Haltung bewahrte, selbst wenn sie in einem schmierigen Versteck unter einem Versuchsfahrzeug lag und gegen einen brutalen Hustenreiz ankämpfte. Sie hatte den Lauf der Konversation verfolgt, gehört, wie Finn sie verteidigte und die Penhallow-Brüder sie beleidigten – ziemlich demütigend immerhin –, und dabei eine bewundernswerte Stärke gezeigt. Selbst die verführerische Wirkung, die Finns offene Anspielung auf gemeinsame Aktivitäten in seinem Bett auf sie gehabt hatte, war schließlich von der unglaublichen Erleichterung über den ersten Abgang des Herzogs verdrängt worden.

Nein, sie hatte sich großartig geschlagen und sich sogar eine Antwort zurechtgelegt, um das Erlebnis als nicht sonderlich bemerkenswert abzutun *(Wie unglaublich schmutzig es unter Ihrem Motor ist, Mr. Burke! Eine Minute länger, und ich wäre genauso dreckig gewesen wie Sie …)*, als Wallingfords Worte an ihr Ohr gedrungen waren.

»Sind Sie das, Lady Morley? Sind Sie in meinen Freund verliebt?«

Und die Antwort, die ihr Hirn reflexartig gegeben hatte, ehe sie darüber nachdenken konnte, hatte ihre Knie weich werden lassen. Nur die dicken Holzwände des Schrankes hatten sie aufrecht gehalten.

Nun fiel diese spezielle Aufgabe natürlich Finn zu, der das ganz großartig machte. Sein Mund wanderte an ihrem Hals hinab zu einer kleinen Vertiefung, einer höchst empfindlichen Stelle, von deren Existenz sie gar nichts gewusst hatte, und liebkoste sie mit seinen warmen Lippen. Atemlos ließ Alexandra sich einfach in seine starken Arme fallen. Sie hätte schwören können, dass selbst die Sonne für einen kurzen Augenblick vor dem mächtigen Feuer ihrer Leidenschaft verblasste.

Plötzlich erstarrte Finn.

»Was ist los?«, stieß sie hervor und klammerte sich schamlos an seinen Hals. Es konnte doch nicht zu Ende sein. Nicht so schnell. Sie hatte noch längst nicht genug von ihm.

»Herrgott noch mal.« Er nahm sie bei der Hand, zog sie zum Schrank und drückte ihr einen festen Kuss auf die Lippen, ehe er sie wieder hineinschob.

Dann klopfte es an der Vordertür.

»Nein.« Alexandra stemmte sich gegen die Schranktür und sah ihn wütend an. »Diesmal nicht. Ich werde mich nicht mehr verstecken. Ich gebe mich geschlagen, ich tue alles …«

Die Haustür öffnete sich. Alexandra schlüpfte unter Finns Arm hindurch und strich sich hastig die Röcke glatt. Als ob das Zurechtrücken derangierter Kleidung irgendetwas helfen könnte, dachte sie, wenn einem das Haar lose um die Schultern hing und in wirren haselnussbraunen Wellen über den Rücken fiel.

Vielleicht hätte sie doch lieber im Schrank bleiben sollen.

Aber es war bereits zu spät. Irgendjemand kam herein, ein Mann mittlerer Größe, der im Gegenlicht nicht gut zu sehen war. Eins jedoch stellte sie sofort überaus erleichtert fest: Es war keiner von den Penhallows.

»Hallo, Delmonico.« Finn ging dem Mann entgegen. »Was für eine Überraschung. Ich … ich hatte gar nicht damit gerechnet, Sie hier zu sehen.«

»Signor Burke! Da sind Sie ja!« Der Neuankömmling lüpfte den Hut und schüttelte Finn kräftig die Hand. »Wie ich mich freue, Sie endlich zu treffen.« Sein Englisch war beinahe tadellos und die Aussprache klar und deutlich, so als hätte er eine ganze Weile mit Engländern zusammengelebt.

»Sie haben meinen letzten Brief also bekommen?«, fragte Finn.

»Ja, in der Tat, obwohl Ihr Aufenthaltsort dennoch nicht

leicht zu finden ist. Was hat Sie nur in dieses – äh – ländliche Idyll gelockt?« Delmonico musterte seine Umgebung mit wachen schwarzen Augen, die höflich nur kurz auf Alexandra verweilten, ehe er den Blick weiterwandern ließ.

Finn lachte. »Die Einsamkeit natürlich. Doch ich bitte um Entschuldigung, Signore; ich habe etwas versäumt. Würden Sie mir erlauben, Ihnen meine Assistentin Alexandra, Lady Morley, vorzustellen?« Finn drehte sich so bewundernd zu ihr um, als präsentiere er Delmonico einen kostbaren Schatz. »Lady Morley, das ist Signor Bartolomeo Delmonico, der uns im Juli nach Rom eingeladen hat, zur Automobilausstellung.«

Delmonico zog die Augenbrauen in die Höhe. Die Sonne beschien ihn nun von der Seite, was Alexandra eine bessere Sicht auf sein olivfarbenes Gesicht erlaubte, dessen regelmäßige, freundliche Züge durch einen Kragen von erstaunlicher Höhe und Weiße hervorgehoben wurden. Er trug einen sehr gut geschnittenen Anzug aus leichtem Flanell und einen Strohhut, den er mit der einen Hand zog, während er die andere formvollendet nach ihren Fingerspitzen ausstreckte. »Es ist mir ein Vergnügen, Lady Morley«, sagte er und schaute zu Finn hinüber. »Sie sind ein Glückspilz, eine so reizende Assistentin zu haben.«

»Lady Morley ist äußerst begabt.«

Alexandra fand ihre Stimme wieder. »Oh ja, sehr begabt«, sagte sie, obwohl ihr nur zu bewusst war, dass sie eher wie ein billiges Flittchen aussah und nicht wie die Assistentin eines berühmten Wissenschaftlers und Erfinders. Sie deutete auf ihr ölverschmiertes Kleid. »Sie können ja sehen, dass ich den Großteil des Morgens unter dem Automobil verbracht habe.«

Delmonico musterte sie von Kopf bis Fuß. »In der Tat. Ich muss schon sagen, mein lieber Burke, Sie lassen es an Höflichkeit mangeln. Hätten Sie der Dame nicht erlauben sollen, sich einen Kittel überzuziehen? Ich halte es für eine echte Schande, ein so hübsches Kleid solchem Schmutz auszusetzen.«

»Sie haben ganz recht«, stimmte Finn ihm zu und machte ein schuldbewusstes Gesicht. »Das hätte ich tun sollen.«

»Ich habe doch eine Schürze um«, protestierte Alexandra.

Aber Delmonico hörte ihr nicht mehr zu. Seine Aufmerksamkeit hatte sich bereits auf das Automobil gerichtet, das immer noch aufgebockt mitten im Raum stand. »Das ist es also, Mr. Burke? Ihr großes Projekt?« Als Delmonico einen Schritt nach vorn machte, war ein deutliches Knirschen zu hören. »Ach, du meine Güte! Sind das vielleicht Ihre Haarnadeln, Madam?«

Alexandra lief rot an. »Nun ja, Mr. … das heißt, Signor Delmonico, ich glaube schon.« Sie und Finn bückten sich gleichzeitig danach, doch Delmonico kam ihnen beiden zuvor, sammelte die etwa ein Dutzend Nadeln mit einem graziösen Schwung seiner linken Hand auf und reichte sie Alexandra mit einem wissenden Lächeln.

»Danke sehr.« Während sie ihr Haar wieder zu einem Knoten verdrehte und rücksichtslos mit den Nadeln feststeckte, herrschte im Kutscherhaus peinliche Stille.

»Sie sind heruntergefallen, als Lady Morley ihre Schutzbrille abgenommen hat, verstehen Sie?«, brachte Finn schließlich heraus.

»Ja, ich verstehe«, sagte Delmonico.

Alexandra versuchte, sich zu erinnern, ob die Toskana erdbebengefährdet war, und falls ja, ob nicht eines (von der schwächeren Sorte natürlich) durch inbrünstiges Flehen dazu gebracht werden könnte, sie genau in diesem Moment im Boden versinken zu lassen. Was selbstverständlich lächerlich war. Immerhin war sie eine Marquise, und die Meinung eines einfachen ausländischen Mechanikers sollte sie nicht scheren.

Nichtsdestoweniger schien der richtige Augenblick für einen strategischen Rückzug gekommen zu sein.

»Ich hoffe, Sie verzeihen mir, Signor Delmonico«, sagte sie in ihrem hochmütigsten Ton, »aber ich denke, ich werde mich zum Essen zurückziehen. Zweifellos haben Sie und Mr. Burke viel zu besprechen.« Der erleichterte Ausdruck, der bei diesen Worten über Finns recht bestürztes Gesicht glitt, entging ihr nicht.

Delmonico nahm seinen Hut ab und klemmte ihn unter den Arm. »Lady Morley, ich wäre untröstlich, wenn mein Erscheinen der Grund für Ihren Rückzug sein sollte.«

»Dennoch muss ich Sie jetzt verlassen. Guten Tag, Signore. Mr. Burke, sehen wir uns beim Essen?«

»Ja natürlich.« Finns grüne Augen sahen sie vielsagend an.

»Sehr schön.« Alexandra drehte sich um, spazierte mit damenhafter Würde zur Tür hinaus und in den grünen italienischen Mittag hinein, während sie die gemurmelten Abschiedsworte der Männer hinter sich mit einem kleinen Winken honorierte. Als das Kutscherhaus nicht mehr zu sehen war, begann sie schneller zu gehen, und beim ersten Weingarten angekommen, lief sie bereits so schnell, dass ihr Röcke und Unterröcke um die Beine flogen, Gesicht und Lunge brannten und die Augen schmerzten von all den Tränen, die sie ein halbes Jahrzehnt zurückgehalten hatte.

»**Da** bist du ja!«, rief Abigail, als Alexandra durch die Tür schlüpfte, die in den Küchengarten führte. »Gerade noch rechtzeitig! Er ist vor ein paar Minuten gekommen! Du lieber Gott, du siehst ja schrecklich aus. Was in aller Welt hast du denn mit deinen Haaren gemacht?«

»Wer ist vor ein paar Minuten gekommen? Rosseti?«, fragte Alexandra hoffnungsvoll. Vielleicht konnte der Vermieter ja alles erklären. Vielleicht konnte Signor Rosseti Entscheidungen fällen, die ihrem Leben irgendwie die Ruhe und Ordnung gaben, die sie sich letzten Winter vorgestellt hatte, ohne dass ein rothaariger irischer Wissenschaftler sie durcheinanderbrachte und von ihren wahren Zielen ablenkte.

»Nein, nicht Rosseti. Mein Gott, hast du denn nicht mehr daran gedacht, dass der Pfarrer heute kommt?« Abigail hakte sich bei ihr unter und führte sie durch die Diele zur Hintertreppe. Obwohl die Sonne durch die schmalen Fenster schien, waren die Steinwände noch immer kalt von der Nacht, sodass Alexandras erhitzter Körper sich nach und nach endlich wieder abkühlte.

»Der Pfarrer? Gütiger Himmel, Abigail. Du bist doch nicht zu den *Papisten* übergelaufen, oder?«

»Nein, du Gans. Aber es ist ein sehr schöner Brauch. Du musst einfach mitmachen; es nicht zu tun, wäre sehr unhöflich.« Voller Eifer zog Abigail ihre Schwester die Treppe hinauf. »Deshalb haben die Mädchen gestern geputzt wie verrückt. Das habe ich dir doch erzählt. Es ist wohl so etwas wie eine rituelle Reinigung. Jedenfalls ist der Pfarrer gerade gekommen, um den Ostersegen zu spenden, Weihwasser hierhin und dorthin zu sprenkeln und …«

Wie angewurzelt blieb Alexandra auf der viertletzten Treppenstufe sehen und fasste sich an den Kopf. »Großer Gott! Dann musst du mich sofort verstecken. Ich bin … ich bin *unsauber.*«

»Im Moment ist der Pfarrer noch unten, mit seinem Assistenten. Ein reizender Mann, der Assistent, meine ich. Unglaublich schade, dieses Keuschheitsgelübde. Komm schon, ich helfe dir dabei, den ganzen Schmutz abzuwaschen und das Kleid zu wechseln. Was um alles in der Welt hast du bloß gemacht? Dich auf dem Boden gewälzt?« Abigail zog ihre Schwester die restlichen Stufen hoch und schob sie zu ihrem Zimmer am Ende des gefliesten Flures.

Zehn Minuten später wurde Alexandra, ein wenig verwirrt, aber sauber und adrett, in einem hochgeschlossenen grauen Kleid und einem sittsamen Kopftuch in Abigails fließendem Italienisch Don Pietro vorgestellt, dem Gemeindepfarrer. Nicht ganz sicher, was die Etikette von ihr verlangte, und nicht darauf aus, ewige Verdammnis zu riskieren, beäugte sie seinen riesigen Siegelring und entschied sich, ihn nicht zu küssen. Stattdessen machte sie einen höflichen kleinen Knicks. »Willkommen, Don Pietro«, sagte sie in dem Gefühl, dass Phineas Burkes überaus unkeusche Küsse sich leuchtend rot auf ihren geschwollenen Lippen abmalten. »Wir sind, ähm, sehr erfreut, Sie bei uns begrüßen zu dürfen.«

Fragend sah Don Pietro sie mit seinen alten Augen an, dann wandte er sich an den jungen Mann an seiner Seite. Abigail hatte recht, dachte Alexandra, während sie die Augen niederschlug. Der junge Mann, der mit großem Ernst das Weihwassergefäß vor sich hertrug, sah wirklich reizend aus – wie ein Engel.

Die beiden Männer wechselten ein paar Worte, dann trat der Jüngere vor und sagte zögernd auf Englisch: »Die Zimmer sind schon gesegnet. Nun es ist Zeit zu segnen die Zimmer oben.«

»Oh bitte.« Alexandra deutete auf die Tür und die Halle dahinter. »Tun Sie sich keinen Zwang an. Sprenkeln Sie nur.«

Abigail flüsterte ihr ins Ohr: »Ich glaube, er möchte, dass wir ihn begleiten.«

»Um Himmels willen, ist ihm nicht klar, dass wir Protestanten sind?«

»Es scheint mir nur höflich zu sein«, beharrte Abigail, woraufhin Alexandra einen tiefen Seufzer ausstieß, das Kopftuch fester hinter die Ohren klemmte und sich umwandte, um dem Pfarrer und seinem Ministranten in würdevoller Haltung durch die Halle und die Haupttreppe hinauf zu folgen. Eine kleine Prozession von Mägden und Gärtnern schloss sich ihnen an, was in Alexandra das ungute Gefühl aufkommen ließ, dass sie bei einem Theaterstück mitmachte, ohne ihre Rolle zu kennen.

Genau genommen sogar ohne die leiseste Ahnung von der Handlung zu haben.

»Bist du ganz sicher, dass das alles in Ordnung ist?«, zischte sie Abigail zu.

»Wie meinst du das?«

»Kann man für so etwas nicht exkommuniziert werden? Der ewigen Verdammnis anheimfallen oder dergleichen?«

»Ach Blödsinn«, erwiderte Abigail. »Wer wird schon davon erfahren?«

»Nun, der Allmächtige, zum Beispiel. Ich nehme an, dass wir das nicht vor ihm verbergen können.« Mit einem erneuten Zupfen an ihrem Kopftuch bog Alexandra um die Ecke am Ende der Treppe und wäre beinahe mit der Nase an den dunklen Ornat des jungen Ministranten gestoßen. »Entweder ich werde als Protestantin verdammt, weil ich bei einer papistischen Zeremonie mitgemacht habe, oder ich werde als Heidin verflucht, weil ich vorgegeben habe, Katholikin zu sein.«

»Ich finde, es ist eine wunderschöne Tradition, egal, von welcher Seite man es betrachtet. Feiern zur Wiedergeburt des Lebens im Frühjahr sind ein uraltes Ritual, das in die Zeit weit vor der Christianisierung und sogar der klassischen pantheistischen Religionen zurückreicht. Das ist …«

Don Pietro war stehen geblieben und drehte sich zu seinem Ministranten um, der ihm mit tiefer Ehrfurcht das Weihwassergefäß hinhielt. Der Pfarrer tauchte die Finger in das Wasser, begann, etwas Lateinisches zu murmeln, und ging in den ersten Raum auf der rechten Seite – Lady Somertons Zimmer.

Alexandra fragte Abigail. »Wo ist Lilibet eigentlich?«

Ihre Schwester zuckte mit den Schultern. »Sie ist heute Morgen mit Philip zum Picknicken gegangen. Ich glaube, die beiden sind noch nicht zurück.«

Der Pfarrer kam wieder aus dem Zimmer heraus und bewegte sich, gefolgt von seinem Ministranten, weiter den Flur hinunter. Mit geheuchelter Demut neigte Alexandra den Kopf und schaute durch das schmale Flurfenster über Gärten, Felder und Weinberge hinweg. Die Aussicht war wirklich großartig; sie reichte bis hinunter ins Dorf, das umgeben von Olivenhainen und Terrassen, Obstblüten und frisch bestellten Feldern im Tal lag. Darum herum die neu erwachte Natur, die zuversichtlich grüne Sprösslinge in eine unsichere Welt entsandte.

Irgendwo in diesem wuchernden, erwartungsvollen Leben befand sich Finns kleines Haus, in dem er an seinem Automobil herumschraubte.

Mechanisch folgte sie Don Pietro durch den Flur, an den Frauenschlafzimmern vorbei in den anderen Flügel, in dem sich die Schlafzimmer der Männer befanden. In diesem Trakt war sie schon seit Wochen nicht mehr gewesen, seit jenem ersten Nachmittag im Schloss, als sie in der kalten, muffigen Märzluft die Betten gemacht hatten, und zwar ziemlich schlecht. Jedes Mal, wenn Don Pietro in ein Zimmer ging, schaute sie durch die Tür und sah sich die sonnendurchfluteten Räume an, während der Pfarrer seines Amtes waltete.

Eigentlich wollte sie gar nicht hineinsehen. Schließlich schnüffelte die Marquise von Morley nicht herum. Doch wenn man im Verlaufe seiner alltäglichen und völlig legitimen Tätigkeiten zufällig und ohne jede Absicht das eine oder andere Detail bemerkte, war das ja wohl kein Schnüffeln, oder?

Zum Beispiel so ein Detail wie den frisch gewaschenen Mechanikerkittel, der ordentlich zusammengefaltet auf einer Ablage neben einem Fenster lag, strahlend weiß bis auf den diagonalen Schatten, den das Sonnenlicht darüber warf.

Besagte Ablage befand sich im allerletzten Zimmer des Flures, das etwas abseits in der Nähe der Hausecke lag, wo eine Hintertreppe in die Spülküche führte.

Nicht dass irgendeins dieser Details für sie von besonderem Interesse oder gar Nutzen gewesen wäre.

Eine halbe Stunde später kam die Gesellschaft wieder im Erdgeschoss an. »Jetzt sind die Eier dran«, sagte Abigail aufgeregt, während alle ins Speisezimmer pilgerten.

»Welche Eier?«, fragte Alexandra.

Abigail stupste sie am Ellbogen. »Da, auf dem Tisch.«

Und tatsächlich, mitten auf dem großen Holztisch stand ein kleiner Korb mit Eiern, die mit einem sauberen weißen Leintuch bedeckt waren. (»Frisch gelegt, heute Morgen erst«, flüsterte Abigail stolz. »Ich habe sie selbst gesucht.«) Der gesamte Haushalt versammelte sich in dem Zimmer und reihte sich respektvoll an den Wänden auf; Alexandra bemerkte Signorina Morinis hübsche, mollige Figur zwischen Maria und Francesca, den beiden Dienstmädchen, die andächtig dem Pfarrer zusahen.

Don Pietro begab sich zu dem Tisch und zog die Schale zu sich heran, wobei seine alten, krummen Finger so heftig zitterten, dass die Eier auf bedenkliche Weise aneinanderstießen.

Alle im Raum schienen den Atem anzuhalten.

Wie heidnisch, dachte Alexandra, die das alles gern belächelt hätte, doch etwas an der respektvollen Art, mit der Don Pietros Hände sich über dem Korb bewegten, hinderte sie daran, denn es schien so, als ob er die Eier mit dieser Geste beruhigte. Sie hätte beinahe geschworen, dass sie sich seinen Händen zuneigten, den gemurmelten lateinischen Worten lauschten und verzückt aufseufzten, als die Weihwassertropfen an ihren zarten Schalen herunterrannen.

Was natürlich völliger Unsinn war.

Als Don Pietro von den Eiern zurücktrat, atmete das ganze Gesinde gleichzeitig aus und grinste sie und den Pfarrer so breit an, als müsse man ihr zu irgendetwas gratulieren. Als hätte sie diese dummen Eier selbst gelegt.

»Ähm, vielen herzlichen Dank«, sagte Alexandra, denn sie hatte das Gefühl, dass zur Feier des Tages irgendetwas gesagt werden musste, egal was.

Don Pietro trocknete die Hände an einem Leintuch, das sein Ministrant ihm hinhielt, drehte sich um, nickte ihr freundlich zu und sprach dann mit Abigail. »Was hat er gesagt?«, raunte Alexandra, als der Pfarrer zu den Bediensteten ging, die plötzlich allesamt sehr vertraut mit ihm taten.

»Oh, er hat sich natürlich soeben selber zum Essen eingeladen!« Seufzend betastete Abigail den Haarknoten an ihrem Hinterkopf, der züchtig unter einem Tuch verborgen war. »Ich hoffe nur, dass sein Assistent auch bei uns bleibt. Meinst du, dass ich deswegen in der Hölle schmoren werde?«

»Ja, und zwar in einem ganz bestimmten Kreis der Hölle: dem für junge protestantische Mädchen, die unschuldige katholische Priesteranwärter von ihrer Berufung abhalten. Wirklich, Abigail. Ich glaube, ich habe nichts von alldem begriffen. Willst du mir etwa sagen, sie machen das jedes Jahr?« Alexandra zog sich zur Wand zurück, denn die Mädchen begannen umherzulaufen und den Tisch für das Mittagessen zu decken. Die Eier wurden mit einem Tuch bedeckt und so eilig fortgebracht, als handele es sich um einen Goldschatz.

»Nun, man kann nicht vorsichtig genug sein, schließlich befinden wir uns in einem Schloss, das verflucht ist.«

Abigail sagte das so gelassen, dass Alexandra einen Moment dachte, sie habe sich verhört.

»Das *was* ist? Was hast du da gerade behauptet?«

Ihre Schwester drehte sich zu ihr um. »Ich habe gesagt, das Schloss ist verflucht. Ist das nicht köstlich? Morini hat mir gestern alles darüber erzählt.«

»Du meine Güte. Was für ein Quatsch.« Alexandra verschränkte die Arme.

»Das ist kein Quatsch, sondern eine historische Tatsache! Zurückzuführen auf einen Engländer, der hier vor ein paar Jahrhunderten zu Besuch war und die Tochter des Hauses geschwängert hat. Schrecklich nachlässig von ihm, natürlich, aber so sind die Männer nun mal. Jedenfalls ertappte der Schlossherr die beiden, als sie gerade durchbrennen wollten, und natürlich war der Engländer zu anständig, um sich mit dem Vater zu duellieren, aber irgendwie kamen trotzdem Pistolen ins Spiel – *Männer*, ehrlich –, und der Schlossherr wurde tödlich verletzt. Doch ehe er starb, verfluchte er den Engländer und seine Tochter und alle Bewohner des Schlosses und, ich glaube, obendrein noch sein altes Kindermädchen. Wie es sich damals unter den Umständen gehörte; schließlich kann man von einem hintergangenen italienischen Vater nicht erwarten, dass er keine wüsten Flüche ausstößt, wenn er auf dem Boden verblutet. Alles andere hätte mich, ehrlich gesagt, einigermaßen enttäuscht.«

Alexandra fing an zu lachen. »Das ist doch alles abergläubischer Unsinn. Das Schloss ist nicht verflucht, Abigail. Sieh dich mal um. Die Menschen hier strotzen vor Gesundheit.«

»Doch, ist es. Frag die Morini. Eine furchtbare Geschichte. Und bis die Flüche aufgehoben werden, wird sich das Unglück an die Fersen jener heften, die …«

»Abigail!«

»Was?«

»Um Himmels willen. Reiß dich zusammen, meine Liebe. Gutes, vernünftiges britisches Blut fließt durch deine Adern – theoretisch zumindest –, also solltest du etwas zurückhaltender sein.« Alexandra wischte sich über den Ärmel und sah zu, wie das gebratene Lamm auf einer großen Platte hereingetragen und am Kopfende der Tafel abgesetzt wurde. Aus ihrem Magen drang ein erfreutes Knurren, das ihre verschränkten Arme kaum dämpfen konnten. »Ein verfluchtes Schloss, du meine Güte.«

»Na gut«, erwiderte Abigail verschnupft. Dann ging sie zu ihrem Stuhl, legte die Hände auf die Rückenlehne und verfolgte, welche Speisen noch auf den Tisch kamen. »Aber wehe, du gibst mir die Schuld, wenn ein Unglück geschieht.«

Alexandra stellte sich neben sie. »Das werde ich schon nicht«, murmelte sie. »Anscheinend bin ich durchaus imstande, Unglücke selbst heraufzubeschwören.«

ELF

»Vielen Dank für den exzellenten Tee«, sagte Delmonico, als er endlich aufstand und seinen Hut nahm. »Ich kann mir nicht helfen, aber ich habe den Eindruck, dass ich genau das war, was die Franzosen *de trop* nennen.«

»Oh, ganz und gar nicht.« Finn stand ebenfalls auf und nahm die Tassen vom Tisch. »Lady Morley war gerade dabei zu gehen.« Ihm juckten jetzt noch die Finger, wenn er an die vielen kleinen Hornknöpfe an ihrem schmalen Rücken dachte, die er so leicht hätte öffnen können.

»Doch, da bin ich mir sicher.« Delmonico zögerte und drehte den Hut in den eleganten Fingern. »Sie haben große Fortschritte gemacht in den letzten Monaten. Man muss Ihnen gratulieren.«

»Nicht halb so große wie Sie, nach allem, was man so hört.« *Wie weich ihre Lippen waren. Wie zart ihre Zunge ihn gestreichelt hatte.* Finn trug die Tassen zur Spüle, stellte sie ab und drehte sich wieder zu dem Italiener um. »Die Zeitungen berichten nur noch davon.«

Delmonico zuckte die Achseln. »Ach, diese Römer. Meine Freunde bei den Zeitungen haben Schwierigkeiten damit, ihren Enthusiasmus zu zügeln. Sie machen es richtig, mein Freund; sehr klug, sich in diesen Hügeln zu verstecken.« Er machte eine ausholende Armbewegung.

»So gut ist das Versteck doch gar nicht.« Finn lehnte sich an den langen Tisch und verschränkte die Arme. *Ihre Hände hatten auf seinem Nacken gelegen, ihre Daumen auf seiner Haut. Ihre leise, kehlige Stimme hatte seinen Namen gesagt.* »Schließlich haben Sie mich ohne Weiteres gefunden.«

Delmonico hob abwehrend die Hände. »Nur weil wir gemeinsame Freunde haben. Ich war auf dem Weg nach Florenz und dachte mir, ich sollte eine Pause einlegen und meinen alten Freund Burke besuchen.«

»Genau genommen liegt es gar nicht auf dem Weg. Eher weit abseits. Ich bin sehr geschmeichelt.« *Wie erotisch sich ihre runden Brüste an seinen Brustkorb gedrückt hatten, so fest und vielversprechend. Und seinem fachmännischen Urteil nach viel zu üppig für eine einzige Hand; er würde beide nehmen müssen und mit dem Mund …*

»Ihre Gesellschaft ist es mir wert.« Delmonico schaute zum Automobil und nickte anerkennend. »Eine schöne Maschine. Vielleicht bringt sie mich sogar dazu, meine Meinung über elektrische Motoren zu ändern. Ich freue mich darauf, sie im Juli zu sehen.«

»Und ich freue mich darauf, Ihre zu sehen.« Finn stellte sich wieder hin und ließ die Arme sinken. »Wissen Sie, wie Sie zur Straße zurückkommen?«

»Oh ja! Geben Sie sich keine Mühe.« Delmonico tippte sich mit dem Finger an die Stirn und lächelte breit. »Ich habe einen guten Orientierungssinn. Ihr Verwalter war so freundlich, mir den Weg zu weisen.«

»Giacomo! Natürlich, Giacomo! Der alte Bursche! Ich glaube, ich muss mal ein Wort mit ihm reden, um ihm für all die Mühe zu danken, die er sich heute Morgen gegeben hat. Er hat mir ganze Heerscharen von Besuchern geschickt.«

Ob sie wohl gespürt hatte, wie er steif geworden war? Dem Himmel sei Dank für den Mechanikerkittel und die vielen Schichten aus Schürze, Kleid, Petticoat und …

Delmonico unterdrückte ein Schmunzeln. »Vielleicht hat er geglaubt, dass Sie sich hier einsam fühlen.«

»Zweifellos.«

Oh Gott, ob sie wohl dasselbe Korsett getragen hatte wie im März, als er einen Blick auf die zarte weiße Spitze auf ihrer erhitzten Haut erhascht hatte …?

»Aber ich sehe schon, in Gedanken sind Sie ganz woanders«, sagte Delmonico und setzte seinen Hut auf. »Sicher bei den technischen Neuerungen Ihrer elektrischen Batterie. Ich wünsche Ihnen viel Glück und Erfolg damit.«

Finn lächelte. »Aber natürlich nicht zu viel.«

»Haha, das versteht sich von selbst.«

Finn. Mein lieber, großartiger Finn.

Hatte sie das wirklich ernst gemeint?

Er führte Delmonico zur Tür, schüttelte ihm die Hand und verabschiedete ihn mit den üblichen Worten. Als der Italiener sich weit genug entfernt hatte und seine elegant gekleidete Gestalt sich auf die höher gelegene Weinterrasse zubewegte, klappte Finn die Tür zu und schloss wieder ab.

Dann lehnte er sich an den Türpfosten, lauschte dem erwartungsvollen Rascheln der Blätter draußen und ließ sich von der tiefen Ruhe des italienischen Nachmittags anstecken.

Endlich allein und doch nicht mehr allein. Als er den Blick durch den Raum schweifen ließ, war Alexandra nicht mehr wegzudenken. Er sah sie überall: unter dem Automobil, im Schrank, am Arbeitstisch oder mitten im Raum stehend und ihn ansehend, als besäße er den Schlüssel zur ganzen Welt.

In seinen Armen, wie sie ihn küsste wie eine französische Tänzerin.

Eine wie sie hatte er noch nie getroffen. Seine Bekanntschaften mit Frauen hatten sich stets in Grenzen gehalten. Als einsames Kind mit einer starken Abneigung gegen Klischees war er der rituellen Entjungferung durch das Milchmädchen in der Jugendzeit entgangen und bis Mitte seines ersten Jahres in Cambridge keusch geblieben. Dann hatte er so etwas wie eine leidenschaftliche Intellektuelle kennengelernt, die auf das erste Mädchen-College in Großbritannien ging, Zigaretten rauchte und auf die gängige Sexualmoral pfiff und ihm für sehr kurze Zeit wie der Inbegriff der begehrenswerten Frau erschienen war. Ein oder zwei Monate in ihrer Gesellschaft hatten ihn für alle Zeiten sowohl von Zigaretten wie auch von leidenschaftlichen Intellektuellen kuriert.

Es hatte auch noch ein paar andere Frauen gegeben: die willige Witwe, deren verstorbener Mann Professor an der Universität gewesen war, sowie die nymphomanische Wirtin seiner Stammkneipe in Cambridge, die ihn für alle Zeiten von Nymphomaninnen kuriert hatte, doch glücklicherweise nicht von Kneipen. Und nach dem Studium hatte er hin und wieder eine diskrete Liaison gehabt, in England und auch im Ausland. Doch bei keiner dieser Affären, außer vielleicht in gewissem Maße bei der ersten, war sein Herz besonders beteiligt gewesen.

Aber obwohl er kein Mönch war, war er beileibe kein Schürzenjäger. Bis vor kurzem hatte er es immer geschafft, seine sexuellen Triebe eisern im Zaum zu halten. Selbst im reizbaren Alter von fünfzehn Jahren, als er unerwartet mit den enormen nackten Brüsten des Milchmädchens konfrontiert worden war, war es ihm (mit heroischer Anstrengung) gelungen, sich auf dem Absatz umzudrehen und seine lüsternen Gedanken zu unterdrücken. Nie war er von jäher Leidenschaft überwältigt worden und am nächsten Tag mit Selbstvorwürfen aufgewacht. Wenn er auf sein Leben zurückblickte, konnte er sehr zufrieden sein.

Doch das war jetzt alles zum Teufel.

Sein Blick wanderte durch den Raum zu dem langen Tisch an der Wand und blieb an dem dicken vornehmen Briefumschlag hängen, der ganz hinten an einem Stapel Fachbücher lehnte. Den Inhalt hatte er schon am Abend zuvor gelesen, kurz bevor er zum Essen ins Schloss gegangen war, als es bereits dämmerte und die Lampe einen goldenen Lichtkegel auf die raue Oberfläche seines Arbeitstisches geworfen hatte, auf dem um die Batterie in der Mitte Drähte und Werkzeuge verstreut lagen.

Neuigkeiten von seiner Mutter klangen immer so ähnlich wie Nachrichten von der Front: Es ging um brillante Siege und unerwartete Rückschläge; unzählige Pläne und Strategien; sich widersprechende Berichte von kleineren Scharmützeln; und natürlich die endlosen logistischen Probleme beim Nachschub, damit das ganze Unternehmen nicht ins Stocken geriet. Selbst jetzt, nachdem er ihr ein Vermögen verschafft hatte, war seine Mutter im Wesentlichen so geblieben, wie sie immer gewesen war: eine sehr schöne und charmante Frau mit der angeborenen Fähigkeit, Männer verrückt zu machen.

Mein lieber Phineas, begann der Brief, *ich bete, dass es Dir gut geht, da der Colonel mir gestern Abend äußerst schockierende Dinge über den italienischen Winter erzählt hat, zum Beispiel über die alljährliche Schneeschmelze in den Bergen …*

Gestern Abend. Seine Mutter übermittelte ihre kleinen Geheimnisse gern in Zwischen- und Nebensätzen, denn auf diese Weise brachte sie ihren Sohn nicht mit etwas so Vulgärem wie einem offenen Eingeständnis in Verlegenheit. Anscheinend war augenblicklich also der Colonel ihr Favorit, was nicht weiter verwunderlich war angesichts der eleganten Diamantohrringe, die der Mann seiner Mutter zu Weihnachten geschenkt hatte.

Finn las weiter, wobei er das meiste nur überflog, denn er

wollte nicht jedes Wort auf die Goldwaage legen. Als Junge hatte er so wenig wie möglich auf die Herren geachtet, die einer nach dem anderen und jeder auf seine Weise die Gunst seiner Mutter erlangt, eine Weile behalten, aber unausweichlich wieder verloren hatten, und wahrscheinlich nicht nur in ihren Salon vorgelassen worden waren. Erst viel später hatte er verstanden – peinlich viel später sogar, denn wer wollte schon solche Dinge über die eigene Mutter denken? –, dass dieser Salon und alles, was darin war, die Mägde und Diener, Nahrung, Kleidung und die Schulgebühren von dieser Herrenriege bezahlt worden waren.

Vielleicht hätte er sogar in diesem Zustand vorsätzlicher Unwissenheit verharrt, wenn die ungeschminkte Wahrheit ihm nicht, wie zu erwarten gewesen war, von einem anderen Jungen in Eton unter die Nase gerieben worden wäre.

Und zwar von einem Jungen, der einmal der Herzog von Wallingford werden würde.

Natürlich hatte er sich mit dem Jungen geprügelt und ihm ein blaues Auge verpasst, dann hatten sie Freundschaft geschlossen. Danach hatte Wallingford die peinlichen Details aus Finns Leben niemals wieder erwähnt. Nach den Gesetzen der Schuljungen waren die zwei quitt gewesen.

… Du weißt, dass ich Dich über alles liebe, mein Junge, und dass ich unglaublich stolz auf Dich bin. Pass nur gut auf Dich auf, mein Schatz, und kehre heil und siegreich zu Deiner Dich liebenden Mutter zurück …

Kehre zurück. Wie lange war es her, dass er seine Mutter gesehen hatte? Im vergangenen Jahr hatte er den alljährlichen Weihnachtsbesuch verpasst, denn sein Zug war zum Glück in den Alpen eine Woche eingeschneit gewesen, und er hatte sich so geschämt über die Erleichterung, die er beim Anblick der riesigen Schneewehen auf den Schienen empfunden hatte, dass er ihr besonders liebe Weihnachtsgrüße geschickt hatte: IN SPITTAL SEIT DEM 20. EINGESCHNEIT STOP WEITERER STURM HEUTE NACHT ERWARTET STOP WEIHNACHTSBESUCH UNMÖGLICH STOP HOFFE ICH WERDE NICHT VERMISST STOP DU HAST SO VIELE BEWUNDERER STOP ALLES LIEBE UND FROHE WEIHNACHTEN

Dann hatte er dafür gesorgt, dass ein nerzverbrämter Morgenmantel hübsch verpackt in ihrem Haus in Richmond abgeliefert wurde (seine erste und eher praktische Idee – ein patentiertes Trockenerde-Klosett zur Beseitigung körperlicher Ausscheidungen, das wesentlich hygienischer war als das moderne Wasserklosett – hatte er nach reiflicher Überlegung verworfen), und damit hatte er voll ins Schwarze getroffen. Geschenke, die einen Hauch Luxus verströmten, waren Marianne Burke immer willkommen.

Einige Wochen später hatte er sich bei Fortnum's in London mit seiner Mutter zum Tee getroffen, und es war genauso gewesen wie immer. Marianne trug ein elegantes Nachmittagskleid aus rosafarbener Seide mit einer schlichten Tournüre, ihr ungepudertes Dekolleté zierte eine ebenso schlichte Kette, und ihr Haar war im Nacken zu einem feuerroten Knoten verschlungen. In der einen behandschuhten Hand die Teetasse, in der anderen ein Gurkensandwich, den kleinen Finger jeweils vornehm abgespreizt, redete sie ausgiebig über sich selbst, ihre Bewunderer und die Geschenke, die sie ihr gemacht hatten, während Finn im passenden Moment zustimmende oder betroffene Laute von sich gab. Eine letzte Frage zu seinen Plänen, als er ihr in den Fuchskragenmantel half, die er möglichst vage beantwortete, dann hatte er sie auf ihre glatten Wangen geküsst und sich erleichtert und zufrieden, seine Pflicht getan zu haben, wieder von ihr getrennt.

Was Lady Morley wohl von Marianne Burke halten würde?

Finn stieß sich vom Türpfosten ab, als ob der illoyale Gedanke und die vermutliche Antwort ihn aufgeschreckt hätten. Wen scherte das schon? Wen scherte es, was Lady Morley von diesem oder jenem dachte? Nach den dramatischen Auftritten der Penhallows hatte sie einfach den Impuls gehabt, ihn zu küssen, aus Erleichterung und Dankbarkeit und vermutlich auch, weil sie ein klein wenig einsam war. Aber das würde ihr wohl nie wieder passieren. Es war unwahrscheinlich, dass sie noch einmal so unüberlegt handelte, vielleicht kam sie nicht einmal mehr in das Kutscherhaus.

Wenn die Sonne hinter der Hügelkette im Westen unterging, würde er zum Abendessen ins Schloss zurückgehen. Und Lady Morley würde steif auf ihrem Stuhl sitzen und seinen Blick ebenso ausdauernd meiden wie er den ihren. Sie würden Lammbraten, weiße Bohnen und gedünstete Artischocken essen, die von zwei ernsten jungen Mädchen serviert wurden, und Lady Morleys Schwester würde sich über Schafe und Philosophen auslassen, während Wallingford wieder einmal darüber wetterte, wie unpassend er es finde, dass Frauen klassische Sprachen studieren – und das war's dann.

Finn fuhr sich mit beiden Händen durchs Haar, bis es so stachlig vom Kopf abstand wie das gesträubte Fell eines Tieres. Dann ging er mit wiedererwachter Entschlossenheit zu seinem Arbeitstisch, setzte sich auf den Stuhl, dessen harte Sitzkante sich gnadenlos in seine Oberschenkel bohrte, und baute die Batterie nach dem neuen Plan zusammen.

Doch als er zur üblichen Stunde im Speisezimmer erschien, sauber geschrubbt und ausnahmsweise auch noch gekämmt *und* mit einem frischem Hemd, war außer ihm niemand da.

»Hallo!«, rief er und rückte den Kragen zurecht.

Keine Antwort.

Beunruhigt zog sein Magen sich zusammen, was nicht wundernahm, da besagter Magen völlig leer war, denn seit dem Frühstück hatte Finn außer Tee und Honig nichts zu sich genommen. Die Aussicht, nun auch kein Abendessen zu bekommen, verdrängte alle anderen Sorgen, von den Problemen beim Zusammenbau seines Automobils bis hin zu der Befürchtung, dass er Lady Morley nicht um das Salz, sondern um Sex bitten könnte.

Unverzüglich machte er sich auf den Weg in die Küche.

Nach einem Umweg über einen dunklen Flur, in dem es verdächtig nach Käse roch, entdeckte er hinter einer offenen Tür eine Feuerstelle und ging darauf zu, jedoch nicht ohne sich dabei die Stirn am Türbalken zu stoßen.

»Verdammt«, grunzte er und rieb sich den Schädel.

»Signore!« Eine Frau, die das Feuer geschürt hatte, richtete sich auf und wischte die Hände an der Schürze ab.

»Nein, nein. Machen Sie nur weiter.« Finn schaute auf seine Finger. Wenigstens blutete er nicht. Das Letzte, was er brauchen konnte, war eine weitere Narbe auf der Stirn, weil er sich wieder einmal den Kopf angeschlagen hatte.

Ohne mit dem Abwischen aufzuhören, sah die junge Frau ihn fragend an. »*Che cosa, signore?*«

Finn wechselte ins Italienische. »Entschuldigen Sie, Signorina. Das Speisezimmer ist leer. Bin ich zu spät zum Abendessen?«

Überrascht fasste das Mädchen sich mit den hübschen jungen Händen an die Wangen. »Oh, Signore! Heute wir haben gegessen am Mittag, mit dem Pfarrer, wegen dem Ostersegen. Ist alles vorbei. Sie nicht zum Essen gekommen?«

»Nein.« Vor lauter Enttäuschung wurde Finn etwas flau.

Vielleicht hatte er sich aber auch gerade eine kleine Gehirnerschütterung zugezogen. »Ich fürchte, keiner hat mir etwas davon gesagt. Ist noch etwas übrig?«

»Ja, natürlich, Signore. Wir noch haben Lamm und Brot und andere Reste …« Das Mädchen drehte sich zum Vorratsschrank um, öffnete die Tür und begann, einige Behältnisse von den Regalen zu nehmen. »Sie sehr hungrig, oder?«

»Ja, sehr hungrig.« Finn ließ sich auf einen leeren Stuhl am großen Holztisch mitten im Raum fallen.

»Oh, Vorsicht!«, rief die junge Frau, dann bremste sie sich.

»Wieso?«

»Der Stuhl, Signore.« Sie stellte eine Platte vor Finn auf den Tisch. »Er hat ein … schwaches Bein.«

Finn überprüfte das, indem er vor und zurück schaukelte. »Kommt mir stabil vor«, konstatierte er, »wenn auch etwas klein.«

»Der Stuhl nicht klein.« Die junge Frau zeigte ihre Grübchen. »Sie so groß, Signor …?« Das letzte Wort ließ sie fragend in der Luft hängen.

»Burke«, sagte Finn.

»Signor Burke.« Die junge Frau nahm ein Messer und begann, einen halben Laib knuspriges Brot in Scheiben zu schneiden. Finns Augen folgten der Bewegung des Messers und sahen zu, wie winzige Stücke der Kruste von der Schneide wegsprangen und wie die weißen Brotscheiben weich wie Kissen auf die Tischplatte fielen. Dann stieg ihm der köstliche Duft von Hefe in die Nase, und er schluckte unwillkürlich.

In dem Moment hielt das Messer inne.

Erschrocken und irritiert sah er die junge Frau an. Sie hatte den Kopf leicht zur Seite geneigt und die Stirn in Falten gelegt, als ob sie sich auf etwas Wichtiges konzentrierte. »Signor Burke«, wiederholte sie.

»Signorina?« Finn langte über den Tisch und stibitzte eine Scheibe Brot.

»Oh, aber …«, fing sie an, dann seufzte sie. »Signor Burke, ich denke, ich habe eine Nachricht für Sie, von Signora Morley.«

Finns Hand, die gerade ein großes, hastig abgerissenes Stück Brot zum Mund führte, erstarrte mitten in der Bewegung. »Von Lady Morley?«, fragte er.

»Ja, Signor Burke. Sie bittet Sie … zu kommen … heute Abend um zehn …« Missbilligend verzog das Mädchen den Mund.

»Reden Sie weiter«, murmelte Finn.

»Heute um zehn in die Pfirsichgarten.« Das Mädchen warf die Hände in die Luft und drehte sich wieder zum Vorratsschrank um. »Das ist alles, verstanden? *Basta!*«

»Schon gut«, sagte Finn immer noch leise. »Das reicht. *Grazie.*« Er steckte das Brot in den Mund, kaute mechanisch und sah zu, wie das Mädchen die Reste einer Lammkeule hervorholte und vorwurfsvoll auf den Tisch knallte. »Wahrscheinlich hat es etwas mit dem Automobil zu tun«, sagte er. »Lady Morley ist meine Assistentin.«

Die junge Frau sah ihn nur von unten her durch ihre Wimpern an.

Finn räusperte sich und bemühte seine mageren Italienischkenntnisse. »Morgen haben wir eine schwere Aufgabe, wir müssen den Motor zusammenbauen, mit der neuen Batterie. Ich denke, Lady Morley hat noch ein paar Fragen. Ah, ist das das Lamm? Es sieht großartig aus.«

»Iste großartig. Zart und jung und so unschuldig wie die Mutter Gottes.« Das Mädchen drehte sich um und marschierte zur Feuerstelle, wo zwei große Kessel eine mächtige Wolke aus Dampf produzierten. Mit einer Hand nahm sie die Kessel einen nach dem anderen vom Feuer und hängte sie an eine hölzerne Trage, die sie auf die Schultern nahm, als wäre es gar nichts.

Erstaunt erhob Finn sich halbwegs vom Stuhl. »Kann ich Ihnen helfen, Signorina?«

Der Blick, den die junge Frau ihm zuwarf, war voller Verachtung. »Iste Myladys Bad«, sagte sie. Eine weitere Erklärung schien sie nicht für nötig zu halten, denn danach ging sie wortlos aus dem Raum und ließ Finn mit seinem Brot, dem unschuldigen Lamm und seiner nächtlichen Verabredung allein.

ZWÖLF

Näher kommende Schritte schreckten Finn aus einem quälenden Tagtraum, der sich um Lady Morleys spitzengesäumtes Korsett gedreht hatte.

Dabei hatte er versucht, sich auf sein Automobil zu konzentrieren, solange er an den schlanken Stamm eines blütenübersäten Pfirsichbaums gelehnt auf dem feuchten Gras saß und wartete. Schließlich lag am nächsten Morgen eine schwierige Aufgabe vor ihm; er musste die verbesserte Batterie an den Motor anschließen und den Motor wieder in die Karosserie einbauen. Wenn alles gut ging, konnte er vielleicht sogar noch vor Sonnenuntergang eine Probefahrt machen. Das war doch etwas, auf das man sich freuen konnte. Wirklich aufregend. Ein großer Fortschritt.

Aber sein Verstand war nicht bei der Sache. Seine Gedanken kehrten immer wieder zu Alexandra zurück, ihrem Mund, ihrem Haar, ihrem Busen, ihrer zarten Haut und ihrer Unterwäsche, die er Stück für Stück langsam entfernen würde, um zuerst den Ansatz ihres Dekolletés, dann die Rundungen ihrer Brüste und schließlich …

Heruntergefallene Zweige knackten unter den Schritten, und Finn sprang auf, um durch die Bäume und die Dunkelheit nach einem hellen Kleid Ausschau zu halten.

Ziemlich schwere Schritte für eine Frau, dachte er, während er eine Hand auf die raue Borke des Stammes legte.

Dann versteckte er sich hastig wieder dahinter.

»Dich, dich, dich«, sagte eine Männerstimme. »Mich? Sich? Oh Gott, nein. Wich? Verdammt. So geht es nicht.«

Finn presste die Stirn so fest an den Baumstamm, dass die Furchen der Borke sich schmerzhaft in seine Haut drückten.

Lord Rolands Stimme wurde immer lauter. »… *Gedanken kreisen nur um dich* … nein, *Gedanken kreisen nur um sie. Gedanken kreisen nur um sie*, das ist es. *Gedanken kreisen nur um sie, vergessen soll die Liebe nie?* Oder *bedauern? Bedauern soll die Liebe nie?* Oh ja. Sehr gut.«

Sehr gut? War der Mann verrückt geworden?

Vorsichtig lugte Finn hinter dem Baum hervor. Obwohl der Mond beinahe voll war, wurde sein Licht von der Blätter- und Blütenpracht verschluckt, sodass die dunkel gekleidete Gestalt Lord Roland Penhallows, der sich soeben knapp zehn Meter entfernt mit einem Blatt Papier in der Hand an einen Baumstamm lehnte und verträumt in das Blütenmeer emporsah, kaum zu erkennen war.

»Gedanken kreisen nur um sie, bedauern soll die Liebe nie«, murmelte Seine Lordschaft vor sich hin.

Als Jugendlicher hatte Finn nicht viel für Poesie übriggehabt. Und als Erwachsener eigentlich noch weniger. Aber er konnte sich noch erinnern, in den mitternächtlichen nicht mehr ganz nüchternen Gesprächen seiner Studentenzeit irgendwann einmal gehört zu haben, dass der junge Penhallow als ein guter Dichter galt. Sehr vielversprechend, meinte man damals. Vielleicht ein neuer Byron oder einer wie dieser Irre mit der Schwester.

Aber das hier war nichts Byronisches, sondern einer der schlechtesten Reime, die Phineas Burke je zu Ohren gekommen waren.

Ob Lady Morley Penhallow hören konnte? Und rechtzeitig gewarnt sein würde? Finn zog seine Uhr aus der Tasche und drehte sie hierhin und dorthin, um das wenige Licht einzufangen und das Zifferblatt lesen zu können. Es schien fünf nach zehn zu sein. Wo blieb Alexandra nur? Vielleicht konnte er sich davonstehlen und sie abfangen, ohne dass Penhallow ihn bemerkte. Obwohl das ein riskantes Manöver war.

Lord Roland schaute wieder auf sein Blatt hinunter und straffte die Schultern. »Großartig. Also noch mal von vorn.«

Finn legte die Stirn wieder an den Stamm und begann, sie im Rhythmus des Versmaßes sanft dagegenzuschlagen. War es vielleicht ein Sonett? Das hatte nur vierzehn Zeilen. Fünf kleine Hebungen pro Vers, also fünf Stirnschläge an den Baum. Oh nein. Moment mal. Irgendwas stimmte nicht. Penhallow hatte nur vier Jamben im Vers, das hieß …

Wieder knackten ein paar Zweige.

Erschrocken spähte Finn in die Nacht. Genau wie Lord Roland, der hastig seinen Gedichtentwurf in die Tasche stopfte und sich hinter dem nächsten Baum verkroch.

Langsam, aber zielstrebig kamen die Schritte, unter denen die Zweige zerbrachen, näher. Eine Nachtschwalbe stieß einen leisen Warnruf aus, der trillernd im Dunkeln verhallte.

Verdammt und zugenäht, dachte Finn. Was sollte er tun? Vortreten und sich vor Lord Rolands Augen mit ihr treffen? Oder in seinem Versteck bleiben und Alexandra glauben lassen, dass er ein falsches Spiel mit ihr trieb?

Die Schritte kamen zum Stillstand. Auch diesmal waren sie recht schwer gewesen, wurde Finn mit einem Mal klar. Was nur bedeuten konnte …

»Ich weiß, dass du da bist«, dröhnte der beeindruckende Bass des Herzogs von Wallingford durch den Obstgarten, sodass es nicht verwunderlich gewesen wäre, wenn die zarten jungen Blüten vor Angst gezittert hätten. »Also kannst du genauso gut rauskommen.«

Vergiss es, dachte Finn grimmig. Auf keinen Fall würde er Wallingfords Verdacht bestätigen, solange es sich noch vermeiden ließ, nicht bevor es wirklich zu spät war und Lady Morley tatsächlich erschien, sodass sie alles zugeben mussten. Mit jeder Faser konzentrierte er sich darauf, ruhig zu bleiben, durch keine noch so winzige Regung die Aufmerksamkeit des Herzogs auf sich zu ziehen.

»Ich habe deine Nachricht bekommen«, fuhr Wallingford etwas freundlicher fort. »Du brauchst dich nicht zu verstecken. Oder dir weitere Tricks auszudenken.«

Finns Gedanken rasten. Nachricht? Was für eine Nachricht? Hatte Alexandra etwa auch Wallingford eine Nachricht zukommen lassen?

Oder handelte es sich um eine Nachricht von Penhallow? War es Penhallow wirklich gelungen, Lady Somertons unerschütterliche Tugend zu überwinden und sie zu einem Rendezvous im Obstgarten zu überreden?

Finn wagte es nicht, zu Lord Roland hinüberzusehen, der sich hinter seinem eigenen Baum versteckte. Er konnte nur wie angewurzelt dastehen und beten, dass es Lady Morley nicht möglich gewesen war zu kommen, weil ihre Schwester ihr unbedingt noch erzählen musste, was heute Abend beim Ziegenmelken passiert war.

»Nun komm schon«, sagte der Herzog noch etwas freundlicher, beinahe lockend. »Du hast mich gebeten, mich heute Abend mit dir zu treffen. Also hab keine Angst, mein tapferes Mädchen.«

Tapferes Mädchen?

Finn stockte der Atem.

Vielleicht hatte das Hausmädchen einen Fehler gemacht. Vielleicht hatte Lady Morley gar nicht vorgehabt, sich im Obstgarten mit Phineas Burke zu treffen.

Vielleicht wollte sie lieber Herzogin werden.

Weiter hinten knackten schon wieder Zweige.

Entsetzt starrte Alexandra den Herzog von Wallingford an. Die Frage *»Was zum Teufel machen denn Sie hier?«* lag ihr zwar auf der Zunge, doch sie brachte sie nicht über die Lippen.

»Lady Morley.« Der Herzog musterte sie von oben bis unten. Dann schaute er ihr ins Gesicht und ließ den Blick kurz auf dem Kopftuch verweilen, das immer noch sittsam ihr Haar verhüllte. »Was für eine reizende Überraschung.«

Alexandra hatte sich bereits wieder gefangen. Schließlich verlor sie nie die Contenance. Ein paar Schrecksekunden war alles, was sie sich erlaubte, ehe sie sich wieder zur Ordnung rief. Eine Möglichkeit nach der anderen schoss ihr durch den Kopf, und am Ende – also einen Wimpernschlag später – kam sie zu dem Schluss, dass Angriff die beste Verteidigung war. »Euer Gnaden«, flötete sie, »wie schön, Sie zu sehen. Wollen Sie Ihre Studien neuerdings im Schein des Mondes betreiben? Oder haben Sie womöglich ein Stelldichein mit einem Mädchen aus dem Dorf?«

Wallingfords Gesicht lag tief im Schatten, die Augen waren nichts als dunkle Höhlen über der Nase und dem Mund, die ebenfalls kaum zu erkennen waren. »Das Gleiche könnte ich Sie fragen, meine Liebe«, erwiderte er katzenfreundlich.

»Ich verkehre gemeinhin nicht mit Mädchen aus dem Dorf.«

»Oh, wie bedauerlich.« Der Herzog stieß einen mitleidigen Seufzer aus. »Dann ist es also die Liebe zur Natur, die Sie in diesen Garten führt?«

Alexandra atmete tief ein und füllte ihre Lunge mit dem berauschenden Duft der Pfirsichblüten. »Ich gehe jeden Abend hier spazieren«, sagte sie dann. »Die kühle Luft ist herrlich erfrischend vor dem Zubettgehen. Darf ich davon ausgehen, dass Sie dieselbe Gewohnheit annehmen wollen? Sie werden feststellen, dass man danach wunderbar einschlafen kann.«

»Wie kommt es nur, dass ich Schwierigkeiten habe, diese hübsche Geschichte zu glauben?«

»Wahrscheinlich weil Sie ein so hinterhältiger Mensch sind«, erwiderte Alexandra und reckte das Kinn. »Sie sind so verschlagen, dass Sie sich gar nicht vorstellen können, dass andere nicht so durchtrieben sind wie Sie. Sie denken sicher, ich wollte mich hier mit Mr. Burke treffen, nicht?«

»Wenn Sie mich so fragen, ja. Das tue ich.«

»Erst verraten *Sie mir*, wen Sie hier treffen wollten.«

Wallingford hob eine Hand und betrachtete angelegentlich seine Fingernägel. »Vielleicht bin ich nur gekommen, um Sie zu ertappen.«

Alexandra zwang sich zu lachen. »Das kaufe ich Ihnen nicht ab. Selbst wenn ich mich hier mit Mr. Burke hätte treffen wollen, wäre ich nicht so dumm gewesen, es irgendjemandem zu verraten. Nein, es ist genau andersherum. Ich habe *Sie* ertappt. Die Frage ist nur: mit wem?«

»Die Frage stellt sich nicht, da ich keine Verabredung habe.«

»Mein Guter«, sagte Alexandra und lächelte in der Dunkelheit, »ich würde niemals so taktlos sein, die Ehrlichkeit meines Gegenübers anzuzweifeln …«

»Das will ich doch hoffen«, erwiderte der Herzog trocken.

»Wenngleich man es bei Herzensangelegenheiten natürlich nicht so genau nehmen sollte. Schließlich wäre es wesentlich schäbiger, seine Liebste zu blamieren als eine Notlüge zu erzählen. Nicht wahr?«

»Wir scheinen ein wenig vom Thema abgekommen zu sein, Teuerste«, konstatierte der Herzog ungerührt. »Sind Sie nun heute Abend hier mit Mr. Burke verabredet?«

»Ich bin in keinster Weise verpflichtet, Ihnen darauf zu antworten. Warum fragen Sie ihn nicht selbst?«

»Weil er momentan nicht da ist.«

»Wie bitte?« Verwirrt sah Alexandra sich um. »Aber ich dachte, Sie hätten gesagt, dass ich mich hier mit ihm treffe! Du meine Güte. Was für ein schreckliches Durcheinander. Vielleicht habe ich mich mit der Zeit vertan. Oder es war der siebte Baum in der zwölften Reihe statt der zwölfte Baum in der siebten Reihe. Ich habe seine Nachricht nämlich sofort im Kaminfeuer verbrannt.«

Wallingford kreuzte die Arme und betrachtete sie gelassen. »Ein sehr schöner Auftritt, Madame. Ich werde Sie weiterempfehlen. Und ich muss zugeben, dass mein Freund Burke außergewöhnliches Glück hat.«

»Mr. Burke ist zwanzig Mal so viel wert wie Sie, Euer Gnaden.« Auch Alexandra verschränkte die Arme.

»Hört, hört«, sagte der Herzog leise und trommelte mit den Fingern auf seine dunkle Wolljacke. »Und was nun, Lady Morley? Sieht nach einer Hängepartie aus. Sollen wir zusammen darauf warten, dass er auftaucht?«

»Tun Sie, was Sie wollen, Wallingford. Ich für meinen Teil werde meinen Spaziergang fortsetzen«, erwiderte Alexandra und ging knapp am Herzog vorbei geradeaus weiter.

Schnell hielt der Herzog sie am Arm fest. Aus der Nähe war sein vertrautes, herb attraktives Gesicht wesentlich besser zu sehen. »Was für eine Schande«, bemerkte er immer noch sehr leise, »einen so schönen Abend zu vergeuden.«

Alexandra schüttelte seine Hand ab. »Ich habe nicht die Absicht, Durchlaucht. Guten Abend.« Sie ging ein paar Schritte weiter, blieb dann aber noch einmal stehen und drehte sich wieder um. »Sagen Sie mal, Wallingford, warum mischen Sie sich eigentlich andauernd überall ein? Können Sie die Menschen nicht nach ihrer Façon glücklich werden lassen? Können Sie sich nicht einfach um Ihre eigenen Angelegenheiten kümmern?«

Der Herzog sah sie einen langen Augenblick an. »Nein, anscheinend kann ich das nicht.«

Etwa eine Stunde später huschte Alexandra über die kühlen Fliesen des hinteren Flures zur kleinen Treppe am Ende des Bibliotheksflügels.

Im Schloss herrschte tiefe Ruhe. Sie hatte gewartet, bis auch das letzte Geräusch erstorben war, bis die Tür zum Garten endlich aufgehört hatte, auf und zu zu gehen, und der gedämpfte Lärm, den die verschiedenen Absätze auf den Steinfliesen machten, nicht mehr in den Fluren widerhallte. Und dann hatte sie noch eine halbe Stunde gewartet, nur um sicherzugehen.

Selbst in ihrer Wut hatte sie Geduld gezeigt.

Natürlich konnte es auch auf ein Missverständnis zurückzuführen sein, dass statt Mr. Burke der Herzog im Obstgarten aufgetaucht war. Vielleicht hatte die Haushälterin etwas verwechselt. Oder Wallingford war zufällig vorbeigekommen. Schließlich war der Pfirsichgarten ein ziemlich naheliegender Treffpunkt; wahrscheinlich konnte sie froh sein, dass sie bei ihrem Spaziergang dort nicht über eine ganze Reihe von Liebespaaren gestolpert war.

Andererseits konnte es aber auch sein, dass Mr. Burke ihr eine deutliche Botschaft gesandt hatte.

Egal, was wirklich passiert war, sie würde jedenfalls heute Abend nicht eher ruhen, bis sie es herausgefunden hatte. Natürlich nur aus rein praktischen Erwägungen. Diesem Erfinder musste begreiflich gemacht werden, dass er die Marquise von Morley nicht so nonchalant behandeln konnte und dass es als unanständig galt, die Verabredung mit einer Dame nicht einzuhalten. Aber, was noch wichtiger war, es musste eine rationale Erklärung dafür gefunden werden, warum sie sich am Morgen geküsst hatten, und dann mussten sie strenge Regeln aufstellen, damit das nie wieder vorkam.

Nein, ihr Drang, ihn zu sehen, hatte bestimmt nichts damit zu tun, dass sie schon bei seinem Anblick von einem heißen Glücksgefühl durchströmt wurde. Das war völlig undenkbar, und am besten beachtete sie es gar nicht.

Genauso wenig wie den Nervenkitzel, der ihre Haut so schön prickeln ließ, als sie die Treppe hochschlich. Es war doch ganz natürlich, dass heimliche Aktivitäten den Körper in einen Zustand erhöhter Erregung versetzten und die Sinne schärfer werden ließen, damit man nicht entdeckt wurde. Das war bestimmt keine Vorfreude darauf, Mr. Burke in seinem Schlafzimmer wiederzusehen, vielleicht nur halb angezogen, vielleicht sogar im Bett, mit hübsch verwuschelten Haaren, halb geschlossenen Lidern und …

Du bist verärgert, ermahnte sie sich selbst. Und willst deinem Unmut Luft machen. *Er hat dich sitzenlassen.*

Oben angekommen, spähte Alexandra um die Ecke herum in den dunklen Flur, der nur vom Licht des Vollmondes beleuchtet wurde. Er war menschenleer, alle Türen geschlossen, und Schatten hatten es sich in den Ecken bequem gemacht, die noch am Morgen von Don Pietro und seinem hübschen jungen Ministranten mit Weihwasser gesegnet worden waren. Wahrscheinlich ziemlich sündhaft von ihr, den von allen Übeln befreiten Flur so rasch wieder zu entweihen, aber es musste sein.

Die Tür zu Mr. Burkes Zimmer befand sich fast direkt am oberen Ende der Treppe, nur ein paar Schritte davon entfernt. Schnell stand Alexandra davor und hob die Hand zu einem unwiderruflichen Klopfen. Einen Moment zögerte sie noch, denn plötzlich kam ihr ein schrecklicher Gedanke: Was, wenn sie sich getäuscht hatte? Was, wenn – Gott behüte! – das Weiße auf der Ablage gar kein Mechanikerkittel gewesen war? Sondern eins von Wallingfords Hemden?

Unsinn. Sie konnte doch wohl noch einen Kittel von einem Hemd unterscheiden. Außerdem waren Wallingfords Hemden stets bretthart gestärkt, während das Kleidungsstück auf der Ablage eine deutliche Delle gehabt hatte.

Vorsichtig klopfte Alexandra an die massive Holztür, die natürlich ziemlich schwer war. Eher unwahrscheinlich, dass Mr. Burke ein so schüchternes Klopfen hören konnte, insbesondere wenn er schon halb eingeschlafen war.

Alexandra klopfte etwas nachdrücklicher und legte ein Ohr an die Tür. Durch das dicke Holz hörte man nichts als das Schloss, dessen Gebälk in der Nacht ächzte und knirschte. Vertraute, häusliche Geräusche, ganz anders als die, die entstanden, wenn ein Mann mitten in der Nacht aufstand, weil es an der Tür geklopft hatte.

Also gut. Es half nichts. Alexandra griff nach dem alten Messinggriff und drückte.

Sofort sprang die unverschlossene Tür weit auf und zog Alexandra mit sich. Stolpernd betrat sie das Zimmer und wäre fast über den verschlissenen Flechtteppich auf dem Fliesenboden gefallen.

»Entschuldigen Sie«, flüsterte sie, während sie sich wieder fing und ihr Kleid glattstrich. »Ich bin's nur. Ich habe versucht, vorher zu klopfen, aber …«

Sie brach ab. Das Zimmer – tadellos aufgeräumt, ein einziger Koffer am Fußende des Bettes, dazu mehrere Bücher, die sich im krassen Gegensatz zum liebenswerten Durcheinander in der Werkstatt in perfekter Ordnung auf einem Regal reihten – war verlassen.

DREIZEHN

Kaum dass der Morgen dämmerte, erschien Lady Morley auf der Schwelle seiner Werkstatt, viel früher als Finn es erwartet hatte.

»Guten Morgen, mein Schatz«, begrüßte er sie. »Möchtest du auch einen Tee? Ich habe gerade das Wasser aufgesetzt.«

Alexandra blieb stocksteif stehen und schaute ihn nur stumm an.

»Hast du gut geschlafen?«, fuhr Finn fort. »Ich muss zugeben, ich bin ein Wrack. Habe die ganze Nacht hier verbracht, die neue Batterie angeschlossen und den Motor eingebaut.« Er fuhr sich mit der Hand durch das Haar und stellte fest, dass es wirr vom Kopf abstand. »Ich fürchte, ich bin ein alles andere als schöner Anblick. Setz dich doch; du siehst blass aus.«

Alexandra machte noch größere Augen und griff mit einer Hand nach dem hellgrünen Kaschmirschal, den sie um die Schultern gelegt hatte; die erste Regung, seit sie im Türrahmen stehen geblieben war. »Blass?«, wiederholte sie heiser. »Blass? *Mein Schatz?*«

»Ich habe gestern Nacht versucht, dich zu finden, nachdem dieser verfluchte Wallingford sich verzogen hatte, aber du warst wie vom Erdboden verschluckt, und ich war zu aufgedreht, um es mal so zu sagen, um mich schlafen zu legen.« Das war natürlich eine Untertreibung, aber wie sollte er ihr die Euphorie beschreiben, die ihn erfüllt hatte, als er hörte, was sie zu Wallingford gesagt hatte? Wie die einfachen Worte – *Mr. Burke ist zwanzig Mal so viel wert wie Sie, Euer Gnaden* – einen Schleier gelüftet und ihm die reine, schöne Wahrheit enthüllt hatten, nämlich dass sie ihn wahrhaftig mochte. Und das hatte ihn mit Selbstvertrauen, Entschlossenheit und Tatkraft erfüllt.

Ruhig in sein Zimmer zurückgehen und sich schlafen legen wäre genauso unmöglich gewesen, wie sich selbst ein Ohr abzukauen.

Wenngleich Alexandra ihn momentan ansah, als hätte er genau das getan. Finn ging auf sie zu, nahm ihre Hand und führte sie zu einem Stuhl. »Setz dich doch, mein Schatz. Du machst mir Angst.«

»Angst? Ich mache dir *Angst*?« Ihre Stimme wurde so hoch, dass sie eine beeindruckende Oktave über ihrer üblichen Tonlage lag. »Ich bin gestern Nacht in dein Zimmer gegangen, weißt du das? Aber du warst nicht da. *Mein Schatz.* Ich habe dir sagen lassen, dass du mich im Obstgarten treffen sollst, damit wir über diesen … *Wahnsinn* reden können … und stattdessen kommt … *Wallingford*!« Alexandra legte ihre ganze Verachtung in den Namen, den sie geradezu ausspuckte.

»Ich war auch da, mein Schatz. Ich hab alles gehört.« Zärtlich betrachtete Finn ihr wunderschönes Gesicht mit den kaum sichtbaren Spuren von Müdigkeit um Augen und Mund. Sie roch nach Seife, Lilien und Morgenluft, und dieser Duft verbreitete sich im ganzen Raum. »Es hat mich meine gesamte Selbstbeherrschung gekostet, nicht hinter diesem Baum hervorzukommen und dazwischenzugehen, aber ich dachte …«

»Du *dachtest*?«

»Ich dachte, du würdest es vielleicht nicht wollen.« Finn strich ihr mit dem Daumen über die Wange. »Ich dachte, die Entscheidung darüber, ob Wallingford es erfährt, sollte dir überlassen bleiben.«

Aus Alexandras bereits ziemlich blassem Gesicht schien auch

der Rest Farbe zu weichen, doch ihre großen braunen Augen funkelten angriffslustig. »Was soll er denn erfahren?«, fragte sie leise.

»Das hier.« Finn beugte sich herab und drückte ihr einen zarten Kuss auf den Mund.

Er merkte, dass Alexandra überrascht war, aber er merkte auch, dass sie zögernd die Lippen öffnete und eine Hand auf seine Brust legte, die über die Schulter zu seinem Nacken glitt, wobei sie mit dem Daumen sein Ohrläppchen streifte.

»Das hier«, sagte Alexandra atemlos, während sie sich wieder von ihm trennte, »ist nicht richtig, Mr. Burke.«

»Finn.«

»Mr. Burke. Man wird uns auf die Schliche kommen, und dann ist alles vorbei …«

»Nein, ist es nicht. Von mir aus kann Wallingford, dieser Tyrann, mit seinen blöden Wetten zum Teufel gehen.« Finn nahm ihr Gesicht in beide Hände. »Ich werde mich nicht von hier vertreiben lassen und du genauso wenig.«

»Bitte. Ich kann das nicht riskieren. Und du eigentlich auch nicht. Denk an dein Automobil und das Rennen.« Alexandra versagte die Stimme. »Wir können nicht … wie soll das gehen, wenn wir … wenn wir …«

»Liebling. Alexandra.« Finn streichelte sie mit den Daumen und küsste sie wieder auf den Mund. »Ich habe letzte Nacht ein ganzes Automobil zusammengebaut. Hast du das bemerkt?« Noch ein Kuss. »Da steht es, bereit zur Erprobung.« Ein Kuss auf die Spitze ihres Kinns, einer auf die Wange. »Das hier hält mich in keinster Weise davon ab, effektiv zu arbeiten. Ganz im Gegenteil.« Finn hielt inne und lächelte, als er Alexandras verschleierten Blick sah. »Du *inspirierst* mich.«

»Das ist nicht fair. Ich bin gekommen, um dir zu sagen, was für ein Flegel du bist.«

»Ein schrecklicher Flegel«, stimmte er zu und küsste sie wieder. »Wenngleich zwanzig Mal besser als Wallingford.«

»Hundert Mal besser, aber darum geht es nicht.«

»Worum geht es denn?« Finn nahm ihr den Schal ab und küsste sie auf die zarte Haut am Schlüsselbein.

»Darum, dass es viel zu verlieren gibt, falls wir entdeckt werden …«

»Unsinn. Meinetwegen kann Wallingford zur Hölle fahren. Wenn es sein muss, befördere ich ihn selbst dorthin.«

»… und falls nicht, wenig zu gewinnen.« Alexandra verschränkte die Hände in seinem Nacken und flüsterte ihm eindringlich ins Ohr: »Ich wäre schrecklich für dich. Du bist so unglaublich nett, so ehrlich und direkt, und ich bin schwach und eitel und berechnend …«

»Bist du nicht«, murmelte Finn an ihrem Hals. »Du benimmst dich so, aber du bist es nicht. Wenn du wirklich berechnend wärst, hättest du Wallingford längst verführt.«

Alexandra lachte. »Du bist doch viel reicher als er.«

»Aber er hat eine hohe gesellschaftliche Stellung, Schlösser und einen Titel. Das würdest du haben wollen, wenn du wirklich ehrgeizig wärst und nicht nur so tätest. Außerdem besitzt du selbst ein Vermögen.«

Alexandra wollte etwas erwidern, doch Finn hob einen Finger und legte ihn sanft auf ihre Lippen, deshalb kniff sie die Augen fest zu, um ihn nicht ansehen zu müssen.

Leise redete Finn weiter. »Als ich dich gestern Abend kommen sah, habe ich zuerst gedacht, dass du dich mit *ihm* treffen wolltest, dass das Mädchen irgendetwas durcheinandergebracht hätte. Aber dann habe ich mitbekommen, was du zu ihm gesagt hast, gehört, wie du ihn *zurückgewiesen* hast – *ihn*, den Herzog von Wallingford …« Finn schluckte. »Und da habe ich begriffen, was für ein Idiot ich gewesen bin, dass ich alles falsch verstanden habe, dass ich mir erlaubt habe, genau das zu denken, was alle anderen denken, weil es das Einfachste und Bequemste war.«

»Die anderen haben recht«, erwiderte Alexandra, immer noch mit geschlossenen Augen. »Du hast unrecht, und sie haben recht. Du hast doch keine Ahnung …«

Von Zärtlichkeit überwältigt, beugte Finn sich vor und drückte ihr einen Kuss auf die Schläfe. »Normalerweise weiß ich mit Frauen nicht umzugehen. Bin immer der größte Tölpel im Raum. Und davon, wie man eine Frau umwirbt, verstehe ich schon gar nichts …«

»Oh Gott, Finn …« Alexandra drückte die Stirn in seine Halsgrube und schmiegte sich an ihn wie ein Vogel; er konnte den schnellen Schlag ihres Herzens an seinen Rippen spüren.

»Aber ich werde mein Bestes tun, Liebling. Du stolzes, störrisches Mädchen. Ich werde dich erobern, Stück für Stück. Dich mit Tee und öligen Kitteln, Maschinen und Ausflügen zu Autorennen in Rom verführen. Mit allem, was ich habe.« Dann beugte er sich herab und flüsterte ihr ins Ohr: »Weil du es mir wert bist.«

Das ließ sie ruhiger werden. Das Haar unter seinem Kinn fühlte sich so zart und weich an, dass er am liebsten alle Nadeln herausgerissen und sie wieder auf den Boden geworfen hätte, damit es ihr in glänzenden Strähnen um die Schultern fallen konnte. Stattdessen legte er die Arme um ihre Taille und hielt sie ganz fest, erfreute sich an ihrer Wärme und Nähe und an der Erkenntnis, wie gut sie zusammenpassten.

Endlich räusperte sie sich. »Allmählich erscheint mir all dieses Gerede über Phineas Burkes Genie schwer zu glauben«, sagte Alexandra mit erstaunlich klarer Stimme, wenn man bedachte, dass sie in seinen Hemdkragen sprach. Dann lehnte sie sich zurück und sah ihn an. »Denn ich bezweifle, dass ich je im Leben etwas Idiotischeres gehört habe.«

Finn warf den Kopf in den Nacken und lachte lauthals. »Du bist einfach großartig«, sagte er. Dann ließ er sie los, nahm ihre Hände und küsste sie eine nach der anderen. »Sagen Sie, Lady Morley, sind Sie eigentlich schon mal mit einem Automobil gefahren?«

»**Was** ist, wenn man uns sieht?«, zischte Alexandra, die sich an das kalte Metall der Lenkstange klammerte, als wäre es ein Rettungsring, und ohne zu blinzeln, den Rücken kerzengerade, nach vorn starrte.

»Niemand wird uns sehen. Es ist viel zu früh«, sagte Finn von hinten ruhig und gelassen, nur ein klein wenig atemlos von der Anstrengung, das Automobil durch das zarte, junge Gras auf den Feldweg zu schieben, der zum Dorf hinunterführte.

»Und wenn doch schon jemand auf ist?«

»Du hilfst mir nur bei einer Probefahrt. Es ist ja nicht so, als ob wir uns in den Armen lägen. Wärst du vielleicht so nett, den Fuß vom Bremspedal zu nehmen, meine Liebe?«

Alexandra schaute nach unten. »Ist das die Bremse? Entschuldige bitte.« Als sie den Fuß vom Pedal nahm, begann das Automobil ruckartig schneller zu fahren.

Die abrupte Bewegung ließ eine Frage hochkommen, die sie den ganzen Morgen unterdrückt hatte. Was zum Teufel machte sie da eigentlich?

Was dachte sie sich bloß dabei, zusammen mit Phineas Burke in einem Automobil durch die Gegend zu fahren?

Am Anfang hatte sie sich eingeredet, sie habe seine Gesellschaft nur gesucht, um Informationen über pferdelose Kutschen zu bekommen. Sie hatte ihn nicht direkt ausspionieren wollen, so gemein war sie nicht, aber doch so etwas Ähnliches vorgehabt. Sie hatte nach irgendeiner Idee, irgendeiner Erfindung gesucht, die die Zukunft der *Maschinenfabrik Manchester* retten konnte – und damit auch ihre und Abigails –, ohne dass Finn ernsthaft geschädigt wurde. Die es ihr ermöglichte, wieder das Leben zu führen, das sie verloren hatte, und die Person zu sein, die sie gewesen war.

Und nun war sie hier, die Lippen noch feucht von Finns Küssen, die Sinne mit schmerzhafter Anspannung auf jede seiner Bewegungen konzentriert, ohne auch nur einen gestohlenen Bolzen vorweisen zu können. Und warum? Wenn sie sich richtig erinnerte, wurden Hartleys Automobile von Dampf angetrieben, Finns dagegen von Elektrizität: Sie konnte außer theoretischen Dingen überhaupt nichts Nützliches von ihm lernen.

Und sie hatte das Gefühl, das schreckliche und unbehagliche Gefühl, dass sie das die ganze Zeit gewusst hatte. Dass ihre verworrenen Pläne nur ein Vorwand gewesen waren, ein nützliches Märchen, das verschleiern sollte, was sie wirklich zu der kleinen Werkstatt zwischen den Olivenbäumen hinzog – nämlich Finn selbst.

Wenn sie doch genug Willenskraft hätte, um ihm zu widerstehen. Wenn sie diesen Hünen sehen und den aufregenden Geschichten lauschen könnte, die er mit seiner markanten Stimme erzählte, ohne umgehend wie Schnee in der Sonne zu schmelzen. Denn Schneelachen waren schwach und durchschaubar, all ihre Geheimnisse und Unvollkommenheiten für jedermann klar zu erkennen.

In Schneelachen konnte man hineintreten, darin herumtrampeln und sie zerstören.

Aber so war er nicht, sagte sie sich. Phineas Burke trampelte nicht in Pfützen herum, niemals. Konnte sie nicht für eine kleine Weile und nur um ihre Neugier zu befriedigen …?

Nein. Das durfte sie nicht. Und sie würde es auch nicht tun. Wenn sie jemals nach London zurückkehren und ihr altes Leben wiederaufnehmen wollte, wenn Abigail jemals die Chance haben sollte, das Leben zu führen, das ihr zustand, musste sie sich an ihren ursprünglichen Plan halten und einen Weg finden, diese verdammte Maschinenfabrik profitabel zu machen. Und wenn in Phineas Burkes Werkstatt keine nützlichen Informationen zu bekommen waren, wenn sie nicht die Nerven oder die Kenntnisse für diese Aufgabe hatte, musste sie auf der Stelle mit diesem Getändel aufhören, bevor ihr noch der unverzeihliche Fehler unterlief, sich tatsächlich zu verlieben.

Es sei denn, sie hatte am Tag zuvor in Finns Holzhäuschen unwillkürlich die Wahrheit gesagt. Es sei denn – oh Gott! –, sie war schon verliebt.

Das musste sofort aufhören. Kein Kuss mehr und kein …

»Liebling, der Baum!«

Alexandra riss die Augen auf. »Mein Gott!«, rief sie und riss das Steuer gerade noch rechtzeitig herum, um dem schlanken Stamm eines jungen Olivenbaums auszuweichen.

Das Automobil kam langsam zum Stillstand, doch sie wagte es nicht, sich umzudrehen.

»Hast du ihn nicht gesehen?«

»Ich hatte … da war … ein Staubkorn. In meinem Auge. Tut mir leid. Jetzt ist es weg. Schieb weiter.«

Ein Windhauch streifte ihren Nacken, oder vielleicht war es auch ein verärgerter Seufzer von Finn. »Dir ist aber schon klar, wie lange es dauert, in dieser Wildnis ein Automobil zu reparieren, oder? Weit und breit gibt es keine Ersatzteile. Und keine erfahrenen Mechaniker.«

»Ich möchte dich ja nicht kritisieren, aber vielleicht hättest du das bedenken sollen, ehe du dich für ein ganzes Jahr in einem abgelegenen Schloss eingemietet hast.«

»Oh, das habe ich«, erwiderte Finn ruhig, »aber ich bin zu dem Schluss gekommen, dass die Vorteile dieser Abgeschiedenheit die Nachteile wieder aufwiegen. Ich habe an jede Kleinigkeit gedacht, an Ersatzteile, Zubehör und einen Dynamo – einen *Dynamo*, Alexandra, per Dampfschiff und in seinem eigenen verdammten Eisenbahnwaggon angereist –, der die Elektrizität für das Laden der Batterie liefern soll. Allerdings habe ich es versäumt, das Auftauchen einer unberechenbaren neuen Variablen vorherzusehen.«

»Eine unberechenbare Variable?«

»Damit meine ich *dich*«, erklärte Finn übertrieben streng.

»Oh, natürlich.« Alexandra legte die Hände auf das Steuer und betrachtete ihre Handschuhe. »Aber du hast mich doch gebeten zu fahren.«

Wieder seufzte Finn. »Richtig. Anscheinend habe ich vor lauter Liebe den Verstand verloren.« Er schwieg einen Moment, in dem er über diese These nachzudenken schien, dann fuhr er fort: »Also gut. Dann halt jetzt bitte die Augen offen.«

»Wird gemacht. Die Augen sind offen.«

»Nimm den Fuß von der Bremse.«

Alexandra schaute nach unten und hob ihren rechten Fuß. »Der Fuß ist weg.«

Das Automobil setzte sich wieder in Bewegung und rumpelte über das Gras auf die schmutzig gelbe Spur des Feldweges zu. »Warum können wir nicht einfach zu dem Weg fahren?«, rief Alexandra über die Schulter.

»Weil ich den Motor schonen möchte, meine Liebe. Für den Fall, dass ich ihn nicht richtig zusammengebaut habe.«

»Soll das heißen, das wäre möglich? Weißt du gar nicht, ob er funktioniert?« Erschrocken sah Alexandra sich zu Finn um. Seine Hände lagen hinten auf dem Motorwagen, und zwischen den großen runden Muskelpaketen an seinen Schultern war nur seine Tweedkappe zu sehen. Unterhalb seiner Brust arbeiteten die Beine wie Kolbenstangen, gleichmäßig und kräftig.

Endlich schaute er zu ihr auf. »Deshalb wird es ja Probefahrt genannt«, sagte er geduldig. »Noch einmal, Liebling, ich wäre dir außerordentlich dankbar, wenn du nach vorn schauen würdest.«

»Oh … ja.« Alexandra drehte sich wieder um. Der Feldweg war nur noch wenige Meter entfernt. »Aber du bist natürlich ziemlich sicher, dass er funktionieren wird.«

»Ja, ziemlich. Sonst würde ich mir wohl kaum die Mühe machen, den Wagen so weit zu schieben. Da wären wir.« Nachdem die Vorderräder den unbefestigten Weg erreicht hatten, rollte die Maschine besser. »Fahr nach Westen, ja so. In der Richtung ist der Weg flacher, und die Sonne blendet uns nicht. Jetzt tritt auf die Bremse. Großartig.«

Das Automobil hielt an, und Finn kam nach vorn und fasste über ihren Schoß hinweg nach einem anderen Hebel, den er anzog. Durch seine Kleider und seinen Kittel spürte sie die Hitze, die von ihm ausging.

Als er sich aufrichtete, waren sie beide genau auf Augenhöhe. »Also, wenn es dir nichts ausmachen würde, ein wenig zur Seite zu rutschen.«

»Zur Seite zu rutschen?«, flüsterte Alexandra. Sein Gesicht schien ihr viel zu nah zu sein, und seine grasgrünen Augen strahlten viel zu viel Energie und Vorfreude aus.

Er lächelte. »Irgendwann zeige ich dir gerne, wie man die Maschine fährt, aber die Probefahrt mache ich lieber selbst.«

»Oh ja. Natürlich.« Alexandra rutschte nach links und strich sich, seltsam berührt von der sportlich lässigen Art, mit der er sich hinter das Steuer schwang, die Röcke glatt. So nah neben ihr, dass sein linker Arm ganz leicht ihren rechten berührte, wirkte er sehr groß und vital.

»Tja«, sagte er, »wenn wir eine dieser Maschinen mit Verbrennungsmotor fahren wollten, von denen diese Kerle in Deutschland schwärmen, so eine wie die, an der Delmonico gerade arbeitet, würde es jetzt ziemlich kompliziert für uns. Wir müssten die Starterklappe öffnen und an der Kurbel drehen, bis die Zündung anspringt. Eine verdammt lästige Aufgabe; von der Gefahr, sich den Arm an der Kurbelwelle zu brechen, ganz zu schweigen. Dagegen ist das Erste, was an einem elektrischen Motor so schön ist, das hier.« Finn streckte den Arm aus und legte einen Schalter um. Ein leises Summen erfüllte die Luft. »Einfacher geht es nicht. Und außerdem ist er ganz leise. Delmonicos dämlicher Motor macht einen ohrenbetäubenden Krach.«

»Wie klug von dir«, brachte Alexandra heraus. Ihr wurde allmählich etwas flau im Magen, denn sie hatte den Gedanken, was es bedeutete, tatsächlich ein Automobil zu fahren, nicht zu Ende gedacht. Ihr Sitznachbar war ganz entspannt und locker und klang sehr selbstsicher, sie dagegen fühlte sich eher wie ein Pudding, und zwar ein ziemlich wackliger. »Wie …?« Ihre Stimme krächzte. Alexandra räusperte sich und fing noch einmal von vorn an. »Wie schnell werden wir fahren, was meinst du?«

»Fünfzehn oder zwanzig, hoffe ich.«

»Meter?«

Finn lachte. »Meilen pro Stunde. Irgendwann möchte ich gern etwas näher an die vierzig herankommen, aber heute machen wir nur eine Probefahrt. Und natürlich würde ich in deiner Begleitung nie ein solches Risiko eingehen«, sagte er leichthin, als wäre das so selbstverständlich, dass es nicht laut gesagt werden musste.

»Ja, natürlich. Ich wäre sowieso nicht versessen darauf.«

Anscheinend hatte sie sich unsicherer angehört als beabsichtigt, denn Finn wandte den Kopf, um sie zu mustern. »Nervös?«, fragte er freundlich.

»Nein, überhaupt nicht.«

»Du musst nicht mitfahren, wenn du nicht möchtest. Bei meiner ersten Fahrt in einem Automobil wäre mir fast das Frühstück wieder hochgekommen.«

Alexandra drückte den Rücken durch. »Wie interessant. Aber ich habe einen sehr starken Magen, mein Lieber.«

»Wunderbar. Hast du deinen Hut festgesteckt?«

Alexandra legte eine Hand auf den Hut. »Mit drei Nadeln.«

»Na dann los.« Finn löste den Bremshebel, und das Automobil rollte an.

Mit der rechten Hand hielt Alexandra ihren Hut fest, und mit der linken griff sie nach dem Türrahmen. Dann hielt sie die Luft an. Das leise Summen des Motors wurde immer lauter, höher und intensiver, und die schmutzig gelbe Bahn des Feldwegs verschwand mit stetig steigender Geschwindigkeit unter der Motorhaube, während sie auf ihrem Sitz von den Steinen und Löchern auf der Straße durchgerüttelt wurde. »Oh!«, stieß sie hervor und klammerte sich so fest an den Türrahmen, dass die Knöchel schmerzten.

»Sieben Meilen pro Stunde!«, rief Finn begeistert.

»Großartig!«, krächzte sie. Die Krempe ihres Hutes flatterte vor Aufregung.

»Bei einem Verbrennungsmotor müsste man jetzt schalten. Zehn! Verdammt harte Arbeit, dauernd auszukuppeln und den Gang zu wechseln. Total lästig. Geschafft! Fünfzehn!«

Ihre Hutkrempe flatterte wie verrückt. Ein kühler, kräftiger Wind blies ihr ins Gesicht und spielte mit den Haarsträhnen, die er aus ihrem Knoten gerissen hatte. Alexandra ließ den Türrahmen ganz kurz los, um die Strähnen beiseitezuschieben.

»Fünfzehn Meilen pro Stunde! Fabelhaft!« Ihre Stimme war etwas fester geworden. »Das ist wie Reiten, nur viel bequemer.«

»Reitest du viel?«

»Oh, andauernd. Ich liebe es. Aber das hier ist besser!« Sie hob eine Hand und hielt sie in den Fahrtwind, ließ die von der Morgensonne erwärmte Luft durch die Finger strömen. Dabei rutschte ihr der grüne Schal von den Schultern und enthüllte das schmale Stück Haut zwischen der Hutkrempe und dem Kleid.

»In einer von Delmonicos Maschinen könnten wir uns nicht unterhalten«, sagte Finn. »Die machen einen Mordslärm. Achtzehn!«

Seine großen, starken, behandschuhten Hände lagen auf der Lenkstange. Was er wohl täte, wenn sie die Hand, die ihr am nächsten war, einfach nähme, ihm den Lederhandschuh auszöge und sie festhielte? Alexandra schloss die Augen und stellte sich vor, wie warm und kräftig die Hand sich anfühlen würde, wie seine Finger sich um ihre schlossen und sein Daumen sie streichelte. Sie wünschte sich diese Hand so sehr, dass es wehtat.

Plötzlich spürte sie etwas an ihrem Oberschenkel, und als sie nach unten sah, stellte sie fest, dass es Finns Bein war. Es drückte sich schockierend eng von der Hüfte bis zum Knie an sie, und durch die wollene Hose waren deutlich die Umrisse seiner Muskeln zu sehen.

Finn erzählte weiter von seinem Motor und irgendetwas über Pferdestärken, Stromspannung und Batterien, das sie sich eigentlich einprägen wollte. »Deshalb sollten wir jetzt wirklich umdrehen, weißt du«, sagte er, »denn ich habe keine Lust, das Riesending den ganzen Weg wieder zurückzuschieben, falls die Batterie eher als erwartet den Geist aufgibt.«

»Ja natürlich«, sagte Alexandra mit einem Anflug von Bedauern. Die Maschine wurde langsamer, der schöne Fahrtwind flaute ab und das ausgelassene Flattern ihrer Hutkrempe beruhigte sich. Das Bein neben ihrem bewegte sich und trat auf die Bremse, sodass sie mitten auf dem Feldweg stehen blieben und die warme Sonne auf ihren Wollschal schien.

»Wir haben es geschafft! Eine ganze Meile, glaube ich, und noch dazu völlig problemlos. Verdammt, bin ich erleichtert. Entschuldige bitte.«

»Oh, tu dir nur keinen Zwang an«, antwortete Alexandra ein klein wenig spöttisch. »Du hast mich ja gleich zu Anfang vor deiner Ausdrucksweise gewarnt, weißt du noch?«

»Ja, aber das war, bevor …« Finn stockte. Dann nahm er die linke Hand von der Lenkstange und legte sie auf sein Bein.

»Jedenfalls«, redete Alexandra weiter, »war das genial. Wirklich genial. Eine ganze Meile! Ich bin völlig aus dem Häuschen. Dabei war das alles gestern noch … nur eine Ansammlung von Einzelteilen.« Sie versuchte, ihr Bein wegzuziehen, doch es gab nicht genug Platz, um von ihm abzurücken. Noch ein paar Zentimeter weniger, und sie hätte sich auf seinen Schoß setzen müssen.

Das Ganze fing langsam an, sich als ziemlich schlechte Idee zu erweisen.

Entschlossen redete Alexandra aufgesetzt fröhlich weiter. »Was meinst du, hätten wir auch vierzig fahren können?«

»Noch nicht. Aber ich habe vor, die Batterie stärker zu machen und ein paar Zellen hinzuzufügen, was die Leistung beträchtlich steigern dürfte. Mit dieser Fahrt haben wir nur getestet, ob die neue Konstruktion brauchbar ist.«

»Und, ist sie das?«

»Ja, genauso wie ich es erhofft hatte. Absolut revolutionär.« Finns Stimme klang seltsam flach, so als ob er jedes Interesse an revolutionären Erfindungen im Motorsport verloren hätte.

Alexandra holte tief Luft. »Das musst du mir genauer erklären. Ich möchte jede Kleinigkeit wissen.«

Finn lachte. »Großer Gott. Doch nicht jetzt, mitten auf der Straße. Aber ich zeichne es dir auf, wenn wir zurück sind.«

»Das wäre sehr schön.« Alexandra schaute wieder auf ihre aneinandergedrückten Beine hinunter.

»Aber nun«, sagte Finn, während er sich gerader hinsetzte, »sollten wir wirklich umdrehen.« Seine Füße traten auf die Pedale, die aus dem Boden ragten, und das Automobil fuhr nach rechts, dann rückwärts, und wieder vorwärts, bis die Morgensonne ihnen voll ins Gesicht schien. Alexandra zog ihre Hutkrempe tiefer, damit sie nicht geblendet wurde.

»Warum hältst du?«

Finn trommelte mit den Fingern auf die Lenkstange. »Sag mal, würdest du gerne mal fahren?«

»Ich?«, stieß Alexandra hervor. Als sie sich zu Finn umwandte, stellte sie fest, dass er sie neugierig ansah, die linke Augenbraue fragend erhoben.

»Ja, natürlich. Es ist nicht schwer, wirklich, ganz anders als bei den Verbrennungsmotoren. Wenn du vorwärtsfahren willst, trittst du einfach auf das Gaspedal, und wenn du anhalten willst, auf die Bremse. Das Lenken geht beinahe automatisch, du wirst schon sehen.«

»Automatisch?«

»Ich meine, es ist wie ein Reflex. Man braucht gar nicht daran zu denken.« Er lächelte freundlich und aufmunternd. »Na los. Versuch's. Ich werde ja direkt neben dir sitzen. Rutsch rüber und denk nicht länger drüber nach.«

»Ich weiß nicht … ich …«

»Na komm schon.« Er lächelte noch breiter und legte herausfordernd den Kopf schief. »Die unerschütterliche Lady Morley wird doch keine Angst vor einer simplen Maschine haben.«

»Natürlich nicht«, erwiderte Alexandra schroff. »Also entfernen Sie sich bitte, Mr. Burke.«

Lachend räumte Finn den Platz hinter der Lenkstange und stieg aus. Das Haar unter seiner Tweedkappe glänzte feuerrot in der Morgensonne, und die zarten Sommersprossen auf seiner Nase wirkten, als ob sie tanzten.

Alexandra rutschte über die Sitzbank und setzte sich wieder hinter die Lenkstange. Selbstverständlich hatte Finn alle Proportionen auf seine Größe abgestimmt, und da er sie um mehr als zwanzig Zentimeter überragte, musste sie sich strecken, um mit den Füßen an die Pedale zu kommen.

Er lehnte im Fenster. »Ja, genau. Bei deinen kurzen Beinen musst du etwas nach vorn rücken.«

»Meine Beine sind nicht kurz«, erwiderte Alexandra indigniert.

»Doch, so kurz wie bei einem Krokodil.«

Empört klopfte sie Finn auf die behandschuhte Hand.

»Oder eher wie bei einer Gazelle«, korrigierte er sich, »allerdings einer ziemlich kleinen Gazelle. Einer wunderschönen, graziösen, langbeinigen, aber ziemlich kleinen Gazelle.«

»Ich bin überhaupt nicht klein. Ich komme auf einen Meter und achtundsechzig Zentimeter, was mehr als ausreichend ist. Dass neben dir alle anderen wie Zwerge aussehen, liegt doch nur daran, dass du so verdammt groß bist. Also, wo sind diese Pedale?«

Finn schmunzelte. »Genau da. Wenn du auf dieses Pedal trittst, fährt der Wagen vorwärts, trittst du auf das, fährt er rückwärts. Was natürlich nicht nötig sein wird. Und das ist das Bremspedal. Das wichtigste von allen.«

»Ja, das kenne ich schon.« In der Hoffnung, dass ihre Hände auf diese Weise daran gehindert wurden zu zittern, griff Alexandra entschlossen nach der Lenkstange.

»Dann mal los.« Finn ging vorn um den Wagen herum und ließ sich mit seinen langen Gliedmaßen neben Alexandra nieder. Sie hätte schwören können, dass sein Bein sich nun noch dreister als vorher an sie drückte.

»Du zitterst ja«, sagte er.

»Das ist völlig absurd.«

»Aber die ganze Bank zittert, Alexandra.«

Sie umfasste die Lenkstange noch etwas fester. »Nur weil dein Motor so unruhig läuft. Bist du bereit?«

»Du brauchst nicht zu fahren, wenn du es lieber nicht …«

Statt einer Antwort löste Alexandra die Bremse und trat fest auf das Pedal, mit dem man nach vorn fuhr. Zumindest dachte sie das.

Das Automobil machte einen Satz nach hinten und rumpelte über den Weg.

»Bremsen!«, schrie Finn.

Aufgeregt trat Alexandra stattdessen auf das Pedal für die Vorwärtsfahrt. Ein schreckliches verwirrtes Surren drang aus dem Motor. Das Automobil kam zum Stehen und begann dann glücklicherweise, langsam vorwärtszufahren.

»Sieht so aus, als wäre nichts passiert«, meinte Finn einen Augenblick später.

»Hört sich auch so an«, sagte Alexandra verlegen und trat das Pedal sehr vorsichtig noch etwas weiter durch. Langsam fuhr das Automobil über den Weg in den Sonnenschein hinein.

Finn hüstelte. »Möchtest du vielleicht etwas mehr Gas geben?«

»Hab ich doch schon.«

»Dann steige ich wohl besser aus und laufe nebenher, wenn es dir nichts ausmacht. Als Frühsport sozusagen.«

»Sehr witzig.« Alexandra trat das Pedal kräftig durch, und der Wagen preschte voran wie ein Windhund beim Rennen, was ihr einen kurzen Schreck einjagte. Doch dann verfing der vertraute Fahrtwind sich wieder in ihrem Hut und streifte köstlich erfrischend ihr Gesicht.

»Na, siehst du! Zehn Meilen pro Stunde«, rief Finn neben ihr begeistert. »Bleib nur auf dem Weg. Der Wagen lässt sich ganz leicht steuern.«

Das stimmte. Er hatte recht gehabt. Sie brauchte kaum an das Lenken zu denken; die Maschine fuhr genau dahin, wo sie hinwollte, den langen, geraden Weg entlang auf die Sonne zu. Es war pure Magie, und Alexandra lachte vor Freude über die zunehmende Geschwindigkeit, die Kraft, die der Motor ihr verlieh, und die herausragende Stärke des Mannes, der neben ihr saß und sein Bein an sie drückte.

»Fünfzehn! Ausgezeichnet! Du machst das wunderbar. Als hättest du nie etwas anderes getan.« Sein Arm lag auf der Rückenlehne, sodass er fast ihre Schulter berührte und sie seine Wärme spüren konnte.

»Danke«, erwiderte Alexandra. Allmählich wurde ihr etwas flau. Vielleicht war sie aber auch nur berauscht. Im Moment fiel es ihr nicht leicht, all die Gefühle auseinanderzuhalten.

Finn beugte sich zu ihr herab, um ihr etwas ins Ohr zu flüstern. »Ganz schön rasant, Lady Morley. Wissen Sie eigentlich, dass Ihnen das Fahren sehr gut bekommt. Es verleiht Ihnen einen herrlich frischen Teint. Vielleicht sollte ich Ihnen ein eigenes Auto bauen.«

»Dieses hier reicht mir vollkommen, danke. Außerdem hätte ich lieber ein neues Jagdpferd.«

Finn lachte. »Bist du dir sicher? Ich finde es wesentlich angenehmer, in einem Automobil zu sitzen.«

Besser sie stellte die Frage nicht. Das war ihr klar. Denn sie wusste, was er antworten würde.

Aber sie konnte es sich nicht verkneifen.

»Wieso angenehmer«, fragte sie so unschuldig wie möglich.

Wieder lachte Finn, als hätte er ihre Gedanken gelesen und sie durchschaut. »Na deshalb.« Er hob ihre Hutkrempe und küsste sie auf die zarte Haut in ihrem Nacken.

»Hör auf damit«, sagte sie und verdrehte den Kopf, damit er besser herankam.

»Ich kann nicht.« Seine warmen Lippen wanderten zu ihrem Hals, und seine Nase streifte ihr Haar. »Du schmeckst so gut …«

Der Feldweg machte eine leichte Kurve, sodass ihr das Sonnenlicht direkt ins Gesicht schien. Unfähig, der einschläfernden Wärme der Sonne und den verwirrenden Gefühlen zu widerstehen, die dieser neue, verliebte Finn in ihr auslöste, schloss Alexandra langsam die Augen. Was war aus dem alten Finn geworden? Dem nüchternen Wissenschaftler und genialen Erfinder, der von frivolen Frauen nichts hielt, mit bloßen Fingern Walnüsse knackte und sie mit so eisiger Kälte gemustert hatte?

Das war gar keine Unnahbarkeit gewesen, oder? Nur Schüchternheit.

Er war *schüchtern.*

Finns Lippen wanderten weiter aufwärts, um alles andere als schüchtern an ihrem Ohrläppchen zu knabbern. Eigentlich wirkte er sogar sehr zielstrebig und betörte sie so unaufhaltsam, dass sie wie Wachs in seinen Händen war und ihr Herz vor Angst, Freude und Erregung heftig gegen die Rippen klopfte.

Erst in letzter Sekunde sah sie durch die halb geschlossenen Lider etwas Buntes aufblitzen.

»Oh verdammt! Ein Fuhrwerk!«, schrie sie und riss die Lenkstange nach rechts. Gehorsam rollte Finns Automobil vom Weg hinunter aufs Gras.

VIERZEHN

»Das ist allein deine Schuld.« Alexandra hatte ihr hochmütigstes Lady-Morley-Gesicht aufgesetzt, und ihre Augen funkelten kampflustig.

Finn, der den rechten Vorderreifen des Automobils untersuchte, richtete sich auf und schaute zerknirscht auf sie herab. »Du hast recht. Ich übernehme die volle Verantwortung.«

Alexandras Gesichtsausdruck wurde etwas weicher. »Na schön.«

»Keine Angst, ich habe meine Lektion gelernt.«

»Großartig. Ich sehe das genauso. Schluss mit der Küsserei …«

»… während das Automobil fährt«, beendete Finn den Satz für sie. Dann betrachtete er wieder seinen patentierten Luftreifen, dessen Hülle schlaff auf dem rauen Wiesengras lag.

»So habe ich das nicht gemeint.«

»Jedenfalls ist der Reifen jetzt leider platt. Ich hätte mein Reparaturwerkzeug mitnehmen sollen.« Finn richtete den Blick wieder auf Alexandra und zwinkerte ihr zu. »Ich schätze, ich war etwas abgelenkt.«

»Du bist unmöglich.« Alexandra legte eine Hand über die Augen und schaute den Weg entlang. Der überraschte Fahrer des Fuhrwerks, den sie sich nach einer in schlechtem Italienisch vorgetragenen Erklärung endlich wieder vom Hals geschafft hatten, war schon weit weg und nur noch ein kleiner Punkt in der schmutzig gelben Ferne.

Schüchterne Männer sind die besten Liebhaber. Wer hatte das bloß gesagt? Wahrscheinlich Lady Pembroke. Ihre Ladyschaft war so etwas wie eine Autorität auf diesem Gebiet, denn sie konnte auf eine reichhaltige Erfahrung zurückblicken. *Ihr unerfahrenen jungen Dinger verliebt euch immer in die arroganten Schnösel,* hatte sie Alexandra einmal beim Tee im Wintergarten gesagt, die gestärkten weißen Ärmel bis zu den Handgelenken und den gestärkten weißen Kragen bis zum Hals zugeknöpft. *Das mag ja noch angehen, wenn man in zwanzig Minuten mit allem durch sein will. Aber der schüchterne, ruhige Mann nimmt sich Zeit, Alexandra. Denk dran. Er hat Fantasie. Und im Bett ist er wie ein Tiger.* Ein Schluck Tee, ein Leuchten in den Augen. *Ich würde immer den schüchternen Mann wählen.*

Alexandra hatte nur wissend gelächelt und an ihrer Tasse genippt, dann war sie nach Hause gegangen, zu ihrem lieben, gichtgeplagten Gatten und seinen monatlichen Übungen auf ihrem sittsam verhüllten Leib. Sie hatte nichts dagegen gehabt. Lord Morley roch angenehm nach Sherry und Wolle, küsste ihre Brüste mit rührender Begeisterung und bewunderte sie rückhaltlos. Er brauchte nicht lange und legte niemals sein Nachthemd ab, und danach machte er ihr stets Komplimente über ihre Schönheit und Hingabe. Es hatte sogar Zeiten gegeben, ganz zu Anfang, ehe seine Gicht ihn zu reizbar machte, in denen sein knappes Klopfen an der Schlafzimmertür sie in Aufregung versetzt hatte. Vielleicht hatte es sie erregt, so viel Macht über einen mächtigen Mann zu haben – immerhin war Lord Morley eine Zeitlang Ratgeber der Königin gewesen –, vielleicht war es aber auch nur die Vorfreude auf den Akt selbst gewesen, auf diese innige Reibung und das Gefühl, jeden Augenblick eine wunderbare Belohnung zu bekommen.

Schüchterne Männer sind die besten Liebhaber. Sie hatte nie einen Liebhaber gehabt und auch nie einen gewollt. Warum sollte sie alles aufs Spiel setzen, ihren Ruf, ihre Unabhängigkeit und ihren Seelenfrieden, nur für ein paar Augenblicke sinnlicher Freuden?

Finn – Mr. Burke – hockte sich wieder ins Gras und betrachtete seinen Reifen. Den Kittel hatte er in der Werkstatt gelassen, stattdessen spannte sich ein braunes Tweedjackett über seine breiten Schultern. Sein Gesicht wurde von der Sonne beschienen, und sie konnte sehen, dass er die Augen zusammengekniffen und die Stirn gerunzelt hatte. Und als er mit einer Hand über den Reifen strich, bemerkte sie, dass seine langen, geschickten Finger voller Öl waren.

Was für eine Art Liebhaber mochte er sein?

Die Antwort kannte sie bereits. Hatte er sie nicht schon geküsst und gestreichelt? Er gehörte zu der klugen, geduldigen Art, die sich Zeit nahm und Fantasie hatte. Und im Bett würde er ein Tiger sein. Er würde ihr nachstellen, sie unterwerfen und ihr die wunderbare Belohnung verschaffen. Und dann würde er sie in die Arme nehmen und sie beschützen.

»Mr. Burke« – was sagte sie da, was machte sie da nur? –, »Finn.«

Er sah zur ihr auf und lächelte.

Alexandras Puls schnellte in so schwindelnde Höhen, dass sie nicht weitersprechen konnte.

»Ich weiß, dass das lästig ist«, sagte er. »Ich laufe nur schnell zur Werkstatt zurück und hole mir, was ich brauche. Dauert nur eine Minute. Du kannst hier in der Sonne sitzen bleiben und den Bienen zuhören.«

»Ich habe Angst vor Bienen«, log Alexandra. »Ich glaube, ich würde lieber mitkommen.«

»**Stell** dir das mal vor«, sagte Finn, um die unbehagliche Stille zu füllen, während er versuchte, den Schlüssel in die Werkstatttür zu bekommen. Gerade erst war ihm aufgegangen, was es bedeutete, mit Lady Morley an der Seite die verschlossene Tür zu einem Privatraum zu öffnen. »Achtzehn Meilen pro Stunde beim ersten Versuch! Bei Gott, ich bin begeistert!«

»Warum um alles in der Welt ist deine Werkstatt immer abgeschlossen?«, fragte Alexandra. Ihre Stimme klang seltsam. Sanft und beinahe unterwürfig.

Finn drehte den Knauf und ließ den Schlüssel wieder in die Jackentasche gleiten. »Weil unter uns Motorsport-Enthusiasten die Konkurrenz ziemlich groß ist«, erwiderte er, indem er ihr bedeutete, vor ihm durch die Tür zu gehen. »Schließlich steht viel auf dem Spiel. Das ist ein Grund, warum ich diesen Ort ausgesucht habe.«

»Und die anderen?« Ohne sich umzudrehen, zog Alexandra die Nadeln aus ihrem breiten Strohhut und legte sie eine nach der anderen auf den Tisch.

»Hier gibt's weniger Ablenkung.« Finn dachte, sie würde darüber lachen, dieses ironische, klangvolle Lachen, doch das tat sie nicht. Sie zog nur den Hut vom Kopf und legte ihn ebenfalls auf den Tisch, gleich neben die Nadeln.

»Ich sollte mich wohl glücklich schätzen, dass du mich überhaupt hier hereingelassen hast«, sagte sie, nach wie vor von ihm abgewandt. Die Morgensonne hatte das Fenster noch nicht ganz erreicht, und in dem diffusen Licht schien ihre Haut von innen heraus zu glühen. »Du musst großes Vertrauen in mich haben.«

»Natürlich habe ich das.« Finn sah zu, wie sie bewegungslos dastand, das Haar leicht gelöst durch das Abnehmen des Hutes, eine Hand auf dem Tisch, neben dem Hut und den Nadeln, und die andere an der Seite. »Geht es dir gut?«

»Ja, durchaus«, flüsterte sie.

»Habe ich dich irgendwie beleidigt? Es war eine ziemlich

lange Nacht und bei all der Aufregung darüber … endlich Erfolg zu haben …«

»Nein. Nein, du hast mich nicht beleidigt.« Ihre Stimme klang nun etwas fester. Endlich drehte sie sich zu ihm um und fasste mit beiden Händen nach der Tischkante hinter ihr. »Kein bisschen«, sagte sie und sah ihn mit großen Augen an, wie eine Gefangene, die man unter dem Galgen allein gelassen hat, damit sie sich selbst aufhängt.

Finn klappte den Mund auf und zu. Was zum Teufel war mit ihr passiert? »Ich hole nur schnell … mein Werkzeug, ja? Dann gehen wir wieder zurück und …«

»Nein!«, platzte es aus Alexandra heraus.

»Wie bitte?«

»Nein. Lass uns … einen Moment hierbleiben.« Sie schluckte schwer. »Bitte. Sei so lieb, Finn.«

Es dauerte ein oder zwei Sekunden, ehe er begriff. »Ich verstehe«, sagte er dann. Sein Kopf war noch schwer von der schlaflosen Nacht, und die Anstrengung, die riesige Batterie zu installieren und das Automobil auf den Feldweg zu schieben, hatte ihn auch körperlich erschöpft. Alles in allem fühlte er sich in etwa so, als hätte er über Nacht eine schottische Whiskybrennerei leergetrunken.

»Ich bitte dich«, sagte sie noch einmal leise, was die Schwere aus seinem Kopf jäh in die Leiste sacken ließ, während seine Muskeln, ähnlich wie die Batterie vorige Nacht, mit neuer Energie aufgeladen wurden.

Er ging auf sie zu, und je näher er kam, desto stärker glänzten ihre großen Augen. Unterwegs nahm er die Schirmmütze ab, zog die Handschuhe aus und warf die Sachen auf einen Stuhl.

Ihr Duft schien ihm entgegenzuwehen und ihn einzuhüllen. Er beugte sich zu ihrem Ohr herab und schnupperte an ihr. »Sag mal, ist das Seife oder Parfum?«

»Was?«, fragte Alexandra atemlos.

»Dieser Lilienduft. Du riechst nach Lilien.«

»Das wird wohl meine Seife sein«, meinte sie kichernd.

»Verdammt mutig von dir.« Es gefiel ihm, dass er in ihrer Gegenwart Schimpfwörter benutzen konnte und dass es ihr nicht nur nichts ausmachte, sondern sogar völlig entging. Dann hob er eine Hand und begann, die Nadeln aus ihrem Haar zu ziehen, sodass die schweren Flechten ihr lose um die Schultern fallen konnten. »Weißt du eigentlich, was dieser Lilienduft bei uns Männern bewirkt?«

»Nein, weiß ich nicht.« Sie legte den Kopf zurück und bot ihm ihren langen Hals dar.

Finn entfernte die letzte Nadel und legte sie auf den Tisch, neben den Hut und die Hutnadeln. Alexandra hatte die Augen zugemacht und die Lider fest zusammengepresst, so als ob sie Angst davor hätte, sie zu öffnen. Finn schob die Hände in ihr langes, dichtes Haar, das nach frischer Luft und Sonnenschein roch und im flirrenden Licht des voranschreitenden Morgens glänzte, und breitete es um ihre Schultern. »Er reizt die Männer, Alexandra. Und bringt sie auf unanständige Gedanken. Darf ich dir etwas gestehen?«

»Aber gern. Ich liebe deine Geständnisse. Je schockierender sie sind, desto besser.«

»Beinahe vom ersten Augenblick an habe ich auf unanständige Weise an dich gedacht.« Mit einer Hand schob er ihr Haar beiseite und küsste sie auf den Hals.

»*Beinahe* vom ersten Augenblick an?« Ihre Stimme schwankte.

»Immerhin warst du ziemlich unfreundlich.«

»Das tut mir schrecklich leid. Ich werde es wiedergutmachen.«

»Ja, das wirst du.« Finn richtete sich wieder auf und betrachtete ihr Gesicht, die geschlossenen Augen und den breiten, vollen Mund. »Schau mich an, Liebling.«

»Nein, bitte. Ich kann nicht.« Sie schlang die Arme um seinen Nacken und zog ihn zu sich herunter. »Küss mich einfach.«

Die Worte beflügelten sein erschöpftes Hirn. Schnell drückte er seine Lippen auf ihre, und sie schnappte erschrocken nach Luft, ehe sie ihn fester an sich zog. Großer Gott! Ihre Lippen waren süß und nachgiebig. Und ihre samtene Zunge, die zuerst zaghaft, dann stürmischer mit seiner spielte, lockte ihn gierig immer tiefer. Er konnte kaum noch denken vor lauter Verlangen. Nach der monatelangen Selbstbeherrschung und Frustration hielt er endlich diese leidenschaftliche Frau in den Armen, die erstaunliche, wunderschöne Alexandra, deren Mund ebenso unersättlich war wie der seine.

Langsam strich er ihr über den Rücken, hielt an ihrer Taille inne und suchte mit dem Daumen zwischen zwei Korsettstangen nach echtem Körperkontakt. »Ja«, sagte sie in den Kuss hinein, »ja bitte.« Dann glitt eine Hand von seinem Hals zum obersten Knopf seines Jacketts, fummelte daran herum, öffnete ihn und auch den nächsten, schob sich unter den dicken Wolltweed, wo sie sich durch das Baumwollhemd in seine Haut brannte, und steuerte auf die Hemdknöpfe zu.

Finn schnappte nach Luft, legte eine Hand auf die Finger und drückte sie an seine Brust. Daraufhin schaute Alexandra zu ihm auf und sah ihn mit nun weit offenen Augen bittend an. »Was ist? Möchtest du nicht …«

»Doch.« Finn atmete aus. »Gott, ja. Aber Liebling, du bist … Bist du dir auch sicher?« Er konnte keinen klaren Gedanken mehr fassen. All seine Nervenenden schienen unter den Fingern auf seiner Brust zusammenzulaufen. *Stopp,* sagte eine leise Stimme durch den Nebel in seinem Kopf. *Hör auf. Warte. Es ist noch zu früh. Später.* »Bist du dir auch sicher?«, fragte er noch einmal, nicht nur sie, sondern auch sich selbst.

Alexandra legte ihre freie Hand an seine Wange. »Alles in Ordnung, Finn. Ich will das. Ich wünsche es mir … du kannst dir gar nicht vorstellen, wie sehr. Mach jetzt keinen Rückzieher. Bitte. Ich bin eine Katastrophe für dich, wirklich, ich bin selbstsüchtig und einsam und ich … oh!« Sie drückte die Stirn an seine Brust. »Ja, du verdammt nobler Wüstling. Ich sollte das nicht tun. Du hast etwas Besseres verdient. Ein nettes junges Mädchen, ein vornehmes Fräulein …« Sie fing an zu zittern und hielt sich an seiner Taille fest.

»Schsch.« Sanft legte Finn sein Kinn auf ihren Scheitel. Ihr seidiges Haar kitzelte ihn am Kinn. Alexandra schlang die Arme um seine Taille. »Hör zu, Liebling. Du siehst das ganz falsch. Meine Mutter … das solltest du wissen … ehe du … ehe wir …«

Alexandra beruhigte sich, nur das regelmäßige, sanfte Auf und Ab ihres Atmens war noch unter seinen Händen zu spüren.

»Meine Mutter ist … vielleicht hast du schon von ihr gehört … sie heißt Marianne. Marianne Burke.« Wenn er ihn selbst aussprach, klang der Name seltsam fremd.

»Marianne Burke? Wieso …« Alexandra stockte der Atem. »Oh!«

»Ja«, sagte Finn. »Genau.«

»Oh. Ich verstehe.« Alexandra drehte den Kopf zur Seite, starrte aus dem Fenster und ließ die Neuigkeit sacken. Selbstverständlich hatte sie von seiner Mutter gehört. Das hatte doch jeder. Niemand wurde im zarten Alter von siebzehn Jahren zur offiziellen Mätresse des Prinzen von Wales, ohne zur Legende zu werden. »Richmond, ja natürlich. Das kleine Häuschen. Mein Gott! Und du bist ihr Sohn!« Sie trat einen Schritt zurück und betrachtete ihn mit weit aufgerissenen, neugierigen Augen.

»Die Haarfarbe habe ich natürlich von ihr. Und die Augen auch, obwohl meine angeblich einen Ton heller sind.«

Mit immer noch großen Augen nickte Alexandra. »Ich habe gehört, sie sei eine außergewöhnliche Schönheit. Aber das war ja wohl zu erwarten. Ist sie … sehr groß?«

»Nicht besonders. Das habe ich von meinem Vater.«

»Deinem Va…« Alexandra rief sich zur Ordnung und verbarg ihre taktlose Neugier hinter einem nervösen Kichern. »Darauf wäre ich nie gekommen … wahrscheinlich weil Burke ein so weit verbreiteter Name ist …«

»Richtig. Du siehst also, was meine Noblesse anbelangt, ist es genau andersherum. Ich bin derjenige, der eine Stufe unter dir steht.« Sanft fasste er sie an den Armen, hielt sie von sich ab und sah ihr ins Gesicht. »Ich dachte, das solltest du wissen … dass du ein Recht darauf hättest, ehe du dich entscheidest. Ehe du irgendetwas sagst oder wir irgendetwas tun, das vielleicht …«

»Finn«, flüsterte Alexandra, »ich habe mich bereits entschieden. Das mit deiner Mutter ist mir egal. Wer wird es schon erfahren?«

»Jeder. Auch deine Freunde. Sie werden es irgendwann herausfinden.«

»Oh nein. Wir werden diskret sein. Nicht einmal Wallingford …«

»Ich meine später. Wenn wir wieder in England sind.«

Einen Augenblick lang sah Alexandra ihn sprachlos an. Dann öffnete sie die Lippen und schloss sie wieder.

Eine bleierne Last legte sich auf Finns Herz. »Ah«, sagte er. »Ich verstehe. Du möchtest die Sache nicht offiziell machen.« Eine Haarlocke fiel Alexandra ins Gesicht. Er schob sie ihr hinters Ohr.

»Nicht«, sagte sie rau. »Bitte. Verdirb es uns nicht.«

»Was denn, meine Liebe?«

Sie packte ihn am Revers. »Begreifst du es nun? Genau das wollte ich dir sagen. Ich bin eitel und frivol. *So* bin ich, Finn«, sagte sie trotzig mit funkelnden Augen. »Wenn du mich willst, musst du mich nehmen, wie ich bin. Mich so *akzeptieren*, wie ich bin.«

Sie stand direkt vor ihm, auf Tuchfühlung, und musterte ihn mit ihrem katzenhaften Blick. Sie erinnerte ihn an eine Füchsin, die er vor langer Zeit, als Kind, auf einem seiner einsamen Streifzüge durch die Wälder beim Haus seiner Mutter in einer Falle gefunden hatte, bevor er mit acht Jahren aufs Internat geschickt worden war. Die Füchsin hatte ihn mit demselben Ausdruck angesehen, frech und ängstlich zugleich, gespannt, ob er es wagte, nahe genug heranzukommen, um sie zu befreien.

Finn legte seine Hände auf Alexandras, die immer noch seine Rockaufschläge umklammert hielten. »Ich bin in meinem Leben schon einer ganzen Reihe von selbstsüchtigen Frauen begegnet, aber du bist anders, Alexandra.« Er ließ die Hände ihre Arme hinaufgleiten, zog sie an sich und sagte leise: »Ich werde es dir beweisen. Lass mich dir zeigen, was für eine Frau du wirklich bist.«

Finn merkte genau, wann sie nachgab, in welchem Augenblick die sperrige Steifheit wich und ihre Muskeln sich entspannten. Sofort fasste er sie um die Taille und setzte sie auf den Arbeitstisch.

»Oh.« Alexandra machte große Augen.

Finn legte die Hände auf ihre Hüften und küsste sie auf die Stirn. »Also, Alexandra, Marquise von Morley, führende Dame der Londoner Gesellschaft.«

»Woher weißt du das?«

Finn riss sich zusammen und antwortete mit nüchterner, wissenschaftlicher Distanziertheit. »Ich bin nicht immer in meiner Werkstatt. Ab und zu komme ich auch mal raus und höre, was in der Welt so vorgeht. Zum Beispiel, dass der Salon der bezaubernden Lady Morley der einzige Ort ist, an dem man am Donnerstagabend gesehen werden möchte.« Er küsste sie sanft auf die rechte Schläfe. »Dass ihr achtundsechzig Jahre alter Ehemann vor zwei Jahren an einem Schlaganfall gestorben ist und sie seitdem nur in tiefer Trauer gesehen wurde. Genauso wie es sich gehört.« Er küsste sie auf die linke Schläfe. »Allerdings ist es verwunderlich, dass sie, obwohl es ihr an Bewunderern nicht mangelt, soweit man weiß, keinen Liebhaber hat oder jemals gehabt hat. Sehr zur Enttäuschung jener Bewunderer, wie man mir sagte.«

»Vielleicht bin ich diskret gewesen.« Alexandras Atem streifte seine Wange.

»Diese Möglichkeit habe ich auch in Betracht gezogen.« Er küsste sie auf die Nasenspitze. »Und wieder verworfen. Du hast mir doch selbst erzählt, dass du eine treue Ehefrau warst.«

»Anscheinend hast du dich ziemlich eingehend mit der Materie beschäftigt.«

»Sehr eingehend sogar. Du kannst es dir gar nicht vorstellen. Aber um wieder zum Thema zu kommen: Der Marquis hat vor zwei Jahren seinen himmlischen Frieden gefunden.« Finn fasste in Alexandras Nacken nach dem obersten Knopf ihres Mieders. »Das heißt, es geht um eine lange Zeitspanne. Warum, habe ich mich gefragt, würde eine Dame von legendärer Grazie und Schönheit, in der Blüte ihrer Jugend …«

»Wohl kaum.« Alexandra schloss die Augen, der dunkle Kranz ihrer Wimpern ruhte auf ihrer cremeweißen Haut.

Finn knöpfte den zweiten Knopf auf. »Immerhin bist du jünger als ich. Warum sollte eine solche Frau sich keinen Liebhaber nehmen?« Der dritte Knopf sprang auf, und unter seinen Fingern, unterhalb der sich teilenden Knopfleisten ihres Mieders, tauchte der Saum ihres Unterkleids auf.

»Vielleicht habe ich es ja getan?«

»Nein, hast du nicht.« Der vierte Knopf löste sich. »Du zitterst, Liebling, und kneifst die Augen zu. Das ist mitnichten die Reaktion einer Frau, die sich mit heimlichen Liebschaften auskennt.« Der fünfte Knopf, der ein wenig klemmte, glitt endlich durchs Knopfloch. Das feine Unterkleid war hauchdünn und warm von ihrer Haut.

Alexandra lachte flach. »Ach, ihr Wissenschaftler. Ihr seid viel zu gute Beobachter. Ich hätte Penhallow zu meinem ersten Liebhaber machen sollen.«

»Aber das würdest du nicht, oder?« Da das Mieder nicht mehr so eng saß, gingen die Knöpfe nun viel leichter auf; eine gute Sache, denn seine Finger schienen immer ungeschickter zu werden. Was vermutlich am plötzlichen Blutandrang in seinen hochgradig erregten Lenden lag. »Weil deine Cousine in ihn verliebt ist. Und weil« – der letzte Knopf gab nach, und das Mieder sackte herab – »du keinerlei Interesse an einem Mann wie Penhallow hast, nicht?«

»Er ist furchtbar attraktiv.«

Finn zog das Mieder nach vorn und streifte ihr behutsam die Ärmel herunter, wobei er mit gespreizten Fingern über ihre Arme strich. »Ja, nach herkömmlichen Maßstäben. Aber du findest keinen Gefallen an dem, was jedermann mag. Du sehnst dich nach etwas anderem, auch wenn du nicht genau sagen kannst, wonach.«

»Woher weißt du das?«

»Weil du hier bei mir bist. Und ich wohl kaum zu der herkömmlich attraktiven, herkömmlich beschäftigten Sorte von Blaublütern gehöre, die am Donnerstagabend in deinem Salon verkehren, oder?« Finn ließ das leere Mieder auf Alexandras Hüften sinken und küsste sie auf die Halsgrube.

»Nein«, sagte sie kurzatmig, »tust du nicht.«

Seine Lippen streichelten ihre Haut. »Und jetzt fragst du dich, wie viel ich wohl bei meinen wissenschaftlichen Studien herausgefunden habe. Zum Beispiel, ob ich mich jemals mit der menschlichen Biologie beschäftigt habe.«

Alexandra legte den Kopf in den Nacken und entblößte ihren langen weißen Hals. »H-Hast du?«

»Wissenschaftler sind sehr neugierige Menschen, Alexandra. Und ihre Neugier hört nicht an den Grenzen des selbst gewählten Forschungsgebiets auf.« Finns Mund wanderte weiter nach unten, zu den prallen Brüsten, die aus dem Fischbeinkorsett quollen. »Oh Liebling, du hast eine wundervolle Figur. So schön üppig hier.« Er legte seinen Mund auf ihre linke Brust und fuhr mit der Zunge über den zart rosafarbenen Halbkreis, der aus seinem Versteck herauslugte.

Alexandra zuckte zusammen.

»Einige von diesen Wissenschaftlern behaupten«, fuhr er fort und küsste das Tal zwischen ihren Brüsten, »dass der weibliche Teil der Menschheit beim Geschlechtsverkehr keine Lust empfindet. Die solltest du dir lieber nicht ins Bett holen, Schätzchen.«

»Werde ich nicht«, wisperte Alexandra, »niemals.«

Finns Zunge glitt am Rand ihres Korsetts entlang zu ihrer rechten Brust. Diesmal war Alexandra bereit; sie bog den Rücken durch und stöhnte vernehmlich, als er den empfindlichen Vorhof erreichte. Und als er ihr das Korsett herunterzog, die Brustspitze in den Mund nahm und durch das zarte Unterkleid daran saugte, griff sie ihm mit beiden Händen ins Haar und hielt sich daran fest.

Finn dröhnte der Kopf. Sie schmeckte so köstlich, so rein

und weiblich, ihre Nippel waren so hart, ihre Brüste so prachtvoll und ihr Herzschlag so schnell und aufgeregt, dass er ihn an den Lippen spüren konnte. »Oh Gott, Liebling«, murmelte er, dann tastete er sich mit der rechten Hand an ihren endlosen Röcken entlang bis zu ihrem Fußgelenk vor.

Einem wunderschönen Fußgelenk, schlank und zart, das in einem Strumpf aus feiner Seide steckte. Er nahm sich die Zeit, seinen Daumen auf der kleinen Vertiefung unterhalb des Knöchels kreisen zu lassen, ehe er die Hand ganz langsam, ihre Röcke zerknitternd, am Bein hochschob: an ihrer hübschen Wade, dem runden Knie und dem schmalen seidenen Strumpfband vorbei. Doch als er bis zum Ellbogen in Röcken und Unterröcken steckte, hielt Alexandra die Luft an und versteifte sich; ein unfreiwilliger Schauer war das Einzige, was sich an ihr noch bewegte.

Finn küsste sie auf den Hals. »Schsch. Hab keine Angst. Hat dein Mann dich nie so berührt?«

»Ja – nein«, stammelte sie. »Nicht so. Nein … ich glaube nicht …«

»Und du *selber*?«

»Nein! Ich – nein, nicht so – ich weiß nicht – ich dachte …«

Für den Bruchteil einer Sekunde erinnerte Finn sich an seine Vermieterin in Cambridge, an ihren offenen Umgang mit anatomischen Begriffen, ihre jahrelange Erfahrung und ihre Experimentierfreude. Nach zwei erschöpfenden Wochen hatte er sich erleichtert und völlig entkräftet von ihr getrennt, doch das Wissen, das er in der Zeit erworben hatte, war unbezahlbar.

»Vertrau mir, Liebling. Ich werde dir etwas ziemlich Schönes zeigen, aber nur, wenn du es möchtest. Erlaubst du es mir?« Trotz seiner Begierde, seines rasenden Verlangens bemühte er sich, seine Stimme ruhig zu halten und ihr geduldig zuzureden.

»Ja.« Doch ihr Körper blieb so straff gespannt wie eine Bogensehne.

Zuerst küsste Finn ihr Gesicht, dann legte er sanft und zögernd die Lippen auf ihren Mund. Sobald sie ein wenig nachgab, vertiefte er den Kuss um ein erregendes kleines bisschen; liebkoste ihre Lippen und ihre Zunge und berauschte sich an ihrem einzigartig süßen Geschmack. Dabei streichelte sein Daumen mit unendlich langsamen Kreisen, so als ob er alle Zeit der Welt hätte, die zarte Haut an der Innenseite ihres Schenkels, direkt über dem Knie.

Schließlich begann sie, vorsichtig mitzumachen und seinen Rhythmus aufzunehmen. Finn spürte, wie ihre Muskeln sich allmählich lockerten, während sie sich auf ihn einließ, es zuließ, dass er sie unter den Kleidern berührte. »Vertrau mir«, sagte er wieder, küsste sie aufs Kinn und zog sie, plötzlich sehr selbstbewusst und entschlossen, mit einer Hand an sich, während er sich mit der anderen an ihrem Schenkel nach oben arbeitete, mit allen Sinnen auf die bevorstehende wichtige Aufgabe konzentriert.

Die Haut unter seinen Fingerspitzen war unbeschreiblich; nie war eine Seide gesponnen worden, die sich so fein, so zart, so warm und lebendig anfühlte. Er erreichte den Saum ihrer Unterhose und schob seine Finger darunter, übte sich in Geduld, kostete jeden Moment aus und wagte es kaum, sich auf sein Ziel zuzubewegen.

Alexandra ließ den Kopf auf seine Schulter sinken. »Finn, *bitte.*«

»Pst!« Seine Finger hatten den bereits feuchten Hosenschlitz gefunden und berührten winzige Löckchen. »Du bist so schön«, flüsterte er in ihr Haar. »Wunderschön.« Sein Glied drückte fordernd gegen seine Hose, doch Finn richtete seine Aufmerksamkeit stattdessen grimmig auf die Bewegungen seiner Finger an dieser schlüpfrigen, intimen Stelle und prägte sich jedes kostbare Detail ein.

Alexandra keuchte und wimmerte an seiner Schulter, grub die Finger in seinen Rücken und drängte sich an ihn. Endlich fand sein Daumen die winzige Knospe, diese großartige Ansammlung von Nervenenden unter der schützenden Hülle und begann, sie bewusst langsam zu umkreisen. Finn stellte sich vor, wie diese Reize über die Nervenbahnen jagten und im Hirn chemische Reaktionen auslösten, die schließlich zu einem lustvollen Gefühlsausbruch führten; und all diese herrlichen wissenschaftlichen Prozesse und rätselhaften Vorgänge in ihrem Körper wurden von seiner Hand in Gang gesetzt. »Lass dich gehen«, raunte er. »Ich zeige es dir. Es ist alles in Ordnung. Kämpf nicht dagegen an, Liebling, ja, mein Schatz, so ist es richtig. Gib dich einfach hin.« Finn spürte, dass ihre Spannung stieg, dass sie auf den Höhepunkt zusteuerte, und ließ den Daumen etwas schneller und fester kreisen, während er ihr die ganze Zeit Komplimente ins Ohr flüsterte.

Plötzlich rief Alexandra beinahe gequält seinen Namen, dann erstarrte sie zitternd in seinen Armen, und er schob einen Finger in sie hinein und genoss die sanften Kontraktionen ihres Orgasmus. Dann schloss er die Augen vor Freude über dieses Wunder.

Sie war *sein.* Jetzt gehörte sie ihm. Dafür wurde er sorgen. Er würde ihr zeigen, wie perfekt sie zueinanderpassten. Würde sie dazu bringen, es zu begreifen und an ihre eigene Schönheit zu glauben.

Alexandra erbebte ein letztes Mal, dann sackte sie in sich zusammen und vergrub das Gesicht in seiner Halsbeuge.

Er hielt sie noch eine Weile im Arm und weidete sich an

ihrem Keuchen und ihrem schnellen Herzschlag an seinem. Irgendwann in der turbulenten letzten halben Stunde hatte das Sonnenlicht den Weg durch das Fenster gefunden, nun schien selbst die Luft golden angehaucht zu sein. Er sah den Staubkörnern zu, die taumelnd durchs Licht schwebten, und spürte, dass ihn trotz der Qualen, die seine unterdrückte Erektion ihm bereitete, tiefe Zufriedenheit erfüllte.

Er gehörte *ihr*. Und zwar mit Leib und Seele.

Endlich rührte Alexandra sich und fasste ihn am Jackett.

»Alles in Ordnung?«, fragte Finn.

»Danke«, sagte sie und hob den Kopf, mied jedoch seinen Blick. »Das war sehr schön.«

Finn ließ seine Hand an ihrem Bein heruntergleiten, wobei er eine feuchte Spur auf ihrer Haut hinterließ. »Oh, meine Liebe, das war erst der Anfang.« Er strich die zahlreichen Röcke glatt, streifte ihr das Mieder wieder über und knöpfte es zu. Dann nahm er die Haarnadeln vom Tisch, legte seine große Hand um ihr loses Haar und drehte es zu einem Knoten zusammen, den er, eingehüllt in den sinnlichen Duft ihrer Erregung, so lange in ihrem Nacken festhielt, bis er die Nadeln, eine nach der anderen, wieder hineingesteckt hatte.

»Danke«, sagte Alexandra noch einmal leise.

Finn beugte sich vor und küsste sie flüchtig.

»Schon gut, Liebling«, sagte er. »Ich geh dann mal den Reifen reparieren.«

Finn nahm seine Mütze, seine Handschuhe und sein Werkzeug, duckte sich unter dem Türbalken durch und marschierte mit höllisch schmerzenden Hoden über die Wiese zum Automobil.

FÜNFZEHN

Das war erst der Anfang.

Was um alles in der Welt hatte er damit gemeint?

Verblüfft und ungläubig starrte Alexandra auf die Tür. War das alles wirklich passiert? Hatte er gerade in ihrem Körper ein ungeheures Feuerwerk entfacht und sich dann einfach *verdrückt*? Um seinen *Reifen* zu reparieren?

Wie sollte es denn nun weitergehen?

Als sie vom Tisch rutschte, wären ihr fast die Beine weggeknickt, so als ob es Phineas Burke irgendwie gelungen wäre, ihr nicht nur den Verstand, sondern auch die Knochen zu rauben.

Zuzutrauen war es ihm.

Das war erst der Anfang.

Alexandra sah sich in der nun sonnendurchfluteten Werkstatt um. Es musste fast Mittag sein. War so viel Zeit vergangen? Ihr Hirn schien benebelt zu sein und nicht mehr richtig zu funktionieren, denn es dauerte eine Weile, bis die Bilder, die auf ihre Netzhaut trafen, auch von ihr erfasst wurden. Ihre gesamte Auffassungsgabe konzentrierte sich im Moment auf das drängende, köstliche Pochen zwischen ihren Beinen, und darauf, wie es sich angefühlt hatte, als Finns Finger sie dort berührten: Es war so ähnlich wie der Phantomschmerz, den Amputierte angeblich noch nach Monaten und Jahren an der Stelle spüren, an der ihnen ein Körperteil entfernt worden ist.

Dann kamen ihr zwei völlig verschiedene Gedanken gleichzeitig. Erstens, sie wollte diese Finger wiederhaben, und zwar so schnell wie möglich, und dazu den Mann, dem sie gehörten.

Zweitens, sie war allein in Phineas Burkes privater Werkstatt und hatte mindestens eine halbe Stunde Zeit, bis er wieder zurück sein würde.

Am liebsten hätte sie sich nur mit dem ersten Gedanken befasst, denn die Sehnsucht nach ihm war sehr angenehm, unkompliziert und völlig verständlich, insbesondere nachdem er ihr gerade so große Lust bereitet hatte. Schließlich war sie eine Frau in gebärfähigem Alter; nichts war natürlicher als körperliche Begierden und nichts schöner, als an ihre Befriedigung zu denken.

Doch der zweite, düstere und hinterhältige Gedanke drängte sich immer wieder vor.

Was, wenn es hier *wirklich* etwas gab, das der *Manchester Maschinenfabrik* helfen könnte?

Nein. Es war schrecklich, und nach dem, was sie gerade geteilt hatten, unanständig, auch nur daran zu denken.

Aber war sie nicht in erster Linie deshalb gekommen? Leidenschaftliche Begegnungen waren ja gut und schön, doch Männer erholten sich schnell davon, selbst so nobel gesinnte Männer wie Phineas Burke. In einem Monat, einem Jahr, wo würde sie dann sein? Immer noch mittellos, ihre Schwester nach wie vor unverheiratet und ihr Leben ein Trümmerhaufen, der nichts mit ihrem früheren Dasein gemein hatte.

Verzweifelt schaute Alexandra in die Runde. Es war unmöglich. Was konnte jemand, der Dampfwagen baute, in dieser Werkstatt finden?

Immerhin hatte Finn bei seiner Batterie einen Durchbruch erzielt, und zwar einen wichtigen. Vielleicht konnte sie William Hartley davon überzeugen, es ihm nachzutun und auf elektrische Motoren umzuschwenken, falls er es nicht schon getan hatte. Wenn sogar ein blutiger Laie wie sie die Vorteile des elektrischen Antriebs sehen konnte, mussten sie ziemlich deutlich sein.

Alles, was sie brauchte, war, dass die Aktien des Unternehmens stiegen. Damit sie ihr Paket zu einem vernünftigen Preis verkaufen konnte und ihr Geld wiederhatte, sodass sie mit Abigail nach London zurückkehren konnte, zu ihren Salons und dem Leben, über das sie sich stets definiert hatte. Zu Luxus, Dienern sowie anständigem französischen Wein und schönen Kleidern; zu der Pflicht, ihre Schwester zu verheiraten; und zu dem Gefühl, zu den oberen Zehntausend zu gehören.

Dem Gefühl, etwas zu bedeuten.

Und wieder heil, sicher und unverwundbar zu sein.

Sie würde nichts stehlen und eventuelle Informationen nicht direkt weitergeben. Das wäre falsch. Sie wollte nur … nachsehen. Lernen. Ihre eigenen Schlüsse ziehen und dann an Mr. Hartley schreiben, um ihm Ratschläge zu geben. Nichts, was Mr. Burke irgendwie schaden könnte.

Und wer weiß … vielleicht bekam sie am Ende beides. Den ihr angemessenen Platz in der Londoner Gesellschaft und Finn als Liebhaber, der jeden Abend, wenn die anderen gegangen waren, zu ihr ins Bett stieg. Vielleicht konnten sie ein abgelegenes Häuschen auf dem Lande mieten und sich dort zu kurzen Ferien treffen. Das wäre sicher sehr romantisch. Sie würde ihm alles vergelten, ihn mit Liebe und Fürsorge überschütten und seinen wunderbaren Körper mit Küssen bedecken. Sie würde die beste Geliebte sein, die ein Mann je gehabt hatte, und ihn nie auch nur einen Penny kosten. Vielleicht konnte sie ihm sogar bei der Arbeit helfen. Solange er sie wollte und begehrte, sollte er alles von ihr haben, was sie ihm geben konnte.

Es kostete Alexandra einige Mühe, den eisernen Griff zu lösen, mit dem sie sich an der Tischkante festhielt. Dann ließ sie den Blick durch den Raum wandern. Es musste doch Notizen geben, irgendwelche Papiere. Wo würde er sie aufbewahren?

Sie ging zum Schrank und dem langen Tisch an der Wand. Zylinder, Flaschen, Kästen mit unleserlichen Etiketten, der Gasring, über dem Finn den Tee gemacht hatte, aber keinerlei Papiere, vielleicht wegen der Feuergefahr.

Alexandra drehte sich um. Der Arbeitstisch war leer bis auf ihren Hut und ihre verlorene Tugend.

Auf dem Lampentisch stand nur die Petroleumlampe.

Ein Stapel Ersatzreifen, die verwaisten Klötze, auf denen das Automobil geruht hatte, ordentlich aufeinandergestellte Kisten an der Wand gegenüber …

Oben auf den Kisten lag etwas, das Alexandras Aufmerksamkeit erregte. Die Behältnisse standen etwas abseits in einer schattigen Ecke, wo das Sonnenlicht nicht hinkommen konnte, und waren aus guter, robuster englischer Eiche, der Art, die man früher benutzt hatte, um Schiffe zu bauen, die Kanonenfeuer und Wirbelstürmen widerstanden.

Schnell ging sie darauf zu. Gleich auf dem ersten lag ein Haufen Papiere, obenauf der Umschlag, den sie Finn vor ein paar Tagen gebracht hatte. Der Brief von seiner Mutter, der berüchtigten Marianne Burke. Alexandra fuhr mit der Hand über die gestochen scharfe Handschrift und legte ihn beiseite.

Unter dem persönlichen Brief lagen Papiere, die mit derselben unleserlichen Handschrift beschrieben waren wie die Etiketten auf den Kästen. Vermutlich Finns Handschrift. Zögernd ließ sie die Hand über dem Stapel schweben.

Dann schloss sie die Augen.

Noch bebte sie innerlich von der Kraft, die Finn entfesselt hatte, von dieser überwältigenden Woge körperlicher Lust, die sie bis ins Mark erschüttert hatte. Noch zitterten die Knie, ging der Atem seltsam schnell, und vor ihrem geistigen Augen sah sie immer noch ihn, das Haar feuerrot in der Sonne, die grünen Augen so warm und zärtlich.

So vertrauensvoll.

Ich werde es dir beweisen, Liebling. Lass mich dir zeigen, was für eine Frau du wirklich bist.

Alexandra öffnete die Augen, nahm die Papiere und schaute auf das oberste Blatt. Hauptsächlich Notizen mit Zeichnungen und Diagrammen dazwischen. Nichts davon ergab einen Sinn für sie. Die Handschrift war schwer zu lesen. Kleine, hastige Buchstaben, als ob Finns Hand Schwierigkeiten gehabt hätte, mit seinem Hirn mitzuhalten. Nur die Überschrift konnte sie entziffern: *Blei-Säure-Batterie (verb. 4. März 1890).* Oder vielleicht auch am 9. März; die Zahl hatte einen so seltsamen Bogen, dass es beides sein konnte.

Ich bin in meinem Leben schon einer ganzen Reihe von selbstsüchtigen Frauen begegnet, aber du bist anders.

Noch einmal schloss Alexandra die Augen.

Als sie sie wieder aufmachte, vermied sie es, auf den Stapel mit Finns Notizen zu schauen. Stattdessen nahm sie den Brief von seiner Mutter und legte ihn wieder darüber, sodass all die Pfeile und Zeichnungen und die eilige schwarze Handschrift verdeckt waren. Mit den Fingerspitzen strich sie sanft über den cremeweißen Umschlag und fragte sich, wie sie wohl war, die Frau, die den wunderbaren Finn geboren, ihn geliebt und in ihrem Haus in Richmond großgezogen hatte.

Nein. Es musste einen anderen Weg geben. Sie war doch intelligent und clever. Sie würde etwas finden, das nichts mit Finn, seiner Werkstatt und seinen unleserlichen Notizen zu tun hatte. Vielleicht sollte sie an ihren Neffen schreiben und ihn bitten, mit dem Unsinn aufzuhören und die Dampfwagen aufzugeben, vielleicht sollte sie auch tatsächlich einmal zu einer Vorstandssitzung gehen und ihr Stimmrecht als Aktionärin nutzen …

Die Hintertür knarrte leise.

Zunächst registrierte sie das Geräusch gar nicht richtig, so tief in Gedanken war sie. Es drang nur von fern in ihr Bewusstsein, eher als Belästigung.

»Ah hallo«, sagte Finn. »Was hast du vor?«

Hastig drehte Alexandra sich um und versteckte die Papiere hinter dem Rücken. »Oh! Du bist schon zurück!«

»Ja, ich mach nur schnell das Kutschentor auf. Dauert nicht lange.« Er runzelte die Stirn. »Was hast du denn da?«

»Nichts. Gar nichts. Das heißt«, fuhr sie fort, als ihr aufging, dass sie alles noch schlimmer machte, »nur ein paar Papiere. Wohl deine Aufzeichnungen. Ich war neugierig. Wegen der Batterie.«

Finn lächelte breit. »Tatsächlich?«

»Nun, schließlich habe ich dir dabei geholfen, sie zusammenzubauen.«

»In der Tat.« Finn drehte sich zum Kutschentor um und schob den Riegel beiseite. »Kannst du meine Notizen denn lesen? Mein Assistent in England findet meine Schrift unmöglich.«

»Besonders gut ist sie wirklich nicht.« Alexandra bewunderte die Lässigkeit, mit der er die Torflügel weit aufstieß und eine frische Brise hereinließ, die schon warm war von der Morgensonne und geschwängert vom Blütenduft der Apfelbäume ringsum. Das Automobil stand direkt vor der Tür und funkelte im hellen Sonnenschein.

»Dann nimm sie doch mit ins Haus, wenn du möchtest.« Finn drehte den Kopf in ihre Richtung und klopfte sich mit dem Finger auf die Schläfe. »Ich hab sowieso alles im Kopf. Ich erkläre es dir auch gerne, wenn du etwas nicht verstehen solltest. Oder mein Gekritzel nicht entziffern kannst, was wahrscheinlicher ist.« Letzteres sagte er über die Schulter, während er durch das Kutschentor wieder nach draußen ging und sich gegen die rechte Seite der Maschine stemmte, gleich neben der Lenkstange. Eine Hand an der Stange, schob er das Automobil durch die Türen bis vor die Klötze. »Da wären wir. Alle wieder da.«

Finn langte in den Wagen, wahrscheinlich um die Bremse anzuziehen, und als sein langer, wunderbarer Körper in dem robusten englischen Tweedanzug sich vor ihren Augen streckte, stockte Alexandra der Atem.

Sind Sie das, Lady Morley? Sind Sie in meinen Freund verliebt?

Finn sah sie an. »Alles in Ordnung, Alexandra?«

Sie riss sich zusammen. »Oh ja. Mir geht's großartig, wie du sehr wohl weißt. Eigentlich bist du derjenige … du musst müde sein. Und erschöpft. Du solltest ins Schloss gehen und dich hinlegen.«

Finn streckte einen Arm nach ihr aus, und sie konnte nicht widerstehen, konnte sich nicht davon abhalten, zu ihm zu gehen, sich an diese warme, breite Brust zu lehnen und zu spüren, wie seine Arme sich um sie schlossen. »Es tut mir leid, Liebling. Du hast vollkommen recht, ich bin völlig erschöpft. Wärst du sehr enttäuscht, wenn ich dich allein ließe?«

»Überhaupt nicht.« Sein Tweedsakko kratzte angenehm an der Wange. Alexandra schloss die Augen und genoss das Gefühl. Prägte es sich gut ein für alle Fälle.

Finn strich ihr über den Hinterkopf. »Sehe ich dich heute Abend?«

»Zum Essen, natürlich.« In ihrem Magen flatterten Schmetterlinge.

Leiser frage er: »Und danach?«

»Das ist gefährlich. Alle werden unterwegs sein, Wallingford, meine Schwester und die anderen auch …«

Finn zuckte die Achseln. »Wenn du lieber nicht …«

»Doch! Ich will …« Alexandra schluckte. Sie wollte keine halben Sachen. Sie wollte ihn, ganz, mit Haut und Haar, um die große Leere in sich zu füllen. »Darf ich … falls du nicht zu müde bist … ich könnte vielleicht kurz in dein Zimmer kommen.«

Finn drückte sie an sich. »Nein. Wenn einer von uns nachts durchs Schloss schleicht, dann ich. Wenn man dich entdecken würde …«

»Keine Angst. Dein Zimmer liegt direkt neben der Hintertreppe. Niemand wird mich sehen.«

Sein Atem wärmte ihr Haar, und trotz der vielen Schichten Tweed und Baumwolle zwischen ihnen konnte sie seinen Herzschlag spüren.

»Nur wenn du dir sicher bist«, sagte Finn endlich. »Absolut sicher.«

Alexandra löste sich aus seinen Armen und sah ihm tief in die Augen. »Ich bin mir noch nie im Leben so sicher gewesen, Mr. Burke.«

Mit dem Daumen zeichnete Finn die Umrisse ihrer Lippen nach. »Dann, Lady Morley, werde ich auf Sie warten.«

Eine Stimme durchdrang die warme Stille.

»Signora Morley! Endlich!«

Erstaunt und verwirrt schaute Alexandra auf. Ihre Augen schmerzten vom konzentrierten Lesen, und ihre Gedanken kreisten um Aristoteles. Es dauerte einige Sekunden, bis ihr wieder einfiel, dass sie in Italien war, in dem Raum, den sie mittlerweile beschönigend *den Wintergarten* nannten, und dass die Frau, die mit ihr sprach, Signorina Morini war.

Die anscheinend sehr aufgeregt war, denn ihr Kopftuch saß schief, und sie rang die Hände. »Oh Signora! Die Eier!«

Alexandra blinzelte. »Welche Eier?«

»Die Eier, die gesegneten! Sie sind weg!«

»Die *gesegneten Eier*?« Alexandra runzelte die Stirn. »Soll das heißen, die Eier von gestern, die, bei denen der Priester … so gemacht hat …« Sie ahmte die Bewegung nach.

»Ja! Die gesegneten Eier! Sie sind gestohlen!«

»Gestohlen? Ach, kommen Sie, Signorina. Bestimmt nicht. Warum sollte jemand so … heilige Eier stehlen? Das wäre doch Blasphemie, oder?«

Signorina Morini kniff die Augen zusammen. »Das war Giacomo. Er fürchtet nicht Tod und Teufel.«

»Ah ja. Der berüchtigte Giacomo. Scheint ein ziemlich lästiger Zeitgenosse zu sein.« Alexandra deponierte das Buch auf dem Tisch neben ihrem Sessel und legte die Fingerspitzen aneinander. »Aber warum um alles in der Welt sollte er Ihre Eier stehlen?«

Signorina Morini wedelte mit der Hand. »Er hat die Eier nicht selber gestohlen, *no, no*. Er hat die Männer aus dem Stall geschickt. Wegen dem Käse.«

»Welchem Käse?«

»*Dem* Käse, er soll reifen in den Ställen. Ist eine Tradition. Aber die Männer dieses Jahr sagen, ist zu viel Arbeit. Ich *weiß*, das kommt von Giacomo.« Nachdrücklich wackelte die Haushälterin mit ihrem rechten Zeigefinger.

»*Giacomo* ist es zu viel Arbeit?«

»Nein, nein, der *Käse* ist zu viel Arbeit«, erklärte Signorina Morini ungeduldig. »Für die Männer im Stall. Es ist der Geruch, sagen sie. Giacomo, er hetzt sie. Er sagt den Männern, sie sollen gehen in das Schloss und nehmen die Eier.«

Alexandra beugte sich vor und stützte die Ellbogen auf die

Knie, so konnte sie sich besser die Schläfen reiben. »Weiß er, dass diese Eier gesegnet worden sind?«

»Si, si«, sagte die Morini bitter. »Aber ist ihm egal.«

»Oh, ein Atheist! Großartig. Das ist doch mal eine Abwechslung. Trotzdem hoffe ich, dass er die Eier nicht absichtlich kaputt macht. Stellen Sie sich das mal vor!«, sagte Alexandra.

Entsetzt schaute die Morini sie an. »Dass er die Eier kaputt macht?«

»Oh, verzeihen Sie mir. Ich habe nur laut gedacht.« Alexandra lächelte beruhigend. »Ich verstehe natürlich, dass wir es mit einem ernsten Problem zu tun haben. Doch leider begreife ich die Sache nicht ganz. Warum sollte dieser Giacomo denn den ganzen Ärger anzetteln?«

Die Morini seufzte tief und kreuzte die Arme. »Er ist enttäuschend.«

»Oh ja, furchtbar sogar. Da gebe ich Ihnen recht. Und das alles wegen ein paar Käselaiben, wirklich! Nie hat mich ein Mann so enttäuscht. Jedenfalls nicht in letzter Zeit.«

»Nein, ich meine … er ist enttäuscht worden.«

»Ah.« Alexandra machte eine respektvolle Pause. »Wahrscheinlich Liebeskummer, oder?«

Signorina Morini senkte den Kopf. *»Si.«*

»Oh! Etwa *Ihretwegen*?«

Als die Haushälterin wieder aufsah, blitzten ihre schwarzen Augen wütend. »Ist lange her. Ist vorbei! Aber Giacomo, er …« Hilflos ruderte sie mit den Armen.

»Er ist noch nicht darüber hinweg?«, riet Alexandra. »Er hat geschworen, alle, die in der Küche arbeiten, bis zum Ende seines Lebens zu schikanieren?«

»*Si, si*. Genau. Es ist schrecklich, Mylady. Was ich leiden muss. Und Sie auch!« Signorina Morini beugte sich vor und raunte ihr vertraulich ins Ohr: »Giacomo, er schickt die Menschen zu

Signor Burke, wenn Sie sind bei ihm. Giacomo, er schickt den Herzog in den Obstgarten gestern Abend.«

Ärgerlich schnappte Alexandra nach Luft. »Das glaube ich nicht! Das würde er nicht wagen!«

»Doch!« Die Morini nickte energisch. »Er hasst Verliebte. Und er hasst Frauen. Er versucht, Sie und Ihre Freundinnen zu verjagen.«

»Also, das lasse ich mir nicht gefallen.« Alexandra sprang auf. »Der hat vielleicht Nerven! Ich werde sofort zu ihm gehen und ihm sagen …«

Die Haushälterin trat einen Schritt zurück. »*No, no*! Das ist so … nicht möglich.«

»Und warum ist es nicht möglich, bitte schön?« Die Marquise schäumte vor Wut. Der Mann hatte nicht nur die Eier geklaut, die gewissermaßen unter ihrem mütterlichen Schutz standen, sondern ihr auch noch Wallingford auf den Hals gehetzt! Absichtlich! Die Tat schrie nach geradezu biblischer Rache.

»Das ist unmöglich!«, wiederholte die Haushälterin entschieden.

»Und ob das möglich ist. Schließlich bin *ich* hier die Herrin. Ich lasse es nicht zu, dass mein eigener Diener gegen mich intrigiert.« Alexandra begann, im Raum auf- und abzugehen. »Gibt es hier einen Kerker? Ist er benutzbar?«

Nervös zupfte die Haushälterin an ihrem Kopftuch. »Vielleicht … vielleicht ist es besser, wenn ich spreche mit Signorina Abigail.«

»Abigail? Miss Harewood? Warum zum Teufel?« Alexandra blieb stehen und wandte sich Signorina Morini zu. »Die hat doch nicht die *leiseste* Ahnung davon, wie man sich durchsetzt.«

»Ich gehe zu ihr. Sie ist … sie kennt die Männer aus dem Stall. Sie kann ihnen sagen, wir bringen den Käse auf den

Dachboden. Dann sie uns geben die Eier zurück. Und alles ist gut.« Signorina Morini drehte sich zur Tür um.

»Einen Moment, warten Sie«, sagte Alexandra in ihrem herrischsten Ton. »Gerade haben Sie so getan, als hätten wir es mit dem größten Verbrechen der Menschheitsgeschichte zu tun, und mit einem Mal geben Sie klein bei. Haben Sie eine Meise?«

Signorina Morini sah über die Schulter. »Eine Meise, Mylady? Einen Vogel?«

»Ach, vergessen Sie's. Ich wüsste nur gerne, warum Sie Ihre Meinung geändert haben.« Hochaufgerichtet musterte Alexandra die Haushälterin mit kühler Strenge.

Signorina Morini seufzte tief und sank ihr gegenüber auf einen Stuhl. Ihr Gesicht schien plötzlich gealtert zu sein, und sie war so blass, dass man beinahe durch sie hindurchsehen konnte. »Sie müssen verstehen, Signora, wir leben hier viele Jahre. Wir kämpfen und lieben. Die Männer im Stall und auf den Feldern, die Frauen im Haus und im Garten. Die Engländer, die Besucher, machen es anders. Es ist … es ist …« Sie schaute auf ihre Hände, die mit den Handflächen nach oben in ihrem Schoß lagen.

»Alles durcheinander?«, fragte Alexandra.

»Ja! Der Käse, es war vielleicht etwas falsch, den Käse zu bringen in die Ställe. Die Mädchen wollen nicht auf den Dachboden, und ich habe das Gefühl … es ist so gut, dass wieder Frauen im Schloss sind, gerade jetzt …«

»Wieso gerade jetzt?«

»Es ist gerade so wie in den alten Tagen, wie damals.«

Alexandra räusperte sich. »Gab es damals auch eine Signora Rosseti?«

Die Haushälterin sah sie scharf an. »*Si*. Ist sehr lange her. Ich habe vergessen … ich hoffe … Aber ist zu viel, das mit dem

Käse. Ich schicke Signorina Abigail, sie spricht zu den Männern, dann ist es gut. Und wir haben die Eier wieder.«

»Ich bin durchaus imstande, die Sache zu regeln«, begann Alexandra.

»Nein!« Die Haushälterin stand abrupt auf. »Nein, Signora. Besser, wir schicken Signorina Abigail. Die Männer mögen sie. Sie melkt die Ziegen und kümmert sich um die *pulcini*, die Küken.«

»Oh ja. Vielleicht haben Sie recht.« Alexandra schaute auf die Papiere, die auf dem Tisch lagen. »Im Moment bin ich sowieso sehr beschäftigt. Aber dieser Giacomo. Ich kann wirklich nicht zulassen …«

»*No*, Signora!« Die Haushälterin schüttelte heftig den Kopf. »Ich gehe zu Giacomo. Ich kenne ihn. Ich habe gesprochen, ohne zu denken, und Ihnen solche Sachen gesagt. Weil ich so ärgerlich war. Jetzt ist es fast Zeit für das Abendessen. Sie gehen zum Essen, sehen Ihren hübschen Signor Burke und treffen ihn in seinem Zimmer, wenn der Mond aufgeht …«

»Was? Woher wollen Sie das wissen?« Völlig verblüfft starrte Alexandra die Frau an. Hatte sie etwa an der Werkstatttür gelauscht? Oder hatte Finn mit ihr gesprochen; sie vielleicht um Hilfe gebeten?

Signorina Morini legte einen Finger auf die Lippen und lächelte. »Ich weiß alles, Signora. Ich gebe Ihnen ein wenig Wein, ein wenig Brot und eine *torta* mit Mandeln. Ich sorge, dass die Diele frei ist. Keine Angst. Sie sind nur … verliebt.«

Alexandra biss sich auf die Lippe. »Hören Sie, Morini. Das ist völlig unnötig. Ich habe keine Ahnung, wovon Sie reden, ehrlich.« Doch ihre Stimme klang alles andere als selbstsicher.

Die Haushälterin richtete ihr Kopftuch und zwinkerte ihr zu. »Machen Sie sich keine Sorgen, Signora. Ich wache über alles hier«, sagte sie im Gehen.

»Warten Sie! Eins noch.«

Eine Hand an der Tür, wandte Signorina Morini den Kopf.

»Abigail hat mir gestern irgendetwas von einem Fluch erzählt, der auf dem Schloss liegen soll.«

Morinis Miene erstarrte zu Stein. »Ein Fluch, Signora?«

»Ja. Wegen eines niederträchtigen Engländers und so weiter. Die Sache ist die, Abigail ist noch recht jung und leicht zu beeindrucken, und ich würde es sehr begrüßen …« Wieder räusperte sie sich. »Nun, am besten wäre es wohl, wenn Sie ihr in Zukunft nicht mehr solche Geschichten auftischten.«

Mit einer Hand strich die Morini sich die Schürze glatt. »Gut, Signora. Natürlich.«

»Es *ist* doch eine Geschichte, oder?«, fragte Alexandra.

Die Haushälterin sah sie kurz an, senkte dann aber den Blick. »*Si*, ist nur eine Geschichte. Mehr nicht.«

Dann drehte Signorina Morini sich um und ging.

SECHZEHN

Wie durch Zauberhand war der Korb in ihrem Zimmer aufgetaucht, während sie nach dem Abendessen ein Bad nahm, und nun, als Alexandra durch die schmale hintere Diele schlich, hing er schwer an ihrem Arm. Er war mit einem blau karierten Tuch abgedeckt und enthielt alles, was Signorina Morinis Speisekammer zu bieten hatte. Einschließlich der Mandeltorte, die, wie sie wusste, einfach köstlich war.

Das Mondlicht fiel durch die uralten Fenster und beleuchtete die abgetretenen Stufen der steinernen Treppe am Ende des Ganges. In dem fahlen Schein konnte man sich um Jahrhunderte zurückversetzt fühlen; Alexandra kam sich vor wie eine skrupellose Medici-Prinzessin, unterwegs, um sich Schlag Mitternacht mit ihrem Liebhaber zu treffen. Wie viele andere Frauen genau diese Hintertreppe hinaufgestiegen sein mochten, mit genau der gleichen Absicht? Wie viele wohl mit klopfendem Herzen, das Blut in den Adern pulsierend vor unziemlicher Vorfreude diese Stufen auf Strümpfen hinaufgehuscht waren?

Vielleicht war eine davon sogar die junge Lady gewesen, von der Abigail erzählt hatte. Diejenige, die verflucht worden war.

Nicht dass Alexandra an Verwünschungen glaubte.

Gleich, in einem Augenblick, würde sie in Finns Armen liegen. Und wenn er sie geküsst hatte, konnte sie ihn betrachten, ihn endlich kennenlernen, jeden Zentimeter an ihm.

Das Abendessen war eine Qual gewesen. Als sie ins Esszimmer gekommen war, hatte sie außer Finn, der mit einem Glas Grappa in der einen und einem Brief in der anderen Hand dastand, niemanden dort vorgefunden.

Bestürzt hatten sie einander angestarrt.

Oh, hallo, hatte sie gesagt, und er hatte sich leicht verbeugt und *Guten Abend, Lady Morley* erwidert, dann waren die Küchenmädchen mit dem Lammbraten gekommen, und Wallingford stürmte herein und erzählte reißerische Geschichten vom Käsekrieg (anscheinend hatte Abigail ein paar gemeine Kniffe angewandt und den Frauen aus der Küche einen fulminanten Sieg über die Männer aus dem Stall beschert), so hatten sie Platz nehmen können, ohne dass irgendjemand etwas bemerkte.

Alexandra hatte ihr Bestes getan, um den Schein zu wahren (*Ich möchte behaupten, Euer Gnaden, dass Sie Miss Harewoods Ziegen genauso interessant finden würden wie die Gänse, falls Sie sich damit beschäftigen würden),* aber Finn hatte geistesabwesend und still dagesessen und kein Wort gesagt, außer Lord Roland um den Pfeffer zu bitten, was nur dazu führte, dass sie ihn noch mehr begehrte. Dass sie das Weinglas beneidete, das er an die Lippen führte. Dass sie am liebsten über den Tisch hinweg auf seinen Schoß gesprungen wäre, um ihn mit luftigen Brocken *panettone* zu füttern und die Krümel von seiner Haut zu lecken.

Als der letzte Gang abgeräumt worden war, hatte er sich sofort von der Tafel erhoben und ihnen allen mit so frostiger Förmlichkeit einen guten Abend gewünscht, dass der starke Kaffee, der das Essen beschloss, fast in den Tassen gefroren wäre. Nur der Sekundenbruchteil, in dem er ihr in die Augen gesehen hatte, hatte sie davon abgehalten, ihn mit dem Zuckerlöffel aufzuspießen.

Selbst bei der Erinnerung wurde sie noch wütend.

Ein paar Stufen vor dem Ende der Treppe blieb Alexandra stehen und lauschte. Signorina Morini hatte ihr zwar eine leere Diele versprochen, aber sie hatte nicht vor, ihr letztes Geld darauf zu verwetten, dass eine italienische Haushälterin es schaffte, den Herzog von Wallingford davon abzuhalten, just in dem Moment um die Ecke zu kommen, in dem sie kurz davor war, an Phineas Burkes Schlafzimmertür zu pochen.

Doch im Schloss herrschte eine so tiefe Stille, dass sie ihren eigenen Herzschlag hören konnte. Nur in weiter Ferne klapperte es leise; wahrscheinlich die Mädchen, die die Küche aufräumten. Alexandra holte tief Luft und nahm die letzten Stufen.

Als sie die Hand hob, um an das teilnahmslose Holz von Finns Schlafzimmertür zu klopfen, hätte sie fast den Mut verloren. Zu sehr erinnerte die Szene sie an die Enttäuschung der vergangenen Nacht. Was, wenn er seine Meinung geändert hatte und zu dem Schluss gekommen war, sie sei das Risiko nicht wert? Was, wenn er wieder in seiner Werkstatt an seiner geliebten Maschine herumschraubte?

In dem Moment öffnete sich die Tür, und eine kräftige Hand zog sie ins Zimmer.

»Das ist heller Wahnsinn«, sagte Finn. »Du hättest nicht herkommen sollen.« Doch statt ihre Hand wieder loszulassen, hielt er sie in seinem warmen Griff fest. Alexandra hatte vergessen, wie groß er war; wie ein Turm ragte er vor ihr auf, die laubgrüne Farbe der Augen durch das Kerzenlicht gedämpft und das rote Haar so wirr vom Kopf abstehend, als ob er mit den Fingern hindurchgefahren wäre. Er hatte die Hemdsärmel ein Stück hochgekrempelt, und die weiße Baumwolle betonte die breiten, starken Schultern.

Beeindruckt ließ Alexandra den Korb fallen und legte die Hände auf seine Brust. Um sie herum verbreiteten mindestens ein Dutzend von Signorina Morinis besten Bienenwachskerzen goldenes Licht. »Hast du das etwa gehofft?«, fragte sie. Ihre Stimme klang rau.

Mit einer Hand berührte Finn ihr Haar, ehe er sie an ihre Wange legte. »Nein, Gott bewahre. Ich habe gebetet, dass du kommst. Du ahnst nicht, wie sehr.«

»Wirklich? Dabei hast du beim Abendessen so gleichgültig getan.«

»Alexandra«, sagte Finn leise und sehr vertraut, aber ein wenig vorwurfsvoll. »Inzwischen müsstest du mich besser kennen und wissen, was es bedeutet, wenn ich so ruhig bin.«

Sie sah zu ihm auf und begegnete diesem durchdringenden Blick, doch diesmal schreckte sie nicht davor zurück. »Ja, natürlich weiß ich das. Du warst genauso nervös wie ich.« Die Brust unter ihren Fingern glühte vor Hitze. Am liebsten hätte sie sich daran angelehnt, sich ganz fest an ihn gedrückt.

Statt einer Antwort hob Finn nur die andere Hand, legte sie an ihre andere Wange und gab ihr einen Kuss. Einen gierigen, leidenschaftlichen Kuss. So leidenschaftlich, dass der Funke übersprang und in Alexandra ein Feuer entfachte, das sie zum Schmelzen brachte, um den Verstand, ihr nur noch die Welt der Sinne ließ: den süßen Weingeschmack in seinem Mund, die überraschende Härte seines Körpers, den Duft seiner Seife und einen kaum noch merklichen Hauch von Leder und Öl. Alexandra hörte ein tiefes, zufriedenes Seufzen und erkannte, dass es aus ihrer eigenen Kehle kam.

Dann fasste sie nach Finns Schultern, seinem Hals, allem, woran sie ihn festhalten konnte, und er hob sie hoch und trug sie, ohne die Lippen von ihren zu lösen, quer durch das Zimmer zum Bett.

Sie hatte keine Chance, wieder zu Verstand zu kommen, nicht einmal die Gelegenheit, sich umzusehen. Wie ein Raubtier kniete er über ihr, die Hände neben ihrem Kopf, und küsste sie so ausdauernd, als wollte er nie wieder aufhören.

Alexandra strich über seinen Hals, das feste Kinn und die Wangen. Seine Haut fühlte sich weich, glatt und frisch rasiert an. »Du bist so schön«, flüsterte sie, »so wundervoll. Ich möchte dich sehen, Finn. Erlaub es mir. Ich will dich kennenlernen.«

Leicht lächelnd zog er sich etwas zurück, damit sie den Kopf an die Kissen lehnen konnte, stützte sich jedoch weiterhin rechts und links von ihr mit den langen Armen ab, damit sie ihm nicht weglaufen konnte. Obwohl seine Gesichtszüge wegen der Kerzen im Hintergrund schwer zu erkennen und unergründlich waren, hatte Alexandra das Gefühl, ihn noch nie so deutlich gesehen zu haben. »Ja, du bist großartig«, sagte sie leise und legte eine Hand an seinen Kragen, um sein Hemd aufzuknöpfen.

Finn verdrehte die Augen. »Tja, Liebe macht blind«, sagte er und küsste sie auf die Nasenspitze.

Alexandra antwortete nicht. Sie war viel zu sehr darauf konzentriert, die Knöpfe zu lösen, die nach und nach seine Brust zum Vorschein kommen ließen. Im Grunde hatte sie noch nie eine richtige Männerbrust gesehen; Lord Morley hatte so viel Anstand gehabt, stets ein Nachthemd zu tragen, und die einzigen Eindrücke von der tatsächlichen männlichen Anatomie hatte sie durch Bilder und Statuen gewonnen, die natürlich idealisierte Modelle darstellten, Kunstwerke eben. Alexandra erwartete nicht allen Ernstes, dass Phineas Burkes Brust wie die eines griechischen Gottes aussah. Doch das war auch gar nicht nötig, denn sie war schon verrückt nach ihm.

Trotzdem. Man sollte die Hoffnung nie aufgeben.

Die Haut unter dem Hemd, dem größer werdenden V, war blass und beinahe haarlos. Sie strich über die feinen rotgoldenen Härchen, zerrte ungeduldig an dem dünnen weißen

Baumwollhemd und zog es aus seiner Hose. Dann machte sie mit beiden Händen eilig weiter, riss den letzten Knopf beinahe ab und streifte ihm dann mit einem erleichterten Seufzer das Hemd von den Schultern.

Er war perfekt, mit schlanken, ebenmäßigen Proportionen, die Muskeln hart und sehnig, die Haut blassgolden im Kerzenschein. Fasziniert ließ sie die Hände über seinen Brustkorb, um die Schultern herum zu den Halsmuskeln wandern. Ohne sie aus den Augen zu lassen, senkte Finn den Kopf und drückte einen Kuss auf ihre Handfläche. Sie fühlte sich schwerelos, wie eine Feder, die in einer Art Nebel leicht benommen über der weichen Matratze schwebte. War sie wirklich in seinem Zimmer? Lag sie, Alexandra Morley, wahrhaftig in Phineas Burkes Bett und strich neugierig über seine nackte Haut?

Womit hatte sie es bloß verdient, dass er ihr geschenkt worden war?

Finn beugte den Kopf und küsste sie wieder, sanft diesmal, und Alexandra spürte, dass eine Hand über ihren Oberkörper glitt und sich auf ihre Brust legte. Sie hatte ein lockeres Kleid angezogen, das nicht so eng geschnürt und so reich verziert war wie ihre formelle Abendrobe, und er presste die Lippen zusammen, als ihm klar wurde, wie wenig Stoff zwischen seiner Hand und ihrer Haut lag. »Du weißt, was du tust, nicht wahr, Liebling?«, murmelte er, dann schob er die Hand weiter und nestelte zwischen ihrem Rücken und dem Bettlaken hektisch an ihren Knöpfen.

Alexandra prustete los. »Stopp. So schaffst du das nie.« Sie schob sich an den Kissen hoch und drehte ihm ihre Kehrseite zu. Ihr Haar hatte sich aus den Nadeln gelöst, deshalb hielt sie die schwere Masse hoch, während Finn versuchte, ihr Kleid zu öffnen.

»Warum zum Teufel hast du keinen Morgenrock angezogen?«, grummelte er. Seine Hände waren ungeschickt und viel zu hastig, rissen die Knöpfe fast aus den Löchern. Jedwede wissenschaftliche Distanziertheit schien ihm abhandengekommen zu sein.

»Weil es teuflisch schwergefallen wäre, eine Erklärung zu finden, wenn man mich in diesem Aufzug in der Diele erwischt hätte.« Als das Mieder sich löste und über ihre sensibilisierte Haut glitt, erschauerte Alexandra.

»Du zitterst schon wieder«, sagte Finn etwas freundlicher und machte etwas langsamer weiter. Alexandra schloss die Augen und genoss es, seinen Atem in ihrem Haar und seine Finger auf ihrem Rückgrat zu spüren.

»Ich kann nichts dagegen tun«, flüsterte sie wahrheitsgemäß. Begehren, Angst und Vorfreude hatten sich in ihrem Bauch zu einem einzigen unentwirrbaren Knoten verbunden. Nie im Leben war sie so nervös gewesen, nicht einmal in ihrer Hochzeitsnacht, in der es sehr förmlich, höflich und sittsam zugegangen war, nicht aufregender als beim Gang zum Altar, und Lord Morley war nicht zu vergleichen mit dem Mann, der nun mit ihr im Bett war. Sie hatte etwas angehabt, und der Bräutigam auch, und alles war nach einem bestimmten Muster verlaufen. Wie ein Ritual.

Das hier war etwas völlig anderes. Es war neu und aufregend und verboten; der Mann jung und brillant und hübsch. Er würde ihr Freude bereiten, *ganz* sicher, auch wenn sie noch nicht genau wusste, wie. Sie würde nackt sein, splitternackt und ausgeliefert – genau wie er. Und sie würden zusammen sein wie Mann und Frau, nur dass sie nicht verheiratet waren; und hinterher würde er sie in die Arme nehmen, damit sie an seiner Brust einschlafen konnte. All das erwartete sie in den nächsten Stunden. Und bei Tagesanbruch würde sie alle Geheimnisse kennen.

Finn schien zu spüren, in welcher Stimmung sie war. Er ging jetzt vorsichtiger vor, ließ seine Finger beim Aufknöpfen über ihre Wirbelsäule gleiten, und als endlich der letzte Knopf nachgab und das Mieder herabsank, glitten seine großen Händen um ihre Taille herum nach vorn und legten sich unter ihre Brüste, umfingen sie so ehrfürchtig, als hielten sie ein Nest mit jungen Vögeln. »Oh Gott, Liebling«, flüsterte er ihr heiser ins Ohr. »Sie sind wunderschön, so prall und rund, einfach perfekt.« Seine Daumen strichen über ihre hart gewordenen Spitzen, und ein neuer Schauer überlief sie. Alexandra hob die Arme, fasste nach hinten, legte die Hände um sein Gesicht und schob die Finger in sein dichtes Haar.

»Ich will dich, Alexandra«, murmelte Finn. »Ich will jeden Zentimeter an dir kennenlernen und eins werden mit dir.«

Da drehte sie sich um und presste ihre nackte Brust an seine, genoss das Gefühl, seine Haut an ihrer zu spüren. »Ich will dich auch. Ich will …« *Ich möchte ein Teil von dir sein. Ich will dich in mir spüren. Ich will deine Stärke, dein Leben, alles. Ich will dich.* Sie ließ ihre Hände abwärts gleiten. »Tu es. *Jetzt.* Ich will nicht länger warten.« Als ihre Finger sich am Bund seiner Hose zu schaffen machten, schob Finn sie ungeduldig beiseite und riss ihn selbst auf, dann zog er die Hose zusammen mit der Unterhose aus, wandte sich ihr völlig nackt mit voll erigiertem Glied zu und drückte sie mit seinen langen, kräftigen Armen aufs Bett zurück. Als Alexandra spürte, dass er an ihrer Hüfte mit ihrem Kleid kämpfte, hob sie den Po und schloss die Augen, denn nun entfernte er ihr letztes Kleidungsstück, und sie lag nackt vor ihm.

Finn rührte sich nicht mehr.

»Was ist? Stimmt etwas nicht?«

»Nein.« Seine Stimme war rau. Dann leckte er über eine ihrer Brustwarzen. Alexandra spürte es bis in die Zehenspitzen, und zwischen ihren Beinen wurde es feucht und heiß. »Du bist wunderschön«, sagte er. »Die hier, und die« – sein Mund legte sich auf ihre andere Brustwarze und saugte so heftig daran, dass ihr Körper sich aufbäumte und ein Stöhnen den Raum erfüllte – »und diese Kurven …« Seine Lippen glitten über ihren Bauch, und seine Hand, die genauso breit zu sein schien wie ihre Taille, legte sich auf ihre Hüfte, dann strich sein Daumen über ihre Locken und tastete sich mit so außergewöhnlicher Sanftheit voran, dass ihr die Luft wegblieb. Sein warmer Atem streifte ihre Haut.

Sie zitterte, brannte, fasste mit beiden Händen nach seinem Kopf und zog ihn an sich. »Jetzt. Bitte. *Bitte*, Finn. Ich brauche dich. Ich kann nicht … ich halte das nicht aus …«

Schwer und drängend drückte sein Glied sich an sie. Ohne nachzudenken, fasste sie einfach nach unten, um es in die Hand zu nehmen und das letzte Geheimnis seines Körpers zu erkunden: dieses verbotene, mysteriöse männliche Anhängsel, das ein so wichtiger Teil von ihm war. Als sie es fand, stöhnte Finn leise, dann legte sie die Finger um den dicken Schaft und weidete sich an dem Kontrast zwischen der seidigen Haut und der eisernen Härte. Er schien riesengroß zu sein, doch andererseits hatte sie keine Vergleichsmöglichkeit. Das Glied ihres Gatten hatte sie nie so berührt. Sie konnte nicht einmal mit Sicherheit sagen, ob sie es je gesehen hatte.

Finn schloss die Augen und verharrte, nur seine Schultern zitterten leicht. Im Kerzenlicht schien seine Haut von innen heraus zu leuchten, geradezu zu glühen von der Kraft, die er unterdrückte, während sie ihn streichelte und sich einprägte, wie er sich anfühlte. Geduldig wartete er und ließ sie gewähren. Sie drückte seine Penisspitze an ihre Schamlippen und probierte, wie es ihr gefiel, wenn seine herrliche Stärke auf ihre feuchte Nachgiebigkeit stieß.

Einen Augenblick senkte Finn den Kopf, als müsse er sich sammeln, dann schaute er wieder auf, sah ihr mit einem wilden Blick in die Augen und stieß zu.

Beinahe hätte Alexandra laut aufgeschrien, so groß war das Erschrecken über die Lust, die perfekt abgestimmte Kraft, die Fülle nach der Not. Dann hielt Finn kurz inne, wie um sein Gleichgewicht zu finden, und arbeitete sich langsam tiefer vor, dabei schaute er sie so durchdringend an, dass sie dachte, er würde sie mit seinem Blick durchbohren.

»Mein Gott«, stöhnte er. »Du bist so eng wie die Pforte zum Paradies.«

»Was?« Alexandra konnte an nichts anderes denken als an seinen Körper, der unaufhaltsam von ihr Besitz ergriff. »Ist das gut?«

»Lieber Himmel, ja.« Finn küsste sie und ließ die Hüften kreisen. »Oh Gott, Liebling. Hoffentlich kann ich das aushalten, ohne mich zu blamieren.«

Er war so groß, dass er sie völlig ausfüllte, und das erregte Alexandra. Sie spürte, wie ihr Körper sich an ihm rieb, wie in einem immer schneller pulsierenden Kern ein unbeschreiblicher Druck entstand; sie wollte mehr von ihm, mehr von dem Gefühl, mehr, immer mehr, endlos.

Sie schlang die Beine um ihn und trieb ihn mit Händen und Lippen an, und er verstand und gehorchte, stieß immer wieder zu, beobachtete sie genau, veränderte den Winkel, stieß erneut zu, und traf sein Ziel so genau, dass sie vor Schreck den Kopf zurückwarf. Dass es so etwas Schönes gab, hätte sie sich niemals träumen lassen. In all den Nächten, die sie bei ihrem Mann gelegen hatte, hatte sie keine Ahnung gehabt, dass es sich so anfühlen konnte, von einem Mann genommen zu werden. Sie fühlte Finns Penetration bis in den Bauch hinein, fühlte, wie er immer weiter vordrang, wie sie sich an ihn presste, damit er tiefer in sie hineinkam, sich inniger mit ihr vereinte, ihr mehr Lust bereitete. Dann spannten sich ihre Muskeln, wurden straffer und straffer, bis sie am ganzen Körper bebte und auf eine unbekannte Schwelle zusteuerte, über die sie nicht kommen konnte.

»Lass dich gehen, mein Schatz«, raunte Finn ihr ins Ohr, »mein wunderbares, schönes Mädchen, du bist fast da, lass dich fallen«, und dann schwebte sie endlich im flirrenden Nichts, geschüttelt von Wellen aus purer Energie, und ihr Schrei mischte sich mit seinem. Benommen spürte sie, wie er sich erschauernd aus ihr zurückzog und sich mit einem Arm abstützte, während sein Samen auf ihren Bauch spritzte.

Immer noch bebend vor Glück, schlang sie die Arme um seinen Hals, zog ihn an sich und ergötzte sich einige lange, ruhige Momente an dem weichen Haar an ihrer Wange, dem schweren Körper auf ihrem und dem nassen Erguss auf ihrer Haut.

Ganz allmählich kam Finn wieder zu sich, obwohl sein benebeltes Hirn immer noch nicht richtig arbeitete. Alexandra hielt ihn umschlungen und strich ihm mit einer Hand durchs Haar, während sein Brustkorb ihren Busen einzwängte.

»Tut mir leid«, murmelte er und löste sich von ihr. »Ich wollte ein Taschentuch bereithalten …«

»Scht. Ist schon in Ordnung. Es war großartig; du bist großartig.«

Finn stützte sich auf einen Ellbogen, nahm sein Hemd und wischte ihren weichen weißen Bauch ab. Er wollte etwas sagen, doch der Anblick ihrer Schönheit, ihrer barocken Kurven hatte ihm die Sprache verschlagen.

»Das macht doch nichts«, sagte Alexandra leise. »Ich meine, die Mühe hättest du dir sparen können. Ich bin unfruchtbar.«

Finn richtete den Blick wieder auf ihr Gesicht. Sie sah ihn ernst an, die Katzenaugen golden im Kerzenlicht. »Wie kommst du darauf?«

Alexandra zuckte die Achseln. »Ich war fünf Jahre verheiratet, ohne dass sich jemals eine Schwangerschaft angekündigt hätte.«

»Aber Schatz, du warst mit einem sehr viel älteren Mann verheiratet. Dessen frühere Ehen ebenfalls beide kinderlos geblieben sind, wenn ich mich recht erinnere. Ich schätze, du bist genauso fruchtbar wie jede andere Frau.« Finn beugte sich vor und küsste die prachtvolle rechte Brust, die genauso üppig und makellos war wie in seinen Träumen, und verzieh ihr versöhnt alle Qualen, die sie ihm in den letzten Wochen bereitet hatte.

»Was, es soll an *Lord Morley* liegen? Wie ist das möglich? Ich dachte, Männer … also, soweit ich weiß …«

»Nun, das ist doch ziemlich wahrscheinlich. So etwas kann alle möglichen Ursachen haben. Hast du nie eine Probe von einem Ejakulat unter dem Mikroskop gesehen?« Finn wandte sich ihrer linken Brust zu, die einsam und vernachlässigt wirkte.

Alexandra brauchte ein oder zwei Sekunden, um zu antworten. »Kaum zu glauben, aber nein, habe ich nicht.«

»Es ist bemerkenswert. In manchen wimmelt es nur so von Leben, und in anderen ist überhaupt nichts los.« Finn richtete sich wieder auf, legte eine Hand um ihre Brust und bewunderte die kaum zu bändigende Fülle. »Jedenfalls siehst du so *aus*, als könntest du Kinder bekommen. Wann hattest du deine letzte Periode?«

»Wie bitte?« Entsetzt riss Alexandra die Augen auf.

»Deine monatliche Regel.«

Alexandra war sprachlos. »Ich weiß nicht … wieso … vor

einer Woche, glaube ich … oh, um Himmels willen, Finn …« Ihre Haut war noch rosa angehaucht von ihrer aufregenden Vereinigung, dennoch schaffte es eine leichte Röte, die Farbe ihrer Wangen zu vertiefen.

Finn legte eine Hand auf Alexandras Bauch. »Na, dann dürften wir nichts zu befürchten haben. Sobald wir in Rom sind, besorge ich einige gute Verhütungsmittel. Schließlich ist der *Coitus interruptus* nicht absolut sicher; vor dem Höhepunkt wird ein Sekret abgesondert, das …«

Alexandra rollte sich auf den Bauch und grub den Kopf in sein Kissen. »Mein Gott. *Wissenschaftler.*«

Abgelenkt vom erfreulichen Anblick ihrer festen, runden Pobacken, gab Finn keine Antwort. Ganz ohne Zweifel ging sie gern spazieren. Vielleicht spielte sie auch noch Tennis. Wer hätte geahnt, dass ihre Röcke einen so reizenden Hintern verbargen? Es war eine Schande, wirklich.

»Finn?«, fragte Alexandra aus dem Kissen heraus.

»Ja, mein Schatz?«

»Du sprichst so sachlich darüber.«

»Wie du bereits bemerkt haben dürftest, meine Liebe, bin ich generell ein sehr sachlicher Mensch.« Sein Blick ruhte immer noch liebevoll auf ihrem prächtigen Po.

Alexandra wandte den Kopf. »Was *machst* du da?«

»Ich bewundere dich.«

Hastig setzte sie sich auf. »Hören Sie mal, Mr. Burke. Wir haben gerade … nun, wir haben höchst intime Dinge getan, wunderbare Dinge, *leidenschaftliche* Dinge, und ich hätte es wirklich … ich würde es begrüßen … tja, wenn du etwas dazu *sagen* würdest. Mich in die Arme nehmen und mir versichern würdest, dass es überwältigend war. Dass es mit allen anderen Frauen …«

»So viele waren es gar nicht.«

»Also, dass du so etwas noch nie erlebt hast. Selbst wenn du dafür schwindeln müsstest.«

Sie sah hinreißend aus, so erhitzt und zerzaust und ganz von ihm eingenommen. »Ach, darum geht's«, sagte Finn. Er streckte die Arme aus, schlang sie um Alexandra und zog sie wieder in die Kissen. »Es war wundervoll, Liebling. So etwas habe ich noch nie erlebt.«

»Meinen allerherzlichsten Dank.«

Finn schmunzelte. »Es war herrlich. Umwerfend.« Er strich ihr über den Arm. »Eigentlich hätte ich große Lust, es gleich noch mal zu tun, wenn du dazu bereit wärst. Frierst du?«

»Ein wenig.«

»Weil deine Temperatur sich abkühlt.« Er tastete nach den Rändern des Bettlakens und der Decken und zog sie unter ihren miteinander verschlungenen Körpern hervor. »So«, sagte er, indem er Alexandra damit zudeckte. »Besser?«

»Ja, viel besser.« Sie schmiegte den Kopf an seine Brust.

Finn lag einen Moment stumm da und streichelte ihr Haar, während er nach den richtigen Worten suchte. »Mir ist klar, dass ich nicht gerade ein Charmeur bin«, fing er an.

Alexandra schnaubte.

»Ja, schon gut. Danke. Was ich damit sagen möchte, ist: Ich bin kein Schürzenjäger. Ich gehe nicht einfach aus einer Laune heraus mit einer Frau ins Bett, und was gerade passiert ist … es war so schön, Liebling, *du* bist so schön … war tatsächlich etwas Besonderes. Eine völlig neue Erfahrung für mich.« Er holte tief Luft. »Und du solltest wissen … Es ist wichtig, dass du es weißt, du *musst* es wissen … dass meine Absichten, wie ich schon in der Werkstatt angedeutet habe … völlig ehrenwert sind. Und auf eine dauerhafte Beziehung abzielen.«

Alexandra antwortete nicht, doch Finn konnte spüren, dass ihr Körper vor Anspannung förmlich vibrierte.

Er nahm ihre Hand und führte sie an die Lippen. »War das ausreichend?«

»Ja«, sagte sie rau. »Ich ... du bist ein Schatz, Finn. Ich bete dich an; das habe ich ja schon zugegeben. Aber lass uns nicht ...« Alexandra versagte die Stimme, und sie brach mitten im Satz ab. Dann entzog sie Finn ihre Hand und legte einen Arm über seinen Bauch. »Lass uns nicht so weit vorausdenken, ja? Wir bleiben doch noch ein paar Monate hier. In der Zeit kann alles Mögliche passieren.«

»Du denkst, meine Gefühle werden sich ändern?«

»Alles ist möglich.«

Hastig schob Finn ihren Arm beiseite und beugte sich über sie, sodass sein Mund nur Zentimeter von ihrem entfernt war. »Hör mir gut zu, Alexandra. Ich bin nicht wie dein Intimfeind Wallingford. Ich bin ein treuer Mann. Ich habe keinen Spaß daran, in Bibliotheken Frauen zu vögeln oder ähnlichen Unsinn zu machen.« Er drückte ihr einen zarten Kuss auf den Mund. »Ich habe auf dich gewartet, Schatz. Nur auf dich, und ich habe nicht die Absicht, dich wieder gehen zu lassen.«

»Du kennst mich doch gar nicht«, wisperte Alexandra. »Denn wenn es so wäre, würdest du das nicht sagen. Du weißt nicht, wozu ich fähig bin. Ich bin nicht die richtige Frau für dich, Finn.«

»Doch, das bist du. Du bist klug und mutig, witzig, temperamentvoll und stark.«

»Und eitel und selbstsüchtig.«

»Nicht mehr als der Rest der Menschheit. Ehrlich, Alexandra, was soll ich deiner Meinung nach tun? Mir eine schwächere Frau suchen? Eine, die mir alles nachplappert, nie aus meinem Schatten heraustritt und meiner Eitelkeit schmeichelt? Hältst du so wenig von mir?«, fragte er leidenschaftlich und drängend, denn er wollte, dass seine Worte zu ihr durchdrangen.

»Das habe ich nicht gemeint, Finn. Mir geht es um meine gesellschaftliche Stellung«, sagte Alexandra und sah mit bitterem Blick zu ihm auf. »Ich halte mich an die Konventionen. Du brauchst eine Frau, die risikofreudiger ist, die bereit ist, für dich Opfer zu bringen.«

Finn hörte sich lachen. »Sieh dich doch an, Schatz. Und hör, was du sagst. Welche andere Dame der Gesellschaft würde sich wohl für ein Jahr zu akademischen Studien in ein abgelegenes, zugiges Schloss in Italien zurückziehen? Wie sollte ich eine noch unkonventionellere Frau finden? Eine, die zu mehr Opfern bereit ist?«

Eilig setzte Alexandra sich auf und nahm sein Gesicht in beide Hände. »Das ist nicht der Grund, warum ich nach Italien gereist bin. Es ist ganz anders.«

»Aber du hast gesagt …«

»Möchtest du die Wahrheit wissen? Dann werde ich sie dir sagen.«

Bei dem Wort *Wahrheit* schien sich eine dünne Frostschicht auf Finns Brust zu legen und sein Blut ins Stocken zu bringen. »Was willst du mir sagen?«

Alexandra schöpfte ganz langsam Atem. »Ich bin mittellos, Finn. Hörst du mich? Ich habe kaum noch einen Penny.«

Ungläubig sah Finn sie an. Ihr harter Gesichtsausdruck und die Wut in ihren Augen passten nicht zu ihrer sanften Stimme, und ihre Finger hielten seine Wangen beinahe schmerzhaft fest. »Ist das dein Ernst?«

»Ja, es ist wahr! Ich habe mein Haus in London aufgegeben, weil ich es musste, weil die Miete meine Mittel weit überstieg. Ich habe mit diesem Rosseti gefeilscht …«

»Aber das ist unmöglich!« Finn umklammerte ihre Hände. »Du hast doch bestimmt irgendeine … Absicherung? Mein Gott, hat Morley, dieser Schurke, dich wirklich ohne …«

»Es ist nicht seine Schuld.« Alexandra ließ die Hände in ihren Schoß sinken, verflocht die Finger und schaute auf sie herab. »Sein Neffe hat das Geld in … hat es schlecht investiert. Ich kann es nicht wiederbekommen. Mir bleiben nur knapp fünfzig Pfund im Jahr.«

»Fünfzig Pfund!« Die Frostschicht aufs Finns Brust war geschmolzen, und sein Blut hatte sich wieder in Bewegung gesetzt, um sein verwirrtes Hirn zu versorgen. Irgendetwas an dieser Information war bedeutend, und dass er nicht darauf kam, was es war, quälte ihn.

»Du siehst also, ich bin alles andere als risikofreudig. Ich ziehe nur aufs Land, weil ich hoffe, dass meine Lage sich irgendwann bessert, damit ich nach London zurückkehren und mein altes Leben wiederaufnehmen kann. Das Leben, das ich liebe, Finn. Das Leben, an das ich gewöhnt bin, den Lebensstil, den ich perfektioniert habe.« Alexandra zögerte und fügte schließlich tonlos hinzu: »Das Leben, das ich führen möchte.«

Finns Kiefer mahlten, während er versuchte, alles zu begreifen und einen entscheidenden Fehler in Alexandras Argumentationskette zu finden. »Aber Lady Somerton …«

»Das war nebensächlich.«

»Bestimmt nicht. Nach allem, was ich über ihren Ehemann gehört habe …«

Scharf sah Alexandra ihn an. »Für einen Einsiedler weißt du aber erstaunlich viel über das, was man sich in London erzählt.«

»Ach Liebste.« Finn nahm ihre schlaffen Hände in seine und küsste sie eine nach der anderen. »Es tut mir leid, dass du in solchen Schwierigkeiten bist, furchtbar leid. Ich schätze, dieses Jahr ist ziemlich schrecklich für dich gewesen. Aber siehst du es denn nicht? Es gibt doch eine naheliegende Lösung, noch dazu eine sehr befriedigende.«

Seinen Vorschlag vorausahnend, schüttelte Alexandra den Kopf, langsam und gleichmäßig wie ein Pendel.

Finn beugte sich vor und flüsterte ihr ins Ohr: »Heirate mich, Schatz. Ich habe, weiß Gott, genug Geld für uns beide. Kauf dir ein Haus in London; von mir aus auch zehn. Tu, was du willst. Dann hättest du solche Sorgen nicht mehr.«

»Halt, stopp.« Alexandra zitterte, und eine Träne fiel auf die Hände, die Finn hielt. »Mach dich nicht lächerlich. Ich kann dich nicht heiraten. Ich *will* nicht aus diesem Grund heiraten. Diesmal nicht und schon gar nicht dich.«

Nun geriet Finns Blut in Wallung. »Wieso denn ausgerechnet mich *nicht*?«, fragte er erregt und drückte ihre Hände. »Um Himmels willen, Alexandra! Was soll *das* denn heißen? Willst du damit sagen, du würdest vielleicht einen anderen heiraten, aber auf keinen Fall *mich*?«

»Ja, genau! Dich *nicht*!« Endlich schaute sie auf. Ihre Augen waren rot und geschwollen, und eine Träne rann über ihre Wange. Hastig wischte Alexandra sie fort. »Ich möchte nicht, dass es dabei um Geld geht! Um alles andere, aber nicht darum. Bei dieser *einen* Sache nicht, Finn. Ich möchte, dass unsere Beziehung kostbar ist, unantastbar und unverdorben …«

Sie zitterte, und er nahm sie in die Arme. »Psst, Schatz, Beruhige dich.«

»Keine Hochzeit. Kein Handeln, kein Vertrag.«

»Versprochen.«

»Ich hätte es dir nicht sagen sollen. Ich habe es für mich behalten wollen.«

»Scht, Liebling. Ich bin froh, dass du es mir gesagt hast. Ich möchte, dass wir ehrlich zueinander sind. Und keine Geheimnisse haben.«

Alexandra kicherte hysterisch.

»Alexandra. Schätzchen. Ich will verdammt sein, wenn ich es

zulasse, dass du *irgendjemanden* um des Geldes willen heiratest.« Dann hielt er sie von sich ab, schob ihr das Haar hinters Ohr und sagte fest: »Mich eingeschlossen.«

Alexandras Blick glitt über sein Gesicht und blieb an seinem Mund hängen. »Sehr vernünftig«, sagte sie leise. »Eine weise Entscheidung.«

Finn betrachtete sie zärtlich: die Haut, die noch glühte von der Lust, die er ihr bereitet hatte; die beschämt niedergeschlagenen Augen; das Haar, das ihr wirr um die Schultern fiel und sich auf den Brüsten ringelte; die hohen Wangenknochen, die im Kerzenlicht glänzten.

Dann küsste er sie auf die Stirn.

»Du wirst mich heiraten, weil du mich liebst«, flüsterte er ihr ins Ohr.

SIEBZEHN

Er meinte es ernst. Sie konnte es an seinem Gesichtsausdruck sehen, demselben Ausdruck, den er aufsetzte, wenn er eifrig entschlossen an seiner Batterie arbeitete. Eigentlich sollte sie sich geschmeichelt fühlen, dachte Alexandra. So hoch geschätzt zu werden wie eine Blei-Säure-Batterie war eine Ehre, derer sich, wenn überhaupt, nur wenige Frauen rühmen konnten.

Finn nutzte ihre kurze Nachdenklichkeit, um sie rücklings wieder aufs Bett zu ziehen. »Mir ist natürlich bewusst«, fuhr er fort, während er ihre Lippen mit zarten, kleinen Küssen bedeckte, »dass es für dich ein sehr schlechtes Geschäft ist, dich an einen so eigensinnigen, schweigsamen Mann wie mich zu binden, einen, der dazu neigt, sich tagelang in muffigen Werkstätten und Fabriken aufzuhalten. Oder, schlimmer noch, in Laboratorien.«

Ihr Körper reagierte auf Finns Zärtlichkeiten. Sie konnte ihm einfach nicht widerstehen. Alexandra legte die Arme um seinen Hals und schloss die Augen.

»Der seltsame Kollegen hat, die zu jeder Tages- und Nachtzeit in deinem Salon herumlungern, Ölflecken auf die Polster machen und deinen besten Brandy austrinken.« Er fuhr mit den Lippen über ihr Kinn und pustete ihr ins Ohr.

Alexandra kicherte. »Gewiss nicht.«

»Einen Mann ohne Titel. Ohne Stammbaum. Aber mit einer Mutter, die eine skandalumwitterte irische Kurtisane ist, keinen Deut besser, als man ihr nachsagt, und einem Vater … nun ja.« An der Stelle verstummte Finn achselzuckend, arbeitete sich küssend an ihrem Hals entlang bis zu ihren Brüsten vor und saugte gierig an einem Nippel.

»Dein Vater!«, sagte Alexandra in dem Bemühen, den Gedankengang weiterzuverfolgen, obwohl die köstlichen Sinnesreize ihr das Hirn vernebelten. »Ach bitte, sag's mir. Wer ist es?«

Finn ignorierte sie. »Und dann noch die körperliche Ausstattung. Nicht besonders attraktiv natürlich. Zu groß, zu dünn, der Kopf überdimensioniert. Ich war ein verdammt linkischer Jugendlicher. Ein echter Tollpatsch.«

»Du bist wunderschön. Großartig. Oh!«

Finn hatte die Zunge in ihren Nabel gesteckt und einen Blitzschlag ausgelöst.

»Und dazu noch das rote Haar. Eine unglückliche Kombination. Aber leider nicht zu ändern.«

»Ich liebe dein Haar.« Mit einem Laut, der sich wie das zufriedene Schnurren einer Katze anhörte, schob Alexandra die Finger in sein Haar.

»Das heißt, ich verstehe durchaus, warum du zögerst, mich zu heiraten. Das ist sehr vernünftig. Gut überlegt. Obwohl andererseits auch etwas *dafür* spricht.« Er küsste sie auf den Bauch und kniete sich zwischen ihre Beine.

»Und was?«, keuchte Alexandra.

»Das.«

An diesem Punkt verwandelte der denkende Teil ihres Hirns sich in eine Wolke nutzloser Partikel, denn plötzlich spürte sie im Schritt eine warme Zunge, die geduldig jeden Winkel erforschte. Sie versuchte, sich irgendwo festzuhalten, klammerte sich an Finns Haar, seine Schultern, ein Kissen, während sie sich in den Fängen einer unerträglichen Lust wand. Die Zunge umkreiste sie ganz langsam, zu langsam, trieb sie in den Wahnsinn, berührte sie überall, nur nicht *dort*, an der elementaren, magischen Stelle, dem Teil von ihr, der sich so verzweifelt danach sehnte. »Oh bitte, bitte«, hörte sie sich sagen, da glitt etwas in sie hinein – ein Finger, zwei – dann endlich, *endlich* fand die Zunge den Ort, an dem alles zusammenlief, und liebkoste ihn kundig und zärtlich. Völlig außer Kontrolle, zuckte und bebte ihr Körper, doch Finn behielt den gleichmäßigen, ruhigen Rhythmus bei, war der Fels, um den ihre Welt sich drehte.

Der Höhepunkt näherte sich unaufhaltsam, wie ein Sturm, und als er sie erfasste, warf sie den Kopf zurück und drückte sich gerade noch rechtzeitig das Kissen aufs Gesicht, um ihren Schrei zu unterdrücken.

Finn wusste, was er zu tun hatte: Verdammt sollte er sein und gepriesen. Sofort hörte er auf, Zunge und Finger zu bewegen, und sorgte dafür, dass sie durch sanften Druck in noch luftigere Höhen gelangte. Endlos rollten die allmählich verebbenden Wellen über sie hinweg und ließen sie in einem wunderbar trägen Schwebezustand zurück. Nur vage registrierte sie, dass Finns warmer, fester Körper sich auf sie legte und er ihr einen Kuss gab, der nach ihr selbst schmeckte. »Hmm«, sagte sie und schlang die Arme um ihn.

Er gab eine Art Knurren von sich und küsste sie weiter, zärtlich und geduldig zunächst, damit sie langsam wieder auf die Erde zurückkam. Doch dann wurden seine Küsse tiefer und gieriger, und er drehte sie vorsichtig auf den Bauch.

»Was …« Alexandra schnappte nach Luft, als sein hartes, dickes Glied sich entschlossen zwischen ihre Schenkel drängte.

Finns Atem streichelte ihren Nacken, ihr Ohr. »Vertrau mir, Schatz. Lass mich. Ich möchte es dir zeigen. Lass mich dich lieben.«

Aufregend langsam schob er sich zwischen ihre geschwollenen Lippen. Obwohl er ganz leicht in sie hineinglitt, weil sie so schlüpfrig war, kam sie ihm mit den Hüften entgegen, um mehr zu bekommen, alles von ihm, bis ihre Pobacken sich ganz eng an seine Leiste schmiegten und seine Brust sich an ihrer Schultern rieb. Ein raues, lustvolles Stöhnen drang aus ihrer Kehle, als sein Glied tief und fest in ihr steckte und einen völlig neuen Druck auf ihr zartes Fleisch ausübte. Sie war angekommen, in ihm aufgegangen, existierte nur noch als Einheit mit ihm.

Es war unglaublich, aber wahr, sie war schon wieder so erregt, dass sie auf den nun bereits vertrauten Höhepunkt zusteuerte. Finn schien ihre wachsende Spannung zu spüren. Er stützte sich auf den Händen ab und begann zu stoßen, in einem perfekten Rhythmus, mit langsamen, langen Gleitbewegungen in genau dem richtigen Winkel. Es war zu viel; sie konnte es nicht aushalten, die Lust war so groß, dass es fast wehtat. Sie musste fliehen, zum Höhepunkt kommen, doch er ließ es nicht zu, behielt gnadenlos dasselbe Tempo bei und hielt sie an der Grenze fest, kurz vor der Befreiung.

Endlos hielt er sie so gefangen, während sie stöhnend die Hände ins Bettlaken krallte. Ob es Minuten oder Stunden dauerte, hätte Alexandra nicht sagen können: Sie hatte jedes Gefühl für Raum und Zeit verloren, nahm nichts mehr wahr als seinen ruhigen, steten Takt, das Gewicht seiner erdrückenden Begierde.

Finn. Ihr leidenschaftliches Flehen kam ihr wie das einer Fremden vor.

Doch gerade als sie glaubte, sie könne das keine Sekunde länger ertragen, als sie dachte, dass sie tatsächlich an der unglaublichen Spannung sterben würde, wurde er schneller, schob seine breite Hand unter sie beide und presste sie an sich.

Die Erlösung, die dann ganz plötzlich kam, war großartig, süße Erleichterung und schwindelnder Rausch. Laut schrie

Alexandra in ihr Kissen, während er sich hastig zurückzog, rasch wieder nach seinem Hemd griff und sich, auf den Ellbogen gestützt, vorsichtig wieder auf sie legte und den Kopf an ihrem Hals rieb, während ihre Zuckungen nachließen.

Sie konnte sich nicht bewegen, keinen klaren Gedanken fassen. Sie hatte keinen Funken Energie mehr, und ihre Glieder waren schwer wie Blei.

Schließlich legte Finn sich hinter sie und nahm sie in die Arme, drückte seinen heißen, feuchten Körper der Länge nach an sie. »Nun, meine Liebe«, flüsterte er ihr keuchend ins Ohr, »willst du mich *jetzt* heiraten?«

Alexandra hatte nicht einnicken wollen, hatte keinen Augenblick der wenigen kostbaren Stunden, die ihnen gegönnt waren, vergeuden wollen. Doch als sie aus einer samtenen Schwärze auftauchte, stellte sie fest, dass das Zimmer beinahe dunkel war, da alle Kerzen bis auf eine heruntergebrannt waren, und dass Finn sie fest und beschützend im Arm hielt, eine Hand auf ihrer Brust.

»Wie spät ist es?«, fragte sie erschrocken und setzte sich auf.

»Schsch. Nicht mal zwei Uhr, würde ich sagen.« Seine Stimme war leise und beruhigend, und seine Arme zogen sie wieder zurück in den warmen Kokon aus Decken, schläfrigem Körper und den vielen Düften, die sich beim Liebesspiel vermischt hatten.

»Du hast mich einschlafen lassen«, sagte Alexandra vorwurfsvoll.

»Weil du erschöpft warst.«

»Und du bist die ganze Zeit wach geblieben?«

»Ich habe bis fünf Uhr heute Nachmittag geschlafen. Ich bin putzmunter, Liebling.«

Sie drehte sich zu ihm um und sah ihn an. »Tut mir leid.

Es muss furchtbar langweilig gewesen sein, einfach so dazuliegen.«

»Ganz und gar nicht.« Er küsste sie auf die Nasenspitze.

»Hast du Hunger? Ich habe einen Korb voll Essen mitgebracht. Käse, Brot, Wein und einen göttlichen Mandelkuchen. Vielleicht hilft dir das beim Einschlafen.«

»Ich möchte nicht schlafen.«

Alexandra legte eine Hand an seine Wange. »Du bist verrückt. Geh und hol diesen Korb.«

Finn lachte und drückte einen Kuss in ihre Hand. »Zu Befehl, Mylady.«

Sie aßen im Bett, fütterten sich gegenseitig, krümelten sorglos die Laken voll und liebten sich dann noch einmal, langsam und genüsslich: wechselten die Stellungen, forschten und probierten, kosteten das Vergnügen bis zur Neige aus, und als Alexandra schließlich zum Höhepunkt kam, war es für sie die Krönung eines jahrelang unterdrückten unvergleichlichen Gefühls. Als Finn sich zurückzog und sich ergoss, war es, als entrisse er ihr einen Teil des eigenen Körpers. *Bleib in mir*, hätte sie am liebsten gesagt, *geh nicht weg*, doch das wäre so gewesen, als akzeptiere sie seinen Antrag. Seinen Samen aufzunehmen bedeutete, dass sie die Möglichkeit, ein Kind zu bekommen, die Zukunft mit ihm zu teilen, ihn zu heiraten in Betracht zog.

Sie musste wieder eingeschlafen sein, denn als Nächstes merkte sie, dass sie, lose in ihr Kleid eingewickelt, in Finns Armen lag, und er sie durch die dunkle Diele in ihr Zimmer trug.

»Nein, nicht«, flüsterte Alexandra benommen. »Irgendjemand wird uns sehen.«

Finn küsste sie aufs Haar. »Fast würde ich es mir wünschen.«

Er fand ihre Schlafzimmertür von allein und steckte sie genau in dem Moment ins Bett, in dem das zarte graue Licht der Morgendämmerung die Hügelketten im Osten erhellte. Sie erinnerte sich noch an seine Lippen auf der Stirn und an das leise Schaben der sich schließenden Tür, dann an nichts mehr.

ACHTZEHN

Mittsommernacht

Finn konnte den missbilligenden Blick des Verwalters zwar nicht sehen, aber sofort spüren, wie seine Verachtung die warme Werkstatt kälter werden ließ.

Schließlich hatte er Giacomos Warnungen in den vergangenen zwei Monaten oft genug zu hören bekommen.

»Schaust du wieder mal vorbei, um mich wegen meiner Torheit zu tadeln?«, fragte er, ohne aufzuschauen. Er baute die Batterie noch einmal ein, nach noch mehr Verbesserungen, und wagte es nicht, den Blick zu heben, nicht einmal für einen Augenblick.

»Sie bringen nur Unheil, die Frauen«, knurrte der Verwalter.

»Ja, das hast du mir mittlerweile knapp ein Dutzend Mal gesagt, trotzdem bin ich nach wie vor in sie verliebt. Also verpiss dich, wenn ich so sagen darf.«

»Verpissen? Was ist das?«

Finn setzte eine letzte Klemme und stützte sich am Rand des Motorblocks ab. »Ein ziemlich vulgärer Ausdruck, fürchte ich, der auf das typisch britische Interesse an Körperfunktionen zurückzuführen ist. Was kann ich für dich tun, mein Lieber.«

»Ich habe die Post.« Unnötig heftig knallte Giacomo ein paar Briefumschläge auf den Arbeitstisch. »Und eine Frage.«

»Mein Gott, Giacomo. Nicht schon wieder eine von deinen Fragen. Kann das nicht warten?«

»Sagt sie es den Ladys, den anderen?«

Finn zögerte. »Nein.«

»Will die Frau Sie heiraten?«

»Noch nicht.«

»Sagt sie, sie liebt …«

Finn deutete mit dem übrig gebliebenen Batteriekabel auf ihn. »Hör mal, mein Freund. Das reicht jetzt. Ich habe nicht die Angewohnheit, die Geheimnisse einer Dame zu verraten, und schon gar nicht einem Frauenfeind wie dir. Ich weiß nicht, wie du das herausgefunden hast oder wie du darauf kommst …«

Giacomo seufzte. »Iste nicht zu schwer, Signor Burke. Ich sehe Ihr Gesicht am Morgen. Ich sehe das Licht im Fenster bei Nacht, wenn die anderen sind dunkel.«

»Ich studiere oft lange.«

Giacomo verdrehte die Augen. »*Studieren.* Ha. Sagen die Engländer so?«

»Nein, wir reden nicht über so was.«

»Es macht nur Probleme, das *Studieren.* Sie werden sehen. Eines Tages Sie werden sehen, dass ich sage die Wahrheit. Man kann ihnen nicht trauen, den Frauen.«

Finn richtete sich auf. Morgen war der erste Tag des Sommers, und obwohl die Kutschentore weit offen standen, um etwas von der kühlen Brise einzufangen, die den Hügel herunterwehte, war es mittags in der Werkstatt sehr warm und stickig, insbesondere wenn der Dynamo auf Hochtouren lief, um die Batterie für die alltägliche Probefahrt am Nachmittag aufzuladen. Finn spürte, wie ein Schweißtropfen unter dem Kragen hindurch in sein Hemd rann. »Lady Morley ist eine anständige Frau«, erwiderte er. »Sie hat mein vollstes Vertrauen.«

Dann griff er mit seiner freien Hand nach einem Glas Wasser, das ziemlich wacklig auf einer nahen Achsstange stand.

Giacomo zuckte die Achseln. »Ah, die Liebenden, die jungen Liebenden. Sie denken, sie entdecken alles neu. Sie denken, sie entdecken etwas Großes, das niemand hat entdeckt vor ihnen. Aber ich sage Ihnen, Signor Burke« – er schlug mit der Faust auf den Arbeitstisch –, »eine Frau kann nicht sagen die Wahrheit. Sie ist wichselhaft, immer.«

In einem eleganten Bogen spritzte das Wasser wieder aus Finns Mund heraus. »Wichselhaft?«

Giacomo fuchtelte in der Luft herum. »Ja, wichselhaft, *mobile*, wie der Wind im Frühling.«

»Wie der …? Oh. Ja.« Finn setzte das Glas ab und trocknete sich mit dem Ärmel das Kinn ab. »Ich glaube, du meinst *wechselhaft*, alter Freund. *Wechselhaft*.«

»Denken Sie an das Lied, Signor Burke.« Mit einer erstaunlich schönen Tenorstimme intonierte Giacomo *La donna è mobile.* »Es stimmt.«

»Ja, aber wie sich herausgestellt hat, war die Dame gar nicht wechselhaft. Darum geht es doch in der Arie. Der Herzog war der Wechselhafte. Das nennt sich Ironie, mein Guter.«

Giacomo legte die Stirn in Falten. »Ich nix verstehen.«

»Das ist aus einer Oper, Giacomo. *Rigoletto*. Die Arie ist aus *Rigoletto*.«

Würdevoll antwortete der Verwalter: »Ich sehe keine Oper. Ich habe gehört das Lied von den anderen.«

»Tja, es ist eine schöne Geschichte, das kannst du mir glauben. Ein wirklich hübsch ausgedachtes Märchen, außer vielleicht das ernüchternde Stück am Ende, als die Frau für diesen Schuft stirbt. Jedenfalls widerlegt sie deine Ansichten über Frauen. Sie sind sehr nobel.« Finn betrachtete den Verwalter mit einem selbstzufriedenen Lächeln.

Giacomo kniff die Augen zusammen. »Das glauben Sie, Signore. Weil die Lady es sagt.« Er nahm den kleinen Stapel Briefe vom Tisch und schwenkte ihn drohend. »Besser Sie lesen die Post. Vielleicht Sie dann sehen, was ich meine.«

»Oh, um Himmels willen, Giacomo. Woher willst du wissen, was in meinen Briefen steht? Und was um alles in der Welt sollten sie mit Lady Morley zu tun haben?«

Giacomo lächelte ebenso selbstzufrieden zurück. »Wenn Sie haben nix zu tun, Signore. Wenn Sie haben Zeit.«

Finn öffnete den Mund, um etwas zu erwidern, doch in dem Augenblick kam Alexandra durch die offenen Kutschentore gerauscht, die blauen Röcke gebauscht von der sonnengeschwängerten Brise. »Guten Morgen, Finn. Wie kommst du mit deiner Batterie voran?«

Giacomos Lächeln wich einem bösen Blick finsterster Art. »Ich gehe jetzt. Guten Tag, Signor Burke. Signora Morley.«

Alexandra, die den Verwalter auf ihre hochmütige Art ignorierte, hob im Vorübergehen nur eine Braue. Sie und Giacomo würden wohl nie Freunde werden. »Alles in Ordnung?«, fragte sie und stemmte die Hände in die Hüften.

»Ja. Ja natürlich. Die Batterie ist gleich eingebaut. Ich würde dich ja gerne gebührend begrüßen, aber im Moment hänge ich noch am Kabel fest, Schatz.«

Alexandra lachte. »Dann sollte ich wohl die Begrüßung übernehmen«, sagte sie und ging quer durch den Raum, um ihm über den Motorblock hinweg einen Kuss auf die Lippen zu drücken. »Hm. Du riechst göttlich. Nach Öl und Schweiß. Ich liebe das. Dann bist du in deinem Element.«

»Bei *dir* bin ich in meinem Element, aber ich fühle mich trotzdem geschmeichelt. Könntest du mir vielleicht die Klemme auf der Bank dort geben?«

»Aber gern.« Alexandra holte die Klemme und reichte sie

ihm. »Ich wollte dir die Post bringen, aber die ist schon verschwunden. Das war bestimmt Wallingford, der in seiner Verzweiflung in deiner Korrespondenz herumschnüffelt. Ich bin sicher, dass er etwas ahnt.«

»Er ist immer misstrauisch, Liebling. Allerdings hat er es aufgegeben, uns nachzuspionieren. Wahrscheinlich weil er eigene Sorgen hat. Jedenfalls hat Giacomo die Post schon gebracht. So.« Finn trat vom Motor zurück, wischte sich die Hände an einem halbwegs sauberen Tuch ab und fasste seine Geliebte um die Taille. »*Jetzt*, meine Liebe, kann ich dich richtig begrüßen.«

Alexandra reagierte so stürmisch wie immer, sie kicherte, drückte ihre weichen Kurven an ihn, legte den Kopf in den Nacken und wartete auf seinen Kuss. Im Laufe des Frühjahrs, als die Sonne am heißen blauen Himmel immer höher gestiegen war und die Weinstöcke, die sich in langen Reihen die Hügel hinunterschlängelten, ihre Blätter entfaltet hatten, hatte sie einen Petticoat nach dem anderen abgelegt und das Mieder lockerer geschnürt, so wie die Frauen aus dem Dorf. Dank des Sommers konnte er nun spüren, dass der Körper in seinen Händen vor Wärme und Leidenschaft glühte, und der üppige Schwung ihrer Hüften erinnerte ihn nicht nur an die vergangene Nacht, sondern auch an all die Nächte davor. Finn atmete den vertrauten Duft ein, der sie nun beide umwehte, und sein triebgesteuerter Körper, der sofort auf die vertrauten Signale reagierte, versteifte sich.

Alexandra schien zu merken, dass sich bei ihm etwas regte, denn sie stöhnte leise und brachte die Lippen ganz nah an sein Ohr heran. »Weißt du noch, was du mir vor ein paar Monaten über Frauen in Bibliotheken gesagt hast?«

»Dass ich nicht einmal daran denken würde, an einem solchen Ort etwas Unzüchtiges zu tun, glaube ich«, sagte er, während er genau das tat. Er stellte sich vor, wie Alexandra im weichen Schein der Leselampe perfekt ausgerichtet bäuchlings auf einem riesengroßen Tisch mit Löwenfüßen lag und ihm einladend ihren festen, runden Hintern entgegenstreckte. Oder wie sie sich nackt auf einem ledernen Chesterfield-Sofa räkelte, die üppigen Brüste unter dem offenen Haar verborgen, ein Bein über die niedrige Rückenlehne gelegt.

Nun, schließlich war er auch nur ein Mann.

»Hm.« Alexandras Hände glitten nach unten, legten sich um seine Pobacken und drückten sein erigiertes Glied an ihren Bauch. »Ich weiß ja nicht, wie es mit Bibliotheken ist, aber ich schätze, in Werkstätten könnte man es auch ganz gut tun.«

»Schäm dich. Einfach so in mein Heiligtum zu kommen, mit deinem Lilienduft und deinen lüsternen Ideen, nur um mich abzulenken.«

Alexandra lachte und rückte von ihm ab. »Du hast damit angefangen. Und wenn du nicht darauf bestanden hättest, dich gestern Nacht so zurückzuhalten, würde es dir nicht schwerfallen, mir zu widerstehen.«

Finn griff nach ihren Händen und zog sie nach vorn, wo er sie im Auge behalten konnte. »Du bist genau in der Zyklusmitte. Ich wage es nicht, dir zu nahe zu kommen. Zumindest nicht mit diesem besonderen Teil von mir.«

Stöhnend entzog Alexandra ihm die Hände und versteckte ihr Gesicht dahinter. »Wie um alles in der Welt rechnest du das bloß aus? Es ist demütigend.«

»Es ist meine Aufgabe, Dinge auszurechnen, meine Liebe.« Finn bemühte sich, leise und sanft zu sprechen. »Ich weiß, wie es ist, ein Bastard zu sein, deshalb achte ich darauf, nicht noch einen in die Welt zu setzen.«

Alexandras Schultern sackten herab. Dann öffnete sie die Hände einen Spalt weit und schaute ihn mit schamrotem Gesicht resigniert an. »Trotzdem werde ich deinem Vater ewig dankbar sein, dass er nicht so vorsichtig war, mein Lieber.«

Finn streckte die langen Arme aus und zog sie wieder an sich, ohne dass sie sich wehrte. »Du brauchst mich bloß zu heiraten, Liebling. Mehr nicht. Es ist ganz einfach.«

»Du weißt, dass ich das nicht kann«, sagte Alexandra leise und bestimmt.

»Du brauchst auch keinen Penny von meinem Geld zu nehmen. Ich verschenke es, wenn du willst. Hauptsache, du gehörst *mir*, herrje.«

»Aber ich *gehöre* dir doch.«

Alexandra hatte das Gesicht an seine Brust gedrückt, und durch die robuste Baumwolle seines Kittels hindurch konnte er ihren warmen Atem spüren, den er noch vor wenigen Stunden gekostet hatte: Er schmeckte süß, nach Tee und Marmeladentoast und ihrem eigenen besonderen Aroma. Er nahm sie fester in die Arme. »Wie auch immer«, fuhr er leichthin fort, klug genug, sie nicht zu bedrängen, »was für einen Unterschied macht es schon? Immerhin habe ich dich gestern Nacht sehr schön getröstet.«

Alexandras Rücken bebte vor Lachen. »Ja, du warst toll. Als ich heute Morgen aufgewacht bin, sind mir auf der Stelle ein Dutzend Möglichkeiten eingefallen, wie ich mich hätte bedanken können, wenn ich noch Kraft gehabt hätte, nachdem du mit mir fertig warst.«

»Ah, die würde ich gern hören.«

Alexandra lehnte sich zurück und legte einen Finger auf seine Lippen. »Nicht jetzt, tut mir leid. Ich bin nur gekommen, um dir zu sagen, dass ich dir diesmal nicht bei der Probefahrt helfen kann. Heute Abend ist doch dieses leidige Mittsommernachtsfest. Abigail macht das ganze Haus verrückt.«

Finn öffnete die Lippen und saugte an ihrem Finger.

»Hm. Ich bin dazu eingeteilt worden, bei den Vorbereitungen zu helfen – oh, das ist sehr schön.« Alexandra zog den Finger aus seinem Mund und fuhr damit über sein Kinn und seinen Hals, wo sie eine feuchte Spur hinterließ. »Ich werde den ganzen Nachmittag wie wahnsinnig schmücken und Ähnliches. Sachen, wie Abigail sie macht, unmöglich zu erklären.«

Finn runzelte die Stirn. »Was für eine Feier plant ihr denn da? Ein Dorffest?«

»Abigail ist auf die Idee gekommen. Signorina Morini sagt, es sei eine alte Tradition zur Sommersonnenwende, ein ziemlich heidnisches Vergnügen, obwohl es mittlerweile natürlich von der Kirche abgesegnet ist und der Dorfpriester auch dabei sein wird und so weiter.« Alexandra richtete ihre gesamte Konzentration auf den Finger, mit dem sie Finns Halsgrube umkreiste. Die unschuldige Berührung fuhr ihm direkt in die Lenden und löste ein beinahe schmerzhaftes Prickeln aus. »Es wird Masken geben und Fackeln und Musik und Tanz. Sehr dekadent, das alles. Du musst natürlich auch kommen.«

Finn war etwas durcheinander. »Aber ich habe keine Maske.«

»Wir machen die Masken selbst, heute Nachmittag. Bitte komm doch.« Alexandra sah zu ihm auf und musterte ihn mit diesem charmanten, katzenhaften Lächeln und diesen glitzernden, schrägen Augen. »Es wird furchtbar langweilig, wenn du nicht da bist. Mit wem zum Teufel soll ich dann flirten?«

Der Gedanke an eine maskierte Alexandra, die in der Mittsommernacht im Fackelschein vor dem Schloss tanzte, ließ Finns Herz schneller schlagen. »Natürlich mit keinem anderen als mir«, stellte er fest.

»Dann kommst du also?«

»Ich schätze, ich muss. Obwohl meine Fähigkeiten als Tänzer dich wohl für immer vergraulen werden.«

»Ehe es so weit kommt, werde ich dich längst in den Obstgarten gezerrt haben.« Alexandra stellte sich auf die Zehenspitzen und küsste ihn auf den Mund. »Ich bin spät dran. Abigail wird sich schon fragen, wo ich bleibe. Sei bitte pünktlich. Du musst um acht Uhr unten sein, gewaschen, rasiert und präsentabel.«

Finn klappte den Mund auf, um noch mehr zu fragen, zum Beispiel, ob die Penhallows auch zu dem Fest kommen würden, doch Alexandra war ihm bereits entschlüpft und unterwegs zur Tür. »Also bis dann! Und komm nicht zu spät!«

Verfluchte Weibsbilder, dachte Finn. Dann schloss er die Augen und konzentrierte sich darauf, seiner Erregung Herr zu werden. Was nicht ganz leicht war, angesichts der Tatsache, dass er Alexandra vergangene Nacht zweimal zum Orgasmus gebracht hatte, ohne dass sein eigenes Geschlechtsorgan, welches zur Vermeidung etwaiger fataler Fehler die ganze Zeit züchtig verhüllt geblieben war, auch nur beruhigend getätschelt worden wäre. Zweimal hatte er sie in den Fängen der Leidenschaft gesehen, den Kopf zurückgeworfen, den heißen Körper zuckend unter seinen Fingern und Lippen. Er hatte den salzigen Geschmack noch auf der Zunge, den Moschusduft ihrer Erregung noch in der Nase. Mit einem einzigen Stoß hätte er sie nehmen können, sich in ihr ergießen, vielleicht sogar ein Kind zeugen können. Sie für immer an sich binden können.

Doch er hatte es nicht getan. Er hatte die Augen geschlossen und über Wechselstrom nachgedacht, während ihr Körper neben ihm abkühlte und das schwere Klopfen ihres Pulses sich wieder normalisierte, dann hatte er sie in die Arme genommen, zugesehen, wie sie in den Schlaf geglitten war, und die Tage gezählt, die vergehen mussten, ehe er sein ungeduldiges Glied wieder in ihr vergraben konnte, ohne allzu große Angst davor zu haben, dass ein übereifriges Spermium sein Ziel erreichte. Hatte berechnet, wie schnell die benötigte Ausrüstung nach Rom geschafft werden konnte, damit er in ihrer Zyklusmitte nicht mehr verzichten oder sich im kritischen Moment von ihr losreißen musste.

Dinge, die ihm jede Woche schwerer fielen.

Nein, es stand zu viel auf dem Spiel, um unvorsichtig zu sein. Er würde sie nicht in die Ehe locken, es nicht riskieren, dass sie sich nicht locken ließ. Eine Frau wie Alexandra musste mit großer Vorsicht gewonnen werden. Sie musste von selbst zu ihm kommen, das Versprechen aus eigenem Antrieb geben. Das war das Warten wert, denn wenn sie erobert war, wenn sie ihm die Hand gereicht hatte, würde er sie nie mehr gehen lassen. Sie hatte einen interessanten, komplizierten, widersprüchlichen Charakter und das Herz einer Löwin.

Ja, seine Auserwählte war eine Löwin. Wild, graziös und verführerisch …

Herrgott noch mal.

Bei der Suche nach Ablenkung fiel Finns Blick auf die Briefe auf dem Arbeitstisch, die im Licht, das durch das Fenster fiel, grellweiß leuchteten. Anscheinend Geschäftsbriefe. Gegen Ende des Monats pflegten sie gehäuft einzutreffen: seitenlange Übersichten über seine Unternehmungen, Antworten auf Anfragen, Kontoauszüge, Verträge, die unterschrieben werden mussten; alles von seinem Bevollmächtigten zusammengestellt und mit Anmerkungen und Vorschlägen versehen. In letzter Zeit waren die Umschläge immer zahlreicher und öfter gekommen, denn der von ihm lange erwogene Erwerb der *Maschinenfabrik Manchester* näherte sich der Endphase.

Er hatte schon seit längerem ein Auge auf die Firma geworfen. Denn obwohl er selbst seine Energien auf elektrisch betriebene Fahrzeuge konzentrierte, hielt er den von der Firma entwickelten dampfbetriebenen Prototypen für vielversprechend, wenn die Probleme mit der Kontrolle des Boilers erst einmal ausgeräumt waren. Doch noch mehr gelüstete es ihn nach dem Werk selbst. Vor ein paar Jahren hatte eine frische Kapitalspritze es der Firma ermöglicht, eine hochmoderne Fabrik zu bauen, die allen anderen meilenweit voraus war – und selbst über seine augenblicklichen Bedürfnisse hinausging –, nicht nur was die Größe, sondern auch was das Potenzial und die Produktivität anbelangte. Die Lage und die Anbindung an das Verkehrsnetz waren exzellent.

Und die Aktien wurden zu einem Bruchteil ihres Wertes gehandelt. Zweifellos waren unwissende Investoren aus der Stadt durch das Ausbleiben eines sofortigen Erfolges abgeschreckt worden, ohne an den materiellen Wert der Fabrik und die blühende Zukunft der Automobile zu denken. Finns Bevollmächtigter hatte die Unternehmensbewertung abgeschlossen, diskret natürlich, und war kurz davor, mit dem Aktienkauf anzufangen.

Finn ließ sich auf einen Stuhl fallen und griff nach den Umschlägen. Einer, ziemlich dünn, kam von Delmonico, wahrscheinlich letzte Instruktionen zur Ausstellung. Darunter lag ein dickes Paket von seinem Anwalt mit der Aufschrift DRINGEND, was bedeutete, dass es die letzten Patentanmeldungen enthielt, die seiner Unterschrift bedurften. Dann natürlich ein Brief von der Bank, *dieser* Umschlag war so dick, dass er nicht zu übersehen war. Finn öffnete ihn und erfuhr, dass er sein Vermögen noch besaß, dass der Verkauf der britischen Staatsanleihen, mit der er die Bank kürzlich beauftragt hatte, abgewickelt war, und dass die Höhe des Bargelds, über das er augenblicklich verfügte, mehr als ausreichte, um die *Maschinenfabrik Manchester* zu kaufen – mit allem Drum und Dran –, egal, welchen Preis die Aktionäre verlangten.

In dieser Stimmung öffnete er die Lasche des letzten Kuverts im Stapel. *Lieber Mr. Burke*, schrieb Malcolm Gordon in seiner schnörkellosen, präzisen Handschrift, *wie besprochen habe ich die Verteilung der Aktien ermittelt und Ihnen eine Liste der fünfzehn größten Anteilseigner beigelegt. Die meisten haben, wie Sie sehen können, ihre Aktien vor einigen Jahren erworben, zu einem wesentlich höheren Preis, als sie augenblicklich notiert werden, und dürften einem privaten Angebot in vernünftiger Höhe durchaus zugänglich sein. Ich schlage vor, nicht mehr als zehn Schilling zu zahlen, was im Vergleich zum aktuellen Nennwert der Aktien einem Aufschlag von 200 Prozent entspricht …*

Den Rest sparte sich Finn und wandte sich stattdessen gespannt der Anlage zu.

Lord Albert Lindsay 32500 Aktien
Mr. William Hartley 30200 Aktien
Sir Philip Macdonald 28350 Aktien
Dowager Marchioness of Morley 22800 Aktien …

Die Buchstaben schienen vor seinen Augen zu verschwimmen. Finn legte das Blatt wieder auf den Tisch, richtete es genau an der abgenutzten Holzkante aus und strich die Knicke in der Mitte glatt.

Er stand auf und ging zum Kutschentor – und dann wieder zurück. Die Hitze war so drückend, dass er das Gefühl hatte, keine Luft mehr zu bekommen; er zog seinen schweren Kittel aus, faltete ihn zusammen und legte ihn neben dem Brief auf den Tisch.

Dann überlegte er es sich anders und hängte den Kittel in den Schrank.

Als er wieder zurückkam, lag der Brief immer noch ordentlich auf dem Tisch, direkt an der Kante, alle Knicke geglättet.

Er setzte sich davor, fuhr sich mit den Fingern durchs Haar und las ihn noch einmal.

Ihr Name sah seltsam aus, wenn er mit schwarzer Tinte in der Handschrift seines nüchternen schottischen Bevollmächtigten auf ein Blatt Papier geschrieben war. Das war nicht sie, sondern eine andere Lady Morley, die Lady aus London, die gefeierte Gastgeberin und Aristokratin. Die Lady Morley, von der man in den Gazetten las, eine Fremde.

Sein Neffe hat das Geld in … hat es schlecht investiert. Mir bleiben nur knapp fünfzig Pfund im Jahr.

Lord Morleys Neffe. Mütterlicher- oder väterlicherseits? Wie war noch der Familienname? Wieder überflog Finn die Liste.

William Hartley. Natürlich. Er hatte vergessen, dass Hartleys Mutter eine Adlige war, die Tochter des sechsten Marquis of Morley und somit Schwester des siebten und dass sie einen reichen Londoner Bankier geehelicht hatte, damals, als es noch so etwas wie ein Skandal war, einen reichen Mann aus der City zu heiraten. Ihr Sohn Hartley hatte nicht nur sein eigenes Vermögen in den Aufbau der *Maschinenfabrik Manchester* gesteckt, sondern auch das seines ebenso motorsportbegeisterten Geschäftspartners Lindsay und das ihres brillanten Ingenieurs Macdonald. Alexandras Geld hatte zweifellos für das Eigenkapital gesorgt, das nötig gewesen war, um das funkelnagelneue Gebäude zu finanzieren, das er so gern haben wollte.

Finn lehnte sich auf dem Stuhl zurück, starrte an die flache Decke hoch oben und verfolgte die langen, gezackten Risse im Putz zwischen den Balken. Er fühlte sich seltsam benommen, als wäre diese Information zu ungeheuerlich, um sie aufzunehmen und zu verstehen. Eigentlich hätte er eine schmerzliche Zerrissenheit spüren müssen, doch dem war nicht so. Er fühlte sich nur … benommen. Und so, als ob etwas Großes, Gefährliches über seinem Kopf hinge, eine Art Damoklesschwert.

Es konnte ein Zufall sein. Vielleicht kannte sie nicht einmal den Namen der Firma, in die ihr Vermögen mit so spektakulären Folgen investiert worden war. Vielleicht interessierte sie sich einfach für Automobile.

Vielleicht war er aber auch der größte Dummkopf der Welt.

Man kann ihnen nicht trauen, den Frauen.

Ein Windstoß fuhr durch das offene Kutschentor und trug die Düfte der terrassierten Hänge herein: des Korns, das in der Sonne reifte; der Rebstöcke mit den unzähligen winzigen Sangiovese-Weintrauben, die in der warmen Luft wachsen und süß werden sollten; der Oliven, die noch klein und hart und grün an den Enden der Äste saßen.

Finn stand auf und holte seinen Kittel wieder aus dem Schrank. Es gab noch viel zu tun, ehe das Automobil für dic letzte Probefahrt am Nachmittag bereit sein würde.

NEUNZEHN

Alexandra hielt eine Maske in die Höhe, um sie ein letztes Mal kritisch zu mustern.

»Ich finde, es ist eine Schande, dass wir Wallingfords Federn nicht aufgehoben haben. Denkt nur, wie viele solcher Masken wir hätten machen können.«

»Wirklich, Alex, wenn du gelegentlich in den Wirtschaftshof gingest statt in Mr. Burkes stickige alte Werkstatt, wüsstest du, dass an Federn kein Mangel besteht.« Unnötig heftig steckte Abigail den Pinsel zurück in die Flasche mit dem Klebemittel. »So. Das war die letzte.«

»Ich finde Mr. Burkes Automobil eben wesentlich interessanter als deinen Zoo«, erwiderte Alexandra, während sie mit den Fingern über die feinen, glatten Federn am Rand der Maske fuhr und sich vorstellte, wie sie ihre Haut kitzeln würden. Und Finns Nase, wenn er sie unter den Pfirsichbäumen küsste.

»Von dem Mann selbst gar nicht zu reden. Hier, Lilibet. Die wäre doch sehr schön für dich. Sie ist lilienweiß.«

»Um Himmels willen«, entgegnete Lilibet entnervt.

Alle drehten sich zu ihr um und starrten sie an: Alexandra und Abigail; Signorina Morini, die am Tisch saß und die letzten Oliven füllte; und Francesca am Herd, die den Ochsen am Spieß drehte. Auf Lilibets Wangen prangten zwei große rote Flecken, und ihre blauen Augen blitzten auf eine bei ihr völlig ungewohnte Art.

»Liebste Cousine«, sagte Alexandra erschrocken. »Ist irgendetwas?«

Lilibet sprang von ihrem Stuhl auf. »Nein, alles in Ordnung«, sagte sie und brach in Tränen aus. Dann flüchtete sie aus der Küche.

Alexandra wollte ihr nachgehen, doch Signorina Morini hielt sie am Arm zurück. »Schon gut. Sie möchte allein sein.«

»Allein? Wo? Warum? Und wo ist eigentlich Philip?«, fragte Alexandra und sah sich um. Sie hatte den Jungen schon seit einer Ewigkeit nicht mehr gesehen.

»Natürlich mit Penhallow unterwegs«, meinte Abigail achselzuckend.

»*Natürlich?* Was soll das heißen? Gehen die beiden öfter zusammen weg?«

»Ehrlich, Alex. Wo um alles in der Welt bist du in den vergangenen Wochen gewesen?«

Alexandra sank auf ihren Stuhl zurück und schaute die Gesichter um sich herum nacheinander fragend an. Alle wichen ihrem strengen Blick aus. »Verstehe.« Sie griff nach ihrer Maske. »Sieht so aus, als wäre die Wette unwichtig geworden.«

»Oh, das würde ich nicht sagen«, erwiderte Abigail fröhlich. »Wallingford hält sich bewundernswert. Bislang hat sich noch keins von den Dorfmädchen beschwert.«

»Nun, das würden sie wohl auch nicht, oder?«

Signorina Morini räusperte sich. »Die Oliven sind bereit. Signora, Signorina. Es ist Zeit zum Anziehen.«

Alexandra band sich die Maske ums Gesicht. »So! Fertig.« Dann schnappte sie sich eine Olive von der Platte der Haushälterin, was ihr einen Klaps auf die Finger einbrachte. Aber die Beute war es wert. Niemand füllte Oliven so wie Signorina Morini, mit schmackhaft gewürztem Wurstbrät, Käse oder dieser wunderbaren Artischockenpaste. Wirklich, sie musste alle Rezepte aus dieser Frau herausholen, ehe sie wieder nach London zurückkehrte.

Noch besser jedoch wäre es, wenn sie die Italienerin mitnehmen und selbst als Köchin einstellen könnte.

»Nein, du bist noch nicht fertig«, widersprach Abigail. »Du musst noch ein Kostüm anziehen.«

Alexandra kaute und schluckte. »Sehr lustig, Abigail. Haha. Aber ehrlich, ich muss mich um mein Bad kümmern.« Sie stand auf und rief Francesca zu: »Ist das Wasser schon oben?«

»Ich meine es ernst. Das gehört zur Tradition.« Abigail nahm ihre eigene Maske und band sich die langen Bänder um den Kopf. »Wir müssen uns wie die Frauen aus dem Dorf anziehen und beim Auftragen der Speisen helfen. Alle werden maskiert sein, also kann keiner uns erkennen. Was für ein Spaß!«

Alexandra klatschte in die Hände. »Fabelhaft! Ein toller Streich. Schrecklich lustig. Sofern ich noch zehn Jahre alt wäre, was ich ganz offensichtlich nicht bin.«

»Ich sehe schon. Du Angst, dass Mr. Burke dich in der Menge nicht entdeckt.«

»Ich habe keine Ahnung, was du damit sagen willst.«

»Oder dass er womöglich an einer jungen Dorfschönheit mehr Gefallen findet ...«

»Das ist absurd!« Alexandra bremste sich. »Nun, ich *meine*, es ist absurd, dass mir das etwas ausmachen sollte. Von mir aus kann er alle Dorfschönheiten haben, die er mag, solange er bereit ist, den Preis für die verlorene Wette zu zahlen.«

Abigail lehnte sich zurück und knabberte an einer Olive. »Hm. Die sind köstlich, Signorina. Ehrlich, ich kann es kaum erwarten zu sehen, was Sie sonst noch für die Feier heute Abend vorbereitet haben.«

Alexandra betrachtete die Haushälterin, die mit einem äußerst zufriedenen Lächeln auf ihrem Stuhl saß und die Oliven anrichtete. Erst in dem Augenblick bemerkte sie die seltsamen Schwingungen im Raum, das stumme Einverständnis, das zwischen ihrer Schwester und der Italienerin zu bestehen schien.

Energisch stemmte sie die Hände in die Hüften. »Hören Sie mal. Ich hoffe doch sehr, dass Sie sich nicht zu große Mühe geben, Morini. Es täte mir sehr leid herausfinden zu müssen, dass Sie sich mit Dingen beschäftigt haben, die Sie *nichts angehen.*«

Signorina Morini lächelte ihr weises Lächeln, erhob sich und fasste sie an beiden Armen. Dann drückte sie ihr links und rechts einen festen Kuss auf die Wange. »*Bella donna. Bellissima* Signora Morley. Heute Abend, es wird eine wunderschöne Nacht, ein wunderschönes Fest. Die Mädchen aus dem Dorf, sie sagen, die Nacht mitten im Sommer ist magisch.« Sie beugte sich vor, sodass Alexandra den angenehmen Brotduft wahrnehmen konnte, der die Haushälterin stets zu umgeben schien. »Sie sind jung und schön und verliebt. Das ist magisch. Das ist … *il destino*, Schicksal. Sie lassen das Schicksal machen, was es will. Das Schicksal weiß, was es tun muss.«

In der Ferne schlug eine Uhr, sieben Mal läutete leise eine uralte Glocke.

»Das ist einfach lächerlich«, sagte Alexandra. »Ich werde dieses dumme Kostüm nicht tragen. Es ist zu offenherzig. Glaub bloß nicht, dass du mich dazu überreden kannst, Abigail.«

»**Das** ist schlichtweg unanständig.« Alexandra strich ihre Schürze glatt und nahm ein Tablett vom Küchentisch.

Unbeeindruckt nahm Abigail ein anderes Tablett und ging auf die Tür zu. »Unsinn. Du siehst wunderbar aus.«

»Wunderbar unanständig. Wenigstens reicht Lilibets Ausschnitt nicht bis zum Bauchnabel. Es kommt mir so vor, als würde ich meinen Busen auf diesem Tablett vor mir hertragen.« Alexandra sah kritisch an sich herunter.

»Ihr beide habt genau den gleichen Ausschnitt. Wenn er bei dir anders aussieht, liegt das nur an deinem prächtigen Dekolleté. Jetzt komm schon. Lilibet ist ganz allein da draußen. Und iss unterwegs nicht alle Oliven.«

»Das werd ich schon nicht«, erwiderte Alexandra seufzend. »Dann habe ich ja nichts mehr, wohinter ich mich verstecken kann.«

Resigniert folgte sie ihrer Schwester durch die Diele nach draußen.

In dem mit Lampionketten und Fackeln geschmückten Innenhof standen lange Klapptische und Stühle, und im schwindenden Tageslicht hatten sich mindestens sechzig fröhliche Menschen aus dem Dorf auf den alten grauen Steinplatten eingefunden, verborgen hinter Masken, die sie am Nachmittag gebastelt hatten. Irgendwo in der warmen Abenddämmerung machte eine Kapelle Musik; die Geigen und Flöten und das unverkennbare *Umpta-umpta* einer altmodischen Tuba gaben ein recht flottes Tempo vor.

»Stell die Platte einfach auf den nächstbesten Tisch«, rief Abigail ihrer Schwester über den Lärm hinweg zu. »Sie setzen sich schon, wenn der erste Gang kommt.«

Alexandra blieb keine Zeit, in dem Gewimmel nach Finn zu suchen, sie war vollauf damit beschäftigt, mit Abigail, Lilibet, Francesca und Maria hin- und herzulaufen und so lange Essen und Wein heranzuschaffen, bis die Tische sich bogen und die Gäste auf ein nicht erkennbares Signal hin auf die Stühle zusteuerten.

»Müssen wir sie begrüßen?«, fragte Alexandra ihre Schwester leise, als endlich alle saßen. Soeben hatte sie Finn entdeckt, dessen roter Schopf weit über die Köpfe seiner Nachbarn hinausragte; er saß an einem Tisch auf der anderen Seite. Er trug eine einfache schwarze Maske und sah ziemlich verwegen aus. Offenbar unterhielt er sich angeregt mit der Frau neben ihm, deren purpurfarbene, mit Federn und Pailletten verzierte Maske ihre eigenen Bemühungen weit in den Schatten stellte.

Gereizt kniff Alexandra die Augen zusammen.

»Nein, natürlich nicht. Dann würden wir uns ja verraten. Mach dir keine Sorgen. Signorina Morini und ich haben alles perfekt geplant.«

»Genau deswegen mache ich mir ja Sorgen. Darf ich jetzt etwas essen? Oder muss man bei diesem großen Ereignis fasten?«

»Oh nein, iss nur. Lilibet hat dir einen Platz freigehalten, da drüben, in der Ecke.«

Alexandra folgte dem Blick ihrer Schwester und sah, wie Lilibet den schlanken weißen Arm hob und ihnen zuwinkte. Philip saß neben ihr, die Augen rund und glänzend im Kerzenlicht, und an Lilibets anderer Seite warteten ein leerer Stuhl und ein Teller mit Essen.

Alles sehr einladend, nur dass die gesamte Terrasse zwischen den beiden und Phineas Burke und seiner charmanten Begleiterin mit der purpurfarbenen Maske lag.

»Sieh mal, was ich für eine tolle Maske habe, Cousine Alexandra«, sagte Philip, sobald sie sich gesetzt hatte. »Findest du nicht auch?«

Alexandra musterte ihn. »Zweifellos, die tollste Maske, die ich je gesehen habe. Ist das etwa eine Adlerfeder?«

»Ja, stimmt. Onkel Roland hat sie für mich gefunden. Ich finde Onkel Roland klasse, du nicht? Ein verdammt feiner Kerl.«

Lilibet schnappte nach Luft. »Philip! Wo um alles in der Welt …«

»Du hast den Nagel auf den Kopf getroffen, mein Kleiner«, sagte Alexandra. »Dein Onkel Roland ist wirklich ein verdammt feiner Kerl. Es gibt kein besseres Wort dafür. Meinst du nicht auch, Lilibet?«

»Onkel Roland sollte dir nicht solche Wörter beibringen.«

»Onkel Roland hat mich heute Morgen zum See mitgenommen, zum Fischen. Hast du schon mal im See geangelt, Cousine Alexandra?«

»Äh, nein«, erwiderte sie. »Jedenfalls nicht nach Fischen.«

Das brachte ihr einen festen Tritt vors Schienbein ein.

»Versuch es doch mal. Es macht großen Spaß. Ich habe ganz viele Fische gefangen, aber Onkel Roland hat gesagt, ich muss sie wieder ins Wasser werfen, der Blödmann.«

»Philip!«

»Ich dachte, er wäre ein verdammt feiner Kerl«, sagte Alexandra.

»Tja, normalerweise schon, aber ...«

»Hör mal, Philip«, ging Lilibet dazwischen, »sei ein guter Junge und iss deinen Teller leer, ja? Dann bringt Mama dich ins Bett.«

»Aber ich will nicht«, quengelte der Kleine. »Hier draußen ist es so lustig.«

Lilibet flüsterte ihm etwas ins Ohr.

»Ja, gut, Mama. Aber manchmal rutscht es mir einfach raus. Schließlich bin ich erst fünf.« Philip nahm seine Gabel und spießte zielsicher eine gefüllte Olive auf. »Die sind verflixt gut.«

»Ich mag sie auch sehr gern«, gestand Alexandra ihm gerade, als ein Schatten auf ihren Teller fiel. Hoffnungsvoll schaute sie hoch.

»Hallo zusammen«, sagte ein Mann, der an dem goldbraunen wirren Haar über der marineblauen Maske und dem breiten Lächeln darunter leicht als Lord Roland zu erkennen war.

»Es sollte Ihnen unmöglich sein, uns zu erkennen«, sagte Alexandra. »Mir wurde gesagt, dass die Kostüme Sie verwirren würden.«

Aufgrund der Maske war es schwer, Lord Rolands Blickrichtung zu erkennen, doch Alexandra hatte den Eindruck, dass er Lilibet direkt in den Ausschnitt starrte. »Ich bin völlig verstört, das können Sie mir glauben.«

»Ich habe gerade sehr schlimme Ausdrücke von meinem Sohn gehört«, sagte Lilibet streng. »Die wird er doch wohl nicht von Ihnen haben, oder?«

Lord Roland sah so betreten drein, wie es mit einer Maske möglich war. »Ich bin entsetzt, dass Sie mir so etwas unterstellen. Wann immer ich mit dem Jungen zusammen bin, achte ich sehr sorgfältig auf meine Ausdrucksweise.«

»Gewiss«, meinte Lilibet verschnupft.

»Moment«, mischte Alexandra sich ein. »Mir ist gerade eine großartige Idee gekommen. Penhallow, warum bringen nicht Sie den kleinen Racker ins Bett, damit wir beide weiter unsere geschätzten Gäste bewirten können? Ich bin sicher, dass Sie eine ganze Reihe höchst erbaulicher Gute-Nacht-Geschichten für einen Jungen in seinem Alter auf Lager haben.«

Begeistert zappelte Philip auf seinem Stuhl herum. »Oh ja, Onkel Roland! Du kannst mir die über Persien vorlesen! Die mit den Piraten und Haremsdamen.«

Mit einem Knall setzte Lilibet ihr Weinglas ab.

Der sichtbare Teil von Lord Rolands Gesicht lief langsam dunkelrot an.

»Oh ja«, sagte Alexandra. »Das ist perfekt. Die würde ich selbst gern mal hören.«

»**So, so**. Jetzt heißt es also schon *Onkel Roland*. Wie schön.«

Lilibet deutete mit dem Kopf zum anderen Ende des Innenhofs, wo Phineas Burkes Rotschopf sich freundlich seiner Nachbarin zuneigte. »Sag mal, hast du vor, ihn zu heiraten?«

»Wie bitte?« Alexandra setzte ihr Glas an die Lippen und trank einen großen Schluck. Sie hatten endlich die Desserts aufgetragen, süße Kuchen, Mandelmakronen und Früchte, und die Menge wurde vom vielen Wein immer lauter und lustiger.

»Ob du ihn heiraten willst? Und tu um Himmels willen nicht so, als ob du nicht wüsstest, wovon ich rede.«

Alexandra klappte den Mund auf und bemerkte, dass es ihr die Sprache verschlagen hatte.

Lilibet nahm eine Makrone von der Platte vor ihnen und legte sie auf Alexandras Teller. »Ich denke, du solltest es tun. Ich finde, er tut dir sehr gut. Schau dich doch an. Du bist richtig aufgeblüht.«

»Ich kann nicht«, erwiderte Alexandra und starrte auf den roten Schopf in der Ferne, der im Fackelschein in einem feurigen Rotgold glänzte. Die Worte blieben ihr fast im Hals stecken. »Und ich werde es auch nicht tun. Eine Ehe ist ein Handel, eine Art Geschäft. Das weißt du doch ebenso gut wie ich. Ich werde aus etwas so Wunderbarem nicht etwas so Schäbiges machen. Ich will das nicht kaputt machen.«

»Liegt es an seinem Geld?«

Alexandra nahm die Makrone und schob sie in den Mund, wo die Süßspeise auf ihrer Zunge zerging und den köstlichen Geschmack von Mandeln hinterließ. »Geld macht immer alles kaputt.«

»Liebst du ihn denn?«

Alexandra brachte kein Wort mehr heraus.

»Wenn es so ist, spielt Geld keine Rolle.«

»Wird es aber irgendwann«, flüsterte Alexandra. »Geld spielt immer eine Rolle. Was ist … tja, wenn es *wirklich* ums Geld geht? Wenn ich ihn heirate, erfahre ich es nie. Ich werde ein angenehmes, luxuriöses Leben führen und nie wissen, ob ich nicht doch nur auf sein Vermögen aus war. Ob ich mir den ganzen Rest bloß eingeredet habe.« Oh Gott, was redete sie denn da? Der Wein, dieser dumme Wein, sorgte dafür, dass sie einfach sagte, was sie dachte.

»Unsinn. Das ist doch absurd. Hör mir zu, Alexandra, du kleine Närrin«, zischte Lilibet. »Wenn du ihn liebst, dann halte ihn fest. An etwas anderes solltest du nicht mal denken. Herrje, mach dich doch nicht selbst unglücklich.«

»So wie du es getan hast.«

Lilibet zögerte. »Ja, so wie ich es getan habe.«

Plötzlich stimmten die Musiker hinter ihnen eine heitere, beschwingte Weise an, und ein Raunen ging durch die Menschenmenge. Die Leute standen auf, klatschten in die Hände und eilten zu der freien Fläche in der Mitte des Hofs.

»Such ihn«, raunte Lilibet ihr ins Ohr. »Und lass ihn nie wieder gehen.«

Ohne etwas zu erwidern, stand Alexandra auf. Um sie herum wimmelte es von gut gelaunten Männern und Frauen, und gefiederte Masken in Rot, Gold und Lila glitten an ihr vorüber. Sie musste gegen den Strom angehen, um die anderen herum, dabei stieß sie sich das Bein an einer Tischkante, bemerkte den Schmerz aber kaum. Schritt für Schritt bahnte sie sich den Weg zu der Stelle, an der Finn gesessen und tief versunken in eine Unterhaltung mit einer italienischen Frau in einer purpurfarbenen Maske sein Abendessen gegessen hatte.

Doch als sie endlich dort ankam, war er fort.

ZWANZIG

Die Leute hörten gar nicht mehr auf zu tanzen. Zuerst hielt Alexandra sich zurück und sah dem Kaleidoskop der Farben, die sich im goldenen Schein der flackernden Fackeln drehten, nur zu. Sie hatte die Bewohner der Toskana immer für eher schwermütige Menschen gehalten, die sich am liebsten mit so ernsten Arbeiten wie dem Käsemachen, dem Weinbau oder dem Bohnensortieren befassten, und in ihren wilderen Momenten vielleicht ein paar Eier klauten. Aber an diesem Abend, unter dem Einfluss des Weines und der Maskerade, war alles anders. Lachend warfen die Tanzenden den Kopf in den Nacken, drehten sich im fröhlichen Takt der Geigen hierhin und dorthin, ließen die selbst gesponnenen Röcke fliegen und stampften mit den Beinen. Unter ihnen auch Maria mit ihren schwarzen Locken und Francesca, die sie an ihrem Rosenmund erkannte.

Abigail war es, die sie bei der Hand nahm und auf die Tanzfläche zog. Widerstrebend setzte Alexandra sich in Bewegung, die Glieder schwer vor Sehnsucht nach Finn, doch ihre Schwester hatte keinen Respekt vor den bittersüßen Qualen Liebeskranker und zwang sie mitzumachen, sich unters Volk zu mischen. Natürlich kannte Alexandra weder die Schritte noch die Melodie. Doch irgendwie schaffte sie es mitzuhalten, geführt von fremden Händen und dem unerbittlichen *Umptaumpta* der altväterlichen Tuba gelang es ihr, nicht aus der Reihe zu tanzen.

Am Ende hatte sie nicht nur Abigail, sondern auch alles andere aus den Augen verloren und überließ sich ganz dem Augenblick, dem Tanz, der Musik, dem Licht und dem Wein, die sie berauscht hatten.

Atemlos und lachend, ging sie schließlich wieder von der Tanzfläche herunter. »Hier«, sagte jemand neben ihr, »trinken Sie das, *mia donna.*«

Es war Signorina Morini, die ihr ein kleines Glas mit einer klaren Flüssigkeit hinhielt. Ihre Augen funkelten golden im Fackelschein.

»Was ist das?«

»Eine kleine Erfrischung. Ich mache sie selbst. Ein bisschen Limoncello und ein paar andere Sachen. Ist eine Tradition auf dem Fest in der Sommermitte.«

»Wie schön.« Alexandra nahm das Glas und kippte den Inhalt herunter. Angenehm brennend, rann der zitronensaure Likör den Hals hinunter und benebelte ihre Sinne. Erstaunt gab sie das Glas zurück. »Oh, das schmeckt gut. Kann ich noch eins haben?«

Vertraulich neigte die Haushälterin sich zu ihr. »Er ist am See, beim Bootshaus. Er wird auch einen Trunk wollen.«

Etwas Kühles wurde Alexandra in die Hand gedrückt. Als sie nach unten schaute, sah sie, dass es ein anderes Glas war, das haargenau so aussah wie das, aus dem sie getrunken hatte. »Vielen Dank«, sagte sie und führte es an die Lippen.

Signorina Morini packte sie am Handgelenk. »Nein, Signora. Das ist für Signor Burke. Sie müssen es ihm geben.«

»Tja«, sagte Alexandra, »dann sollte ich wohl gehen.«

Sie nahm noch wahr, dass Signorina Morini ihr höchst zufrieden nachschaute, als sie den Innenhof und den Lichtkreis verließ und zu den terrassierten Feldern hinunterging, auf denen die üppige Ernte des Sommers heranreifte.

Ein Dreiviertelmond hing groß und schwer zwischen den Sternen und verfolgte ihren Gang durch die Rebstöcke, Getreidehalme und Obstbäume. Ihre Füße kannten den Weg natürlich. Mittlerweile hätte sie mit verbundenen Augen über die Terrassen laufen können. Trotzdem schritt sie langsam und vorsichtig aus, denn etwas Seltsames lag in der Luft, etwas Wachsames, Gespanntes, knapp jenseits der sinnlichen Wahrnehmung. Die zugegebenermaßen bei ihr im Moment nicht sonderlich scharf war. Vor nicht allzu langer Zeit, in den Londoner Tagen, hätten ein paar Gläser Wein ihr überhaupt nichts ausgemacht.

Nun brachte jede kleine Unebenheit sie ins Straucheln.

In der Nähe der letzten Terrasse, wo Finns Werkstatt wie eine schwarze Masse rechts von ihr aufragte, stolperte Alexandra über einen herabgefallenen Ast.

Vorwärtstaumelnd hielt sie Signorina Morinis Glas mit beiden Händen fest, als wäre es ein Fabergé-Ei. Ein Schritt, noch einer, der Boden kam ihr bereits entgegen, doch beim dritten Schritt fing sie sich wieder. Ein paar Tropfen Limoncello waren auf ihre Hand gespritzt und prickelten kühl auf der Haut.

Plötzlich lief ein Mann über den dunklen Pfad vor ihr.

»Wer ist da?«, rief Alexandra barsch.

Überrascht blieb der Mann stehen und sah sich nach ihr um. Für einen Augenblick fiel das Mondlicht auf sein Gesicht: dunkles Haar, ein dicker Schnurrbart und eine Haut so weiß, dass er wie ein Geist wirkte. Seine Züge konnte sie nicht richtig erkennen, doch in der sekundenlangen Starre bemerkte sie, dass seine erstaunt aufgerissenen Augen sich zu bösartigen Schlitzen verengten und seine Hand in seine Jackentasche glitt. Wahrscheinlich ein Dorfbewohner, der vom Fest nach Hause ging.

»Hallo, Sie!«, rief Alexandra. »Kann ich Ihnen helfen?«

Wortlos drehte der Mann sich um und rannte weiter. Alexandra versuchte, ihm nachzusehen, doch es war, als wäre er vom Erdboden verschluckt. Kein Hauch regte sich. Starr ragten die Bäume in die heiße Nacht, die Blätter und Äste waren im Dunkeln verschwunden.

»Ich fürchte mich nicht«, sagte Alexandra laut. Die Wärme des Likörs in ihrem Magen strahlte bis in Herz und Hirn aus. Dann ging sie weiter, etwas schneller nun, und schaute zwischen den Olivenbäumen nach dem silbernen Schimmer des Sees aus.

Kurz bevor sie ans Ufer kam, roch sie ihn: die kühle, frische Brise vom Wasser her vertrieb den betäubenden fruchtschweren Duft der Wein- und Obstgärten. Das Mondlicht fiel auf die glasige Oberfläche und vergoldete die Umrisse des nahen Bootshauses und die hochgewachsene, breitschultrige Gestalt des Mannes, der dort an der Wand lehnte.

»Hallo, Liebling«, sagte Alexandra leise.

Finn drehte sich so gelassen um, als ob er ihr Erscheinen erwartet hätte. Er trug noch seine Maske, und durch die Löcher war nicht viel mehr als das Funkeln seiner Augen zu sehen, die sie ganz langsam musterten, von Kopf bis Fuß, und jeden Makel, jede Unvollkommenheit registrierten. »Oh, Lady Morley«, erwiderte er förmlich.

Als sie ihn endlich vor sich sah, seinen Blick auf der Haut spürte, kam es Alexandra so vor, als würde das angenehme Brennen von Signorina Morinis Likör sich in ihrem ganzen Körper verbreiten, bis in die Finger- und Zehenspitzen dringen, ihr Herz übergehen lassen und ihren Verstand verwirren.

Ich liebe ihn.

»*Lady Morley* sagst du? Du musst böse auf mich sein.« Wie magisch angezogen, ging sie auf Finn zu. »Ich habe dir ein Glas

Limoncello mitgebracht. Du musst es trinken. Man hat mir gesagt, das gehört sich so.« Nur Zentimeter vor seiner Brust blieb sie stehen und hielt ihm das Glas an die Lippen.

Finn nahm es ihr ab und trank.

»Köstlich, nicht wahr? Signorina Morini hat es mir gegeben.«

»Signorina Morini?« Seine Stimme klang belegt.

»Die Haushälterin.«

Finn musterte sie forschend, das Gesicht völlig farblos im fahlen Licht des Mondes, und Alexandras Herz begann so hart und schnell zu klopfen, dass es in ihren Ohren dröhnte. »Du bist gegangen, bevor das Tanzen anfing. Ich habe dich gesucht.«

Geistesabwesend schüttelte Finn den Kopf. »Ich dachte, ich sehe noch mal in der Werkstatt nach, ehe ich nach Rom fahre.«

»Aber du fährst doch erst nächste Woche!«, platzte Alexandra heraus. Irgendetwas an seinem Tonfall und an seinem Gesichtsausdruck jagte ihr trotz der wohligen Wärme im Bauch einen Schrecken ein.

Finn gab ihr das leere Glas zurück und schloss ihre Hand darum. »Ich habe es mir anders überlegt. Ich denke, es wäre vielleicht besser, früher da zu sein. Um mich mit den Gegebenheiten vertraut zu machen und vor Ort Helfer zu finden.«

»Das hört sich so an, als nähmst du mich nicht mit.«

»Du wolltest doch nicht nach Rom«, meinte Finn. »Du hast darauf bestanden hierzubleiben, damit wir nicht zusammen gesehen werden.«

Er stand so nah bei ihr, dass sein Atem ihr Gesicht streichelte. Im weißen Schein des Mondes wirkte er sogar noch größer als sonst: baumlang und hünenhaft. Unsicher sah sie ihn an und versuchte, den Gesichtsausdruck unter der schwarzen Maske zu deuten. »Vielleicht habe ich meine Meinung geändert«, wisperte sie. Dann legte sie eine Hand an seine Wange und fuhr mit dem Daumen über seine kratzigen Bartstoppeln.

»Wirklich?«

»Finn, Liebling, was ist passiert? Habe ich dir etwas getan?«

»Nein«, sagte er mit rauer Stimme, »es ist nur … ich dachte, es würde ganz einfach sein, morgen zu fahren, aber ich stelle fest … dass ich dich nur ansehen muss und … oh Gott, ich kann mir nicht helfen … ich bin verloren, nicht?« Er nahm ihr Gesicht in beide Hände. »Ich bin dir verfallen. Ich …« Er schüttelte den Kopf und küsste sie mit harten, feindseligen Lippen.

Sofort ließ Alexandra das leere Glas fallen und gab nach, öffnete die Lippen, blieb ihm nichts schuldig, küsste ihn leidenschaftlich zurück. Und schon kam die Lust, mit schockierender Wucht; die Gier nach ihm, seinem Körper, seinem Geist, jedem noch so kleinen wundervollen Teil von ihm. Am liebsten wäre sie mit ihm verschmolzen, ganz in ihm aufgegangen. Sie wollte den Schlag seines Herzens spüren, die raschen Reflexe seines Hirns, alles, was ihn ausmachte, jetzt und in Zukunft.

Finn küsste sie so heftig, als triebe ihn genau der gleiche Drang. Seine fordernde Zunge, die nach Zitronen und Wein schmeckte, presste sich heiß und seidig an ihre, und seine Hände machten sich ungeduldig an den Bändern ihrer Maske zu schaffen.

Atemlos wich Alexandra zurück und fasste ihn an den Handgelenken. »Nein«, sagte sie lächelnd. »Nicht.«

»Nein?«

Sie küsste seine Hände. »Du tust so viel für mich, Liebling. Du bringst mich zum Lachen; du liebst mich; du verwöhnst mich, bis mir Hören und Sehen vergeht – und ich gebe dir gar nichts.«

Finn schloss die Augen. »Du gibst mir alles. Nur bei dir fühle ich mich lebendig.«

»Aber ich möchte auch etwas für dich tun.« Alexandra lehnte sich an seine Brust, zog seinen Kragen beiseite und ließ ihre Zunge in seiner salzigen Halsgrube kreisen. Dann schob sie die Hände unter seine dünne Wolljacke und tastete nach dem Bund seiner Hose, die sich vorn bereits ziemlich spannte. »Ich will dich schmecken, Liebling«, flüsterte sie an seiner warmen Haut. »Ich möchte meinen Durst, meinen Hunger nach dir stillen.«

Finn stieß einen Seufzer aus, den Alexandra als Zustimmung auffasste.

Nachdem sie irgendwie alle Knöpfe geöffnet hatte, ließ sie sich langsam auf die Knie sinken. Dabei küsste sie ihn durch das Hemd hindurch auf die sehnige Brust und den flachen Bauch und drängte ihn an die Wand des Bootshauses. Dann umfasste sie seine Pobacken, um ihn festzuhalten, während sie den Kopf an seinem erigierten Glied rieb, das gegen die dünne Baumwolle seiner Unterhose drückte, und sich an seinem sinnlichen Duft und der seidigen Härte seines Fleisches ergötzte. Als er seine Finger in ihr Haar schob und rhythmisch daran zog, lächelte sie höchst zufrieden.

Sie begehrte ihn so sehr. Sie wollte ihn kosten, seinen ureigenen Geschmack kennenlernen. Dann war ihr endlich alles an ihm vertraut.

Sie zog seine Unterhose herunter und befreite seinen Penis; er war dick und erregt und wunderschön. Vorsichtig umkreiste sie ihn mit der Zunge, erkundete die harten Umrisse und den weichen Kopf, der sich mit einem weißen Tropfen auf der Spitze aus den samtenen Hautfalten schob. Gespannt leckte sie den Tropfen ab und staunte über das erregend herbe Aroma. Dass er so köstlich schmecken würde, hätte sie sich nie träumen lassen.

»Ist es richtig so?«, fragte sie leise.

»Ja … großer Gott … nicht … mehr …«

Finn stöhnte, als sie ihn in den Mund nahm, so viel von ihm in sich aufnahm, wie sie konnte. Sie wusste nicht genau, was sie tun sollte; wahrscheinlich machte sie alles falsch, aber es war ihr egal: Sie wollte ihn verschlingen, ihn sich einverleiben, ihn genauso quälen, wie er sie quälte, ihm genau so viel Freude bereiten wie er ihr.

Mit einer Hand streichelte sie seine festen, runden Hoden, die sich so schön anfühlten, dass sie ihr Verlangen kaum noch zügeln konnte. Sie stellte sich vor, wie sie für ihn aussehen musste, mit der weißen, gefiederten Maske vor den Augen und dem eifrigen roten Mund darunter, der ihn zärtlich verwöhnte. Ihm Vergnügen zu bereiten gefiel ihr, sein Keuchen war wie Musik in ihren Ohren, und seine wachsende Erregung übertrug sich auf sie und machte sich zwischen ihren Beinen bemerkbar.

Wild zerrte er an ihrem Haar, und sie spürte, wie seine Muskeln sich spannten und auf den Höhepunkt warteten. In dem Moment riss er sich mit einem kehligen Schrei von ihr los. »Nein«, sagte sie und nahm ihn wieder in den Mund, fing den letzten Stoß seiner Hüften auf und hörte ihn heiser ihren Namen rufen, als sie seinen warmen Erguss in sich aufnahm und sanft seine Hoden streichelte.

Nach und nach verebbten die Zuckungen seines Körpers, die Muskeln lockerten sich wieder, und Finn lehnte sich wohlig erschöpft an das Bootshaus. Alexandra presste die Stirn an seinen Bauch und sammelte sich, spürte dem Geschmack in ihrem Mund nach. Wieder griff Finn in ihr Haar, diesmal jedoch wesentlich zarter. Irgendwo in der Ferne, jenseits ihrer kleinen, intimen Welt, klatschten Wellen rastlos ans felsige Ufer.

Mit schmerzenden Knien erhob Alexandra sich vorsichtig von den Kieseln am Boden und schlang die Arme um Finns Taille. »Ich danke dir«, flüsterte sie.

Die Brust unter ihrem Ohr begann zu vibrieren. »Allmächtiger Gott, Alexandra«, stieß Finn hervor. »Du dankst *mir*?«

»Es war wunderschön.«

»Oh Gott. Ohgottohgott.« Er warf die Arme um sie und drückte sie fest an seine Brust, die vor unterdrücktem Lachen bebte. »Alexandra, du verrücktes Ding. Oh Gott. Vergib mir.« Wieder fasste er nach ihrem Haar und streichelte es endlos.

»Was sollte ich dir denn vergeben?«

»Nichts. Nur … oh Gott.«

Endlich beruhigte er sich, und sie schmiegte sich an ihn, genoss es, in seinen Armen zu liegen, seine Hand in ihrem Haar zu spüren und das Auf und Ab seines Atems an ihrer Wange. Er löste die Bänder ihrer Maske und ließ sie auf die Kiesel fallen.

»Dann nimmst du mich also mit nach Rom?«

Zuerst antwortete Finn nicht, nahm nur ihr Gesicht in beide Hände und sah ihr in die Augen, die Wangenmuskeln an den gefiederten Rändern seiner Maske straff gespannt. »Verrat mir erst, warum du in meine Werkstatt gekommen bist, damals, beim ersten Mal. Warum hast du angefangen, mir bei meinem Automobil zu helfen, Alexandra?«

Seine Augen schienen bis auf den Grund ihrer Seele blicken zu können. »Ich weiß nicht. Ich glaube … ich suchte nach einem Vorwand, um dich kennenzulernen, und deshalb habe ich einfach die erste Gelegenheit, die sich mir bot, beim Schopf ergriffen.«

Finns Daumen streichelten ihre Wangenknochen. »Stimmt das, Alexandra? War das der einzige Grund?«

»Mach dich nicht lächerlich.« Sie schob die Hände unter sein Jackett und legte sie auf seine Hüften. Was zum Teufel meinte er damit? Er konnte doch nichts von der *Maschinenfabrik Manchester* wissen. Sie hatte in den letzten Wochen kaum noch an diese vermaledeite Firma gedacht; so unerfreuliche Erinnerungen bargen die Gefahr, dass der süße Liebestraum zerplatzte, in dem sie sich seit April bewegte, seit der ersten Nacht in seinem Bett. Die Lady Morley, die in London Hof hielt und Firmenaktien besaß, kam ihr wie eine Fremde vor. Sie konnte sich kaum noch an ihre ursprünglichen Absichten erinnern. »Was auch der Grund gewesen sein mag, spielt das noch eine Rolle?«

»Schon möglich. Also, Alexandra?«

Sie umklammerte sein Hemd. »Vielleicht waren meine Motive am Anfang nicht ganz lauter«, sagte sie heftig, »aber jetzt sind sie es, Finn. Jetzt gehöre ich dir.«

»Wie kann ich das wissen, Alexandra?« Seine Hände legten sich auf ihre Schultern. »Du hast mich so lange umgarnt, bis ich mich heillos in dich verliebt habe. Sollte ich mir die ganze Zeit etwas vorgemacht haben? Bin ich blöde genug zu glauben, dass die Marquise von Morley sich tatsächlich in einen irischen Bastard verguckt, der so deutlich unter ihr steht? Dass sie ihren Titel, ihren Rang und ihren Platz in der Londoner Gesellschaft aufgeben würde?«

»Du weißt, dass mir das alles nichts mehr bedeutet. Was ist los, Finn? Was habe ich getan?« Alexandra kamen die Tränen, denn sie hatte das Gefühl, dass sie dabei war, etwas Kostbares zu verlieren.

Statt zu antworten, sah Finn sie weiterhin forschend an und strich mit den Daumen sanft an ihrem Schlüsselbein entlang. Als ob er auf etwas wartete.

Alexandra öffnete den Mund, um etwas zu sagen, irgendetwas, das das unerträgliche Schweigen brechen konnte, doch in dem Augenblick erstarrten die Daumen auf ihrer Haut.

»Finn?« Dann hörte sie es auch: schnelle Schritte, das Rascheln von Kieseln und eine ärgerliche Männerstimme.

Als Finn sich bewegte, splitterte Glas.

»Der Limoncello! Hast du dir wehgetan?«

»Pst.« Er zog sie dicht an die Wand des Bootshauses.

Im Mondlicht rannte eine maskierte Frau an ihnen vorüber und verschwand mit flatternden Röcken zwischen den nahen Bäumen.

»Verdammt noch mal, Abigail!«, brüllte der Mann.

Steine knirschten, als an der Ecke des Bootshauses, vor der silberhellen Wasserfläche des Sees, eine große Gestalt auftauchte, die barfuß hinter der Frau herlief.

Im Adamskostüm.

»Wallingford!«, sagte Alexandra überrascht.

Der Herzog hielt an und drehte sich so hastig um, dass sein bestes Stück an den Oberschenkel klatschte. In einer Hand hielt er seine Hose. »Wo ist sie hin?«, schrie er.

Finn zeigte ihm die Richtung. »In die Bäume, mein Freund. Gleich da drüben.«

Schnell verbarg Alexandra das Gesicht an der Brust ihres Geliebten.

»Ach Wallingford«, fügte Finn noch hinzu.

Kiesel rasselten. »Was zum Teufel?«, knurrte der Herzog irgendwo in ihrem Rücken.

»Viel Glück, alter Junge.«

»Oh, halt die *Klappe*, du gottverdammter irischer Bastard.«

Haltlos vor Lachen brachen sie nebeneinander an der Bootshauswand zusammen, die Spannung zwischen ihnen hatte sich fürs Erste gelöst.

»Lass mich das tun«, sagte Alexandra, knöpfte Finn die Hose zu und machte ihn mit einem letzten Tätscheln wieder vorzeigbar. Dann fasste sie nach den Bändern seiner Maske, nahm sie ihm ab und küsste ihn auf das ganze Gesicht.

»Alexandra«, sagte er schließlich und strich ihr über die Arme, dass sie eine Gänsehaut bekam, »du musst mir die Wahrheit sagen.«

»Worüber?«

»Über alles. Über dich und mich und … den Rest. Du musst mir vertrauen. Mir glauben, dass du mir wichtig bist, dass ich an dich glaube. Und dass ich dir deswegen alles verzeihen werde.« Er war nicht mehr steif und böse, sondern sanft und besorgt.

Alexandra schluckte. Was sollte sie sagen? *Tja, weißt du, am Anfang wollte ich dich ausspionieren! Herausfinden, ob ich irgendetwas in Erfahrung bringen kann, das mir nützen könnte! Ziemlich gemein, das gebe ich zu, aber ich muss für meine Schwester sorgen und meine Stellung wahren und so weiter.* Ja, das würde er sicher verstehen. »Ich habe es dir doch schon gesagt. Ich … ich konnte mir nicht eingestehen, dass ich dich begehrt habe, dass ich dich näher kennenlernen wollte. Ich brauchte eine Entschuldigung. Aber ich habe mich verändert. *Du* hast mich verändert, und die Tatsache, dass ich in Italien bin und nicht mehr in London. Ich habe erkannt, dass all die dummen Äußerlichkeiten, die mir immer so wichtig waren, nichts wert sind, gar nichts, wenn man sie mit dem hier vergleicht.« Mutig stellte sie sich auf die Zehenspitzen, küsste ihn wieder und legte eine Hand an seine Wange. »Das ist es, was zählt, Finn. Nur das ist wichtig. Du und meine Schwester und meine Cousine und … wenn du es mir erlaubst, wenn du es zulässt, dass ich es dir beweise …«

Alexandra spürte, wie der Arm, der sie hielt, mit einem Mal

stahlhart wurde. Hastig stieß Finn sich von der Wand ab, zog sie mit sich und spähte durch die Bäume.

»Was ist los?«, fragte sie.

»Großer Gott«, sagte er. Dann ließ er sie los und rannte davon. *»Oh nein, verdammte Scheiße!«*

EINUNDZWANZIG

Alexandra pumpte, bis die Arme schmerzten, füllte einen Eimer nach dem anderen, damit Finn, Wallingford und Abigail Wasser aufs Feuer gießen konnten. Sie hatte keine Zeit aufzuschauen, keinen Sinn für etwas anderes als den kalten Wasserstrom für den nächsten Eimer, das nasse Gleiten des Pumpenschwengels in der Hand.

»Das war's«, sagte jemand, eine männliche Stimme, doch Alexandra pumpte weiter wie ein Automat, wie Finns elektrischer Dynamo, denn es *konnte* nicht sein, sie *würde* nicht aufgeben.

Eine Hand packte sie am Arm. »Alexandra«, sagte Wallingford heiser, »es ist aus. Sie können jetzt aufhören.«

Sie schaute auf seine Hand und dann in sein Gesicht, das grimmig war und von Schweiß und Wasser troff. Die bloße Brust über der hastig übergestreiften dunklen Hose schimmerte weiß im Mondlicht. »Es ist aus«, wiederholte Wallingford.

Alexandra drehte sich zum Brandherd um, dem Kutscherhaus, Finns Werkstatt, wo sie zahllose kostbare Stunden voller Arbeit, Freude und Freundschaft verbracht hatte. Natürlich stand es noch, doch die graubraunen Steine waren schwarz vom Ruß, das Fenster über dem langen, schmalen Tisch war zerplatzt, und im Dach klaffte ein großes Loch.

»Wo ist er?« Ihre Stimme war durch die Anstrengung und den Qualm kratzig geworden.

»Drinnen.« Wallingford drückte leicht ihren Arm. »Es tut mir schrecklich leid, Alexandra. Wir haben unser Bestes getan.«

Wie nett. Sie wusste gar nicht mehr, wann er das letzte Mal so freundlich zu ihr gewesen war. »Danke«, erwiderte sie und legte ihre Hand auf seine.

Im Haus gab es fast kein Licht, und die Luft war feuchtheiß und roch nach Rauch. Sie konnte Finns hoch aufragende Gestalt kaum erkennen. Er stand vor dem Schrank, den es immer noch gab, auch wenn er beinahe zu Holzkohle verbrannt war.

»Wie geht es dir?«

Er drehte sich nicht um. »Bin hier und da etwas angesengt. Die Maschine ist Gott sei Dank heil. Ich hab sie nach draußen geschafft, ehe das Feuer sie erreichen konnte.«

Alexandra schaute quer durch den Raum zum Kutschentor, das offenstand und etwa zwanzig Meter entfernt einen schwachen Metallglanz sehen ließ.

Vorsichtig ging sie über den nassen Boden zu Finn, der dabei war, den Inhalt des Schrankes zu überprüfen. »Ach Liebling. Sieh mich doch an. Bist du verletzt?«

»Nein, alles in Ordnung, wie ich schon gesagt habe. Obwohl das Ganze natürlich verdammt ärgerlich ist. Die Ersatzbatterie kann ich wohl völlig abschreiben und die Ausrüstung …« Er verstummte.

»Weißt du, wie es zu dem Brand gekommen ist?«

»Ich denke, es war der Gaskocher. Ich muss ihn angelassen haben, auch wenn ich mir das eigentlich nicht vorstellen kann. Die Explosion habe ich ja durch die Bäume gesehen, aber was sie ausgelöst hat, kann ich nicht sagen. Der Dynamo ist zu weit weg, als dass ein verirrter Funke die Ursache sein könnte, und …«

Alexandra legte die Arme um seine Taille. »Schsch. Dir geht es gut. Das ist alles, was zählt.«

»Und der Maschine geht es auch gut.«

Alexandra lachte erstickt. »Ja, der natürlich auch. Es hätte wesentlich schlimmer kommen können. Schließlich haben wir nicht alles verloren.«

Finn gab keine Antwort, lehnte nur starr und heiß an ihr, ohne Jackett und mit offenem Hemdkragen. Alexandras Augen, die sich langsam an die Dunkelheit gewöhnten, fingen an, Details zu erkennen: ein schwarzes Loch, wo der Tisch gewesen war; Haufen von Glasscherben und verrußte Holz- und Metalltrümmer; den Gaskanister, der aus dem Schutt ragte und das schwache Mondlicht spiegelte, das durch das zerborstene Fenster fiel.

»Der Kanister!«, rief sie. »Gott sei Dank! Er hätte alles in die Luft jagen können!«

Finn zuckte die Achseln. »Es war nicht mehr viel drin. Tja, das war wohl einfach nur schreckliches Pech, aber du hast recht. Es hätte schlimmer kommen können.«

»Wenigstens warst du nicht hier, als es passiert ist, Liebling.«

»Wenn ich hier gewesen wäre, wäre es nicht passiert.« Finns Stimme klang tonlos, völlig resigniert.

Alexandra trat einen Schritt zurück. »Mach dir bloß keine Vorwürfe! Es war ein Unfall! Es ist fast Mitternacht; du wärst sowieso nicht hier gewesen, sondern da, wo du hingehörst – in meinem Bett.«

Finn lachte. »Ja, du bist nicht besonders gut für meine Arbeitsmoral, nicht wahr?«

»Sag mir, was ich tun kann, um dir zu helfen. Wir haben noch zwei Wochen Zeit bis zum Rennen. Bestimmt können wir eine neue Batterie bauen.«

Endlich entspannte Finn sich ein wenig und legte seine warme, schwielige Hand an ihre Wange. »Ich muss mit dem Aufräumen anfangen. Vor Tagesanbruch kann ich nicht genau sagen, wie groß der Schaden ist, danach muss ich aufschreiben, was ich besorgen muss, und nach Florenz fahren.«

»Ich helfe dir. Wir schaffen das bis morgen.«

Finn strich mit dem Daumen über ihre Wange. »Geh ins Bett, Alexandra. Ich komme schon zurecht.«

»Von wegen.«

Jemand kam durch die Tür. »Ich habe die Eimer gestapelt und die Glasscherben draußen zusammengefegt«, sagte Abigail. »Wie sieht es hier drin aus?«

»Alles ruiniert«, erwiderte Alexandra fröhlich und löste sich von Finn, »aber wir schaffen das. Dem Automobil ist jedenfalls nichts passiert.«

Dann hörte man Wallingford. »Burke, alter Junge. Was für ein Mist. Bist du in Ordnung? Kann ich noch was tun?«

»Du hast mehr als genug getan, mein Freund.« Finn stieg über die Wasserlachen hinweg und nahm die Hand des Herzogs. »Ich weiß nicht, wie ich dir danken soll.«

»Du weißt verdammt gut, dass das nicht nötig ist.«

Irgendetwas schien zwischen den beiden Männern vorzugehen, eine Verständigung, die keiner Worte bedurfte. Erstaunt sah Alexandra, wie Finn einmal nickte und Wallingfords Hand wieder losließ. »Ich werde noch etwas aufräumen. Ihr geht zurück ins Haus und sagt den Stallknechten Bescheid. Ich brauche ein paar Karren, um den Schutt wegzufahren, und was sonst noch dazugehört.«

»In Ordnung.« Wallingford zögerte, dann wandte er sich an Alexandra. »Lady Morley?«

»Ich bleibe und helfe ihm«, sagte sie mit klarer, entschlossener Stimme. »Aber ich wäre Ihnen sehr dankbar, wenn Sie meine Schwester sicher ins Schloss zurückbringen würden.«

»Obwohl ich ohne seine Begleitung wesentlich sicherer wäre«, murmelte Abigail.

»Mein Gott«, knurrte Wallingford.

Als die beiden gegangen waren, stemmte Alexandra die Hände in die Hüften und schaute Finn mit ihrem resolutesten Gesichtsausdruck an. »Also gut. Können wir die Lampe anmachen, oder ist das zu gefährlich?«

Sie arbeiteten die ganze Nacht durch. Gemeinsam suchten sie in den Überresten nach allem, was noch zu gebrauchen war, dann fegten sie den Abfall draußen vor der Tür zusammen, damit er am Morgen weggebracht werden konnte.

Finn war erschöpft. Das war an den müden Augen und den gebeugten Schultern deutlich zu sehen. Gegen Morgen, als das letzte unversehrte Gerät auf den Haufen auf dem Tisch gewandert und die letzte Glasscherbe aufgelesen war, führte Alexandra ihn zu einem Stuhl. »Setz dich. Ich bringe dir etwas Wasser.«

»Mir geht's gut«, erwiderte er. Dann legte er die Arme auf den Tisch und ließ den Kopf darauf sinken, das Haar stand ihm wirr um das blasse Gesicht.

Alexandra ging nach draußen zur Pumpe, um eine Tasse zu säubern und mit Wasser zu füllen, doch als sie wiederkam, war er bereits eingeschlafen. Sie ließ sich neben ihm auf einen Stuhl fallen und betrachtete ihn eine Weile im Schein der Lampe, sah, wie seine violetten Augenlider beim Träumen zuckten und wie seine unglaublich langen Wimpern Schatten auf die Wangen warfen. In der Nacht zuvor, in seinem Zimmer, hatte er sich der Länge nach auf dem Bett ausgestreckt und ihr von Hannibal erzählt – die Frauen befassten sich gerade mit Livius – und der Route, die er mit seiner Armee und seinen Elefanten über die Alpen genommen hatte. »Damals muss es viel wärmer gewesen sein«, hatte er gesagt, »denn ich konnte erst im Sommer über diesen Pass gehen, aber ich will verdammt sein, wenn ein afrikanischer Elefant das schafft.« Sie hatte auf dem Bauch gelegen und ihn beobachtet, so wie jetzt, und genau in dem Augenblick war ihr zum ersten Mal aufgefallen, wie schön seine rötlichen Wimpern waren. *Weißt du, dass du tolle Wimpern hast*, hatte sie gesagt, und er hatte sich ihr zugewandt und mit einem provozierenden Glitzern in den Augen gefragt: *Und das merkst du erst jetzt, Schatz?*

Alexandra stand auf und ging zu einer Kiste an der gegenüberliegenden Wand, die keinen Schaden genommen hatte. Dort bewahrte Finn Decken auf, hauptsächlich, um damit das Automobil bei Nacht gegen Staub zu schützen. Sie nahm die Decken und breitete sie auf dem Boden aus.

»Komm.« Sie legte einen Arm um seine Schultern und zog ihn vom Stuhl hoch. »Komm, ruh dich aus.«

Schwankend erhob sich Finn und ließ sich bäuchlings auf das provisorische Bett fallen, die Arme rechts und links weit ausgestreckt. Gleich darauf drang ein langes, zufriedenes Schnarchen aus seiner Nase. Alexandra lächelte und deckte ihn mit einer weiteren Decke zu, dann setzte sie sich neben ihn und sah ihm beim Schlafen zu, sie fühlte sich so glücklich, als hätte sie den berauschenden Zitronenlikör noch im Blut.

Als der erste geisterhafte Schimmer der Morgenröte durch das offene Kutschentor auf sein Gesicht fiel, erwachte Finn. Sein Verstand kam nur sehr langsam in Gang. Wo zum Teufel war er? Was war passiert?

Rauch. Es roch nach Rauch.

Alexandra.

Sein Blick fiel auf die Decke neben seiner. Dort lag sie, zusammengerollt wie ein Kind und vollkommen angezogen. Im Schlaf sah sie erstaunlich unschuldig aus, vielleicht weil das diffuse Morgenlicht ihre Züge weicher erscheinen ließ. Er widerstand dem Drang, mit dem Finger über ihre rußverschmierte Wange und die elegante Kinnlinie zu fahren. Sie brauchte den Schlaf. Vergangene Nacht hatte sie an seiner Seite wie eine Löwin gekämpft.

Langsam, ohne es wirklich zu wollen, hob er den Kopf und sah sich in der Werkstatt um. Es war nicht so schlimm, wie er befürchtet hatte. In der Dunkelheit der vergangenen Nacht war der Brandschaden wesentlich größer erschienen; nun, nachdem der ganze Abfall beiseitegeräumt war, erwies er sich eher als oberflächlich, die verkohlten Möbel ersetzbar. Sein Automobil zumindest war unversehrt. Selbst die zweite Batterie konnte bei näherer Betrachtung vielleicht noch gerettet werden. Der Brand war also keine Katastrophe gewesen. Es hätte viel schlimmer kommen können.

Als er wieder auf Alexandra hinunterschaute, wurde er von einer großen Woge Liebe erfasst, die genauso stark war wie die, die ihn vergangene Nacht überrollt hatte, als sie mit der gefiederten Maske, unter der ihre Augen im Mondlicht funkelten, bewundernd zu ihm aufgeblickt hatte. *Du bist gegangen, bevor das Tanzen anfing,* hatte sie mit recht gekränkter Stimme gesagt, und sofort hatte er sämtliche Vorsätze vergessen. In dem Augenblick war alles andere unwichtig geworden, hatte es nur noch Alexandra gegeben: seine mutige, störrische, clevere Alexandra, die er so sehr liebte. Er würde alles für sie tun. Und ihr alles verzeihen.

Aber konnte er ihr vertrauen? Sie hatte ihm nicht erzählt, dass sie etwas mit der *Maschinenfabrik Manchester* zu tun hatte, obwohl er ihr am Seeufer mehrmals die Gelegenheit dazu gegeben hatte. Warum? Weil sie nicht glaubte, dass er sie verstehen würde? Oder weil sie immer noch seinen Rivalen unterstützte?

Nein. Sie konnte nicht für William Hartley arbeiten. Niemand, sei es Mann oder Frau, konnte tun, was sie gestern Nacht getan hatte – das Leben riskieren, um ein Feuer zu löschen –, wenn man dem anderen nur etwas vormachte. Niemand hätte ihn so lieben können, wie sie es in den vergangenen Monaten getan hatte, so hingebungsvoll und leidenschaftlich, wenn es nicht ernst gemeint gewesen wäre.

Doch in Rom musste er voll konzentriert sein, und bis er die Wahrheit erfuhr, bis sie ihm ihre Gründe verriet, konnte er es sich nicht erlauben, durch ihre Gegenwart abgelenkt zu werden. So war es besser. Sauberer, leichter.

Wenn er aus Rom zurückkehrte, würden sie alles klären. Und in der Zwischenzeit wollte er ihr beweisen, dass sie ihm alles anvertrauen konnte. Er wollte ihr zeigen, wie viel er für sie tun würde und wie sehr er sie liebte.

Äußerst behutsam wickelte er sie in eine Decke und nahm sie auf den Arm. Sie war so erschöpft und schlief so tief und fest, dass sie sich kaum regte, außer dass sie mit einem zufriedenen Laut das Gesicht an seine Brust legte.

Finn trug sie über die nebelverhangenen Terrassen zum Schloss, wo die Klapptische noch draußen auf den Steinplatten standen. Die Haustür war nur angelehnt; mit dem Fuß schob er sie auf und stieg die Treppe hoch. Alexandra klappte die Augen auf und blinzelte schläfrig. »Die Elefanten sind so riesig«, sagte sie und schloss die Lider wieder.

Das Fenster in ihrem Zimmer stand offen und ließ die kühle, feuchte Morgenluft herein. Finn steckte seine Liebste ins Bett und machte das Fenster zu. An der Tür hielt er kurz inne und sah sich ein letztes Mal in ihrem Zimmer um.

Sie hatte sich sehr viele Bücher aus der Bibliothek geholt. Lateinische, englische und italienische, die sich überall stapelten und zwischen den Seiten hier und da mit kleinen Notizzetteln gespickt waren. Auf ihrer Frisierkommode sah er eine silberne Bürste, einen Kamm und Haarnadeln, daneben einen Krug, ein Becken und ein Kästchen aus Elfenbein. Sie hatte die Schranktür offen gelassen, deshalb konnte er einen Blick auf den Inhalt erhaschen, dunkle Wolle, helle Seide und etwas, das wie das blaue Kleid aussah, das sie bei ihrem ersten Besuch in seiner Werkstatt getragen hatte.

Finn prägte sich alles gut ein: das Zimmer, die Dinge darin und Alexandra, wie sie auf dem Bett lag, das Gesicht zur Seite gedreht, sodass ihr haselnussbraunes Haar in dunklen Wellen über das weiße Kissen fiel.

Als er endlich auf den Flur hinaustrat, stieß er frontal mit der nackten Brust eines aufgebrachten Lord Roland zusammen.

»Mein Gott, Penhallow, was ist denn los?«

Sein Freund packte ihn bei den Schultern. »Hast du sie gesehen?«

»Wen?«

»Lilibet! Lady Somerton!«

»Nein, hab ich nicht. Jedenfalls nicht seit gestern Abend. Was ist denn?«

Lord Roland schüttelte nur den Kopf, rannte durch den Flur und verschwand über die Treppe. Das Trommeln seiner nackten Füße auf den alten Steinplatten hörte sich wie Gewehrfeuer an.

Offenbar war das ganze Schloss verrückt geworden.

Schnell packte Finn seine Koffer und bereitete das Automobil für die Reise nach Rom vor. Gegen sieben Uhr tauchte Giacomo mit ein paar Karren und Männern vor dem Kutschentor auf. Während die Sonne immer heißer über die Bäume stieg und den Nebel aus allen Ecken der Terrassen verscheuchte, half Finn den Männern dabei, die Maschine und das Zubehör zu verladen und für die Fahrt sicher zu verstauen.

»Von Florenz aus nehme ich den Zug«, sagte er zu Giacomo, »sodass deine Männer morgen wieder da sein müssten, wenn alles gut geht. Sei schön wachsam, solange ich weg bin. Außer um das Dach zu reparieren, darf niemand in die Werkstatt.«

Giacomos Augenbrauen schnellten in die Höhe. »Und Lady Morley?«

Finn zögerte einen Moment. »Abgesehen von Lady Morley natürlich.«

»Sie denken vielleicht, sie hat das Feuer gemacht?«

»Unsinn. Selbstverständlich nicht. Gib ihr diesen Brief, wenn sie aufgestanden ist. Ich schätze, meine Abreise wird sie etwas verärgern, aber ich habe versucht, es ihr zu erklären ...« Finn drückte den Umschlag an die widerstrebende Brust des Verwalters. »Wie auch immer, nimm ihn einfach.«

Giacomo fasste so vorsichtig nach dem Brief, als könnte er plötzlich zubeißen.

»Enttäusch mich nicht, alter Junge. Du musst mir in die Hand versprechen, dass du ihn ihr gibst. Keine Tricks diesmal.«

Giacomo seufzte. »Ich verspreche es. Ich ihr gebe den Brief.«

Finn stieg auf den Karren und setzte sich neben den Kutscher. »Na dann los. In drei Wochen bin ich wieder da. Versuch mal, in der Zwischenzeit etwas mehr Charme zu entwickeln.«

Der Karren rollte genau in dem Moment an, in dem die Kirchturmuhr im Dorf neun schlug und die Männer, die in den Weingärten die Rebstöcke zurückbanden, eine Pause einlegten, um einen Schluck Wasser zu trinken.

ZWEIUNDZWANZIG

Als sie wach wurde, wunderte sich Alexandra, dass sie nicht oben auf einem afrikanischen Elefanten heftigen Sexualverkehr mit Phineas Burke hatte.

Um sich von der Enttäuschung zu erholen, blieb sie noch eine Weile liegen. Der Traum war so real gewesen, so lebhaft. Ihr war, als spürte sie noch das Wiegen des Elefanten, Finns stahlharte Arme und den erdigen Geruch von Öl, Schweiß und Rauch auf seinem Hemd …

Rauch.

Ruckartig setzte sie sich auf. Wie spät war es? Und warum zum Teufel lag sie in ihrem Bett? Und wo war Finn?

Alexandra stürzte zum Fenster. Später Vormittag, dem Stand der Sonne nach. Die sanft gewellten Hügelketten lagen genauso da wie am Tag zuvor, jedes Detail war an seinem Platz. In den Weingärten kümmerten sich die Männer um die Trauben, ihre Hemden blähten sich weiß vor dem Grün und Braun der Erde. Kein Anzeichen dafür, dass irgendetwas nicht stimmte. Keine Spur von Finn.

Hastig zog Alexandra die verrauchte Kleidung aus und reinigte Gesicht, Hände und Hals mit dem kühlen Wasser aus dem Krug auf der Frisierkommode. Dann zog sie frische Sachen an und eilte durch die stillen Flure zu Finns Zimmer, das im hellen Tageslicht leer und verlassen wirkte.

Erst in der Küche stieß sie auf ein Lebenszeichen. Signorina Morini stand am Tisch und seihte die Ziegenmilch.

»Ist Mr. Burke schon unten gewesen?«, fragte Alexandra atemlos.

Die Haushälterin schaute auf. Sie sah ziemlich blass aus. »Nein, Signora.«

»In seiner Werkstatt hat es gestern einen Unfall gegeben. Ein Feuer.«

»Ja, ich habe es gehört.« Signorina Morini zögerte, dann nahm sie eine neue Kanne und schüttete die Milch durch das Sieb. »Aber es ist niemand verletzt, oder?«

»Nein, niemand. Ich bin bei Mr. Burke geblieben, um ihm beim Aufräumen zu helfen, und dann … dann muss er mich wohl hierher zurückgebracht haben, obwohl ich mich nicht daran erinnern kann. Haben Sie irgendetwas mitbekommen?«

Ohne aufzusehen, schüttelte die Haushälterin den Kopf. »Nein, Signora. Haben Sie vielleicht Hunger? Oder Durst?«

»Ja, ziemlich. Ich möchte nur schnell zur Werkstatt laufen, um zu sehen, ob er da ist.«

»Erst Sie müssen essen. Und trinken.« Signorina Morini wischte die Hände an der Schürze ab und drehte sich zum Schrank um. »Das Fest ist lange her.«

»Nein, wirklich. Ich bin gleich wieder da. Wo sind denn die andern?«

»Signorina Abigail hat gemolken die Ziegen.« Die Haushälterin stellte Brot und Käse auf den Tisch und ging einen Kessel mit Wasser füllen. »Da ist ein Brief für Sie.«

»Was, ein Brief? So früh am Morgen? Von wem?«

Signorina Morini machte eine Kopfbewegung. »Auf dem Tisch.«

Alexandra entdeckte das zusammengefaltete Blatt Papier und nahm es an sich.

Meine liebe Alexandra, ich war gezwungen, heute Morgen ganz schnell abzureisen. Ich komme so bald wie möglich zurück. Du darfst mich nicht suchen.

Der Brief war nicht unterschrieben, doch die gestochen scharfe, wenn auch hastige Handschrift war unverkennbar die ihrer Cousine Lilibet.

»Wie seltsam.« Alexandra befingerte die Papierkante. »Haben Sie gesehen, wie Lilibet das gebracht hat? Und vielleicht mit ihr gesprochen?«

Signorina Morini hängte den Kessel über das Feuer. »Nein, Signora. Habe ich nicht. Ein Stück Brot?«

»Aber Sie haben doch bestimmt irgendetwas gehört? Pferde, einen Boten?«

Die Haushälterin holte den Tee aus dem Schrank. »Signor Penhallow ist auch weggeritten.«

Alexandra ließ sich auf den nächsten Stuhl fallen. »Penhallow! Ist sie etwa mit ihm durchgebrannt?«

»Vielleicht.« Die Haushälterin räusperte sich. »Aber vielleicht es ist anders …«

Doch Alexandra hörte ihr gar nicht zu. Sie hatte die Hand vor den Mund geschlagen. »Ach, du meine Güte! Großer Gott! Warum haben Sie denn nichts gesagt, Morini? Und der Junge?«

»Ist auch nicht da heute Morgen.«

»Oh, wie schön! Sie hat es getan! Ein Prachtmädel!«

Signorina Morini lächelte sichtlich angespannt und wandte sich wieder dem Kessel über dem Feuer zu.

»Sie mögen das vielleicht nicht billigen, weil sie einen Mann hat und so, aber ich kann Ihnen versichern, dass Lord Somerton jeden Anspruch auf Lilibet längst verwirkt hat.« Alexandra griff nach dem Brot. »Das ist großartig. Ich bin begeistert.«

»Möchten Sie etwas Zitrone in Ihren Tee, Signora?«

»Nein.« Alexandra stand auf. »Ich trinke ihn später. Ich gehe zur Werkstatt. Ich kann es kaum erwarten, die Neuigkeit F… Mr. Burke zu erzählen.«

»Warten Sie, Signora! Ihr Frühstück!«

Doch Alexandra war bereits mit dem Brot in der Hand durch die Tür geschlüpft.

Das war genau die richtige Nachricht, um Finns Laune zu heben.

Am Anfang, als sie sich in der verrauchten Mitte der Werkstatt um die eigene Achse drehte, dachte sie, er müsse unterwegs sein, um eine Probefahrt mit dem Automobil zu machen.

Natürlich würde er sich vergewissern wollen, dass die Maschine beim Brand keinen Schaden genommen hatte. Wahrscheinlich war er früh aufgewacht und hatte keine Ruhe gefunden, ehe sie nicht einwandfrei ihre vierzig Meilen pro Stunde gefahren war.

Trotzdem seltsam. Die Ersatzbatterie fehlte ebenfalls.

Vielleicht hatte er sie zusammen mit dem restlichen Abfall weggeworfen. Das erschien ihr zwar wie eine ungeheure Verschwendung, doch wenn er meinte, dass nichts davon weiterverwendet werden konnte, nun, dann war es eben so.

Die Decken lagen auch nicht mehr auf dem Boden, stellte Alexandra fest. Sehr ordentlich. Aber wo waren die Kisten? Die Ersatzteile? Die Reifen?

Die Hebebühne für die Batterie?

Ihr Herz klopfte so laut, dass sie es hören konnte. Aber sie brauchte sich keine Sorgen zu machen. Es gab viele mögliche Erklärungen.

Wenn ihr bloß eine einfiele.

Ich habe es mir anders überlegt. Ich denke, es wäre vielleicht besser, früher da zu sein.

Mit bleiernen Schritten ging sie wieder nach draußen und

um das Gebäude herum, am fest verschlossenen Kutschentor vorbei zu dem schützenden Verschlag, in dem der Dynamo untergebracht war. Ein riesiger schwarzer Apparat aus Stahl, der nach Finns Vorgaben gebaut worden war und zu groß und zu laut war, um in die Werkstatt gestellt zu werden. Finn hatte ihr gezeigt, wie er funktionierte; wie er die mechanische Energie aus dem nahen Fluss in elektrische Energie umwandelte, mit der die Batterie gespeist wurde.

Mit bebenden Händen machte Alexandra die Tür des Verschlages auf. Sie öffnete sich ganz leicht, so als ob die Angeln kürzlich geölt worden wären, und ließ da, wo der Dynamo gestanden hatte, nur einen großen dunklen Hohlraum zum Vorschein kommen.

Nicht mehr da.

Hastig klappte Alexandra die Tür wieder zu, lehnte sich mit dem Rücken daran und starrte in den klaren blauen Himmel, dessen glatte Fläche von den kleinen silbergrünen Blättern der nahen Olivenbäume eingerahmt wurde. Denn wenn sie nach unten schaute, das wusste sie, würde sie Spuren sehen: von schweren Lasten, Rädern und Füßen. Spuren, die bewiesen, dass Finn abgereist war.

Dann stieß sie sich energisch von der Tür ab. Er wäre doch nicht ohne ein Wort verschwunden. Irgendwo musste es eine Nachricht von ihm geben.

Zielstrebig ging sie durch das frisch geschnittene grüne Gras zurück zur Werkstatt und riss die Vordertür auf. Wo würde er so etwas lassen? Alexandra ließ den Blick über den langen, schmalen Arbeitstisch wandern. Dann öffnete sie die verkohlte Tür des Schrankes. Die Fensterbänke, die Wände – gelegentlich hatte er Notizen und Diagramme an die Holzbalken geheftet, damit er sie nicht verlegte.

Die Kisten? Die meisten waren verschwunden, aber zwei

standen noch da, neben dem Lampentischchen. Beim Näherkommen sah Alexandra einen Stapel Umschläge darauf liegen, vielleicht schon die Post von heute. Sie nahm den Stapel und blätterte ihn durch, die Ränder der Umschläge waren wellig und angesengt, aber glücklicherweise vom Feuer verschont worden.

Ein Blatt flatterte zu Boden.

Sie bückte sich, um es aufzuheben, und sah aus den Augenwinkeln ihren Namen, in einer sauberen Schrift notiert.

Einer akkuraten, gleichmäßigen, lesbaren Handschrift. Der eines Juristen oder Geschäftsmanns.

Ganz anders als Finns.

Dowager Marchioness of Morley 22800 Aktien.

Ehe sie mehr lesen konnte, faltete sie das Papier wieder zusammen und fuhr über den Knick, damit es gefaltet blieb, aber das machte keinen Unterschied mehr. Die Worte hatten sich bereits in ihr Hirn gebrannt; schwarz auf weiß und ganz objektiv konstatierten sie die unleugbare Wahrheit.

Eine ganze Welt, ein Leben voller Schuld, steckte in diesen dürren Worten und Zahlen.

Alexandra, du musst mir die Wahrheit sagen. Du musst mir vertrauen.

Er hatte es also herausgefunden. Hatte sie befragt und als unehrlich entlarvt. Deshalb hatte er einen Entschluss gefasst – ohne sie nach Rom zu fahren.

Sie konnte ihm folgen, ihn bitten, ihr zu vergeben, sie zu verstehen. Aber konnte sie seinen Blick ertragen, die Zurückhaltung, das Mitleid? Die Macht, die es ihm verleihen würde, ihr vergeben zu haben? Die Angst, dass er sie vielleicht doch nicht verstand und ihr eben nicht verzieh?

Und wie sollte sie es sich selbst verzeihen, dass sie überhaupt mit der Lügerei angefangen hatte?

Sie konnte es nicht tun, sie konnte nicht als Bettlerin *und* Bittstellerin zu ihm gehen. Dann würde alles nur von ihm abhängen: seinem Geld und seiner Güte.

Alexandra legte die Briefe wieder auf die Kiste und ging aus der Werkstatt hinaus in den schwülen Mittsommertag. In den Bäumen zwitscherten fröhlich die Vögel, und die Männer vom Rebhang waren zum Essen gegangen.

DREIUNDZWANZIG

Zwei Wochen später

Die Ziege beäugte sie drohend, die Ohren misstrauisch angelegt.

»Mach dich doch nicht lächerlich«, sagte Alexandra. »Eigentlich solltest du dankbar sein. Dein Euter sieht aus, als würde es gleich platzen.«

Abigail, zwei Ziegen weiter, seufzte vernehmlich. »Alex, es ist vollkommen sinnlos, Ziegen mit Ironie freundlich stimmen zu wollen. Sie haben keinen Sinn dafür.«

»Ich dachte, sie wären ganz wild darauf.« Alexandra nahm einen Eimer und stellte ihn mit der gebotenen Vorsicht unter das betreffende Euter. »Das passt doch zu ihnen.«

»Also, da liegst du falsch. Das zeigt, dass du sie nach zwei vollen Wochen Unterricht immer noch nicht richtig verstehst.« Abigail zog ein letztes Mal an der Zitze ihrer Ziege und stand mit dem Eimer auf. »Und das finde ich beschämend.«

»Von mir aus können sie mich so blöde finden, wie sie wollen, aber an meiner Technik gibt es nichts zu mäkeln.«

»Du bist ein Naturtalent, das muss ich zugeben.« Abigail goss die Milch in eine der hohen Kannen, die an der Wand aufgereiht standen, und ging zur nächsten Ziege. »Sobald sie dich sehen, fließt bei den armen Dingern die Milch in Strömen. Wahrscheinlich aus purer Angst.«

»Ich nehme an, sie merken, dass ich nichts mehr zu verlieren habe.« Alexandra legte die Hände um die Zitzen, zog kräftig und erfreute sich am Anblick des harten weißen Strahls, der in den Eimer schoss, dem sichtbaren Beweis ihrer Nützlichkeit. Vielleicht war *erfreuen* aber auch ein zu starkes Wort für das recht gedämpfte Gefühl der Befriedigung, das sie in diesem Moment verspürte. Auch wenn es die stärkste Regung war, zu der sie momentan fähig war.

Jedenfalls war es besser als nichts. Denn es lieferte ihr einen Grund, morgens aufzustehen, sich anzuziehen, zu essen, zu sprechen und weiterzuleben.

Morgen würden sie und Abigail nach Hause fahren. Die Koffer waren bereits gepackt. Sie wollte nicht in der Nähe sein, wenn Finn von der Ausstellung in Rom zurückkehrte. Nein, sie würden die Männer in Ruhe lassen; das tun, was sie schon vor langer Zeit hätten tun sollen, und Wallingford und Finn ohne weitere Störung ihre Studien betreiben lassen.

Zurück nach London also, in ein gemietetes Haus in Fulham oder auch Putney. Sie wollte die Aktien der *Maschinenfabrik Manchester* verkaufen und den mageren Erlös in sichere britische Staatsanleihen investieren. Zusammen mit ihrem verbliebenen Kapital und Abigails kleinem Erbe würden sie vielleicht zweihundert Pfund im Jahr zur Verfügung haben. Genug, um in vornehmer Würde zu leben, mit ein oder zwei Hausangestellten, und gelegentlich eine Dinnerparty zu geben, wenn sie sparsam war. Bücher aus der Leihbibliothek, so viele sie wollte. Besuche von Lilibet und Penhallow vielleicht, wenn das Paar irgendwann wieder auftauchen sollte: Sie hatten schon zwei Wochen nichts mehr von den beiden gehört.

Irgendwie erschienen ihr diese Aussichten nicht mehr so trostlos und traurig wie vor ein paar Monaten. Die äußeren Umstände ihres Lebens waren ihr nicht mehr wichtig.

»Was hast du gesagt?«, fragte Abigail.

»Nichts.«

In der warmen, kameradschaftlichen Stille des Ziegenstalls melkte Alexandra weiter, Seite an Seite mit ihrer Schwester, das letzte Mal vor ihrer Abreise am nächsten Morgen. Als das Euter des letzten Tieres geleert war, nahm sie zwei der hohen Metallkannen und trug sie über den Hof zur Küche.

»Hör mal«, sagte Abigail, »was ist das?«

Alexandra blieb stehen und drehte den Kopf. Eine schmale gelbe Staubfahne stieg über dem langen Zufahrtsweg auf. »Ich habe keine Ahnung. Penhallow und Lilibet vielleicht?«

»Das kann nicht sein. Sie hätten vorher geschrieben; aber wir haben kein Wort gehört. Vielleicht ein Gast?«

Alexandra runzelte die Stirn. »Ich wüsste nicht, wer. Es sei denn …« Ein Gefühl der Beklommenheit bemächtigte sich ihrer.

»Du glaubst doch nicht, dass es Lord Somerton ist, oder?«

»Natürlich nicht.« Alexandra starrte auf das große braune Zentrum der Staubwolke, das wohl irgendeine Kutsche war. »Beeil dich. Lass uns die Milch in die Küche bringen. Falls wir Besuch bekommen, sollten wir uns wenigstens die Ziegenköttel von den Schuhen wischen.«

Und tatsächlich, niemand hätte die feine, gut gekleidete Dame, die zwanzig Minuten später die Treppe hinunterschritt, mit der einfachen Frau verwechselt, die die Milchkannen aus dem Ziegenstall getragen hatte. Nicht dass es Alexandra viel ausgemacht hätte. Ein tadelloses Erscheinungsbild war eine Frage der Gewohnheit, die ihr von Kindesbeinen an von ihrer Mutter und einer Reihe von Kindermädchen und Gouvernanten eingeimpft worden war.

Man bürstete sich das Haar und steckte es zu einem ordentlichen Knoten zusammen, selbst wenn man ein gebrochenes Herz hatte. Und man streckte seine ordentlich gewaschenen

Hände freundlich jedem Besucher entgegen, selbst wenn man alle Menschen auf der Welt zum Teufel wünschte.

»Guten Morgen«, sagte Alexandra deshalb zu dem jungen Mann in der Eingangshalle, der mit dem Rücken zu ihr stand und die mittelalterliche Geräumigkeit seiner Umgebung auf sich wirken ließ. »Ich weiß, es ist ein sehr großer leerer Raum und sehr ungemütlich, aber … Großer Gott! Mr. Hartley!«

Ihr Neffe drehte sich so hastig um, dass ihm der Hut herunterfiel, den er unter den Arm geklemmt hatte. »Lady Morley!«

»Was um alles in der Welt machen Sie denn hier?«

Mr. Hartleys schmaler Mund klappte auf und zu. »Äh … dasselbe könnte ich Sie fragen! Ich dachte … Ist das nicht … Wohnt hier nicht Mr. Burke?«

»Oh! Mr. Burke! Natürlich!«

William Hartley bückte sich und hob seinen Hut auf. »Entschuldigen Sie bitte. Es ist nur … ich habe mich so erschrocken. Ich wusste zwar, dass Sie irgendwo auf dem Kontinent sind, aber …« Er hielt inne und knetete den Rand seines Hutes, während seine Gedanken sich offensichtlich überschlugen. »Haben Sie … und Mr. Burke … also … ich wusste nicht, dass sie sich kennen.« Offensichtlich versuchte er, taktvoll zu sein.

»Oh, wir haben uns auch nicht gekannt. Das alles war ein großes Missverständnis. Der Vermieter des Hauses hat offenbar irgendetwas durcheinandergebracht.«

Als Mr. Hartley schließlich mit Alexandra auf dem altersschwachen Sofa in der Bibliothek Platz genommen hatte und Francesca mit dem Tee hereinkam, schien er sich wieder gefangen zu haben. »Lady Morley! Mein Gott! Dass ich Sie ausgerechnet hier treffe. Was für eine reizende Überraschung.«

»Ja, wirklich reizend.« Alexandra nahm die Teekanne und schenkte ein.

»Ich muss sagen, Sie sehen großartig aus. So rosig und frisch.«

»Oh, vielen Dank. Ich stelle fest, dass das Leben in Italien mir sehr gut bekommt. Möchten Sie Milch und Zucker?«

»Oh ja. Beides bitte.«

»Mr. Burke haben Sie aber leider verpasst. Er ist schon nach Rom gefahren, zur Automobilausstellung.« Alexandra füllte den Zucker in den Tee und rührte ihn um; ihre Finger erinnerten sich an das Ritual, obwohl es ihrem Hirn seltsam fremd vorkam.

»Ja natürlich. Ich bin selbst dahin unterwegs.« Mr. Hartley nahm ihr Tasse und Untertasse ab und strahlte sie an. »Dass ich Sie gefunden habe, ist eigentlich genauso gut. Ich habe tolle Neuigkeiten. Wir haben endlich den Durchbruch geschafft!«

»Durchbruch?«

»Eine großartige Leistung! Am Ende haben wir die Probleme mit der Dampfübertragung doch noch lösen können, eine lächerlich komplizierte Geschichte, die meinen Ingenieuren jahrelang Kopfschmerzen bereitet hat.« Er beugte sich vor. »Das ist natürlich eine sehr vertrauliche Information. Sie dürfen es keiner Menschenseele erzählen. Und Ihnen würde ich auch nichts davon sagen, wenn Sie nicht zu den Aktienbesitzern gehörten und so weiter.«

»Nein. Ich meine, ja, ich gehöre zu den Aktienbesitzern, und nein, ich werde es niemandem verraten.« Hastig stellte Alexandra ihren Tee auf den Lampentisch. Ihre Finger zitterten so sehr, dass sie sicher mit der Tasse geklappert hätte.

»Wir haben unser Automobil zu der Ausstellung angemeldet. Und zum Rennen auch.« Mr. Hartley setzte seine Tasse ebenfalls ab und verschränkte die Finger. »Wir gehen davon aus, dass wir gewinnen, und dann – nun, sobald die Nachricht die Runde macht, werden Sie wohl endlich in der Lage sein, Ihre Anteile mit einem hübschen Gewinn zu verkaufen. Einem sehr hübschen Gewinn sogar!«

Alexandra blinzelte. »Sie werden gewinnen?«

»Oh ja. Unser Automobil fährt fünfundvierzig Meilen pro Stunde, Lady Morley. Fünfundvierzig! Tja, ich schätze, das sagt Ihnen nicht viel, aber ich versichere Ihnen, es ist atemberaubend.« Mr. Hartley griff nach seiner Teetasse und nahm einen kleinen Schluck. »Atemberaubend.«

»Ja. Ich … bin begeistert.«

Mr. Hartley stellte die Tasse wieder auf die Untertasse und hüstelte hinter vorgehaltener Hand. »Wissen Sie, ich habe mich wegen dieser Sache immer ziemlich schlecht gefühlt. Ihre Morgengabe in die Firma zu stecken und dann zu erleben, wie … nun ja, wie alles schiefläuft. Ich habe nicht damit gerechnet, dass der alte Morley sich so bald verabschiedet. Bei Gott! Entschuldigen Sie bitte.«

»Schon gut«, sagte Alexandra benommen. »Aber ich fürchte, ich verstehe nicht recht. Warum sind Sie gekommen, um Mr. Burke zu sehen, wenn das alles bis nach dem Rennen geheim bleiben soll?«

»Ach das. Tja, eigentlich war es eher ein spontaner Entschluss. Ich war auf dem Weg nach Rom und habe festgestellt, dass er nur ein paar Stunden Fahrt entfernt wohnt, also habe ich gedacht, ich komme vorbei, um sein Angebot persönlich abzulehnen, haha. Nur um den Ausdruck auf seinem Gesicht zu sehen.« Mr. Hartley grinste.

Alexandra hatte plötzlich eine trockene Kehle. »Sein Angebot?«

»Na, er ist hinter der Fabrik her gewesen! Vor etwa einer Woche haben wir ein offizielles Angebot von seinem Bevollmächtigten bekommen, in Höhe von fünfzig Schilling pro Aktie. Fünfzig Schilling, einfach lachhaft!«

Mit einem hörbaren Klappern ließ Alexandra ihre Tasse auf die Untertasse fallen. »Fünfzig Schilling pro Aktie!«

»Ja, kaum zu glauben, nicht? Wo sie an der Börse doch momentan unter fünf Schilling gehandelt werden.« Mr. Hartley nippte an seinem Tee und schüttelte den Kopf. »Der Mann muss verrückt sein, es sei denn, er hätte irgendwie Wind von unserem Erfolg bekommen.«

»Ja, total verrückt.«

»Natürlich werde ich ihm jetzt absagen. Wenn wir, wie erwartet, dieses Rennen gewinnen, wird die *Maschinenfabrik Manchester* sehr viel mehr wert sein. Und ich habe keinen Zweifel an unserem Sieg. Nicht den leisesten, haha.«

»Fünfzig Schilling pro Aktie.« Wieder begann Alexandra zu rechnen, und wieder kam dieselbe unglaubliche Zahl dabei heraus.

»Ein nettes Angebot«, gab Mr. Hartley zu, während er eine von Signorina Morinis zarten Mandelmakronen nahm. »Die sind einfach toll. Haben Sie hier eine gute Köchin?«

»Eine sehr gute. Es ist … es war die schönste Zeit meines Lebens.«

»Was, mitten im Nirgendwo? Sagt Lady Alexandra Morley?« Mr. Hartley lachte und stibitzte noch eine Makrone vom Teller.

»Unglaublich, nicht wahr? Aber ich finde, je länger man von London weg ist, desto weniger vermisst man es.«

»Zweifellos, zweifellos! Ich fahre auch hin und wieder gerne mal aufs Land.« Alexandras angeheirateter Neffe wischte sich die Krümel vom Schoß und sah auf seine Uhr. »Tja, ich muss gehen. Ich fahre morgen früh von Florenz aus mit dem Zug, und es sind noch alle möglichen Vorbereitungen zu treffen. Das Fahrzeug wird mit dem Dampfschiff nach Civitavecchia gebracht.«

Alexandra erhob sich und reichte ihm die Hand. »Es war mir ein Vergnügen, Mr. Hartley. Ein schöner Zufall. Ich wünsche Ihnen viel Glück bei der Ausstellung. Kommen Sie doch bitte vorbei, wenn Sie das nächste Mal in London sind, um mir alles darüber zu erzählen.«

»Das werde ich, Lady Morley.« Mr. Hartley nahm ihre Hand und schüttelte sie ausgiebig. »Das werde ich.«

Alexandra begleitete ihn zu der wartenden Kutsche und ging wie betäubt in die Küche zurück, wo sie sich auf einen Stuhl fallen ließ und auf die Maserung der Tischplatte starrte.

Wieso hatte Finn das getan?

Vor etwa einer Woche, hatte Hartley gesagt. Zu dem Zeitpunkt hatte Finn schon gewusst, dass sie Teilhaberin der Firma war. Und er hatte gewusst, dass ihr ganzes Vermögen darin steckte. Das konnte kein Zufall sein.

Aber dann war er weggefahren. Ohne eine Nachricht, ohne einen Kuss. Ohne ein einziges Wort.

Sollte das etwa sein Abschiedsgeschenk sein? Das großzügigste und selbstloseste, das man sich vorstellen konnte: ihre Unabhängigkeit? Die Wiederherstellung all dessen, was ihr am wichtigsten war. Ein zärtliches, respektvolles Lebwohl.

Oder war es nur eine Bezahlung für geleistete Dienste? Ein Schlag ins Gesicht.

Alexandra legte den Kopf auf die Arme und brach in Tränen aus, ungewohnte, haltlose Schluchzer schüttelten sie am ganzen Körper. Seit Jahren hatte sie nicht mehr so heftig geweint. Nicht seit jener Nacht vor ihrer Ehe, nach Lady Pembrokes Ball.

Sie wusste selbst nicht, warum. Nun hatte sie doch, was sie wollte. Sie hatte ihr Geld zurück, oder zumindest beinahe. Und in ein paar Wochen, immer vorausgesetzt Hartley gewann das Rennen, konnte sie nach London zurückkehren und ihr altes Leben wiederaufnehmen, so als ob nichts sich geändert hätte und sie niemals fort gewesen wäre. Kein Gedanke mehr an Fulham oder auch Putney, Leihbüchereien oder schäbige Dinnerpartys, bei denen die Reste des Bratens sorgfältig aufgehoben wurden, damit der Haushalt die Woche über noch davon zehren konnte.

Sie sollte lachen, nicht weinen.

Sich glücklich und erfüllt fühlen – nicht traurig und so leer.

Und hoffnungslos.

Eine warme, beruhigende Hand legte sich auf ihre Schulter. Alexandra roch den schwachen Brotduft, noch ehe sie die Stimme der Morini hörte.

»Signora, was ist passiert? Warum weinen Sie?«

»Nichts ist passiert. Gar nichts!« Wieder brach Alexandra in Tränen aus.

»Ach Signora.« Die Haushälterin setzte sich auf den Stuhl neben ihr. »Sie vermissen Signor Burke.«

»Wie kommen Sie denn darauf? Ich habe mir nur … den Ellbogen gestoßen … und …«

»Schsch, Signora.« Ein fülliger Arm legte sich um ihre Schultern und drückte sie sanft, eine Geste, die tröstende Wärme vermittelte. »Schon gut.«

»Und es tut weh … höllisch weh …«

»Natürlich tut es weh. Natürlich. Schsch, schsch, *mia cara.*« Signorina Morini strich ihr übers Haar. »Ich habe die Post aus dem Dorf.«

Alexandra stieß einen zittrigen Seufzer aus. »Legen Sie sie einfach auf den Tisch. Ich seh sie mir gleich an.«

»Da sind auch Briefe für Signor Burke und für den Herzog. Und eine Zeitung.«

»Sehr schön. Ich werde dafür sorgen, dass Wallingford seine

Post bekommt.« Alexandra drehte den Kopf zur Seite, weg von Signorina Morini, und starrte die Wand mit den Schränken an. Man behelligte andere nicht mit seinem Elend.

»Hm ja«, sagte die Haushälterin, die ihr weiterhin sanft übers Haar strich. »Es ist wohl möglich, dass Sie etwas sehen in der Zeitung, etwas, das Sie wieder froh macht.«

Alexandra brachte ein ersticktes kleines Lachen zustande. »Nein, das ist völlig unmöglich. In den Zeitungen geht es doch nur um Tod und Skandale und Unglücke. Das Beste, was man sich davon erhoffen kann, sind schlechte Nachrichten für die Leute, die man nicht leiden kann.«

»Ha. Sie sind sehr klug, Signora. Das mag ich am meisten an Ihnen, den klugen Kopf. Er bringt mich zum Lachen. Und Signor Burke auch.« Wieder drückte Signorina Morini ihr die Schultern. »Das Lachen, es macht ein langes Leben. Signor Burke ist sehr weise, Sie zu wählen.«

Alexandra straffte die Schultern und wischte sich die Tränen von den Wangen. »Nun. Er dagegen scheint mich für eine schlechte Wahl zu halten. Gott sei Dank ist er zur Besinnung gekommen, sodass wir alle ohne weitere Umstände unser … altes Leben wiederaufnehmen können.«

»Hmm, ja.« Mit einem letzten Schultertätscheln stand Signorina Morini auf. »Trotzdem gibt es eine Chance, etwas zu sehen, das Ihnen gefällt, Signora. Eine gute Nachricht. Das ist selten, eine gute Nachricht, aber vielleicht macht sie uns glücklich deshalb.«

Dann verschwand die Haushälterin so schnell, wie sie gekommen war. Alexandra blieb sitzen und starrte weiter auf den Tisch, ihre Kopfhaut prickelte angenehm von Morinis Streicheln. Die Frau wäre eine sehr gute Mutter geworden.

Die Post hatte sie auf dem Tisch zurückgelassen. Alexandra beäugte den Stapel Briefe, der auf der Zeitung lag, und versuchte, einen winzigen Funken Interesse an den Vorkommnissen zu Hause aufzubringen. Dafür, welche Minister gerade beliebt waren oder auch nicht. Welche Mitglieder der Opposition brillante Reden gegen dieses oder jenes Gesetz geschwungen hatten oder damit durchgefallen waren. Ob es Eisenbahnunglücke, Diphtherie-Ausbrüche, Mineneinstürze oder Lebensmittelknappheiten gegeben hatte. Dass auf Lady X Party die Diener als Zentauren verkleidet serviert hatten und dass Lord Y der letzten Niederkunft seiner Gattin auffällig ferngeblieben war.

Früher hatte sie das alles verschlungen.

Jemand kam durch die Tür gelaufen. »Ah, da bist du!«, sagte Abigail. »Wer war denn da? Tut mir schrecklich leid, dass ich dich so im Stich gelassen habe, aber du weißt ja, wie hoffnungslos ich im Umgang mit Fremden bin. Entweder ich bringe kein Wort heraus, oder ich stelle versehentlich eine furchtbar peinliche Frage. Oh, ist das die *Times*? Darf ich mal reinschauen? Ich habe vor unserer Abreise fünf Pfund auf ein Pferd gesetzt, und ich möchte unbedingt wissen, ob ich bei dem Rennen etwas gewonnen habe.«

Alexandra machte eine wegwerfende Handbewegung. »Bedien dich.«

Abigail nahm die Zeitung, setzte sich auf den Tisch und ließ die Beine baumeln. »Wenn es dir nichts ausmacht, überschlage ich die ersten Seiten. Nichts als Eisenbahnunglücke und Mineneinstürze. Oh, Mist! Ich habe verloren. An einen Gaul namens Sainfoin oder so ähnlich. So ein Pech. Mein Informant im Pub hat mir gesagt, es gäbe *keinerlei* Risiko. Tja, so ist das. Vielleicht beim nächsten …« Abigail verstummte mitten im Satz.

Ihre Schwester schaute auf. »Was ist?«

»Alexandra«, sagte Abigail mit erstickter Stimme, »du hast die Zeitung noch nicht gelesen, oder?«

»Nein. Sie ist gerade erst gekommen. Ist jemand gestorben?«

»Nein, ganz im Gegenteil.«

Abigail faltete die Zeitung Vorder- an Rückseite zusammen und reichte sie Alexandra.

MR. PHINEAS FITZWILLIAM BURKE, R. S.

Gesteht
nach einem wissenschaftlichen Experiment,
durchgeführt unter strengen Regeln
und zu seiner vollsten Zufriedenheit

A. M.

Folgendes ein:

DASS das weibliche Geschlecht dem männlichen
hinsichtlich der Beharrlichkeit
bei der akademischen Weiterbildung
weit überlegen ist.

DASS das männliche Geschlecht sich
durch verliebte Gedanken
viel leichter von seinen wissenschaftlichen Studien
ablenken lässt.

DASS das weibliche Geschlecht
an Mut und Standhaftigkeit
unübertrefflich ist.

DASS alles oben Gesagte
wissenschaftlich erwiesen ist
und auch bei Geschwindigkeiten
von über vierzig Meilen pro Stunde gilt.

Für die WAHRHEIT dieser ERGEBNISSE
steht Mr. Burke
mit seinem LEBEN und seinem HERZEN ein.

NIEDERGELEGT und BEGLAUBIGT
am 22. Juni 1890

»Großer Gott.« Alexandra schaute auf und sah Abigail an. »Ich glaube es nicht.«

»Stimmt. Eine ganze Seite, genau wie wir es besprochen haben, damals im Gasthof.« Abigail lugte über den Zeitungsrand. »Sein Name muss bald zehn Zentimeter groß sein. Ziemlich nett von ihm, nur deine Initialen zu nennen. Meinst du, irgendjemand wird darauf kommen, dass du gemeint bist?«

»Ich weiß nicht. Und es ist mir auch egal.« Alexandra stand auf und brachte die Zeitung in Ordnung. Ihr Kampfgeist war wiedererwacht und trieb sie an. Finn liebte sie. Es musste so sein. Und sie wollte verdammt sein, wenn sie ihn noch einmal gehen ließ. »Abigail, meine Liebe.«

Mit hochgezogenen Brauen sah ihre Schwester sie an. »Ja, Alex?«

»Hättest du Lust, mit mir nach Rom zu fahren?«

VIERUNDZWANZIG

Park der Villa Borghese
Rom

Also wissen Sie, Mr. Hartley«, sagte Alexandra, »das kommt wirklich sehr ungelegen. Haben Sie denn nicht bedacht, dass Sie zu Reiseübelkeit neigen, als Sie Ihr Leben den Automobilen gewidmet haben?«

Mühsam hob William Hartley den bleichen Kopf und warf ihr einen traurigen Blick zu. »Zug fahren geht ja. Ich dachte, bei pferdelosen Kutschen wäre es auch so. Deswegen … oh Gott.«

Alexandra seufzte. »Nehmen Sie mein Taschentuch, Sir. Wir sitzen ganz schön in der Klemme. Nein, behalten Sie es nur. Ich habe mehrere, glauben Sie mir.« Alexandra ließ den Blick über das Ausstellungsgelände schweifen, das am frühen Morgen noch menschenleer war. Auf der anderen Seite der Wiese tauchten soeben die provisorischen Schuppen für die Maschinen wie Geister aus dem noch schattigen Gras auf.

In einem dieser Schuppen stand Finns Automobil.

»Bis zwanzig Meilen pro Stunde geht es mir immer gut«, sagte Mr. Hartley hoffnungsvoll.

»Das nützt nichts. Mr. Burkes Maschine fährt locker vierzig. Wirklich, ich bin höchst verwundert. Das Rennen beginnt in knapp vierundzwanzig Stunden, und Sie übergeben sich ständig.« Alexandra trommelte mit den Fingern aufs Polster. »Wir *müssen* in diesem Rennen gut aussehen. Wir *müssen* einen rauschenden Erfolg feiern, sonst sind wir gezwungen, Mr. Burkes Angebot doch noch zu akzeptieren.«

Und eher lass ich mich vierteilen, als sein Geld anzunehmen, egal, wie sehr er mich bedrängt.

»Nein, nein. Es geht das Gerücht, dass im nächsten Herbst eine Ausstellung in Paris sein soll. Vielleicht auch erst im Frühjahr …«

Alexandra sah wieder zu Mr. Hartley hinüber. »Kann einer von Ihren Mechanikern fahren?«

Ihr Neffe tupfte sich mit dem Taschentuch das Gesicht ab. »Schon möglich. Aber leider haben sie es noch nie versucht. Ich hätte einen von meinen Ingenieuren mitnehmen sollen, aber die Kosten …«

Alexandra stieß einen langen Seufzer aus. »Dann bleibt nichts anderes übrig. Ich muss fahren.«

Um ein Haar wäre Mr. Hartley aus der offenen Wagentür gefallen. »Sie?«

»Ja natürlich. Oder haben Sie vor, das Rennen zu gewinnen, indem Sie den Mitbewerbern in Ihrem Windschatten mit Ihrem Mageninhalt die Sicht nehmen? Was ich nicht annehmen möchte.«

»Wissen Sie … wissen Sie denn, wie man ein Automobil steuert?«, fragte Mr. Hartley matt.

»Aber ja. Recht gut sogar. Natürlich müssen Ihre Mechaniker mich ein wenig einweisen« – Alexandra deutete mit dem Kopf auf die drei Männer, die ganz in der Nähe an dem weißen Einfassungszaun lehnten und vor unterdrücktem Gelächter knallrot angelaufen waren –, »aber ich schätze, dass ich das schaffe.«

»Sie *schätzen*?« Mr. Hartley klammerte sich an das Taschentuch.

Alexandra tätschelte ihm lächelnd die Schulter. »Schon gut. Sie sind jedenfalls nicht in der Verfassung zu fahren. Zu schwach auf den Beinen, Sie Armer.«

»Ach was.« Mr. Hartley straffte mannhaft die Schultern.

»Machen Sie sich keine Sorgen. Ich habe mir die Strecke angesehen. Schade, dass wir nicht früher da waren, um uns mit den Gegebenheiten vertraut zu machen, aber die Verzögerung beim Zoll haben Sie ja nicht voraussehen können.«

»Verfluchte Bürokraten«, murmelte ihr Neffe.

»Also, ruhen Sie sich etwas aus! In etwas mehr als einer Stunde werden die Tore für das breite Publikum geöffnet. Meine Herren?« Alexandra winkte den Mechanikern.

Grinsend kamen die Männer zu ihr: ohne sich verlegen übers Haar zu streichen, ohne Verbeugung und ohne ein unterwürfiges *Eure Ladyschaft*. Diesen Motorsportbegeisterten war egal, wer man war. »Ja, Ma'am?«, sagte einer der drei und verschränkte die Arme vor der Brust.

»Wie Ihnen vielleicht aufgefallen ist, geht es Mr. Hartley nicht gut.«

»Ja, der Mann sieht elend aus, Ma'am.«

»Hundeelend«, bestätigte ein anderer.

Alexandra räusperte sich. »Nun ja. Zufällig habe ich selbst etwas Erfahrung mit Automobilen, deshalb werde ich bei dem Rennen das Fahren übernehmen.«

Die leichte Brise, die den Rand ihres Hutes kräuselte, war das Einzige, was sich in der darauffolgenden erstaunten Stille regte. Alexandra ließ den Männern etwas Zeit, die Neuigkeit zu verdauen.

»*Sie*, Ma'am?«, fragte der Wortführer schließlich.

»Ja, richtig. Ich habe einen elektrischen Wagen mit vierzig Meilen pro Stunde auf Straßen gefahren, die wesentlich schlechter waren als die morgige Route. Natürlich müssen Sie mir die Arbeitsweise einer Dampfmaschine ein wenig erklären, doch ich denke …«

»Aber Ma'am«, unterbrach sie der Mann, der als Zweiter gesprochen hatte, »so einfach ist das nicht! Wenn Sie mir das verzeihen wollen.«

»Selbstverständlich ist das nicht einfach. Wenn dem so wäre, wäre Mr. Hartley dabei ja nicht schlecht geworden.«

»Und … also, es ist nicht eben das, was eine Dame als ungefährlich bezeichnen würde.«

»Ich *bin* eben nicht wie andere Damen.«

Die Männer sahen sich an und zuckten die Achseln.

»Das wäre also geklärt«, sagte Alexandra. »Wenn Sie so freundlich wären, mir Ihre Schutzbrille zu reichen, Mr. Hartley.«

Phineas Burkes Kopf war an diesem Morgen nicht gerade der klarste, was es fast unerträglich machte, dass Delmonico sich auf dem kurzen Weg vom Hotel über die Via Vittorio Veneto zum Ausstellungsgelände auf einem Hügel im Park der Villa Borghese an seine Fersen geheftet hatte.

»Sie ist ein wunderbares Geschöpf, wirklich«, sagte der Mann gerade, »obwohl sie ziemlich viel Lärm macht, wenn man sie hart rannimmt.«

Finn war nicht ganz klar, ob der Italiener von seinem Automobil oder von seiner Geliebten sprach. »Soso«, sagte er deshalb nur und rieb sich die schmerzende Schläfe.

»Ihre hat natürlich den Vorteil, dass sie ruhig ist«, fuhr Delmonico fort, »obwohl es auch ihr nicht an Temperament mangelt. Aber sie wird einfach zu schnell müde. Mit meiner wären Sie besser dran. Zugegeben, sie ist nicht so sauber und stinkt gewaltig. Aber sie ist billig im Unterhalt. Man braucht nur ihren Tank zu füllen, wenn sie neue Energie braucht.«

Er musste sein Automobil meinen.

»Ich bin überzeugt, dass ich das Problem mit der Batterieladung lösen kann«, erwiderte Finn. »Ich habe schon erstaunliche Fortschritte gemacht. Meine Maschine ist sauberer, effizienter und wesentlich leichter zu fahren.« Er hatte Mühe, seine Gedanken zu ordnen. Im Allgemeinen trank er nicht viel, aber angefeuert von diesem Kerl aus Belgien, war die Feier im Hotel am Vorabend immer weitergegangen, und die Kellner hatten eifrig Wein nachgeschenkt. Voller Unruhe und Sorge, weil Alexandra auf seinen Abschiedsbrief noch nicht geantwortet hatte, hatte er bei jeder Runde brav mitgetrunken. Um zwei Uhr war er dann ins Bett gefallen und zum ersten Mal in mehr als vierzehn Tagen dem lieben Gott dankbar dafür gewesen, dass seine Liebste nicht da war und ihn in seinem Elend nicht sah. Selbst jetzt fühlte er sich noch halb betrunken, und die anderen Nachwirkungen des Rausches waren ebenso widerwärtig wie die Kopfschmerzen.

An dem weißen Zaun, der das Ausstellungsgelände umgab, blieben die beiden Männer stehen und lehnten sich an die schmalen Holzpfosten. »Da wären wir«, sagte Delmonico und zeigte auf das offene Feld mit den ordentlich aufgereihten Schuppen an der Seite, die von der aufgehenden Sonne beschienen wurden. »Immerhin fünfzehn Aussteller, von denen elf morgen beim Rennen mitmachen. Selbst Ihr Landsmann mit dem Dampfwagen ist schließlich noch gekommen.«

»Mein Landsmann mit dem Dampfwagen?« Finn schüttelte den Kopf, spürte, dass ihm schwindlig wurde, und hörte sofort wieder damit auf. »Wer soll das sein?«

»Ein Mr. Hartley von der *Maschinenfabrik Manchester* in England. Kennen Sie ihn vielleicht?«

»Mein Gott, Hartley!«

»Er hat mir vor zwei Wochen telegrafiert. Er schrieb, er habe einen großen Durchbruch erzielt und wolle auch dabei sein.« Delmonico stützte das Kinn in die Hände. »Wenn ich mich nicht irre, ist er das da vorn.«

Finn legte die Hand an die Stirn, um seine Augen vor dem grellen Sonnenlicht zu schützen, und schaute in die angegebene Richtung. In der Ferne, am Anfang der Rennbahn, stand ein dunkles Objekt, umgeben von Männern. »Wo? Da?«

»Ich glaube, ja. Die Maschine ist gerade erst angekommen.« Gespannt beugte Delmonico sich vor. »Sieht so aus, als wollten sie eine Probefahrt machen.«

»Mein Gott«, murmelte Finn. Sein schmerzender Kopf war vergessen. »Sie haben recht.« Er zog seine Uhr aus der Tasche.

Die Mechaniker traten von dem Fahrzeug zurück, sodass vor der aufgehenden Sonne die Silhouette zu erkennen war. Finn hatte es schon einmal gesehen, als er vor einigen Monaten von William Hartley durch die Fabrik geführt worden war: Es hatte eine ziemlich seltsame Karosserie, bei der der Fahrer sehr hoch saß, mit dem Boiler, der den vorn angebrachten Motor mit Dampf versorgte, im Rücken. Dennoch war ein Dampfwagen imstande, schnell zu beschleunigen und hohe Geschwindigkeiten zu erreichen. Ankurbeln und Schalten waren nicht nötig. Eine saubere, effiziente Maschine.

Abgesehen vom Risiko einer Boilerexplosion natürlich.

Finn verrenkte sich den Hals, um im flirrenden Gegenlicht Genaueres zu sehen. Mein Gott, was für einen komischen Hut Hartley trug. Sah fast so aus wie …

Plötzlich machte das Automobil einen Satz nach vorn und schoss davon, wie von einer Kanone abgefeuert. Von seinem Standpunkt aus konnte Finn den Motor nicht hören – und auch nicht viel sehen außer der Staubwolke, die das Automobil aufsteigen ließ, als es über die unbefestigte Teststrecke jagte, die erst vor ein paar Tagen aus dem Gras der Wiese herausgeschält worden war.

Delmonico schnappte nach Luft. »Wie schnell es ist!«

Die Strecke führte in gerader Linie über das gesamte Ausstellungsgelände und dann in einer langgezogenen Kurve wieder zum Ausgangspunkt zurück. Finn hielt die Luft an, als die Umrisse des schnell näher kommenden Dampfwagens aus dem grellen Sonnenschein auftauchten und sich in Details auflösten. Die Reifen, die sich in die Erde gruben, die Turbine, die rhythmisch summte, den Fahrer …

Die Fahrerin.

Finn erstarrte zu Stein, und einen Herzschlag lang stockte ihm das Blut in den Adern.

»Um Himmels willen«, rief Delmonico, »sie haben eine Frau ans Steuer gelassen! Eine Frau!« Mit einer Hand trommelte er auf den Zaun.

Als die Kurve näher rückte, wurde der Motor etwas langsamer. Wie in Trance sprang Finn über die weißen Pfosten und rannte über das feuchte Gras, während William Hartleys Dampfwagen die Kurve nahm und zum Start zurückkehrte.

»Nein!«, hörte er sich schreien. »Lieber Gott!«

Doch das Automobil beschleunigte schon wieder und raste, eine immer größer werdende Staubfahne hinter sich herziehend, in einer Entfernung von etwa 100 Metern an ihm vorbei.

Finn drehte um und setzte ihm nach, ließ trotz brennender Lunge die Beine fliegen, während die langen, heißen Strahlen des römischen Sonnenaufgangs sich in seinen schmerzenden Schädel bohrten. Ihm blieb nichts anderes übrig, als Lady Alexandra Morley in ihrem Dampfkraftwagen hinterherzulaufen und zuzuhören, wie ihr fröhliches Lachen sich in der reglosen Luft mit dem Tuckern der Maschine mischte.

Alexandra zog die Bremse an und sprang begeistert aus dem Wagen.

»Wundervoll!«, rief sie, während sie sich den Hut und die Brille vom Kopf riss. Hartley und die Mechaniker kamen allesamt mit einem irren Grinsen im Gesicht vom Zaun herübergelaufen. »Fantastisch! Wie schnell war ich?«

»Zweiundvierzig Meilen pro Stunde, nach meiner Uhr!« Hartley hielt das fragliche Gerät in die Höhe. »Ein Rekord.«

»Ich kann es gar nicht beschreiben! Diese Beschleunigung! Es war wie ein Galopp auf dem Pferd, nur viel sanfter, viel …«

»Alexandra!«, schrie eine Stimme scharf und verärgert.

Hastig wandte sie sich um. Durch den gelben Staub kam ein Mann gelaufen, dessen lange Beine wie Kolben arbeiteten. »Finn! Da bist du ja! Ist das nicht toll? Ich …«

Ein paar Schritte vor ihr kam Finn zum Stehen. »Du Närrin! Du dummes Ding! Du hättest dabei umkommen können.« Dann drehte er sich aufgebracht um und wandte sich keuchend an Mr. Hartley. »Sie verdammter Idiot! Wieso haben Sie sie fahren lassen?«

Aus Hartleys Gesicht, das ohnehin schon sehr bleich war, wich auch der letzte Rest Farbe. Er nahm den Hut ab und wischte sich mit Alexandras Spitzentaschentuch die Stirn. »Ich … Sie hat darauf bestanden … Sie hat gesagt, sie kann das …«

Finn warf die Hände in die Luft und drehte sich wieder zu Alexandra um. »Mein Gott, was hast du dir bloß dabei gedacht? Ein Dampfwagen ist doch nicht dasselbe wie ein elektrischer. Allein der Boiler …«

Alexandra stemmte die Hände in die Hüften und starrte ihn zornig an. »Na, das ist ja eine schöne Begrüßung! Ich dachte, du würdest dich freuen, mich zu sehen.«

Finn schaute in den blassen Morgenhimmel hinauf. »Nicht, wenn du dabei auf einer unerprobten Dampfmaschine sitzt und über eine unbefestigte Rennstrecke rast.«

»Was für ein alberner Einwand! Du weißt, dass ich eine gute Fahrerin bin. Du hast es mir doch selbst beigebracht.«

»In *meinem* Automobil, unter *meiner* Aufsicht. Und außerdem …«

»Aber ich *brauche* keine Aufsicht …«

»… wieso bist du überhaupt hier? Noch dazu mit *Hartleys* Team?«, fragte Finn mit blitzenden Augen.

Alexandra warf einen kurzen Blick auf ihren angeheirateten Neffen, der bei den Mechanikern stand und sich kein Wort entgehen ließ. »Wie du weißt, gehört mir ein Teil der Fabrik.«

Finns Gesichtszüge verhärteten sich. »Ja, das weiß ich.«

»Ach, sieh mich doch nicht so an! Ich bin nur mitgekommen, um zuzuschauen und die Maschine in Aktion zu sehen, und dann stellte sich heute Morgen heraus … dass Mr. Hartley sie nicht fahren kann. Ich dachte, ich könnte ihm behilflich sein.«

»Indem du deinen Hals riskierst?«

»Tust du doch auch«, erwiderte sie ruhig, »jeden Tag.«

Statt einer Antwort musterte Finn sie nur mit seinem alles durchdringenden Blick, während die Hände an seinen Seiten sich abwechselnd schlossen und öffneten. »Vielleicht sollten wir diese Diskussion später weiterführen«, bemerkte er schließlich.

»Ja, natürlich.« Alexandra riss sich zusammen und wandte sich an die anderen Männer. Unter Finns Blick und so nahe an seinem vor Energie und Leidenschaft vibrierenden Körper hatte sie heftiges Herzklopfen bekommen. »Ich bitte um Entschuldigung. Mr. Burke ist immer sehr besorgt um seine

Freunde. Sollen wir das Automobil wieder in den Schuppen bringen? Ich nehme an, Sie müssen es für die öffentliche Schau herrichten.«

Mr. Hartley stürzte herbei. »Ja. Ja, natürlich. Ich fahre es selbst zurück. Sie … äh … also, Burke, Sie können gern … äh …«

»Ich werde Lady Morley begleiten«, erlöste ihn Finn.

Mr. Hartley kletterte in das Automobil und griff nach der Lenkstange, während die Mechaniker sich zu Fuß auf den Weg machten. Finn sah ihnen regungslos nach. Alexandras Herz pochte immer noch wild.

Endlich drehte Finn sich wieder zu ihr um. »So. Da bist du also.« Er hatte sein starres, unergründliches Wissenschaftlergesicht aufgesetzt und betrachtete sie forschend.

Alexandra schluckte. Unter diesem unverwandten, nüchternen Blick verflüchtigte sich das glühende Selbstvertrauen, das sie beim Anblick der Zeitungsanzeige erfüllt hatte. Vielleicht hatte sie ihn missverstanden. Vielleicht hatte er die Anzeige vorher aufgegeben, bevor er erfuhr, dass sie einen Konkurrenten unterstützte.

Vielleicht hatte sie soeben den größten Fehler ihres Lebens gemacht.

»Wäre es dir lieber, ich wäre nicht gekommen?«, fragte sie vorsichtig.

Finn schüttelte den Kopf. »Im Moment bin ich wohl nur froh, dass du heil und gesund bist.«

»Ich wollte nicht, dass du dir Sorgen machst. Ich wusste doch gar nicht, wo du warst. Ich …« Alexandra zögerte, dann fragte sie: »Warum bist du einfach so gegangen, ohne mich?«

Endlich wurde Finns Gesicht weicher, und er lächelte reuig. »Erstens, weil du eine viel zu große Ablenkung gewesen wärst, Liebling. Und wie ich dir in der Nachricht erklärt habe …«

»Nachricht? Welche Nachricht?«

Finn war überrascht. »Hast du meinen Brief nicht bekommen?«

»Nein! Ich habe zwar nach einer Nachricht gesucht, weil ich gedacht habe, dass du eine hinterlassen hättest, aber dann habe ich diese Liste mit den Aktieninhabern gefunden, diese dumme, dumme …«

Finn kam zu ihr und packte sie bei den Schultern. »Dieser verfluchte Giacomo! Hast du gedacht, ich hätte mich ohne ein Wort aus dem Staub gemacht? Ach Liebling.«

»Aber die Liste … mit den Aktieninhabern …« Eine Träne rann aus Alexandras rechtem Auge. Sie wischte sie ärgerlich fort. »Ich wusste, dass du das Schlimmste annehmen musstest, nämlich dass ich dich ausspioniert hätte, aber das habe ich nicht, Finn. Ich schwöre es!«

»Natürlich nicht. Das habe ich erkannt, nachdem ich die Sache durchdacht hatte. Nachdem ich gesehen hatte, wie du gekämpft hast, um die Werkstatt zu retten. Ach Gott, Liebling, nun wein doch nicht.« Er legte eine Hand an ihre Wange.

»Am Anfang …« Alexandra schloss die Augen, um die Tränen zurückzuhalten. »Am Anfang wollte ich herausfinden, was du dort machst; sehen, ob ich vielleicht etwas Hilfreiches lernen könnte. Ich war so verzweifelt. Aber in Wirklichkeit ging es um *dich*, Finn. Das ist mir jetzt klar. Das alles war nur ein Vorwand, um dich zu treffen. Tief in meinem Herzen habe ich gewusst, dass es eine dumme Idee war, denn dein Automobil fährt mit Strom, Hartleys dagegen mit Dampf, aber ich habe mir eingeredet … mir gesagt …«

»Das weiß ich doch.« Finn streichelte ihre Schultern.

Alexandra öffnete die Augen und sah ihn ruhig an. »Vom ersten Augenblick an, seit dem Essen im Gasthof, als du mich mit diesem Blick angesehen hast, mir direkt ins Herz geschaut hast, ging es nur um *dich*. Das musst du doch wissen.«

Finn zog sie an sich und legte seine langen Arme um sie. Sein Herz schlug direkt an ihrem Ohr, immer noch zu schnell nach dem Sprint übers Feld. »Jetzt weiß ich es.«

Alexandra schloss die Augen und genoss es, tatsächlich wieder bei ihm zu sein. Sie konnte beinahe spüren, wie das Blut durch seine Adern rauschte und ihn mit pulsierender Kraft erfüllte. Wie sie ihn vermisst hatte! Erst in diesem Moment, in seinen Armen, wurde ihr bewusst, wie sehr. Wie langweilig und leer ihr Leben ohne ihn gewesen war. »Was hat denn in deinem Brief gestanden?«, flüsterte sie.

Sein Lachen dröhnte in ihren Ohren. »Nur liebeskranker Unsinn. Eigentlich bin ich ganz froh, dass du ihn nicht gekriegt hast.«

»Dann wäre ich wohl sofort nach Rom gekommen. Mit dem nächsten Zug.«

Finn atmete tief durch. »Hm. Und warum *hast* du dich schließlich auf den Weg gemacht?«

»Na ja, um Hartley zu helfen, natürlich. Wenn er das Rennen gewinnt …«

Überrascht trat Finn einen Schritt zurück. »Wenn *er* das Rennen gewinnt? *Hartley*? Du bist auf *seiner* Seite?« Er fasste Alexandra an den Armen, schob sie von sich weg und sah ihr in die Augen.

»Aber ja. Aus rein praktischen Erwägungen. Schließlich bin ich an seiner Firma beteiligt.« Als Alexandra Finns ungläubigen Gesichtsausdruck sah, tätschelte sie ihm den Ellbogen. »Dir wünsche ich natürlich ebenfalls Glück. Es ist nur so, dass Hartley den Erfolg *braucht*. Und *ich* ebenso. Er muss der Börse beweisen, dass das Automobil ein Erfolg ist.«

»Und warum *genau* muss er das, Alexandra?« Finns Stimme hatte einen unheilvollen Unterton bekommen. »Warum muss er der Börse sein Automobil anpreisen?«

Trotz des Glückes, in dem sie schwelgte, weil sie endlich wieder mit Finn vereint war, beschlich Alexandra ein ungutes Gefühl. »Nun ja, damit … der Aktienwert steigt. Und ich meine Anteile verkaufen kann und mein Geld wiederbekomme und …«

»Ich nehme doch an, du weißt, dass die Inhaber der Firma bereits ein Angebot bekommen haben, das ihnen für ihre Aktien einen großzügigen Preis zusichert?«

Alexandra räusperte sich. »Ähm. Ja.«

»Und ich nehme weiter an, dass dir die Identität der Person, die dieses Angebot unterbreitet hat, bekannt ist?«, fragte er drängend und finster.

»Oh Finn, ehrlich.« Lächelnd sah Alexandra zu ihm auf. »Das ist so nett von dir, wirklich nobel, aber ich kann einfach nicht zulassen, dass du dein Geld aus dem Fenster wirfst, indem du dir eine Fabrik kaufst, nur um mir mein Vermögen zurückzugeben. Dazu bin ich zu stolz.«

Entnervt ließ Finn sie los und fuhr sich mit beiden Händen durchs Haar. »Herrgott, Alexandra. Du hast Hartley doch nicht dazu gebracht, das Angebot *abzulehnen*, oder?«

»Das war gar nicht nötig. Er glaubt, wir können viel mehr bekommen als fünfzig Schilling pro Aktie.«

»Er ist verrückt!«

Alexandra kreuzte die Arme. »Jedenfalls werde ich nicht zulassen, dass du das tust! Bei Gott, ich verkaufe dir meine Aktien nicht, selbst wenn du mir hundert Schilling dafür versprächest.«

»Wieso nicht? Was ist der Grund, verflucht?« So drohend, wie Finn nun vor ihr stand, die Arme in die Hüften gestemmt, wirkte er noch größer und breiter als sonst. Und sein Haar, das die aufgehende Sonne zum Leuchten gebracht hatte, hob sich feuerrot vom verhangenen blassen Himmel ab.

Seltsamerweise versetzte dieser gloriose Anblick Alexandra in helle Wut. Der Mann platzte ja fast vor Intelligenz, Kraft und Selbstzufriedenheit. Nicht einmal die Sonne konnte ihm widerstehen.

»Weil ich es nicht will! Ich will nicht, dass du mich kaufst! So wie Morley es getan hat und alle Männer es tun!«, erwiderte sie ebenso feurig. »Ich bin nicht zu *kaufen*, Phineas Burke! Und die *Maschinenfabrik Manchester* auch nicht!«

Dann drehte sie sich auf dem Absatz um und marschierte zu den Autoschuppen. Auf dem Gelände befanden sich mittlerweile viele Menschen: Aussteller, die ihre Fahrzeuge bereit machten; Besucher, die sich die Maschinen ansehen wollten; Fotographen, die ihre Kameras aufstellten.

»Alexandra, warte!«, rief Finn ihr nach.

Da begann sie zu laufen, hastete in ihren lästigen Röcken und den unzweckmäßigen Schuhen ungelenk über die Wiese, obwohl sie insgeheim hoffte, dass er sie einholte.

Aber das tat er nicht.

FÜNFUNDZWANZIG

»Na, wenn das nicht Lady Morley ist!«

Alexandra sah sich um und entdeckte einen Mann mittlerer Größe mit leuchtenden schwarzen Augen, der höflich vor ihr den Hut zog. Offenbar schien er ihre Verwirrung zu bemerken, denn er fügte rasch hinzu: »Bartolomeo Delmonico, Eure Ladyschaft. Wir haben uns im Frühjahr bei meinem Freund Burke getroffen, in seiner Werkstatt in der Nähe von Florenz.«

»Signor Delmonico! Aber natürlich.« Alexandra reichte dem Mann die Hand.

Er ergriff ihre behandschuhten Fingerspitzen und beugte sich darüber. »Habe ich mich getäuscht, oder waren Sie die Dame, die gestern Morgen Mr. Hartleys Automobil gefahren hat? Ein außergewöhnliches Schauspiel.«

»Ja, das war ich. Danke sehr.« Alexandra gestattete es sich, kurz über Delmonicos Schultern zu sehen und in der Menge nach Finns Rotschopf Ausschau zu halten. Gestern hatte sie ihn den ganzen Tag über auf dem Ausstellungsgelände herumgehen sehen, einen halben Kopf größer als alle anderen und strotzend vor Zuversicht und Selbstbewusstsein. Dies war seine Domäne, seine Welt, und er war durch die Menge geschritten wie der vom Olymp herabgestiegene Gottvater. Sie konnte gar nicht mehr zählen, wie oft man sie auf ihn aufmerksam gemacht hatte: *Sehen Sie, da geht Mr. Burke, er ist extra aus England angereist*, oder: *Haben Sie Mr. Burkes Automobil schon gesehen? Der Mann ist ein Genie!*

Sehr frustrierend und zugleich sehr reizvoll.

Sie hatte sich eingeredet, sie sei zu stolz, um zu ihm zu gehen, und dass sie alle auch zu viel zu tun hätten. Doch in Wahrheit hatte er an diesem fremden Ort, an dem englische Adelstitel nichts zählten und nur Einfallsreichtum und Tatkraft die Menschen beeindrucken konnten, zu anders, zu einschüchternd gewirkt. Beim Essen der Aussteller am Abend zuvor war sie ans gegenüberliegende Ende der Tafel gesetzt worden, zu Hartleys Team, deshalb hatte sie kaum ein Wort mit ihm gewechselt. *Amüsierst du dich gut?,* hatte er sie einmal gefragt, als die wogende Menge sie zusammengeführt hatte, mit einer Stimme, so kalt und reserviert wie an dem regnerischen Märzabend, an dem sie sich zum ersten Mal begegnet waren. *Ja, sehr gut,* hatte sie geantwortet, das Kinn hoch erhoben, dann hatte ein halbbetrunkener belgischer Aussteller Finn mit Beschlag belegt, und das war es gewesen.

Nun hatte sie eine ziemlich unruhige Nacht hinter sich.

»Haben Sie meinen Freund Herrn Jellinek schon kennengelernt?«, fragte Delmonico soeben, indem er sich einem großgewachsenen bärtigen Mann zu seiner Linken zuwandte. »Mein lieber Jellinek, ich habe die Ehre, Ihnen Lady Morley vorzustellen, eine außergewöhnliche ›Englische Rose‹.«

Alexandra lächelte pflichtschuldig. »Signor Delmonico schmeichelt mir. Es ist mir ein Vergnügen, Herr Jellinek.«

»Das Vergnügen ist ganz meinerseits«, erwiderte der Mann mit einem deutlichen deutschen Akzent und deutete einen Handkuss an.

»Stellen Sie auch ein Automobil aus, Herr Jellinek?«, fragte Alexandra.

Der Mann schüttelte den Kopf. »Ich bin nur ein Motorsportverrückter, Mylady.«

Delmonico lachte. »Herr Jellinek wird von allen Ausstellern

hofiert. Er hat eine Vorliebe für Automobile und sucht eins, das besonders vielversprechend ist, um darin zu investieren.«

»Wie mutig von Ihnen!«, sagte Alexandra. »Ich bin überrascht, dass unser lieber Delmonico Sie gelegentlich aus den Augen lässt.«

Jellinek lächelte und sah den Italiener an. »Seine Maschine hat mich sehr beeindruckt. Was Benzinwagen angeht, ist er anderen weit überlegen, abgesehen vielleicht von Herrn Daimler.«

»Oh, Herr Daimler!«, rief Alexandra. »Der Name ist mir bekannt! Das ist der Mann aus München mit dem Viertaktmotor. Stellt er auch diese Woche hier aus?«

Delmonico machte ein finsteres Gesicht. »Leider nicht.«

»Sehr schade.« Jellinek seufzte. »Ich weiß nicht, warum er nicht gekommen ist. Es wäre so lehrreich gewesen, die beiden Maschinen nebeneinander zu sehen.«

Alexandra schaute zwischen den beiden Männern hin und her. Delmonico wirkte finster und nervös. »Wirklich schade«, wiederholte sie. Dann bemerkte sie die junge Frau neben Jellinek, die ein großes, dunkelhaariges Baby auf der Hüfte trug und ziemlich gelangweilt aussah. Alexandra lächelte freundlich. »Haben Sie Ihre Gattin mitgebracht, Herr Jellinek?«

»Oh, verzeihen Sie!« Ihr neuer Bekannter legte eine Hand auf den Rücken seiner Begleiterin. »Darf ich vorstellen, meine Frau, Lady Morley. Leider spricht meine Frau kein Englisch.«

Alexandra drückte Frau Jellineks freie Hand. »Sie haben ein sehr hübsches Kind, meine Liebe.«

Jellinek flüsterte seiner Frau etwas zu, das sie stolz lächeln ließ.

Dann wandte er sich wieder an Alexandra. »Vielen Dank, Lady Morley. Unsere Tochter heißt Adrienne. Aber wir nennen sie Mercédès, weil sie ein Geschenk ist.«

»Mercédès.« Alexandra beugte sich zu dem Kind herab und legte einen Finger in seine zupackende Faust. »Was für ein schöner Name.«

Obwohl William Hartley recht leicht zu finden war – inmitten einer Meute von Fotografen, die ihn vor seinem zischenden Dampfwagen ablichteten –, erwies es sich als ziemlich schwierig, einen ruhigen Moment zu finden, in dem man ihn beiseitenehmen konnte.

Am Ende griff Finn zu nackter Gewalt.

»Auf ein Wort, Sir«, sagte er, während er den Mann beim Arm nahm und von den aufgereihten Kameralinsen wegzog.

»Oh, Mr. Burke!« Hartley richtete seine Manschetten und legte den Kopf in den Nacken, um Finns Blick zu begegnen. »Was kann ich für Sie tun?«

Die meiste Zeit seines Lebens hatte Finn seine außerordentliche Körpergröße als persönliches Manko betrachtet und mit seinem Schöpfer gehadert. Dabei fand er es gar nicht schlimm, ein großer, kräftiger Kerl zu sein, so wie Wallingford und Penhallow, aber alles hatte seine Grenzen. Nachdem er die ein Meter neunzig überschritten hatte, in seinem fünfzehnten Lebensjahr, als er im Sommer wie Unkraut in die Höhe geschossen war, hatte er jeden weiteren Zentimeter – zehn an der Zahl – heftig verflucht. So war aus einem schlaksigen, unbeholfenen Jugendlichen ein breitschultriger, langgliedriger Erwachsener geworden, der seine Begleiter stets um einen halben Kopf überragte, sich ständig die Stirn am Türrahmen stieß, nur zusammengefaltet in Zugabteile passte und die Füße immer aus dem Bett hängen lassen musste. Dass diese zwei Meter noch dazu von einem roten Haarschopf gekrönt wurden, hatte er als zusätzliche Zumutung empfunden.

Doch als er nun auf die Hutkrempe des klein gewachsenen

William Hartley hinunterschaute, der weiter an seinen Manschetten zupfte, als hinge sein Leben daran, leistete er stumm Abbitte.

Groß zu sein war eine feine Sache.

»Oh, Sie können eine ganze Menge für mich tun«, sagte er gedehnt. »Zunächst einmal können Sie Lady Morley sagen, dass Sie sich den Gefahren des Rennens selbst stellen.«

Hartley nahm seinen Hut ab, fuhr sich mit den Fingern durchs Haar und setzte den Bowler wieder auf. »Tja, Mr. Burke, es tut mir leid … aber, unsere Pläne sind bereits gemacht …«

»Ändern Sie sie.«

»Nun, ich …« Hartley schluckte, dann stieß er hervor: »Ich wüsste nicht, dass Sie das etwas angeht, Sir!«

Finn neigte sich ein Stück herab.

»Oh, da täuschen Sie sich. Lady Morley geht mich sehr wohl etwas an. Haben Sie mich verstanden?«

»Ja, Sir.«

»Ich möchte, dass die Dame nicht einmal einem Hauch von Gefahr ausgesetzt wird. Ist das klar?«

»Ja, Sir. Aber«, erwiderte Hartley, während er ein Taschentuch hervorzog und sich damit die Stirn tupfte, »ich wüsste nicht, wie. Das Rennen beginnt in einer Stunde. Wie soll ich so schnell einen Ersatz für sie finden?«

Finn zuckte desinteressiert die Schultern. »Wenn Sie keinen passenden Fahrer finden können, müssen Sie Ihre Teilnahme wohl absagen.«

»Aber Mr. Burke! Sie wissen doch bestimmt, dass wir uns beweisen müssen.« Hartleys Stimme hatte einen flehentlichen Tonfall bekommen, gefährlich nahe davor zu jammern, und sein rundes Gesicht arbeitete erregt. »Wir können nicht einfach absagen. Unsere Investoren würden …« Er unterbrach sich. »Oh, ich verstehe. Ja, ich verstehe.«

Finn kniff die Augen zusammen. »Was verstehen Sie denn, Mr. Hartley?«

»Sie *wollen*, dass wir verlieren, nicht?«

»Aber natürlich. Schließlich mache ich auch mit. Aber meine Hauptsorge gilt Lady Morleys Sicherheit.«

Unsicher deutete Hartley mit dem Finger auf Finns Brust. »Sie wollen, dass wir verlieren, damit wir gezwungen sind, Ihr schäbiges Angebot für meine Fabrik anzunehmen, was?«

Finn hob seine riesige Pranke und legte sie um Hartleys Zeigefinger. »Fünfzig Schilling pro Aktie ist nicht schäbig, sondern ein verdammter Glücksfall. Und das wissen Sie.«

»Wenn wir gewinnen ...«

»Ja, was dann? Wird Ihre Firma über Nacht eine halbe Million Pfund wert sein? Obwohl das geltende Gesetz in England Geschwindigkeiten von mehr als vier Meilen pro Stunde verbietet? Und obwohl das Fahren eines motorisierten Vehikels nur erlaubt ist, wenn ein Mann mit einer roten Flagge davor herläuft?« Finn drückte den beleidigenden Finger nach unten, ließ ihn los und klopfte seinem Widersacher locker auf die Hand. »Das halte ich für unwahrscheinlich.«

Hartley lief rot an. »Wir rechnen damit, dass diese Gesetze aufgehoben werden.«

»Nicht in den nächsten Jahren, denke ich. Nicht, solange die Eisenbahnlobby darauf drängt, sie aufrechtzuerhalten. Irgendwann vielleicht, aber so bald nicht.«

Die Fotografen, denen die Heftigkeit der Unterhaltung nicht entgangen war, begannen sich zu nähern. Nervös sah Hartley zu ihnen hinüber. Dann schaute er Finn an und leckte sich über die Lippen. »Wenn Sie das glauben, frage ich mich, warum Sie so versessen darauf sind, meine Fabrik zu kaufen.«

Finn zuckte die Achseln und verschränkte die Arme. »Weil

ich auf lange Sicht plane, Hartley. Ich kann es mir leisten; ich habe zwei Millionen Pfund hart erarbeitetes Kapital, und ich werde es dafür benutzen herumzuprobieren, zu experimentieren und eine endgültige Lösung zu finden.« Er beugte sich vor und sagte leise: »Geld regiert die Welt, Hartley. Das sollten Sie nicht vergessen.«

»Der Teufel soll Sie holen, Burke.«

Finn richtete sich wieder auf. »Nun hören Sie mal, Hartley. Wie ich bereits gesagt habe, interessiert es mich nicht besonders, ob Ihr Automobil heute dabei ist oder nicht. Ich sorge mich nur um Lady Morleys Sicherheit. Wenn Sie einen anderen Fahrer finden können, erhöhe ich mein Angebot auf 55 Schilling pro Aktie.« Er wischte eine Fluse von Hartleys Schulter. »Aber wenn Lady Morley auch nur einen Fuß in Ihre Maschine setzt, ziehe ich mein Angebot ganz zurück.«

Hartley klappte den Mund auf und zu und warf einen verzweifelten Blick auf die Fotografen, die ein paar Schritte entfernt ihre Kameras aufbauten.

»Mr. Hartley! Mr. Burke!«, rief einer von ihnen. »Ein Foto, bitte!«

»Na los, Hartley, alter Knabe.« Finn hakte sich bei ihm unter und drehte sich mit ihm zu den Kameras um. »Lächeln Sie mal. Sie machen ja ein Gesicht, als hätten Sie einen Geist gesehen.«

»Aber Sie müssen mich doch verstehen. Wenn Lady Morley sich etwas in den Kopf gesetzt hat, lässt sie sich nicht mehr davon abbringen.«

»Hm. Ja. Das ist mir auch aufgefallen«, sagte Finn freundlich. »Also schlage ich vor, dass Sie einen Weg finden, sie auf *andere* Gedanken zu bringen. Und zwar bald.« Er schickte sich an zu gehen.

»Nicht bewegen, bitte!«, rief einer der Fotografen.

»Als ob das so einfach wäre«, seufzte Hartley. »Warum zum Teufel sagen *Sie* ihr nicht, sie soll die Finger davon lassen?«

»Na so was«, mischte sich eine Frauenstimme ein. »Wie reizend! Zwei Konkurrenten Arm in Arm, und das kurz vor dem Rennen. Worüber die zwei sich wohl unterhalten?«

Verdammt und zugenäht.

Finn schaute über die Köpfe der Fotografen hinweg. Da stand Alexandra, in einem blütenweißen Kleid und mit einem breitkrempigen Hut auf dem Kopf, die Arme vor dem prachtvollen Busen verschränkt. Ihr Gesichtsausdruck verhieß nichts Gutes.

»Meine Herren«, sagte Finn zu den Kameras. »Ich danke Ihnen. Das wäre alles.«

Dann zog er seinen Arm aus Hartleys, ging zu Alexandra und nahm sie zur Seite. »Liebling«, begann er.

»Du intrigierst gegen mich, nicht wahr?«, zischte sie ihm zu. »Du versuchst, Hartley dazu zu überreden, mich vom Fahren abzuhalten.«

Finn atmete tief durch. »Ja, richtig. Weil es gefährlich ist. Nicht nur das Rennen, sondern auch der Wagen selbst. Ich habe mir den Motor noch nicht angesehen. Aber ich traue ihm nicht. Er ist nicht hinreichend erprobt, noch nicht ausgetestet. Und Dampf ist eine verdammt heikle Sache.«

»Wenn ich nicht fahre, können wir nicht gewinnen. So einfach ist das, Finn. Hartley ist ein Schwächling, und die Mechaniker kennen die Strecke nicht.«

»Um Himmels willen, Alexandra! Besser, das Automobil verliert das Rennen als du das Leben!«

»Mach dich doch nicht lächerlich. Als ob jemand dabei *sterben* würde. Aber vielleicht gefällt dir die Vorstellung nicht, dass ich mich mit dir messe. Dich womöglich sogar schlage.« Abwartend hob sie die Augenbrauen.

»Unsinn. Ich …« Finn runzelte die Stirn und sah ihr in die Augen. »Mag sein, dass es mich ein klein wenig beunruhigt.«

»Ich wusste es!«

Finn schaute zum wolkenlosen Himmel empor und betete, dass Gott ihm helfen möge, diese Frau zu verstehen. »Also, ich kapiere einfach nicht, warum du dich so auf dieses Rennen versteifst. Es ist fast so, als wolltest du mich herausfordern.«

»Ganz und gar nicht. Jedenfalls nicht in erster Linie. Ich möchte nur … ach Finn, begreifst du denn nicht? Es geht mir nicht nur ums Geld oder darum, meine Aktien nicht ausgerechnet an dich verkaufen zu müssen. Das gebe ich zu. Ich *will* das tun, um mir selbst zu beweisen, dass ich es *kann.*« Sie legte eine Hand auf seinen Arm und drückte ihn. »Sieh mich an, Finn. Wann werde ich jemals wieder eine Chance bekommen, so etwas zu tun?«

»Du kannst meinen Wagen fahren, wann immer du willst.«

»Auch heute beim Rennen?«

Er zögerte. »Nein. Nicht bei der Strecke …«

Es wurde still zwischen ihnen. Aus dem Augenwinkel registrierte Finn, dass die Leute um sie herum ihnen neugierige Blicke zuwarfen und dass William Hartley mit seinem zerknautschten Bowlerhut ihnen aus ein paar Metern Entfernung zufrieden zusah. Doch bewusst sah er nur Alexandra, die mit ihren goldbraunen Augen flehend zu ihm aufsah und seinen Arm immer noch bittend drückte.

Sie bat ihn nicht um Erlaubnis. Sie würde auf jeden Fall in Hartleys Wagen steigen und das Rennen fahren.

Sie bat ihn um Verständnis.

»In Ordnung?«, fragte sie leise.

»Oh Alexandra«, stöhnte er. »Das Risiko …«

»Ist nicht halb so groß wie beim Kinderkriegen, schätze ich, und die meisten Frauen tun es trotzdem.«

Ohne auf ihr zunehmendes Publikum zu achten, strich Finn über Alexandras Arm, nahm ihre Hand und fasste sie am Kinn. »Mit anderen Worten, du setzt dein Leben aufs Spiel, nur um mir zu beweisen, dass du mein Geld nicht brauchst?«

Alexandra versuchte, sich von ihm zu lösen. »Nein, so ist es nicht. Du verdrehst meine Worte.«

»Weil ich dich nicht verstehe. Wirklich nicht. Was genau willst du denn sagen? Dass du mich nicht heiraten wirst, wenn du das Rennen nicht gewinnst? Dass deine verfluchte Unabhängigkeit, der Drang, ein eigenes Vermögen zu besitzen, dir mehr wert ist als ein Leben mit mir?«

»Nein, ich …« Alexandra schob seine Hand weg. »Warum drückst du es so aus?«

»Weil es so ist. Du setzt alles aufs Spiel, nur um zu zeigen, dass du nicht mehr die berechnende Frau bist, die du mal warst, obwohl ich das doch längst weiß. Und obwohl ich die ganze Zeit versucht habe, dich selbst davon zu überzeugen. Ich brauche keinen Beweis mehr dafür, Alexandra.« Finn zwang sich zu einem sanfteren Ton. »Ich brauche nur deine Liebe. Kann ich nicht wenigstens die haben?«

»Hör auf, Finn. Mach es doch nicht zu einem Test.«

»Aber es *ist* ein Test, Herrgott noch mal!«

»Ja? Ist es das?« Da beinahe alle Ohren auf dem Gelände auf sie gerichtet waren, ließ Alexandra ihre Stimme nicht lauter, aber eindringlicher werden. Sie kreuzte die Arme vor der Brust und beugte sich vor. »Also gut. Wenn du auf einem Test bestehst, sollst du ihn haben. Ich fahre nicht.«

Erleichtert stieß Finn den Atem aus. »Gott sei Dank. Danke für dein Verständnis, Schatz. Ich verspreche, dass …«

Sie hob eine Hand. »Moment. Wie ich schon gesagt habe, ich fahre nicht. Aber nur, wenn du auch nicht fährst.«

Ungläubig starrte Finn sie an. »Wie bitte?«

»Was dem einen recht ist, ist dem anderen billig, ist es nicht so? Wenn ich das Rennen absagen muss, um dir meine Liebe zu beweisen, gilt dasselbe für dich. Wenn es für mich zu gefährlich ist, ist es auch zu gefährlich für dich.«

»Das … das ist doch Quatsch! Das ist eine völlig unvernünftige … lächerliche … typisch weibliche … Argumentation!« Finn wusste, dass er stotterte, aber es war ihm egal.

»Ich finde, es ist nur logisch, und bestimmt siehst du ein, dass ich recht habe, wenn du sorgfältig darüber nachdenkst. Schließlich habe ich viel mehr zu verlieren als du.« Damit nahm sie die dünnen Handschuhe aus Ziegenleder, die sie in einer Hand gehalten hatte, und streifte sie einen nach dem anderen über. »Also, während du damit beschäftigt bist, das alles noch mal zu überdenken, muss ich, glaube ich, ein Automobil für ein Rennen vorbereiten.«

SECHSUNDZWANZIG

Alexandra war zu dem Schluss gekommen, dass ihr von den elf Konkurrenten im Rennen nur zwei ernsthaft gefährlich werden konnten: Bartolomeo Delmonico mit seinem lärmenden Benzinwagen und Phineas Burke.

Phineas Burke, der eigentlich in diesem Moment ein letztes Mal sein eigenes Gefährt inspizieren sollte, stattdessen aber den Boiler an William Hartleys Automobil untersuchte und Fragen auf alle drei Mechaniker gleichzeitig abfeuerte.

»Der Mann ist einfach unmöglich«, sagte Alexandra, während sie einen dünnen weißen Baumwollschal so fest um den Kopf schlang, dass die heiße Nachmittagssonne in ihrem Haar gefangen wurde.

»Ich finde es rührend«, sagte Abigail. »Willst du nicht mit ihm sprechen?«

»Ich denke, für einen Tag haben wir genug geredet. Die Schutzbrille, bitte.« Links von Alexandra zuckte ein Blitzlicht, was ihre flattrigen Nerven nicht gerade beruhigte.

Obwohl sie das *niemals* zugegeben hätte.

Abigail reichte ihrer Schwester die Schutzbrille und half ihr, sie so um den Kopf zu binden, dass die Gläser auf dem Schal saßen und jederzeit über die Augen gezogen werden konnten. »Das ist furchtbar aufregend«, sagte sie, als sie das Lederband durch die Schnalle zog. »Du solltest wissen, dass ich bei dem Buchmacher im Hotelcafé zwanzig Lire auf dich gesetzt habe.«

»Wo zum Teufel hast du zwanzig Lire her?«, fragte Alexandra. »Ehrlich, Finn«, redete sie dann etwas lauter weiter, »das reicht jetzt. Diese Männer sind wirklich äußerst kompetent. Du solltest dich lieber um dein eigenes Fahrzeug kümmern.«

Finn richtete sich auf und drehte sich zu ihr um. Auf seiner Stirn waren tiefe Sorgenfalten, und an den Schläfen, unterhalb der Schlägermütze, war ein dünner Schweißfilm zu sehen. »Bist du auch sicher, dass du die Strecke kennst?«

»Ganz sicher. Durch den Park, zum Kolosseum und wieder zurück in den Park. Ich bin sie gestern noch abgegangen. Und außerdem ist sie ausgeschildert.«

Ein oder zwei Sekunden musterte Finn sie noch, mit Augen, die im hellen römischen Sonnenschein die Farbe von frischen jungen Blättern hatten. »Pass gut auf dich auf«, sagte er dann.

Für einen kurzen Moment schwoll Alexandras Herz so stark an, dass es schmerzhaft gegen die Rippen drückte.

»Du auch«, flüsterte sie.

Dann drehte Finn sich endlich um und ging mit seinen langen Schritten lässig, aber zielstrebig durch die drückend heiße Luft zu seinem Automobil. Alexandra beobachtete, wie er es umkreiste, die Räder kontrollierte und sich schließlich mit einer routinierten Bewegung auf den Fahrersitz schwang. Warum konnte er sie nur nicht verstehen? Warum konnte er sich einfach nicht vorstellen, dass sie das Bedürfnis hatte, als eigenständige Frau mit einem eigenen Vermögen frei und unbelastet zu ihm zu kommen? Konnte er denn nicht begreifen, dass sie die Tür zur Vergangenheit schließen wollte und die faule, nutzlose Lady Morley von früher, die Frau, die aus Geldgier und Geltungsdrang statt aus Liebe geheiratet hatte, vergessen wollte?

»Guten Tag, Lady Morley.«

Alexandra war so in Gedanken versunken, dass sie zunächst nicht reagierte. Es war Abigail, die sich erstaunt umdrehte und rief: »Großer Gott, Wallingford!«

Alexandra schreckte hoch. »Wallingford! Was um alles auf der Welt führt Sie denn hierher?«

Der Herzog sah trotz seines hellgrauen Anzugs und seines Strohhuts ziemlich finster aus, doch seine funkelnden dunklen Augen waren nicht auf sie, sondern auf ihre Schwester gerichtet. »Ihr hättet mir doch sagen können, wo ihr hinwolltet, ihr dummen Weiber«, grummelte er.

Alexandra hatte sich schon wieder erholt. »Und warum hätten wir das tun sollen?«

Der Herzog maß sie mit einem furchterregenden Blick. »Weil ich vor vier Tagen aufgewacht bin und feststellen musste, dass ich der Einzige war, der noch in diesem verfluchten Schloss gewohnt hat, und dass in dem ganzen alten Gemäuer Totenstille herrschte, dass niemand eine Nachricht geschickt hatte, und …«

»Das tut mir schrecklich leid«, unterbrach Abigail. »Wie geht es den Ziegen?«

»Die Ziegen interessieren mich einen Dreck«, stieß der Herzog zwischen zusammengebissenen Zähnen hervor.

»Was für eine Ausdrucksweise, Euer Gnaden! Und noch dazu vor Miss Harewood! Ich bin schockiert. Schockiert und betrübt. Überdies muss ich ein Rennen fahren, das in« – Alexandra sah auf ihre Uhr – »fünf Minuten beginnt, und deshalb bitte ich um Nachsicht, wenn ich darauf hinweise, dass Ihr Erscheinen eine höchst unwillkommene Störung darstellt.«

»Sie *fahren*? Beim *Rennen*?« Wallingford war wie vom Donner gerührt. Ungläubig sah er von einer Schwester zur andern.

»Jawohl.«

»Aber Sie können Ihre Schwester doch nicht in einer Menge von … *Italienern* zurücklassen!«, protestierte der Herzog.

»Natürlich nicht. Mr. Hartley wird sie vor allen Übeln bewahren.« Alexandra deutete mit dem Kopf auf ihren Neffen. Er stand einige Meter entfernt, den Hut in der Hand, und kratzte sich am Ohr, während die Mechaniker um ihn herumlungerten. Er schien seinen Namen gehört zu haben, denn er schaute zu ihnen herüber, setzte den Hut wieder auf und mahlte mit den Kiefern.

Wallingford musterte ihn flüchtig, dann drehte er sich wieder zu Alexandra um. »Das ist nicht Ihr Ernst.«

»Na, dann achten Sie eben selbst auf Abigail. Auch wenn ich mir weiß Gott größere Sorgen um die armen Römer mache, die es wagen sollten, sie zu behelligen. Mr. Hartley!«

Ihr Neffe drückte das Rückgrat durch. »Ja, Euer Ladyschaft!«

»Ich glaube, es ist Zeit. Haben wir genug Dampf?«

Einer der Mechaniker antwortete: »Ja, Ma'am, volle Kraft. Sie ist startklar.«

In dem Moment gab es einen lauten Knall, der sich wie ein Schuss anhörte.

»**Der** arme Kerl«, sagte Alexandra.

In respektvollem Schweigen sahen sie zu, wie der Verletzte auf einer Trage an den zehn verbleibenden Automobilen vorbeigetragen wurde, einen Arm und das Gesicht weiß bandagiert.

»Hast du gesehen, wie sein Arm herumgebaumelt hat? Ein schrecklicher Anblick«, bemerkte Abigail. »Von seinem Kiefer gar nicht zu reden. Ich dachte, sie würden das viele Blut nie von der Motorhaube herunterkriegen.«

»Diese fiesen Kurbeln an den Benzinwagen«, sagte Alexandra und trommelte mit den Fingern auf die Lenkstange. Das flaue Gefühl in ihrem Magen wurde immer schlimmer, doch sie ignorierte es und schaute an der Reihe der Konkurrenten entlang, die an der Startlinie standen: Automobile in allen Formen und Größen, mit Motoren, von denen einer noch ungewöhnlicher war als der andere. Ein Mann thronte sogar auf einer Art motorisiertem Fahrrad.

Sie sah Delmonico, der fröhlich mit Herrn Jellinek plauderte, dessen Frau und Tochter den Trubel des eigentlichen Rennens offenbar mieden. Neben dem Italiener stand sein Automobil, das Blech so blank poliert, dass es blendete.

In dem Automobil neben ihr starrte Finn stur geradeaus, so als ob er sich jeden Pflasterstein der vor ihnen liegenden Strecke ins Gedächtnis riefe. Dann zog er sich mit einer Hand die Schutzbrille über die Augen. Wallingford trat an seinen Wagen, lehnte sich an Finns Tür und wechselte einige ernste Worte mit ihm.

Ein Stück hinter Finn kurbelte einer von Delmonicos Mechanikern das hochglanzpolierte Gefährt mit gekonnten Armschwüngen an. Ein tiefes Dröhnen erfüllte die Luft, dann noch eins, weiter hinten in der Reihe, und schon war das Zischen des Boilers hinter ihr in dem Krach untergegangen. Delmonico schaute an den anderen Automobilen vorbei in ihre Richtung, und der Ausdruck in seinen Augen überraschte sie: Der Blick hinter den riesigen Glasscheiben der Schutzbrille war böse und hinterhältig.

Blitzartig kam ihr eine Erkenntnis.

Sie hatte diesen Blick, diese dunklen, leidenschaftlichen, bösartig verengten Augen schon einmal gesehen. Zwischen den Olivenbäumen bei Finns Werkstatt, auf dem Weg zum See in der Mittsommernacht.

In der Nacht des Feuers.

Großer Gott. Delmonico hatte es gelegt. Delmonico, der unbedingt wollte, dass Jellinek in seine Firma investierte. Delmonico, der ein Vermögen ausgegeben hatte und beinahe bankrottgegangen wäre durch die Ausrichtung dieser Ausstellung, die sein eigenes Automobil in den Vordergrund rücken sollte.

Delmonico, der offenbar alles tun würde, um dieses Rennen zu gewinnen.

Sie sah zu Finn hinüber und rief seinen Namen in den Lärm der Maschinen und das Johlen der Menge. Er rührte sich nicht.

»Finn!«, schrie sie wieder.

Erstaunt wandte er sich ihr zu.

»Finn! Achte auf Delmonico!« Mit dem Finger deutete sie auf den Italiener.

Finn wandte den Kopf und sah zu Delmonico hinüber. Dann schaute er wieder sie an und zuckte fragend mit den Schultern.

»Achte auf ihn!«, schrie sie noch einmal.

Erneut zuckte Finn die Achseln, dann zeigte er nach vorn.

Alexandra blickte in die angegebene Richtung und sah, dass der Starter, der fünfzig Meter entfernt auf der Bahn stand, die Pistole erhoben hatte.

Es war zu spät. Das Rennen begann.

Der schwüle Geruch der Benzinabgase drang ihr in Nase und Lunge. Sie legte die rechte Hand fest um die Lenkstange und die linke Hand auf den Drosselhebel.

Der Starter schaute an der Linie entlang, auf seine Uhr und wieder zur Linie. *Achte auf die Pistole*, hatte Finn ihr gesagt. *Du kannst die Rauchwolke sehen, ehe man den Knall hört.*

Alexandra starrte auf die Pistole. Ihr Herzschlag dröhnte in ihren Ohren.

Die Menge der Zuschauer um sie herum war vollkommen

still geworden. Außer dem Lärm der Maschinen war kein Laut zu hören, keine Bewegung zu sehen außer beim Starter, der den Kopf hin und her drehte und an der Reihe der Automobile entlangschaute. Alexandra konnte den zunehmenden Druck im Boiler hinter sich spüren; er schien kurz vorm Platzen zu sein.

Puff.

Eine Ewigkeit verging, bis der Knall ihre Ohren erreichte, eine Ewigkeit, in der Finns Wagen neben ihr schon davonfuhr, während sie noch den Fuß von der Bremse nahm und das Ventil öffnete.

Dann machte Hartleys Dampfwagen einen ungeduldigen Satz nach vorn, holte Finn ein, zog an ihm vorbei und setzte sich an die Spitze des Feldes, sodass nichts als die leere gepflasterte Straße vor ihr lag, gesäumt von Bäumen und Zuschauern. Der Wind wehte ihr ums Gesicht, ließ die Enden ihres Schals flattern und schützte ihren Kopf vor den sengenden Strahlen der Sonne.

Sie war wie im Rausch.

Sie hatte die schnellste Maschine. Sie würde an der Spitze bleiben, Delmonicos Aufmerksamkeit auf sich ziehen und ihn davon abhalten, Finn in die Quere zu kommen. Der Italiener würde demjenigen folgen, der die größte Bedrohung darstellte. Sie musste nur die Führung behalten.

Hinter sich hörte sie das Aufheulen der Benzinwagen, die Gänge wechseln mussten, um schneller zu werden. Irgendwo in dieser Meute arbeitete sich Delmonicos Automobil voran, um zu ihr aufzuschließen.

Der Staub, den sie aufwirbelte, klebte bestimmt schon an seiner Brille.

Geschah ihm recht, haha.

Schon als sein Automobil über die Startlinie rollte, merkte Finn, dass etwas nicht stimmte.

Es war schnell weggekommen, beinahe genauso schnell wie Hartleys Dampfwagen, doch ein kleiner Funke, eine letzte Kraftreserve fehlte.

Umgeben von Staub und Motorwagen im Gerangel um eine gute Position, konnte er nicht anhalten, um das Problem zu ergründen. Das Brummen der Benzinmotoren füllte seine Ohren und überdeckte das Schreien der Menge. Es mochte zwar ein Rennen unter Gentlemen sein, eine Demonstration der ersten Erfolge bei der Entwicklung von Motoren, aber trotzdem blieb es ein Rennen.

Und bei Gott, Alexandra war dabei, es zu gewinnen. Ihr Wagen schoss, eine wehende Fahne aus Staub und Dampf hinter sich herziehend, angetrieben vom vollen Druck seines großartigen Boilers davon. Er musste sie wenigstens im Auge behalten.

Seine Reifen ratterten über die Pflastersteine und trugen ihn an der johlenden Menge am Straßenrand vorbei. Achtzehn, vielleicht zwanzig Meilen pro Stunde, schätzte Finn, gleichauf mit Delmonico zu seiner Rechten und dem motorisierten Fahrrad auf der linken Seite. Schräg vor ihnen, auf der anderen Seite des Motorrads, fuhr ein weiterer Wagen, ein Benzinmodell mit großen Rädern, bei dem der Fahrer auf einem umgebauten Kutschbock saß.

Zu viert preschten sie über die Straße, durch den Parkeingang und rechts herum in die Via di Porta Pinciana. Die laut applaudierenden Zuschauer drängten sich auf dem Trottoir vor den Stuckfassaden der hohen Häuser und bildeten einen geräuschvollen Tunnel, durch den sie dem fliehenden Schatten von Hartleys Dampfwagen hinterherrasten.

Vor ihnen lag die scharfe Linkskurve zur Via Sistina. Die

Motoren wurden gedrosselt. Finns Hirn hatte sich in zwei Hälften geteilt: die eine verfolgte Alexandra, die gerade um die Ecke verschwand, während die andere mit den drei Automobilen um ihn herum beschäftigt war. Delmonico fuhr in konstantem Tempo, mal vor und mal hinter ihm, seine Schutzbrille blitzte im Sonnenlicht. Auch das Motorrad konnte mithalten. Den Fahrer kannte Finn nicht. Er war ebenfalls dunkelhaarig und schaute immer wieder zu Delmonico hinüber, so als würde er sich an dessen Geschwindigkeit orientieren.

Kurz vor der Kurve sah Finn, wie der andere Benzinwagen ins Schleudern geriet.

Als Finn ihm auswich, hätte er Delmonico beinahe nach rechts abgedrängt. Der Benzinwagen fing sich wieder, schleuderte erneut und fing sich noch einmal.

Doch gerade als sie die Ecke erreichten, brach dem Fahrer die Lenkstange ab.

Unter dem Gekreisch der Menge scherte der Wagen unhaltbar nach rechts aus und zwang Finn zum Abbremsen. In gerader Linie steuerte das kaputte Fahrzeug direkt auf die Zuschauer zu. Der Fahrer schrie und schwenkte die nutzlose Lenkstange, dann sprang er Hals über Kopf aus dem Wagen.

»Achtung, aufpassen!«, brüllte Finn.

Delmonico sah sich kurz nach ihm um und schnitt ihm in der Kurve den Weg ab. Finn zog scharf nach links und hätte ihn beinahe hinten gestreift. Sein Motor leistete Schwerstarbeit, und die Gummireifen quietschten laut auf dem Pflaster.

Aus den Augenwinkeln sah er noch, wie die Menge sich vor dem führerlosen Automobil teilte und den Weg zu einem Obststand freimachte. Der Verkäufer wandte den Kopf gerade früh genug, um sich in Sicherheit zu bringen, ehe die heranrasende Maschine mitten in seinen Karren knallte und unter einem Haufen erstaunter Bananen begraben wurde.

Finn hatte die Kurve haargenau eingeschätzt. Nur Zentimeter von Delmonico zu seiner Rechten und dem Motorrad zur Linken bog er um die Ecke auf die Gerade, wo Alexandras Wagen wieder auftauchte, der mindestens zwanzig, dreißig Meter Vorsprung hatte. Delmonico warf ihm einen zutiefst verärgerten Blick zu und wischte sich über die Brille.

Die Häuser an diesem Streckenabschnitt waren etwas größer und standen enger beieinander, ihre roten Dachziegel leuchteten im Sonnenschein. Die Automobile rasten über die Piazza Barberini, wo man durch die Zuschauer einen Blick auf den Tritonenbrunnen erhaschen konnte. Finn kämpfte darum, mit Delmonico und dem Motorrad mitzuhalten, damit die beiden ihn nicht in die Zange nehmen konnten. Hinter sich hörte er das Röhren und Kreischen anderer Motorwagen; vor ihm lag die scharfe Rechtskurve auf die breite Via Nazionale.

Das Herz schlug ihm bis zum Hals. Er bemühte sich, den schwarzen Schatten von Alexandras Wagen zu entdecken, den weißen Schal über dem Boiler flattern zu sehen. *Langsam, fahr langsamer*, bat er sie stumm. *Geh nicht zu schnell in die Kurve.* Er hatte keine Ahnung, was für ein Lenksystem Mr. Hartleys Ingenieure in die Maschine gebaut hatten oder wie gut das Gummi war, das die Luft in den Reifen hielt. Eine Reifenpanne bei dieser Geschwindigkeit … einen Tick zu schnell um die Kurve … und das Automobil überschlug sich und begrub Alexandra unter sich, oder sie wurde herausgeschleudert und brach sich auf dem Pflaster den Hals …

Er konnte nicht zusehen, aber auch nicht wegschauen, daher bemerkte er nicht, dass das Motorrad auf ihn zukam und reagierte erst in allerletzter Sekunde. Er stieg auf die Bremse, um dem klappernden Vorderrad auszuweichen, da brauste Delmonico an ihm vorbei, und Finn sah nur noch den fleckigen Rauch, den der Benzinwagen hinten ausspuckte.

Verdammt noch mal! Ausgetrickst, bei einer kurzen Unaufmerksamkeit ertappt. Und noch ein Automobil holte ihn ein, ein Dampfwagen, der von rechts zu ihm aufschloss. Finn biss die Zähne zusammen. Nun konnte er Alexandras Wagen nicht mehr sehen. Er musste darauf vertrauen, dass sie die Kurve schaffte, dass er sie gut unterrichtet hatte. Er stellte sich ihre Hand auf der Lenkstange vor, ihre eleganten, geschickten weißen Finger, die den Wagen sicher um die Kurve auf die Via Nazionale lenkten.

Die Ecke näherte sich. Keine Karambolage, kein rauchendes Wrack. Erleichtert stieß Finn den Atem aus und beugte sich vor, um den Winkel, seine eigene Geschwindigkeit und die des Automobils zu berechnen, das mit eifrig zischendem Kessel neben ihm herratterte.

Gleichzeitig drosselten die beiden Wagen das Tempo und nahmen die scharfe Kurve. Finn schaute zu dem anderen Fahrer hinüber, einem blonden jungen Mann mit konzentrierter Miene. Die breite Chaussee der Via Nazionale lag vor ihnen, und die Menschen an den Seitenrändern wandten sich ihnen jubelnd zu. Nun waren es nicht mehr so viele. Die lichter gewordene Menge ließ die klaustrophobische Enge am Streckenanfang vergessen. Finn blickte auf die Instrumente im Armaturenbrett, die nach seinen Vorgaben gebaut worden waren und anhand der Drehung der Reifen die Geschwindigkeit ermittelten und die Spannung sowie die verbleibende Kapazität der Batterie anzeigten.

Tatsächlich, irgendetwas lief falsch.

Er hatte nicht genug Antrieb.

Es hätte mehr sein sollen. Er hatte die Batterie in der vergangenen Nacht vollständig aufgeladen und erst am Morgen in das Fahrzeug eingebaut.

Zwanzig Meter vor ihm raste Delmonico dahin, das Motorrad war etwas zurückgefallen. Kopf an Kopf mit dem blonden Mann im Dampfwagen, fuhr Finn die Via Nazionale hinunter und um eine weitere Kurve in die Via dei Serpenti, während sein Hirn wie verrückt arbeitete, um das Problem zu lösen.

Ein Spannungsverlust vielleicht? Hatte er die Batterie zu lange angelassen? Er hatte den Wagen aus dem Schuppen gefahren: Wann hatte er den Motor gestartet? Und wieder ausgemacht? Er war so auf Alexandra konzentriert gewesen, dass er es nicht mehr genau sagen konnte.

Hatte er noch genug Energie, um das Ziel zu erreichen?

Bergauf?

Die hellen Steinbogen des Kolosseums erhoben sich aus dem Pflaster vor ihm. Alexandra hatte er aus den Augen verloren, doch was sie empfand, wusste er. Sie würde begeistert sein von ihrem Tempo und ihrer Position an der Spitze, würde mitgerissen von der Kraft der Dampfmaschine um die Kurve des alten Stadions biegen und sich am Jubel der Menge und dem Fahrtwind berauschen.

Oh Gott, lass sie es schaffen. Lass sie nicht verunglücken. Lass sie es einfach schaffen.

Die Bogen begannen vorbeizurasen. In einer Rechtskurve fuhr er um das Kolosseum herum. Der Dampfwagen machte wegen der etwas kürzeren Distanz ein paar Meter gut. Eine schöne runde Kurve, wunderbar genommen, Bogen, die unter dem klaren blauen Himmel vorbeiglitten, dann befanden sie sich wieder auf freier Fläche und fuhren nach links, die Via dei Fori Imperiali hinauf.

Finn gönnte sich keinen Blick auf die vertrauten Umrisse der alten Ruinen, die links von ihm in einem Durcheinander aus bröckelnden Steinen aufragten. Er schaute wieder auf die Batterieanzeige und rechnete, überschlug seine Chancen.

Genug. Gerade genug, um am Ende noch etwas Reserve zu

haben. Er konnte Anschluss an die Führenden halten, sicherstellen, dass es Alexandra gut ging. Vielleicht blieb am Ende sogar noch etwas für einen Sprint übrig. Um wenigstens diesen niederträchtigen Delmonico zu besiegen.

Hügelan rasten sie auf die Piazza Venezia zu, an Cafés und Obstständen und schreienden Menschen vorüber. Der Knoten in Finns Bauch begann sich zu lösen, und helle Freude durchströmte ihn: über die Geschwindigkeit und den heißen Wind im Gesicht, die unverhohlene Freude und Bewunderung auf den Gesichtern der Römer, an denen er vorbeikam, und die Hinterräder von Delmonicos Wagen, die immer näher kamen.

Erst als sie die berühmte Piazza Venezia passiert hatten und die Via del Corso hinauffuhren, passierte es.

An der Abzweigung zur Via delle Muratte Richtung Trevibrunnen bemerkte er einen Reifen, der locker an ihm vorbeirollte. Erst da schaute er überrascht nach rechts, wo der Dampfwagen mitsamt seinem blonden Fahrer nach links ausgebrochen war und auf ihn zukam, dann schoss der Wagen plötzlich nach rechts, verlor einen weiteren Reifen und krachte abrupt aufs Pflaster.

Motorwagen, dachte Alexandra zufrieden, waren ohne jeden Zweifel die Maschinen der Zukunft.

Herrlich schnell und dabei so komfortabel! Sie musste Finn davon überzeugen, auf diese Dampfwagen umzusteigen. Sein elektrischer Wagen war ja ganz gut, konnte aber längst nicht so schnell beschleunigen wie dieser. Konnte nicht einfach davonsegeln und alle andern weit hinter sich lassen. Immerhin hatte sie ihre Konkurrenten schon seit längerem nicht mehr gesehen! Der anhaltende Jubel der Menge stieg ihr zu Kopfe, während sie über die breite Via del Corso zischte.

Auch wenn zischen vielleicht nicht das richtige Wort war. Rattern traf es eher. Um nicht zu sagen rumpeln. Denn Hartleys Ingenieure hatten, anders als Finn, so angenehmen Details wie der Federung keine große Aufmerksamkeit geschenkt.

Aber das waren Kleinigkeiten. Als sie sich der Abzweigung zur Via delle Muratte näherte, kniff Alexandra die Augen zusammen und verringerte vorsichtig das Tempo. Weit hinter sich hörte sie das Dröhnen eines Benzinwagens, wahrscheinlich Delmonicos. Von Finn keine Spur. Gut. Je weiter er hinten lag, desto besser. Solange Delmonico es nicht auf ihn abgesehen hatte, konnte ihm nichts passieren. Also brauchte sie sich um Finn, ihren starken, geschickten und überaus intelligenten Geliebten, keine Sorgen zu machen. Nach dem Rennen würde sie ihm alles erklären, ihm sagen, was sie über Delmonico wusste. Danach wollte sie es gern ihm überlassen, wie er sich an dem Schurken rächte.

Alles war in Ordnung, solange sie nur immer vor Delmonico blieb. Solange sie das Rennen gewann. Das Geld, die Firmenanteile, der Ruhm: Das alles bedeutete ihr nichts mehr. Wichtig war nur, dass Finn in Sicherheit war.

Sie konnte es schaffen. Sie konnte ihn retten.

Die Menschen winkten ihr bereits zu. Eine Hand an der Lenkstange, die andere am Drosselhebel, verlangsamte sie das Tempo gerade genug, um um die Ecke zu kommen. Sie konnte nicht zurückwinken, deshalb lächelte sie nur und nickte ihren Bewunderern dankbar zu, während sie über die Straße jagte.

Die Römer waren wirklich reizend, ihr so viel Beifall zu spenden. Das war sehr ermutigend.

Knall.

Zisch.

BUMM.

Oje. Irgendetwas stimmte nicht. Das Knallen wurde immer lauter und das Automobil immer langsamer, so als würde es hinten von einem Nashorn gebremst. Verzweifelt betätigte Alexandra den Hebel, und die Maschine kämpfte tapfer und machte einen Satz.

Dann hörte sie von rechts ein lautes Klappern, und das Motorrad tauchte am Rand ihres Blickfelds auf. Es kam immer näher und zwang sie, nach links auszuweichen, wo sich der Trevibrunnen mit seinen verschlungenen gotischen Verzierungen erhob.

»Eine Unverschämtheit!«, schrie Alexandra. »Sie Wüstling!«

Überrascht sah der Fahrer zu ihr hinüber, und sein Gefährt folgte dem Blick. Hastig steuerte Alexandra weiter nach links, holperte die Stufen zum Brunnenrand hinauf, rutschte über die Motorhaube und landete unter Neptuns missbilligendem Blick mit einem lauten Klatschen im Wasser.

SIEBENUNDZWANZIG

Weiter vorn sah Finn eine tropfnasse Gestalt. Weißer Musselin klebte ihr an den Beinen, feiner Voile am Kopf und dicke schwarze Haarsträhnen am Rücken. Des ungeachtet bohrte sie gerade einen langen, eleganten Finger in die Brust des Motorradfahrers, dem sie offenbar deutlich die Meinung sagte.

Das konnte nur Alexandra sein.

Mit einem Blick hatte Finn die Situation erfasst. Das Motorrad stand schräg auf der Straße, und Delmonico war ausgestiegen, um es aus dem Weg zu schieben, während sein Automobil gefährlich stotternd darauf wartete, dass es weiterging.

Zwischen Delmonicos Gefährt und der Stuckfassade des nächsten Hauses gab es eine schmale Lücke. Finn zwängte sein Fahrzeug hindurch, bremste und sprang heraus.

Die Erleichterung traf ihn wie ein Keulenschlag. Gott sei Dank, danke. Es würde eine Zukunft für ihn geben. Alexandra war lebendig, heil und unversehrt.

Sie war nur … nass.

»Komm«, sagte er zu ihr und nahm sie auf die Arme. Kaltes Wasser drang durch sein Jackett.

»Finn!«, begann sie, doch er ließ sie nicht ausreden. Er trug sie einfach zu seinem Wagen, schob sie auf den Beifahrersitz und löste die Bremse.

»Versuch, nicht das ganze Lederpolster nass zu machen«, bat er sie, als er weiterfuhr.

»Finn! Du verstehst nicht! Es ist Delmonico!«, rief Alexandra und nahm ihren Schal ab, sodass das Wasser ungehindert auf den Sitz tropfte.

Finn grunzte. »Schon möglich. Dieser Schweinehund. Irgendwas hat er wohl gemacht. Etwas arrangiert. Oder manipuliert. Ich glaube, der Motorradfahrer gehört zu ihm. Halt dich fest!«

Er fuhr um einen unvorsichtigen Fußgänger herum, raste weiter zur Via del Tritone und bog rechts ab.

Zornig schlug Alexandra auf den Sitz. »Natürlich ist das Rennen manipuliert! Der Mann ist zu allem bereit! Du musst dich beeilen, Finn!«

»Was zum Teufel soll das heißen ›Er ist zu allem bereit‹?«

»Delmonico hat das Feuer gelegt! Dieses Gesicht – kurz vor dem Rennen habe ich sein Gesicht gesehen, und da habe ich erkannt …«

»Was? Was hast du erkannt? Verdammt! Halt dich fest!« Sie brausten um eine scharfe Kurve zurück auf die Via Sistina. Finn schaute auf die Batterieanzeige und biss sich auf die Unterlippe. Das Anhalten und erneute Anfahren hatten Energie gekostet. Und mit Alexandras zusätzlichem Gewicht würde es am Ende knapp werden. Wie viel Vorsprung mochten sie herausgefahren haben, ehe Delmonico seine Maschine wieder in Gang bekommen hatte?

»Was ist los?«

»Die Batterie ist bald leer.«

»Aber du hast sie doch letzte Nacht aufgeladen!«

Finn hörte das unverkennbare Brummen des Motorrads hinter sich, es klang wie eine ärgerliche Biene. »Verflucht noch mal.«

Alexandra sah sich um. »Oh, er kommt näher! Kannst du nicht schneller fahren?«

»Nein, verdammt! Ich habe keinen Schwung mehr!« Sie fuhren nun hügelan auf den Park zu.

Finn konnte bereits die Baumwipfel sehen – und auch einen Mann, der vor der Zuschauermenge stand und aufgeregt nach links deutete.

»Nach links! Bieg nach links ab!«, rief Alexandra.

»Nein! Wir müssen geradeaus!«

Das Motorrad näherte sich ratternd ihrem Hinterreifen.

Alexandra zeigte nach vorn. »Der Mann da winkt uns nach links!«

»Herrgott, Alexandra!« Finn schlug auf die Lenkstange. »Wenn wir nach links fahren, rasseln wir schnurstracks die Spanische Treppe hinunter!«

Überrascht sah Alexandra ihn an, dann schaute sie sich wieder um. Plötzlich griff sie nach der Lenkstange.

»Lass das, du Närrin! Ich kenne Rom!«

»Wir werden die Treppe nicht runterrasseln«, zischte Alexandra. »Aber *er*!«

Dann riss sie an der Lenkstange, der Wagen scherte aus, und das Motorrad wurde nach links abgedrängt. Der Fahrer versuchte noch gegenzulenken, doch es war schon zu spät.

Mit ihm ging es unaufhaltsam bergab, dem eleganten Bogen der Stufen folgend, holperte er auf die Piazza am Fuße der Spanischen Treppe zu.

Alexandra stand aufrecht und triefend im Wagen. »Mein Gott!«, rief sie. »Er ist unglaublich gut! Ab geht's, über die rechte Seite … oh, Achtung … noch nicht! Nein, er hält sich, bei Gott! … Immer noch … immer noch … oh! Einfach *unglaublich*! Glück gehabt!«

In einem Wust aus nassen Röcken setzte sie sich wieder hin. »Direkt in den Springbrunnen«, sagte sie höchst zufrieden.

Sie würden gewinnen.

Die Ziellinie war nur noch eine halbe Meile entfernt, gleich hinter dem Eingang zum Borghese-Park, im Schatten der Bäume. Drumherum drängelten sich die Zuschauer, die hellauf begeistert johlten und ihre Taschentücher schwenkten.

»Wir werden gewinnen!«, schrie Alexandra freudestrahlend. »Wir gewinnen. Los, schneller!«

»Ich kann nicht«, erwiderte Finn grimmig.

Entsetzt drehte sie sich zu ihm um. Das Automobil wurde immer langsamer, wie von einem unsichtbaren Gewicht aufgehalten. »Was meinst du damit?«

»Das heißt, dass wir bald keinen Antrieb mehr haben. Die Batterie … ach verdammt … das war Delmonico, ganz bestimmt!« Finn schlug mit der Faust auf den Sitz.

»Oh nein! Komm schon!« Genau wie er beugte Alexandra sich angestrengt vor, so als hoffte sie, dass die Spannung in ihrem Bauch sie irgendwie über die Ziellinie bringen würde. Die laut jubelnden Menschen waren so nahe! »Nun mach schon!«

»Es geht nicht!«, schrie Finn. »Bei Gott, ich werde dafür sorgen, dass der Kerl *in … der … Hölle … schmort*!«, fluchte er im Takt mit den letzten verzweifelten Lebensäußerungen des Wagens, der langsam zum Stillstand kam – nur dreißig Meter vom Ziel entfernt.

Die Menge vor ihnen wurde ganz still, und neugierige Gesichter wandten sich ihnen zu.

Plötzlich ertönte hinter ihnen das Brummen eines Motors.

»Ich steige aus! Wir schieben!«, rief Alexandra erregt. Das Geräusch wurde lauter. Sie wagte es nicht, sich umzusehen, denn sie wusste, wer da heranrollte. »Beeil dich!«

Finn ließ die Schultern sacken. »Nein, lass das. Es ist zwecklos. Das Fahrzeug muss mit eigener Kraft über die Ziellinie kommen.«

»Du verstehst das nicht!«, kreischte Alexandra. »Wir müssen etwas tun! Vielleicht ist er bewaffnet, oder … nun komm schon!« Völlig außer sich zerrte sie an Finns Arm.

Aus der Menge löste sich eine Gestalt, die eilig auf sie zukam. Wallingford, mit Abigail im Schlepp. Dahinter Hartley in einem seltsamen Trab, gefolgt von den drei Mechanikern.

Der näher kommende Motor heulte triumphierend auf. Ein leichter Windstoß, und schon raste Delmonico an ihnen vorbei durchs Ziel.

Erster.

Ein leicht verwirrter Jubelsturm erhob sich.

Das Automobil kam zum Stillstand, und Delmonico erhob sich mit hochgerissenen Fäusten. *»Vittoria! Vittoria! Viva Italia!«*

»Viva Italia! Viva Italia!«, skandierte die Menge. Gellende Pfiffe und ein erneutes Taschentuchschwenken begleiteten den Ausbruch nationaler Begeisterung.

»Viva Italia! Viva Italia!«

»Tja, das war's dann wohl!«, sagte Alexandra wie betäubt und nahm Finns Hand, die neben ihr auf dem Sitz lag. Sie war heiß und feucht und schloss sich mit zartem Druck um ihre Finger. »Wenigstens sind wir noch am Leben.«

»Wieso?« Finn wandte sich ihr zu und starrte sie an, die Schutzbrille verkrustet vom Staub der Straßen. »Was soll das heißen, zum Teufel?«

»Denk an den Brand. Ich habe dir doch gesagt, dass Delmonico das Feuer in deiner Werkstatt gelegt hat«, sagte Alexandra tonlos, denn es schien nicht mehr wichtig zu sein. Der Mann hatte gewonnen. Sie waren zwar in Sicherheit, aber dieser Mistkerl hatte gewonnen. Erleichterung und Verachtung erfüllten sie und vermischten sich zu einem unentwirrbaren Knäuel.

»Woher weißt du das?«

»Ich bin ihm begegnet, auf dem Weg zum See. Das ist mir erst kurz vor dem Rennen klar geworden, als ich seinen Gesichtsausdruck gesehen habe …«

»Großer Gott! Bist du dir sicher?« Hastig legte Finn den Arm um sie und drückte sie an sich. »Mein Gott! Er hätte dich oh … er hätte dich töten können!«

Wallingford erreichte den Wagen. »Pech gehabt, alter Junge. Warum bist du stehen geblieben?«

»Die Batterie war leer. Und dieser niederträchtige Delmonico …« Finn drückte seine Liebste so fest an sich, dass ihr die Luft wegblieb. »Ich bringe ihn um, das schwöre ich!«

»Schatz, ich kann nicht richtig atmen …«, meldete sich Alexandra.

»Wo ist mein Wagen?«, fragte Hartley weinerlich.

Wallingford runzelte die Stirn. »Wie bitte? Warum war die Batterie leer? Ich dachte …«

»Basta!«, schrie eine wütende Stimme. *»Basta!«*

Alexandra sah sich um. Ein Mann kam die Straße heraufgelaufen. Er hatte einen langen, dünnen Gegenstand in der Hand, der verdächtig nach einer Lenkstange aussah, und steuerte auf Delmonicos Fahrzeug zu.

»Ach, du lieber Himmel«, sagte Finn. Dann schob er sie beiseite und stand auf. »Oh Gott!«

Alexandra stand ebenfalls auf. »Wer ist das?«

»Der Mann, dem gleich zu Beginn die Lenkstange abgebrochen ist … du hast das verpasst … oh Gott! Er geht auf ihn los!« Finn umklammerte den Türrahmen.

Der Mann stürzte sich, die Stange schwenkend, schreiend in die Menge.

»Basta! Basta!«, fiel eine weitere Stimme ein. Alexandra sah sich suchend um und entdeckte einen Mann, der aus der an-

deren Richtung auf die Ziellinie zulief – mit einer Motorkurbel in der Hand.

»Oh Gott!«, sagte Finn wieder.

»Basta! Basta!«, rief noch ein anderer. Ein Mann mit einem Reifen.

Und noch einer.

Hektisch schaute Delmonico sich um, entdeckte die herannahenden Männer und stürzte sich aus dem Automobil direkt in die Menge hinein.

Daraufhin entstand aufgeregtes Gedränge.

Die Stimmung war so schnell und so komplett umgeschlagen, dass Alexandra nur bass erstaunt zusehen konnte. Delmonicos Mechaniker sprangen ihrem Chef bei und ließen die Fäuste fliegen. Frauen kreischten, und Männer begannen sich zu prügeln. Hier und da tauchten Reifen und Lenkstangen auf.

Wallingford und Finn wechselten einen Blick. Finn nickte kurz und sah Alexandra an. »Bleib hier«, sagte er. »Rühr dich bloß nicht vom Fleck.«

Dann sprang er aus dem Motorwagen und wandte sich an Hartleys Mechaniker. »Wehe, wenn den Damen ein Haar gekrümmt wird«, warnte er sie und verschwand mit Wallingford in der Menge, nur sein Rotschopf und das schwarze Haar des Herzogs waren noch zu sehen.

Abigail kletterte zu ihrer Schwester ins Auto. »Das Beste hast du verpasst. Alle anderen Rennfahrer sind humpelnd zurückgekommen und haben behauptet, dass irgendjemand ihre Maschinen sabotiert hätte. Das war hochinteressant!«

»Man wird sie umbringen!«, rief Alexandra. In dem wilden Durcheinander aus schwingenden Armen und stolpernden Körpern wurde es immer lauter. Vor ihren Augen hob ein Mann einen anderen hoch und warf ihn in hohem Bogen ins

Fenster eines Cafés. Sie versuchte, Finns feurigen Schopf in der Menge zu finden, aber alles verschwamm miteinander. Ihr wurde ganz heiß und schwindlig vor Angst.

Abigail zuckte die Achseln. »Sie passen schon aufeinander auf.«

»Ach, du verstehst das nicht! Delmonico wird … er wird …« Alexandra konnte es nicht erklären. Sie hatte nicht genug Kraft. Ängstlich klammerte sie sich genau da, wo Finns Finger gerade noch gelegen hatten, an den Türrahmen. Hartleys Mechaniker standen mit dem Rücken an das Automobil gedrückt und bildeten einen schützenden Ring. Hartley selbst war nirgends zu sehen.

»Was denn? Ach komm, Alexandra. Dieser kleine dunkelhaarige Mann? Jeder von den beiden könnte doch ohne weiteres Hackfleisch aus ihm machen. Obwohl ich annehme«, fügte sie mit einem bedauernden Seufzer hinzu, »dass sie ihn nur den Behörden übergeben werden.«

Aus dem Menschengetümmel tauchte eine große dunkelhaarige Gestalt auf, daneben eine noch größere rothaarige, und zwischen den beiden wankte ein zerzauster, geschlagener Bartolomeo Delmonico heran.

»Gott sei Dank!« Vor lauter Erleichterung wurden Alexandra die Knie weich.

Die Menge schien nichts zu bemerken. Das Raufen ging munter weiter. Der Mann, der durch das Caféfenster geworfen worden war, kam mit einer blutenden Stirnwunde strauchelnd wieder heraus und stürzte sich erneut ins Gewühl.

»Siehst du?«, sagte Abigail zufrieden. »Die Familie hält zusammen, Alexandra.«

»Ja. Ja, natürlich. Gott sei Dank. Ich …« Sie unterbrach sich. »Was hast du da gerade gesagt?«

»Die Familie hält natürlich zusammen. Die zwei mögen sich

ja ständig beharken, aber du brauchst dir keine Sorgen zu machen, sobald ...«

»Familie?« Alexandras Mund war trocken geworden. »Wieso *Familie*?«

»Ach, um Himmels willen, Alex. Sag jetzt nicht, dass du das nicht weißt.«

Langsam, wie im Traum, drehte Alexandra sich zu ihrer Schwester um. »Was soll das heißen?«

»Na, schau sie doch an. Siehst du es nicht?«

»Was?« Blitzartig kam Alexandra die Erkenntnis. »Aber ... die Haarfarbe ...« Sie verstummte.

Abigail zuckte die Achseln. »Ja, in der Färbung unterscheiden sie sich natürlich. Aber wenn du das außer Acht lässt und dir ihre Gesichter und den Knochenbau ansiehst. Die Augenform ...«

Alexandra spürte, wie ihr der Kinnladen herunterfiel und ihre Lippen sich öffneten, um ein erstauntes O auszustoßen. Ihre Gedanken drehten sich benommen im Kreis und versuchten, die Informationen zusammenzufügen. »Oh nein. Das ist unmöglich. Willst du damit etwa sagen, Wallingfords *Vater* hätte Finn gezeugt? Dass sie *Brüder* sind?«

»Nein, natürlich nicht«, erwiderte Abigail ungeduldig. »Doch nicht Wallingfords *Vater*, du Gans. Sein Großvater mütterlicherseits. Der Duke of Olympia.«

Nun gaben Alexandras Knie tatsächlich nach. Mit einem nassen Klatschen setzte sie sich wieder und starrte blicklos geradeaus.

»Sein Onkel.« Sie kicherte kurz und dann noch einmal. »Finn ist Wallingfords Onkel.« Dann legte sie einen Arm um den Bauch und begann zu lachen, laut und hysterisch zu lachen, befreite sich mit einem Anfall unkontrollierter Heiterkeit von der ungeheuren Anspannung der letzten Stunden, obwohl einer der Mechaniker entsetzt und missbilligend zu ihr aufsah. »Oh, mein Gott. Ohgottohgott! Sein Onkel!«

Alexandra wischte sich die Tränen aus den Augen und sah zu, wie Finn und Wallingford Delmonico zu zwei Polizisten schleppten, die untätig an einem Baum lehnten und der Schlägerei zusahen. Vermutlich warteten sie darauf, dass sich die Sache von selbst erledigte.

»Was für ein schrecklicher, fieser Kerl. Wenigstens wird dieser Jellinek sich nun ein anderes Automobil suchen müssen, in das er investieren kann«, sagte sie zu sich selbst, als ihre Albernheit sich endlich gelegt hatte.

»In Ordnung!«, sagte Abigail knapp. »Das hat jetzt lange genug gedauert. Am Ende wird noch jemand verletzt.« Entschlossen zog sie einen kurzen, handlichen Revolver aus ihrer Handtasche.

»Großer Gott! Wo hast du denn den her?«, wollte ihre Schwester wissen.

»Vom Starter natürlich.« Abigail kontrollierte das Zündhütchen. »Ich habe das Ding gegen mein Aquamarin-Armband eingetauscht.«

Dann stand sie auf, richtete die Pistole gen Himmel und drückte ab.

ACHTUNDZWANZIG

Ein Schatten fiel über die Schwelle des Autoschuppens und verdeckte das dunkelrote Glühen der untergehenden Sonne.

»Es tut mir leid«, sagte eine Frauenstimme.

Finn, der die Batterie wieder an den Dynamo angeschlossen hatte, richtete sich auf. »Alexandra«, bemerkte er nur.

Nach dem großen Tumult hatte er stundenlang auf der Polizeiwache bleiben müssen, um seine Aussage zu machen. Wallingford hatte die Damen ins Hotel zurückgebracht. Viel später, als er nach oben gehen wollte, um seine schmutzige Kleidung zu wechseln, hatte er sie kurz in der Lobby gesehen. Umringt von Menschen, die ihr jedes Wort von den Lippen ablasen, genau wie beim Essen am Abend zuvor. Nun konnte er verstehen, warum London sie liebte. Dieses Lächeln, die Art, wie sie den Kopf hielt, wenn sie ihrem Gesprächspartner zuhörte, und dann dieses kehlige Lachen. Sie brachte alles um sich herum zum Strahlen. Sie war wie gemacht für Bewunderer und Partys. Das war ihr Element und von seiner Welt so weit entfernt wie die Sonne vom Mond.

»Darf ich reinkommen?«

»Natürlich.«

Alexandra schloss die Tür und kam mit raschelnden Röcken auf ihn zu. Sie sah sehr elegant aus in dem saphirblauen Abendkleid mit der nun wieder schön eng geschnürten Taille und der komplizierten Frisur. »Wallingford passt auf Abigail auf. Die beiden haben mir gesagt, dass du hier bist. Ich wollte mit dir sprechen.«

Finn machte eine vage Handbewegung. »Gern. Leider kann ich dir keinen Platz anbieten.«

Alexandra lächelte. »Doch, kannst du.« Graziös ging sie zum Automobil und setzte sich auf den Beifahrersitz, den Platz, den sie schon so oft eingenommen hatte. Unter dem Kleid lugten die Spitzen ihrer Schuhe hervor. »Und, hast du bei der Polizei alles geklärt?«

»Ja. Fast hätte mir Delmonico sogar leidgetan, aber dann ist mir wieder eingefallen, dass er dich beinahe umgebracht hätte.« Finn räusperte sich. »Tja, du hast das Rennen verloren. Das tut mir leid.«

»Ach Gott, Finn. Es hätte doch noch viel schlimmer kommen können. Er hätte *dich* umbringen können.« Alexandra schüttelte den Kopf. »Aber das spielt jetzt keine Rolle mehr. Es wird andere Rennen geben. Die Menschen haben gesehen, wie schnell der Dampfwagen fahren kann. Vielleicht hat Jellinek sogar …«

»Schluss damit!«

Alexandra schloss die Augen. »Stimmt. Entschuldige.«

Finn holte tief Luft. »Hör mal, ich …«

Alexandra hob einen Finger. »Nein. Lass mich. Seit ich hier bin, war ich schrecklich zu dir. Du hast eine nette Geste machen wollen, ein außerordentlich großzügiges Angebot, und ich habe dich dafür beschimpft. Ich habe darauf bestanden, das Rennen zu fahren und dir fürchterliche Dinge vorgeworfen, obwohl du nur um meine Sicherheit besorgt warst. Das habe ich jetzt verstanden. Aber *du* musst verstehen …«

Finn streckte eine Hand aus und berührte das Haar an ihrer Schläfe. »Du hast behauptet, ich wollte dich *kaufen*. Vor dem Rennen. Glaubst du das wirklich?«

»Äh … nein. Natürlich nicht.«

»Niemand könnte dich kaufen, meine Liebe. Ich habe nicht mal gewollt, dass du etwas davon erfährst, zumindest jetzt noch nicht.« Mit dem Finger fuhr er an ihrem Ohr entlang. »Du bist eine unmögliche Frau. Warum lässt du dir nicht von mir helfen?«

»Ich werde das nicht zulassen, Finn.« Alexandras Augen waren riesengroß, die Pupillen weit offen in der Dämmerung. »Ich werde nicht einen Penny von dir nehmen.«

»Mein Gott, Alexandra.« Verärgert riss Finn die Hand zurück und fuhr sich durchs Haar. »Merkst du nicht, was du tust? Du sagst, du möchtest anders sein als früher, aber das stimmt nicht. Du willst immer diejenige sein, die das Sagen hat. Die uneingeschränkte Herrin, die legendäre Marquise, so als ob Geld und Titel das Einzige wären, was zählt.«

Alexandra zuckte zusammen, öffnete den Mund und suchte nach Worten. »Ich … Das stimmt nicht, Finn. Ich mache mir nichts mehr aus der Londoner Gesellschaft.«

»Nein? Sei ehrlich, Alexandra.«

Sie sah ihn ruhig an. »Ehrlich. Die letzten Monate, in denen ich dir in der Werkstatt geholfen habe, waren die glücklichsten meines Lebens. So sollte es immer sein. Und ich weiß es zu schätzen, dass du mir die Wahl lassen willst, mir die Mittel zuschanzen möchtest, frei zu entscheiden, ob … ich mit dir zusammen sein will oder nicht. Es ist nur … ich kann einfach nicht … ich kann kein Geld von dir nehmen. Ich würde immer in deiner Schuld stehen, weil du ein so großes Opfer gebracht hast …«

»Opfer?« Finn runzelte die Stirn. »Aber ich bringe kein Opfer, Liebling. Ich *will* diese Firma kaufen.«

Alexandra neigte den Kopf und begann ihre Handschuhe abzustreifen, zog Finger um Finger sehr vorsichtig an dem zarten Satin. »Aber dort baut man Dampfwagen, Finn. Was nützt dir das? Du musst das lassen. Ich will nicht, dass du das für mich tust.«

»Um Himmels willen, glaubst du wirklich, hier geht es nur um *dich*?«

»Etwa nicht?« Alexandra warf die Handschuhe neben sich auf den Sitz und maß ihn von Kopf bis Fuß.

Finn sah sie kurz an, dann wandte er sich brüsk ab. »Ich brauche diese Firma, Alexandra«, sagte er, während er quer durch den kleinen Schuppen auf die große Batterie starrte, die an der Wand stand und hungrig an den Kabeln saugte, die zum Stromgenerator im Hauptgebäude führten. Morgen würde alles abgebaut werden, und er und Alexandra würden abreisen. Zusammen oder getrennt? »Ich denke schon seit Monaten darüber nach, sie zu kaufen. Hast du das nicht gewusst?«

»Ich … nein. Ich weiß es erst seit ein paar Tagen, seit Hartley aufgetaucht ist«, gestand Alexandra kleinlaut.

»Und ich will sie nicht deinetwegen kaufen, sondern wegen der baulichen Anlagen. Hast du sie überhaupt je gesehen?«

»Nein.«

Finn schüttelte den Kopf. »Du hast ein Vermögen hineingesteckt und dir die Fabrik nicht mal angeschaut?«

»*Ich* habe das Geld nicht dort investiert. Wie die Firma aussieht, die mich ruiniert hat, schien mir nicht wichtig zu sein.«

»Die Fabrik hat eine verdammt gute Forschungsabteilung, eine Teststrecke, und alles, was man für die Produktion braucht, sie könnten sofort damit anfangen. So etwas selbst zu bauen würde ewig dauern, und ich müsste höllisch viel Arbeit in die Planung, Ausführung und Überwachung stecken, was ich mir nicht leisten kann.« Finn schaute wieder zu Alexandra hinüber. Sie beobachtete ihn skeptisch, das Gesicht von einer langen Straußenfeder beschattet. »Ich will die *Maschinenfabrik Manches-*

ter schon sehr lange kaufen, lange bevor ich Sie kennengelernt habe, Lady Morley.«

»Oh, ich verstehe.« Nervös zupfte Alexandra an ihren spitzenbesetzten Ärmeln. »Aber die Anlagen sind keine fünfzig Schilling pro Aktie wert, oder? Du hast zu viel geboten.«

»Damit die Aktienbesitzer auch bestimmt verkaufen, ja.«

»Du hättest doch auch zwanzig bieten können«, beharrte Alexandra. »Zwanzig wäre mehr als genug gewesen.«

Nun riss Finn der Geduldsfaden.

Er packte sie hart bei den Schultern. »Ja! Das hätte ich tun können! Aber ich habe es nicht getan. Ich habe fünfzig Schilling geboten, Alexandra, und weißt du, warum?«

Sie schüttelte nur stumm den Kopf.

Finn nahm ihr Gesicht fest in beide Hände und sagte schroff: »Weil ich dich liebe. Weil ich dich wahnsinnig und verzweifelt liebe. Ich kann nicht zusehen, wie du unglücklich bist, ohne dir helfen zu wollen. Ohne alles wieder in Ordnung bringen zu wollen, damit du wieder lachst. Also habe ich fünfzig Schilling pro Aktie für diese dämliche Firma geboten, und bei Gott, ich hätte auch eine Million ausgegeben, wenn es nötig gewesen wäre. Ich würde der Königin die Kronjuwelen stehlen und ohne Weiteres dafür aufs Schafott gehen, weil nichts auf der Welt mir etwas bedeutet, wenn du auch nur eine einzige Träne weinst. Hast du mich verstanden?«

Mit großen, erstaunten Augen sah Alexandra ihn an. Auf der anderen Seite der dünnen Holztür begann ein Mann herzhaft zu lachen, und ein anderer stimmte mit ein. Das hemmungslose, immer lauter werdende Gelächter sorgte für eine kleine Pause im Schuppen. Dann entfernte es sich allmählich.

»Ja dann«, flüsterte Alexandra. »Wenn das so ist.«

»Verstanden?«

»Ja.«

Finn lehnte seine Stirn an ihre und stieß den Atem aus. »Gut.«

Alexandra gab ihm einen Kuss. Einen sehr zarten Kuss, und anschließend einen etwas innigeren, bei dem ihr süßer Atem sich mit seinem mischte. Dann legte sie vorsichtig die Arme um seine Taille und zog ihm das Hemd aus der Hose. Ihre Schultern bebten, und Finn erkannte, dass sie in sich hineinlachte.

»Mein Gott, wie ich dich liebe«, sagte sie. »Ich kann es kaum glauben.« Dann gab sie ihm einen leidenschaftlichen Zungenkuss, schob die Hände unter sein Hemd und legte sie auf seinen nackten Rücken. »Ich liebe dich, ich liebe dich. Ich … *Finn*!«, rief sie erschrocken.

Er hatte sie an den Pobacken gepackt und vom Sitz auf die Motorhaube gehoben. Dann fasste er unter die endlosen dunklen Röcke, die sich um ihre Beine bauschten, spreizte ihre Knie und zwängte sich zwischen ihre Schenkel. »Sag das noch mal«, verlangte er und zog an der Straußenfeder, sodass ihr Haar mitsamt Nadeln herabfiel.

Alexandra schlang die Arme um seinen Nacken. »Ich liebe dich.«

Finn drückte die Nase an ihren Hals und berauschte sich an ihrem Duft, sog ihn tief in sich ein, um alle Erinnerungen wiederzubeleben: an ihre Küsse, ihr Lachen, ihre bloße Haut, das heiße Zittern ihres Körpers an seinem.

»Oh Gott«, raunte Alexandra.

Er küsste ihren Hals, ihre Wange, ihr Kinn; fiel förmlich über sie her, prägte sich die Form ihrer Lippen, die Konturen ihres Mundes, ihrer Zunge wieder ein. Ihr betörender Geschmack ging ihm direkt ins Blut. »Sag es noch mal«, verlangte er.

»Ich liebe dich.« Ihre Hände wanderten zu seiner Hose und knöpften sie flink und geschickt so weit auf, dass sie sein pralles Glied in die Hand nehmen konnte.

Finn dachte nichts mehr und spürte nichts mehr als pure animalische Lust. Hastig glitten seine Hände über ihre Schenkel und fanden die Öffnung in der Unterhose.

Überrascht schnappte er nach Luft. »Großer Gott.«

»So bin ich schon seit gestern«, gestand Alexandra und legte den Kopf an seine Schulter, als schämte sie sich. »Seit ich dich dabei beobachtet habe, wie du, alle anderen überragend, hier herumspaziert bist, habe ich mich nach dir gesehnt. Und mir vorgestellt, dass du mich hinter irgendeine Ecke zerrst, mir die Röcke hochschiebst und … *Oh!*«

Mit einem einzigen Stoß versank Finn bis zum Anschlag in ihrer feuchten Wärme. Alexandra schrie auf und warf den Kopf in den Nacken, dann stützte sie sich am glatten Metall der Motorhaube ab, schlang die Beine um ihn und zog ihn an sich, damit er weiter vordringen konnte. In einer Kaskade aus Spitze und Seide fiel das Kleid beiseite und enthüllte ihre Beine.

Mit einem samtenen Gleiten zog Finn sich wieder zurück. »Sag es noch mal.«

»Ich liebe dich«, jubelte Alexandra gleichzeitig lachend und weinend.

Er stieß zu und zog sich wieder zurück. »Noch mal.«

»Ich liebe dich.«

Finn packte sie an den Pobacken, hob sie hoch und spießte sie auf, ließ die Enge der Hülle um seinen Schaft, die Klammer ihrer Beine um seine Taille, den Druck ihrer Fersen an seinen Schenkeln auf sich wirken. Dann setzte er sie wieder auf den Autositz und ließ sich zusammen mit ihr auf das verschlissene Leder sinken. »Noch mal«, knurrte er.

Alexandra drängte sich an ihn. »Ich liebe dich. Ich liebe dich, alles an dir. Oh Gott, *mach*, bitte, ich halte das nicht mehr aus.«

Finn ging es genauso. Das Verlangen nach ihr war in den

vergangenen Wochen immer unerträglicher geworden. Er stützte sich auf, stieß hart und fest zu, und sie kam ihm eifrig entgegen, krallte sich in seinem Haar fest, um nicht auf dem Leder wegzurutschen. Er bemühte sich, nicht die Kontrolle zu verlieren, sich zurückzuhalten, auf sie zu warten; und als er merkte, dass er sich unaufhaltsam dem Höhepunkt näherte, biss er die Zähne zusammen und fasste mit seinem breiten Daumen nach unten, um sie im Takt mit seinen Stößen zärtlich zu umkreisen.

Plötzlich bäumte sie sich auf und schrie seinen Namen, riss ihn mit, und mit einer atemberaubenden Woge der Lust kam auch für ihn die Erlösung.

Stöhnend brach Finn auf Alexandras Brust zusammen. Sein Gewicht auf ihrem Herz zu spüren war ein unendlich kostbarer Augenblick für sie.

»Entschuldige«, stieß er hervor und machte Anstalten, sich von ihr herunterzurollen.

»Bleib.« Alexandra hielt ihn mit den Beinen fest. »Bitte.«

»Aber ich erdrücke dich.«

»Bleib so.« Der Ledergeruch des Sitzes unter ihr vermischte sich mit dem sinnlichen Aroma ihrer Vereinigung. Sanft strich sie ihm mit den Fingern durchs Haar, den schweißnassen Rücken hinunter und über den knackigen Po. Sein Glied steckte noch in ihr und verband sie. »Für immer.«

Finns leises Lachen kitzelte ihr Ohr und mischte sich irgendwie mit den letzten Nachklängen ihres Orgasmus. Ihre Muskeln schienen weich wie Gelee zu sein.

Nie war sie so glücklich gewesen.

Ruhig lagen sie noch einen Moment beieinander und lauschten den Geräuschen außerhalb des Schuppens: dem fernen Dröhnen eines Motors und dem Auf und Ab einer tiefen Männerstimme. Flüchtig streifte Alexandra der Gedanke, dass jeden Augenblick jemand hereinkommen und sie ineinander verschlungen, erhitzt und zerzaust in dem Auto entdecken könnte.

Zu ihrem Erstaunen stellte sie fest, dass ihr das völlig egal war.

Finn stützte sich auf die Ellbogen und musterte sie besorgt. »Verdammt, ich habe mich blamiert, nicht?«

Lächelnd streichelte Alexandra seine Wange. »Nicht im Geringsten. Oh nein«, fügte sie rasch hinzu, aber es war schon zu spät. Ächzend zog er sein Glied aus ihr heraus und holte sein Taschentuch hervor.

»Mein Gott, es tut mir wirklich leid, Liebling. Was für ein Stümper ich bin. Ein dummer, tollpatschiger Stümper. Hier.« Er half ihr auf und reichte ihr das Taschentuch.

»Alles in Ordnung. Ich habe es so gewollt. Ich wollte dich.«

Finn warf ihr einen reuigen Blick zu. »Aber ein Kind willst du bestimmt nicht.«

Alexandra packte ihn fest bei den Ohren. »Wenn ich das Glück hätte, von dir schwanger zu werden«, sagte sie und schaute ihm tief in die Augen, um sicherzugehen, dass er sie verstand, »werde ich es von ganzem Herzen lieben. So wie ich seinen Vater liebe.«

Finn reagierte nicht. Nur seine Gesichtszüge schienen etwas härter zu werden.

»Weißt du, was ich damit sagen will?«, flüsterte Alexandra.

Wieder lehnte er seine Stirn an ihre. »Wenn das bedeutet, dass du endlich zur Vernunft gekommen bist …«

»Ich glaube, ja. Ich denke …« Als sein keuchender Atem ihre Haut streifte, wurde Alexandra ganz schwindlig. »Ich denke, dass ich heute, gerade eben, endlich entdeckt habe, was ich wirklich will. Wer ich wirklich sein will, Finn. Nämlich nicht die mächtige Marquise von Morley. Und auch nicht Lady Sowieso.«

Finn stemmte sich hoch und kniete sich auf ein Knie, die Hose immer noch offen, die langen Beine so gut es ging zwischen der Lenkstange und dem Ledersitz eingezwängt. Dann nahm er ihre Hand. »Heirate mich, Alexandra. Wenn du willst, gebe ich meinen letzten Penny weg. Stecke alles in einen Treuhandfonds für unsere Kinder. Für dich würde ich in einer gottverdammten Hütte leben, wenn du sie nur mit mir teilst.«

»Nun steh schon auf.« Alexandra lachte und küsste seine Hände. »Selbstverständlich heirate ich dich, obwohl ich wesentlich mehr haben möchte als eine kleine Hütte. Komm hoch, ehe du dich noch verletzt.«

Finn vergrub das Gesicht in ihrem Schoß. »Gott sei Dank. Endlich, du gemeines Biest.«

Wieder lachte Alexandra und zog ihn an den Haaren. »Jetzt steh endlich auf. Natürlich heirate ich dich, Schatz. Dein Automobil fahre ich sowieso viel lieber. Der arme Mr. Hartley.«

Finn duckte sich unter der Lenkstange hindurch und richtete sich wieder auf. »Ja wirklich, der arme Mr. Hartley. Er soll seine blöden Maschinen selbst fahren.«

»Aber das kann er nicht.«

»Und ob er das kann, dieser Feigling.« Schnell knöpfte Finn sich die Hose zu. »Was spricht dagegen?«

»Ihm wird schlecht beim Fahren.«

»Ihm wird schlecht?« Finn hörte auf, sein Hemd in die Hose zu stopfen, und sah sie ungläubig an. »Ihm wird *schlecht*? Großer Gott, Alexandra! Du bist für ihn eingesprungen, weil ihm beim *Fahren übel* wird?«

»Nun ja«, sagte sie. »Ja, so war es wohl.«

Finn ließ sich auf den Sitz fallen und prustete los. »Oh Gott. Dieser arme Irre!« Sein Brustkorb bebte vor Lachen.

Das war so ansteckend, dass Alexandra auch zu kichern begann, als sie daran dachte, wie Hartley sich mit verkniffenem, käsigem Gesicht aus dem Automobil gebeugt hatte, während der Dampf im Boiler hinter ihm ungeduldig zischte. »Hör auf«, stieß sie zwischen zwei Anfällen hervor. »Das ist alles andere als lustig. Der arme Kerl. Ihm war … ihm ging es hundsmiserabel …«

»Nein, das ist sogar *verdammt* lustig! Es ist … ach Gott.« Finn lachte weiter, eine Hand auf der Brust, das Hemd halb in der Hose, bis Alexandra hilflos mitlachte.

»Ein Gutes hat das Ganze aber gehabt«, sagte Finn, als er sich endlich beruhigt hatte und sie erschöpft nebeneinander auf dem Ledersitz saßen, die Finger miteinander verflochten. Glückselig bettete Alexandra den Kopf an seine Schulter.

»Abgesehen von unserer Verlobung, meinst du?« Sie zog die Beine an und schloss zufrieden die Augen. Sie fühlte sich wie unter einer großen warmen Decke, sicher und geborgen. Endlich war sie genau da, wo sie hingehörte: in einer pferdelosen Kutsche dicht bei Phineas Burke.

»Ja, davon mal abgesehen.« Zufrieden streichelte er ihre rechte Brust. »Denk doch mal nach, Liebling. Ich nehme an, wir haben uns gerade einen Platz in den Annalen der Automobilgeschichte gesichert.«

EPILOG

Die römische Sonne warf einen rechteckigen Lichtschein durch die Vorhänge auf der anderen Seite des Zimmers und hob jedes Detail des spitzengesäumten Korsetts hervor, das über der Lehne eines Stuhles hing.

Alexandra lächelte schläfrig. Es musste mindestens Mittag sein.

Ein langer, schwerer Arm lag über ihrem Bauch und eine Hand lose auf ihrer Brust. Der Atem des Mannes, dem beides gehörte, wehte über ihr Haar. Eine Weile lauschte sie den langsamen, regelmäßigen Zügen, deren Ausläufer hauchzart ihr Ohr streiften. Wenn sie die Augen zumachte, konnte sie am Rücken seinen Herzschlag spüren.

Mein Mann, dachte sie staunend.

Sie war noch nie im Leben neben ihrem Ehemann aufgewacht.

Langsam, um ihn nicht zu wecken, drehte sie sich unter seinem Arm um, obwohl ihre schmerzenden Muskeln gegen die Bewegung protestierten, drückte ihr Gesicht in seine Halsbeuge und atmete seinen salzigen Geruch ein. Keine Spur mehr von Öl und Leder. So lag sie einen Moment, unfähig, mehr zu tun, und ließ sich einfach von seiner Wärme einhüllen. Ließ die wunderbaren Erinnerungen an die vergangene Nacht Revue passieren und schwelgte darin.

Mein Mann. Das Wort schien eine ganz neue Bedeutung zu haben.

»Guten Morgen, Liebling«, sagte Finn leise mit seiner sonoren Stimme.

Alexandra sah zu ihm auf. »Tut mir leid. Ich wollte dich nicht wecken.«

Finn küsste sie. »Ich bin froh, dass du es getan hast. Es muss schrecklich spät sein.«

»Wir waren aber auch lange wach, wenn ich mich recht erinnere.« Vielsagend legte Alexandra eine Hand auf seinen Po.

Finn drehte sie auf den Rücken und beugte sich über sie, die dünnen Strahlen der Sonne trafen sein Haar und ließen es eher golden als rot erscheinen. Dann küsste er sie wieder, lang und ausdauernd diesmal. »Anscheinend habe ich jedes Zeitgefühl verloren. Hast du gut geschlafen?«

»Göttlich. Den ruhigen Schlaf einer ehrbaren Frau. Endlich.«

Er lachte. »Ich habe ja auch mein Bestes getan, um alles schnell zu arrangieren. Drei Nächte allein in meinem Bett, meine Geliebte nur durch eine dünne Wand von mir getrennt, das war beinahe unerträglich.«

Ihn so dicht über sich zu spüren ließ ihre Haut vor Vorfreude prickeln. Alexandra strich an Finns glatter, weicher Taille entlang. »Liebst du mich wirklich?«, fragte sie leise.

Nicht weil sie daran zweifelte, sondern weil sie die Antwort noch einmal hören wollte.

»Was für eine Frage! Hab ich nicht erst gestern vor dem einzigen anglikanischen Priester in Rom gestanden und geschworen, dich ein Leben lang zu lieben? Und habe ich nicht eine ganze Nacht damit verbracht, dir mannhaft meine Bewunderung zu beweisen?« Finn küsste sich an ihr Ohr heran und raunte: »Du bist die Frau, die ich liebe, und so wird es immer sein.«

»Finn«, sagte Alexandra und küsste ihn aufs Haar, während

sie das Gefühl genoss, ihn auf sich liegen zu haben. »Phineas Burke, ich liebe dich auch.«

»Das will ich doch hoffen, Mrs. Burke.« Sanft knabberte er an ihrem Ohrläppchen. »Schließlich hat mich das alles viel Mühe gekostet. Ich möchte behaupten, dass ich für mein ganzes Leben genug habe von hastigen Hochzeitsvorbereitungen.«

»Nun, darum ging's ja.« *Mrs. Burke.* Wie schön das klang; der einfache, gewöhnliche Name jagte ihr einen wohligen Schauer über den Rücken. »Ich finde, Abigail war trotz der kurzen Frist eine entzückende Brautjungfer. Und dein Neffe …« Alexandra liebte es, dieses Wort zu sagen, und gebrauchte es bei jeder Gelegenheit. *Ich schätze, einen Gratulationskuss kann ich meinem neuen Neffen gestatten*, hatte sie gestern, nach der Hochzeit, zu Wallingford gesagt und ihm mit einem unschuldigen Lächeln die Wange hingehalten.

Finn verdrehte die Augen. »Wenigstens hat er sich bemüht, nicht ständig so finster zu gucken.« Er fuhr mit dem Daumen über ihre Brustspitze. »Der arme Kerl. Sie führt ihn ganz schön vor.«

»Abigail?« Alexandra gestattete sich ein überlegenes Lächeln. »Sie wird ihn niemals heiraten.«

»Doch, das wird sie.«

Alexandra schob sich am Kissen hoch. »Aber nein. Dazu ist sie viel zu vernünftig.«

»Du bist einfach voreingenommen. In Wahrheit ist Wallingford ein netter Kerl. Und am Ende wird er sie auch bekommen.« Finn rieb den Kopf an ihrem Hals. Er schien sich sehr sicher zu sein.

»Unsinn. Ich wette, worum du willst. Wie wär's mit meinen fünfzig Schilling pro Aktie …«

»Bloß keine Wetten mehr«, stöhnte Finn. »Bitte.«

Sein Atem kitzelte sie am Ohr. Alexandra schob die Hände

am Rücken hoch in sein Haar hinein, schloss die Augen und stellte fest, dass sein Glied sich voll Eifer, den Pflichten als Ehemann nachzukommen, schon wieder fest an ihr Bein drückte. »Na gut. Keine Wetten mehr.«

»Außerdem wäre es unfair, denn Wallingford heiratet sie ganz bestimmt.«

»Nein, wird er nicht.«

»Doch, wird er.« Finn begann, ihr Schlüsselbein zu liebkosen. »Immerhin gibt es hier keinen Giacomo, der seine Bemühungen unterläuft.«

»Giacomo, dieser schreckliche Kerl. Ich weiß nicht, was er gegen mich hat.« Alexandra seufzte. »Ich habe ihn nicht mal zu Gesicht bekommen.«

Finn hielt inne und hob den Kopf. »Doch, hast du. In der Werkstatt, mehrmals.«

Alexandra musterte ihn neugierig. Er machte ein ernstes Gesicht. »Nein, habe ich nicht. Nicht ein einziges Mal. Du hast mir nur von ihm erzählt, das ist alles.«

Erstaunt zuckte Finn zurück. »Ach Unsinn. Du musst dich doch an ihn erinnern. Ein drahtiger, dunkelhaariger Mann mit finsterer Miene. So ähnlich wie Wallingford, nur kleiner und tyrannischer.«

Alexandra schüttelte den Kopf. »Nein. Nein, du täuschst dich. Ich habe ihn nie gesehen.«

»Also wirklich, Alexandra.« Finn setzte sich auf, die bloße Brust dunkel im Dämmerlicht. »Er war doch da, am letzten Morgen. Dem Morgen vor dem Mittsommerfest. Als du hereingekommen bist, war er gerade dabei zu gehen.«

»Du irrst dich, Finn. Außer dir war niemand da.«

»Ich hab mit ihm *gesprochen*, Alexandra. Du musst uns doch gehört haben!«

Prüfend sah Alexandra Finn an. Seine Augen funkelten seltsam und hatten diesen ernsten, durchdringenden Blick. »Ich habe dich mit dir selbst reden hören. Aber das machst du öfter.«

Finn atmete tief aus und fuhr sich durchs Haar. »Verdammt«, sagte er. »Was soll das? Ich schwöre es, Alexandra. Er war *da*. In der Werkstatt.«

Allmählich begann ihr Herz schneller zu schlagen. »Natürlich habe ich von ihm gehört. Die ganze Zeit. Er und Signorina Morini …«

»Morini«, unterbrach sie Finn. »Diese Signorina Morini. Die Haushälterin. Welche von den Frauen war das eigentlich?«

»Wieso? Die Ältere. Es gab Francesca und Maria, die Schwarzhaarige, die immer ein Band im Haar trägt. Signorina Morini ist die Ältere mit dem Kopftuch, diejenige, die dir die Nachricht gebracht hat, dass du dich mit mir im Pfirsichgarten treffen sollst.«

»Nein, das war Francesca. Ganz sicher, eine jüngere Frau. Ohne Kopftuch. Die das übrigens sehr missbilligte.«

Alexandras Gedanken begannen sich zu überschlagen. »Aber Morini hatte nichts gegen dich. Ganz im Gegenteil. Sie hat mich immer ermutigt. Sie und Giacomo haben …« Als sie Finns konzentrierten Gesichtsausdruck sah, stockte Alexandra. »Du hast sie nie gesehen, oder?«

»Nein«, sagte Finn kaum hörbar.

Dann sahen sie sich eine Weile stumm an. Alexandra spürte, dass eine Haarlocke über ihre Schulter fiel, und Finn schob sie geistesabwesend beiseite.

Das Schloss ist verflucht. Ist das nicht köstlich? Morini hat mir gestern alles darüber erzählt.

Durch die offene Tür zum Salon war ein Klopfen zu hören.

»Ich geh schon«, sagte Finn heiser und stand auf.

Sein wundervoller, langgliedriger Körper glitt wie ein Schatten durch das halbdunkle Zimmer. Im Vorbeigehen griff er sich seinen Morgenmantel und streifte ihn schwungvoll über. Dann band er hastig den Gürtel um und verschwand aus ihrem Blickfeld.

Alexandra nahm sein Kissen, das seine Körperwärme und seinen Geruch gespeichert hatte, schlang die Arme um das zarte Leinengewebe und lauschte seiner markanten Stimme, deren Murmeln durch den Salon zu hören war. Dann wurde die Tür zum Flur wieder geschlossen.

»Was ist los?«, rief sie.

Keine Antwort.

Das Kissen immer noch im Arm, setzte sie sich auf. »Finn?«, rief sie etwas lauter.

Mit einem verwirrten Lächeln auf dem Gesicht und einem Stück Papier in der Hand tauchte er im Türrahmen auf.

»Was ist das?«

»Was für ein Glück, dass du nicht mit mir gewettet hast.« Finn warf den Zettel auf die zerwühlten Laken.

Alexandra griff nach der Nachricht. Sie war einmal zusammengefaltet und bestand nur aus ein paar hastig hingeworfenen Zeilen in einer Handschrift, die sie nicht kannte. »Wieso?«

»Ach, nur so, Liebling.« Er ließ sich hinter ihr aufs Bett fallen und legte das Kinn auf ihre Schulter. Seine Stimme klang gepresst, ob aus Erheiterung oder vor Schreck konnte sie nicht genau sagen.

»Nur so?«, hakte sie nach, während sie, von einer seltsamen Vorahnung erfasst, ungeduldig das Papier glattstrich.

»Weil Wallingford und deine Schwester leider durchgebrannt sind.«

In Alexandras Ohren begann es zu dröhnen. Schnell überflog sie die Nachricht.

Mein lieber Freund, Miss Harewood und ich sehen uns gezwungen, Rom aus einem sehr dringlichen Grund zu verlassen. Näheres so bald wie möglich. Du kannst deiner Gattin versichern, dass Miss Harewood in der Zwischenzeit stets unter meinem liebevollen Schutz stehen wird.

Alexandra sah auf. »Hast du nicht gesagt, sie sind durchgebrannt?«

»Steht das nicht da?«, fragte Finn unschuldig.

»Oh nein.« Alexandra faltete die Nachricht wieder zusammen, drehte sich zu ihm um und maß ihn mit ihrem allseits berüchtigten furchterregenden Blick. »Tut es nicht. Was da steht, ist, dass *dein Neffe* mit *meiner Schwester* auf und davon ist.«

Finns biss die Zähne zusammen. »Ich bin sicher, dass seine Absichten absolut ehrenwert sind.«

Alexandra stemmte nur die Hände in die Hüften und sah ihn unverwandt an.

Viele Geschlechtsgenossen waren an Geringerem gescheitert.

»Zum Teufel«, sagte Finn. »Ich muss hinter ihnen her, nicht wahr?«

Stumm zog Alexandra die Augenbrauen hoch, damit daran kein Zweifel blieb.

»Wie du willst«, seufzte Finn resigniert und griff nach seinem Hemd. »Es sind deine Flitterwochen.«

HISTORISCHE ANMERKUNG

Heutzutage erscheint uns die Vorherrschaft der Benzinautos als selbstverständlich, doch zu Beginn des letzten Jahrhunderts wurden nur 22 Prozent der amerikanischen Autos von Verbrennungsmotoren angetrieben, und der Geschwindigkeitsweltrekord für Landfahrzeuge von 66 Meilen, also mehr als 100 Kilometern pro Stunde, wurde von der raketenförmigen *Jamais Contente* gehalten, einem elektrischen Wagen.

Während Delmonicos Automobilausstellung ein Produkt meiner Fantasie ist, war der Wettbewerb zwischen Dampf-, Elektro- und Benzinautos über die 1890er Jahre hinaus eine wahre und dramatische Episode in der Entwicklung. Wie Finn und Alexandra zeigen, hatte jede Technologie ihre Vor- und Nachteile, und erst durch die Erfindung des Anlassers, der erste wirklich funktionstüchtige stammt aus dem Jahr 1903 (der die Handkurbel überflüssig machte), zusammen mit einem besseren Straßensystem (das zu längeren Reisen animierte) überholte der Verbrennungsmotor seine Konkurrenten rasch an Beliebtheit. Als die Goldenen Zwanzigerjahre begannen, waren elektrische und dampfbetriebene Automobile beinahe in Vergessenheit geraten.

Aus dramaturgischen Gründen habe ich einige technologische Entwicklungen vorweggenommen. 1890 wären 40 Meilen pro Stunde zwar für einen Dampfwagen möglich gewesen, doch die damaligen Blei-Säure-Batterien waren nicht imstande, einen elektrischen Wagen ähnlich schnell fahren zu lassen. Ich habe dieses Problem gelöst, wie nur ein Schriftsteller es kann: indem ich meinen Helden zu einem Genie machte, das nicht nur seine eigene Batterie, sondern auch eine aerodynamische Fahrzeugform erfindet.

Und schließlich konnte ich der Versuchung nicht widerstehen, die Tatsachen zu verdrehen und Emil Jellinek, einen wohlhabenden Unternehmer und frühen Autoliebhaber, in einer kurzen Szene auftreten zu lassen, zusammen mit seiner Tochter Adrienne Manuela Ramona Jellinek, geboren 1889, die von ihrer Familie Mercédès gerufen wurde. Herr Jellinek ist in der Tat in das Motorwagen-Geschäft bei Daimler eingestiegen und gehörte von 1900 bis 1909 zum Aufsichtsrat. Er bestellte 36 Autos für die damals unvorstellbare Summe von 500 000 Goldmark und regte den Bau eines neues Modells an, das sowohl ein anderes Fahrwerk als auch einen anderen Motor hatte. Dieses Auto rollte im April 1900 aus der Fabrik und wurde nach Jellineks Tochter benannt: Mercedes.

DANKSAGUNG

Als heimliche Schriftstellerin bin ich verpflichtet, einige verräterische Details für mich zu behalten, um Unschuldige zu schützen. Dennoch möchte ich folgenden Menschen meinen allerherzlichsten Dank aussprechen:

Der göttlichen Alexandra Machinist, meiner großartigen Agentin, lieben Freundin und unermüdlichen Fürsprecherin, deren raffiniertes Hirn zuerst auf diese wahnsinnige Idee gekommen ist und deren Enthusiasmus mich durch meine dunkelsten Momente trägt. All dies ist deine Schuld.

Kate Seaver, meiner brillanten Lektorin, die dem ungewöhnlichen Vorschlag einer unbekannten Autorin einen so großen Vertrauensvorschuss gegeben hat und deren scharfe Auffassungsgabe das Buch unglaublich bereichert hat.

Dem Team in Berkley, das alles zusammengebracht hat, einschließlich Katherine Pelz, die tagtäglich Wunder vollbringt und eine sehr große Sonderprämie verdient hat; meiner Redakteurin, deren Detailversessenheit mich vor einer öffentlichen Blamage bewahrt hat; der fabelhaften Grafikabteilung, die diesen prächtigen Buchumschlag produziert hat; und den unbekannten Helden aus Marketing und Werbung, die dafür sorgen, dass jedes Buch sein Publikum findet.

Allen Schriftstellern, die mir so großzügig ihre Hilfe und ihren Rat angeboten haben, einschließlich (aber nicht nur) Lauren Willig, Chris Farnsworth, Jenny Bernard, Darynda Jones, Karen White, Eloisa James, Elizabeth Kerri Mahon, Stacey Agdern, Sarah MacLean, Elizabeth Hoyt und Julia London. Eure Freundlichkeit ist unbeschreiblich. Meine schönsten Luftküsse auf eure lieben Wangen.

Meiner Englischlehrerin aus der siebten Klasse, Fran Ennis, die hohe Literatur und Kathleen Woodiwiss mit der gleichen Begeisterung verschlang und als Erste prophezeite, dass ich eines Tages Romanzen schreiben würde.

Mr. Gray und der ganzen Familie Gray, in deren Liebe und Loyalität ich glücklicherweise jeden Tag schwelgen kann.

Und schließlich …

William Shakespeare, dem ich nicht nur das erste Konzept für die Trilogie verdanke, sondern auch die unzähligen komischen Ideen, um sie zu schreiben; und Guiseppe Verdi, der den »Furchtbaren Fluch des Castel Sant'Agata« und die dazugehörige Musik beisteuerte.